Uwe Rademacher

Der Papiermörder

Kriminalroman

MIDNIGHT

Midnight by Ullstein
midnight.ullstein.de

Originalausgabe bei Midnight
Midnight ist ein Verlag der Ullstein Buchverlage GmbH,
Berlin Januar 2019

Umschlaggestaltung: zero-media.net, München
Titelabbildung: © FinePic®
Autorenfoto: © Foto Uhlig
Gesetzt aus der Quadraat Pro powered by pepyrus.com
Druck- und Bindearbeiten: CPI books GmbH, Leck
ISBN: 978-3-95819-248-5

Für Birgit.

Kapitel 1

Unter einer Brücke, Autobahnkreuz Duisburg-Kaiserberg

Da waren Männer und Frauen in Uniform, andere in weißen Ganzkörperschutzanzügen im zuckenden Blitzlicht des Fotografen. Hinter der Absperrung stand eine Menge schaulustiger Bürgerinnen und Bürger.

Aus düsteren Wolken fiel feiner Nieselregen. *Wenn es Schnee wäre, dann sähe alles nicht so gruselig aus.* Aber es war nun mal kein Schnee …

Das Gelände unter der Autobahnbrücke war an sich schon keine heimelige Kulisse, nun kamen die Flüche hinzu, halblaut, gezischt, zwischen zusammengebissenen Zähnen hervorgestoßen. Das Kaiserberg-Autobahn-Kreuz, auch bekannt als der Spaghetti-Knoten, war ein summendes Gewirr dreier aufeinandertreffender Autobahnen.

Jemand schaltete einen Scheinwerfer an, der auf einem Stativ montiert war. Der Leichnam war nun deutlich zu erkennen.

Es war ein Mann mit kurz geschorenen Haaren, schlank, die Arme waren hinter dem Rücken verborgen, vermutlich zusammengebunden. Der Oberkörper lehnte an der grauen Mauer der Unterführung. Das Alter lag irgendwo um die fünfzig. Der Kopf gestützt an der Betonmauer, die Backen waren gewölbt, der Mund stand offen, die Ecke eines Papierfetzens, der über seine Lippen hing, konnte man erahnen. Ich hatte die Berichte über die anderen drei Opfer gelesen, die Tatortfotos gesehen, aber, wenn man dann vor einem Toten kniet und in seine gebrochenen Augen sieht, verändert sich der Blickwinkel.

Dat is wie wenne echt hingehs zum Fußball, totaler Unterschied zwischen dat

Stadion und die Glotze, pflegte Erich Sawatzki, mein Lieblingslehrer an der Polizeischule immer zu sagen. *Dat eine is Limo, dat andere is Schampus.* Er war ein Mann mit vielen Weisheiten gewesen und hatte etwas vom Fernseh-Schimanski gehabt. Leider war er seit letztem Jahr auch schon weg von der Bühne des Lebens.

Jonathan Dawson war wieder da, zurück in seiner alten Heimat in Duisburg, Stadt im Ruhrgebiet. Kohle und Stahl, Schrebergartenromantik, Bergmannsheil, Kumpels und Eisenkocher, verpestete Luft und rußverschmierte Fassaden. Das alles war längst Geschichte. Zum 30. Juni des Jahres 2008 wurde der Bergbau im Grubenfeld Walsum eingestellt und das Bergwerk stillgelegt. Schicht im Schacht, Glückauf ihr tapferen Kumpel, ihr habt ausgedient, der Steiger kann gehen.

An der Brücke am Werthacker besichtigte er den Tatort eines Mordes. Es war die vierte Leiche innerhalb eines Monats, ein verdammt beschissener Rekord.

Die drei vorangegangenen Opfer waren zwei Männer und eine Frau. Der erste wurde mit dreiundzwanzig Messerstichen abgeschlachtet, die Frau vergiftet, dem dritten schnöde in den Kopf geballert. Drei absolut unterschiedlich ausgeführte Verbrechen und doch ... da bestand zweifellos ein Zusammenhang, denn alle drei Opfer wiesen eine gruselige Gemeinsamkeit auf. Der Mund, der Rachenraum, bis hinein in den Schlund, war mit Papier vollgestopft. Dickes, braunes Papier, welches man für Pinnwände gebrauchen kann, um Kärtchen anzuheften. Hinzukam, dass dieses Papier, das in allen Fällen posthum eingeführt worden war, mit Texten versehen wurden.

Mal was Neues, dachte ich fröstelnd.

Als ich Hauptkommissar Bröker mit seinem hellblonden Igelschnitt und seiner kantigen Visage erspähte, wünschte ich mich zurück in mein kuscheliges Bett. Warum musste ich Dumpfbacke mich auch hierherschleppen? Blödsinn. Es hätte vollkommen gereicht, später im Revier aufzutauchen, oder noch besser ... nach dem Einsatz in Hamburg einfach mal eine Auszeit einzufordern, das wäre intelligent gewesen.

»Ach du große Kacke, der hat mir gerade noch gefehlt. « Na prima, er hatte mich auch gesehen.

»Was wollen Sie denn hier, Dawson?«

»Ich freue mich auch Sie zu sehen.«

»Ich mich aber nicht.«

»Sie kennen die Vorschriften.«

»Wir finden den Irren auch ohne Sonderermittler Neunmalklug.« Der Kleiderschrank von einem Mann walzte auf mich zu. Die Flügel seiner enorm großen Nase blähten sich auf wie Pferdenüstern. »Oder wie heißt das so schön Neudeutsch … *Profiler?*«

»Das ist hier nicht CSI New York.«

Bröker lachte bellend. »Nee, beileibe nicht.«

»Ich bin da, um Sie zu unterstützen.«

»Na, da habe ich sofort die richtige Idee. Verkrümeln Sie Ihren Astralkörper hinter irgendeinen Schreibtisch und lassen Sie uns unsere Arbeit machen.«

»Hier ist offensichtlich ein Serientäter am Werk.«

»Boah, wat 'ne Erkenntnis.«

»Und Sie haben keine einzige verwertbare Spur.«

»Wer behauptet denn so 'ne Scheiße?«

»Der Herr Polizeipräsident.«

»Noch so 'n Sesselpupser.« Verdrießlich stapfte Bröker in Richtung Leiche. Seine Pranken wedelten auffordernd im grellen Scheinwerferlicht. Achselzuckend folgte ich Bröker. Wir erreichten den Fundort.

»Hi, Jonathan.« Endlich eine vertraute, angenehme Stimme. Jessica Wald war Leiterin der Spurensicherung des Dezernats, eine der führenden Expertinnen auf dem Gebiet der Forensik des Landes. »Lange nicht gesehen. Schön, dass du den Fall übernimmst. Ich glaube es selbst kaum, aber ich habe dich vermisst.« Ein paar blonde Strähnen lugten aus der Vermummung des weißen Schutzanzuges hervor.

»Ich war 'ne Weile in Hamburg.«

»Das Phantom der Oper.«

»Ja, hat gedauert, bis wir den Drecksack überführen konnten.«

»Tja, mal sehen, wann wir hier einen Treffer landen können.«

»Könnten Sie Ihren Kleinkinderflirt vielleicht unterbrechen und die Arbeit wiederaufnehmen?«, ätzte Bröker.

Jessica lachte verhalten, sie kannte die polterige Art Brökers nur allzu gut, wusste aber damit umzugehen. »Flirten geht anders, Gernot, aber davon hast du ja keine Ahnung.«

»Wozu auch, ich bin verheiratet.«

Jessica schob die Plastikhaube, die ihren Kopf einschloss, auf die Schultern zurück. Ihre blonden Locken fielen dankbar aus der ungewohnten Umklammerung. Jessica Wald ging wie ich langsam auf die fünfzig zu, hatte sich eine schlanke Figur und ein unendlich sanftes Lächeln bewahrt. »Wir sind übrigens fertig, Gernot.«

»Wurde auch Zeit. Ist arschkalt hier.«

Bröker war ein echtes Ekelpaket, allerdings auch ein guter Ermittler. Seine Aufklärungsquote lag deutlich über dem Landesdurchschnitt. Nur in diesem Fall kam er offenbar nicht weiter.

»Kaczor, was haben wir?« Brökers Assistent, Kommissar Adrian Kaczor, gerade dreißig Jahre alt geworden, schreckte geradezu zusammen.

»Todesursache?«, fragte Bröker forsch.

»Stranguliert, ganz eindeutig.«

»Aber doch nicht hier.«

»Nee, wo denn auch?«

»He, nicht frech werden, Bürschchen.« Bröker, fast doppelt so alt wie sein Untergebener, drohte mit dem rechten Zeigefinger.

»Bernd Kohler, zweiundfünfzig Jahre alt, wohnte in Neudorf, Pass und Brieftasche wie üblich nicht gestohlen.«

»Popelt vielleicht mal einer das Papier aus dem Kerl raus?« Bröker sah Kaczor auffordernd an.

»Das ist ja wohl meine Aufgabe, Herr Hauptkommissar«, intervenierte Jessica energisch.

»Gibt es irgendwelche verwertbaren Spuren, die auf den eigentlichen Tatort hinweisen?«, fragte ich dazwischen.

»Erst mal nicht«, bekannte Jessica. »Der Boden besteht aus losem, grobkörnigem Schotter. Klar, wir haben auf den letzten zwei Metern Schleifspuren des Opfers, aber keine Fußabdrücke des Täters. Von der Straße bis kurz vor der Mauer, wo er sein Opfer abgeladen hat, muss er ihn entweder getragen haben oder er hat eine Karre benutzt. Da sind Vertiefungen in der Asche.«

»So ein Scheiß«, blaffte Bröker. »Na, Super-Hero, schon eine Erleuchtung?«

Ich ignorierte ihn und betrachtete das Opfer. Das Gesicht des Mannes wirkte wächsern, fast puppenhaft. Die vollgestopften Backen irritierten auf eine schreckliche Art und Weise. Der Tote sah aus wie eine Karikatur aus den Dreißigerjahren.

»Hat ihm jemand die Augen geschlossen?«, fragte Adrian Kaczor schaudernd. Jessica schüttelte verneinend den Kopf. »Dann war's wohl der Papiermörder.«

»Papiermörder?«, echote Bröker. »Na, über den Namen wird sich die Presse aber freuen.« Die Aussicht die nächsten Tage, vielleicht sogar Wochen im Dunstkreis dieses Ermittlers verbringen zu müssen, trieb mir trotz der Kälte Schweiß auf die Stirn.

»Können wir, Chef?« Das waren die Leichenschlepper, die darauf warteten, den Toten in die Pathologie verfrachten zu können. Der Zinksarg lag schon bereit.

»Jemand Einwände?«

Jessica Wald schüttelte resignierend den Kopf.

»Dann ab dafür.« Bröker schickte sich an den Fundort zu verlassen.

»Ich werde ein Büro benötigen«, rief ich ihm hinterher.

»Das war zu befürchten. Sie wissen ja, wo wir hausen. Wir werden schon 'ne Abstellkammer für Sie finden.« Bröker wieherte wie ein Ackergaul. »Notfalls im Keller.«

»Wie hältst du es mit diesem Kerl nur aus?«

Jessica bedachte mich mit einem resignierten Blick. »Bröker ist eben Bröker.«

»Arschloch bleibt Arschloch.«

»Steht gerade mächtig unter Druck, der Gute. Vier Ermordete innerhalb von vier Wochen. Ich glaube, dass gab's in Duisburg noch nie. Sogar die BILD berichtet inzwischen täglich.«

»Auch das noch.« Ich beobachtete, wie die Leiche abtransportiert und die Umgebung noch einmal gründlich gecheckt wurde. Ein Spürhund schnüffelte über den Schotter. »Presse ist nix für mich.«

»So? In Hamburg kamst du ziemlich medienwirksam rüber. Erfahrener Sonderermittler, leger gekleidet, für sein Alter noch recht ansehnlich, höchst eloquent und fachlich mit dem gewissen Fingerspitzengefühl ausgestattet. Hast du keine Fanpost bekommen?«

»Von dir war jedenfalls nichts dabei«, gab ich schmunzelnd zurück. »Gehst du mit mir einen Kaffee trinken? Du könntest mich, was die anderen drei Opfer angeht, updaten.«

»Du zahlst.«

»Ay, Sir. Wohin gehen wir?«

Jessica sah auf ihre Armbanduhr. »Halb acht. Gediegen oder Stehcafé?«

»Was mit 'nem richtigen Stuhl.«

»Oha, harte Nacht?«

»Ach wo, bin nur erst gestern von der Alster zurück, absolute Scheißfahrt über die A1. War erst gegen ein Uhr nachts hier im Hotel.«

»Bröker wird mir den Kopf abreißen.«

»Vorher trete ich ihm in seine Macho-Eier.«

»Ach Jonathan, das waren noch Zeiten, als wir zusammen zur Schule gegangen sind.«

»Ist 'ne Ewigkeit her, oder?«

Jessica sah mich prüfend an. Plötzlich war er da, der Moment, den ich gefürchtet hatte, aber so ist das wohl im Leben ... die Vergangenheit holt dich irgendwann ein, da bleibt kein Fluchtweg offen.

»Geht's dir gut?«

»Ja, alles okay.«

»Da liegen mehr als zwanzig Jahre zwischen uns, Jonathan.«

»Ich weiß.«

»Dabei sollten wir es belassen.«

»Gut.«

»Also, was ist los mit dir?«

»Ich weiß nicht ... andauernd den total Abgedrehten nachjagen zu müssen, wird langsam immer schwerer. Ich habe in letzter Zeit viel abartige Scheiße zu sehen bekommen, Jess, vielleicht sollte ich den Beruf wechseln.« Wir schlenderten zu meinem klapprigen Opel Astra. »Einfach einen ganz normalen Job.«

»Was zum Beispiel?«

»Ach, was weiß ich ... Bienen züchten, Fahrräder reparieren, was Ruhiges.«

»Du wirst alt, Jonathan, außerdem bist du ein schrecklicher Handwerker, oder hast du dazugelernt?«

»Ich *bin* alt, Jessica.«

»Quark, du bist gerade mal fünfundvierzig. Wir sind ein Jahrgang und ich bin nicht alt, ergo bist du es auch nicht, ganz einfache Logik. Na komm, ein Tee wird dich wieder auf Vordermann bringen. Du trinkst doch noch Earl Grey, oder bist du zu den Kaffeejunkies übergelaufen?«

»Nee, da bin ich mir treu geblieben. Apropos treu ... Wie läuft es denn mit Barney?«

»Gut, so weit.«

»Aha, freut mich zu hören, auch wenn das nicht wirklich überzeugend klang.«

»Echt? Alles okay, Barney ist ein so lieber Kerl.«

Ich nickte gleichmütig. Ich hatte Bernhard Glock, den heutigen Archivar der Stadtbücherei, immer als eher fade empfunden. Wie Jessica war er ein Mitglied der legendären einundneunziger Oberstufe des altehrwürdigen Landfermann-Gymnasiums. Eigentlich hatte ich nie verstanden, was Jessica zu dem Langweiler gezogen hatte, aber vielleicht hatte sich Barney ja in den vergangenen zwei Jahrzehnten gemausert. Ich hatte meine Chance jedenfalls grandios vermasselt ...

Wir landeten in der Innenstadt im Museumscafé im Kant-Park, das gerade neu eröffnet hatte.

»Also, dann lass mal was hören über die drei bisherigen Opfer.« Ich stützte mein Kinn auf den Ballen meiner rechten Hand ab.

»Wirst du denn auch zuhören?«

»Hm? Ja, warum denn auch nicht?«

»Weil du mich wie ein glupschäugiger Pennäler anstarrst.«

»Oh, ich bitte vielmals um Absolution.«

Jessica lächelte fein. »Nicht nötig, ist ja ganz niedlich, aber wir sollten doch sachlich bleiben.«

»Dann mal los.« Ich seufzte. »Ich bestelle mal zwei Frikos.«

»Frikadellen zum Frühstück?«

»Wer weiß, was dieser Tag noch bringen wird«, sagte ich und verschwand zum Tresen.

Als ich wiederkam, begann Jessica zu erzählen.

»Also, Jürgen Markwart, das war das erste Opfer. Neunundfünfzig, ledig, ehemaliger Buchhalter, vollkommen zerfetzter Brustkorb, beide Augen ausgestochen, faktisch ausgeblutet, ein regelrechtes Massaker.«

»Seltsam.«

»Was denn?«

»Sein erstes Opfer wurde so übel zugerichtet. Das passt nicht so recht zu den anderen Morden, die eher einen klinischen Charakter aufweisen. Der Täter muss einen ganz besonderen Hass auf diesen Markwart entwickelt haben. Wo wurde er gefunden?«

»In seiner Wohnung in Hochfeld. Der Hund eines Nachbarn hat ihn entdeckt ... und auch noch mal herzhaft zugebissen. Der Rentner hatte dann alle Mühe die Töle von ihrem Festschmaus wegzulotsen.«

»Bon Appetit, der Kleine wollte doch sicher nur spielen.«

»Deinen schwarzen Humor hast du jedenfalls nicht eingebüßt.«

»Was wissen wir noch über den Mann?«

»Lebte, wie gesagt, allein, zurückgezogen, die einzige Nachbarin beschreibt ihn als verschlossen, aber auch als unangenehm und nachlässig, was die Reinigung des Flures und der Waschküche angeht.«

»Bekannte, Freunde, Familie?« Ich war hoch konzentriert, jedes Detail konnte wichtig werden.

»Eine ältere Schwester, Emilia, lebt in Cloppenburg und pflegte keinen Kontakt zu ihrem Bruder. Freunde sind keine bekannt. Er verbrachte einiges an Zeit in einem Wettbüro auf dem Sternbuschweg. Nur kleine Einsätze, nichts Auffälliges. Es ging ihm wohl hauptsächlich darum, umsonst die Fußballübertragungen sehen zu können. Die haben da Sky. Hat sich den ganzen Abend an einem Bier festgehalten.« Nachdenklich wickelte Jessica eine Strähne um ihren rechten Zeigefinger.

»Klingt nicht gerade nach einer offensichtlichen Zielscheibe, aber wer weiß, auch Serientäter morden nicht ohne vermeintlichen Grund. Was ist mit der Frau?«

»Martina Feykes, siebenunddreißig Jahre alt, Verkäuferin bei KiK, war bis kurz vor ihrem Tod mit einem türkischen Mitbürger liiert, Abdulah Celik, deutlich jünger, hatte wohl irgendwann die Schnauze voll und hat sie eiskalt abserviert. Gefunden wurde sie in Kasslerfeld, zwischen zwei Müllcontainern, direkt neben Kaufland. Das Gift wurde direkt in eine Armvene injiziert, vorher Betäubung, klassisch mit Chloroform. Der Täter hat sie zwischen zwei Containern drapiert, der Rücken lehnte an einer Betonwand, der Kopf war mit Klebeband fixiert, damit er nicht auf die Brust abgekippt. Gefunden wurde sie von Maryam Öztürk, einer der Minijobberinnen in dem Designerladen.«

»Wie sieht es hier im sozialen Umfeld aus?« Die Frikos kamen, fein säuberlich auf einem Teller angerichtet. Natürlich fehlte der Ketchup.

»Die Eltern sind geschieden, beziehungsweise tot. Der Vater kam bei einem Autounfall ums Leben, liegt schon zehn Jahre zurück, die Mutter lebt in einem Heim, frühzeitig an Demenz erkrankt. Die Nachbarn beschreiben Martina Feykes als zuvorkommend, höflich und sauber. Das ist ja in Deutschland ein gewichtiges Kriterium.«

»Das heißt, sie hat pünktlich den Flur gewischt.«

»Genau.«

»Freundinnen?«

»Eine, Carola Sehlig, arbeitet in einer anderen KiK-Filiale in Hamborn. Auch mit einem Türken zusammen, nicht verheiratet. Seit Abdulah Martina abgeschossen hat, bestand kein engerer Kontakt mehr. Sie hat ausgesagt, dass Martina total verzweifelt war nach der unverhofften Trennung.«

»Keine Hinweise, nichts Verwertbares?«

»Null Komma gar nix.«

»Willst du mal beißen, die sind echt lecker, wahrscheinlich frisch gemacht.«

»Nee, lass mal, ist nicht mein Ding, schon gar nicht am frühen Morgen.« Jessica lachte gutmütig und nippte an ihrem Kaffee.

»Selbst schuld! Was ist mit dem dritten Opfer?«

»Miroslav Kovac, fünfundvierzig, aus dem ehemaligen Jugoslawien bereits vor Urzeiten eingereist, zuletzt arbeitslos, vorher Dreher bei Thyssen, verheiratet, zwei Kinder im Alter von vierundzwanzig und siebenundzwanzig, leben in eigenen Familien, in Lüdenscheid, beziehungsweise Altötting. Seine Ehefrau Marika ist so alt wie er, ehemalige Friseurin, dann Hausfrau und Mutter, wohnt in Beek. Offiziell sind sie noch verheiratet, faktisch aber getrennt lebend. Getötet wurde er durch einen Schuss aus nächster Nähe direkt in den Kopf. Ein Jogger auf dem Parkdeck des Im-Brahm Centers in Marxloh hat ihn gefunden. Wie bei allen Opfern nichts gestohlen, Brieftasche, Ausweis, alles vorhanden.«

»Vier Opfer, vier verschiedene Tötungsdelikte, vier unterschiedliche Orte, ganz offensichtlich keine Raubmorde, keine Sexualdelikte.« Ich rührte versonnen in meiner Teetasse. »Das könnte spannend werden.«

»Das einzige Bindeglied ist das hellbraune Packpapier, das der Täter oder die Täterin den Opfern in den Mund stopft. Wenn diese Gemeinsamkeit nicht vorhanden wäre, könnte man die Morde kaum in einen Zusammenhang bringen.«

»Ja, aber das will unser Täter nicht riskieren. Er will, dass wir die Taten nur einer Person zuordnen.«

»Er will gejagt werden?«

»Aber ja, ganz sicher, Jess. Er will die ganz große Show.«

»Aber das ist ... krank. Was meinst du? Wählt er die Opfer willkürlich aus?«

»Weiß ich noch nicht, aber ich würde dagegen wetten. Es muss etwas geben, das die vier Ermordeten verbindet. Nun ja, es ist zumindest nichts Offensichtliches, aber da ist etwas, da bin ich ganz sicher.«

»Wenn das so weitergeht, werden wir Trump, den Klimawandel und Kim Jong Un aus den Hitlisten der Nachrichten verdrängen. Nichts bereitet den Menschen mehr Gänsehaut als ein Serienmörder.«

»Oh ja, er will im Rampenlicht stehen, medial gesehen, fast jeder Serienmörder hat diesen Wunsch, sie suchen die Aufmerksamkeit der Massen, das macht sie geil und zufrieden zugleich. Sie wollen spielen, Jess, ein grausames Spiel, in dem sie selber die Regeln bestimmen. Jeder weitere ungesühnte Mord ist ein Sternchen auf der Skala der Unsterblichkeit.«

»Du machst mir Angst, Jonathan.«

»Leider muss ich immer wieder versuchen mich in die Psyche der Irren hineinzuversetzen.« Ich nahm einen Schluck Earl Grey, der jetzt genau die richtige Trinktemperatur erreicht hatte. Diese Minute muss man auskosten. Ich seufzte genießend. »Und genau diese Tatsache macht mir zunehmend zu schaffen.«

»Okay, ich beginne das mit den Bienen zu verstehen.«

»Deine Augen haben nichts von ihrer unglaublichen Strahlkraft verloren.«

»Lenk nicht ab.«

Ich musste lachen. »Und deine Stirn legt sich immer noch in unzählige Falten, wenn dir was nicht passt.«

»Liebgewonnene Gewohnheiten, die legt man nicht so schnell ab.« Jessica stibitzte das letzte Stück der Frikadelle. »Gar nicht mal so übel.«

»Siehst du, man sollte ab und an auf ältere Herren hören.«

»Jonathan ...«

»Hm?«

»Werden wir das Schwein kriegen?«

»Klar, werden wir, irgendwann macht er einen Fehler, wird übermütig, hält sich für allmächtig, die Frage ist nur ... wie viele Menschen müssen bis dahin noch sterben?«

»Und wenn er jetzt einfach aufhört?«

»Dann stehen unsere Chancen schlecht, aber das kann er nicht.«

»Warum nicht?«

»Meine ganze Erfahrung sagt mir, dass wir es mit einem männlichen Täter zu tun haben. Dafür spricht nicht nur die Statistik. Neun von zehn Serientätern sind Männer. Die Vorgehensweise und die Brutalität deuten ganz sicher auf einen Mann hin. Er befindet sich jetzt an einem Punkt, da er nicht einfach aufhören kann, er will sein selbst gestecktes Ziel erreichen.« Jonathan nickte bekräftigend. »Er hat das Spiel eröffnet, er hinterlässt gezielt Hinweise, er will uns vorführen, sehen und hören, wie die Medien uns immer heftiger bedrängen, während er im Verborgenen die Fäden zieht. Das ist das Spiel, Jess, das treibt ihn an, der Nervenkitzel, die Genugtuung besser zu sein als wir. Nein.« Ich schüttelte entschieden den Kopf. »Legen wir alle Erkenntnisse zugrunde, die ich mit Typen dieser Art gewonnen habe, bin ich mir ziemlich sicher, dass er weitermorden wird. Er kann gar nicht aufhören, er hat einen Masterplan. Sobald er einen Fehler macht, haben wir ihn.«

»Jack the Ripper wurde auch nie erwischt.«

»Andere Zeiten, Jess, weitaus weniger effektive Methoden der Polizei, außerdem ist er einer der wenigen, die nach relativ kurzer Zeit aufgehört haben zu morden. Meines Wissens kam er gerade einmal auf fünf Opfer.«

»Was ihn in der Hitliste der Serienmörder nicht in die Top Ten bringt.«

Ich musste unwillkürlich schmunzeln. Wie konnte es eigentlich sein, dass ich diese bezaubernde Frau zwei Jahrzehnte nicht beachtet hatte? *Tja, und nun ist es zu spät, alter Schwerenöter, jetzt ist sie glücklich mit Barney, dem Archivar.* Wer zu spät kommt, den bestraft das Leben. *Du hättest damals nicht gehen müssen …*

»Wie wirst du vorgehen?«

»Zu allererst werde ich darauf bestehen, mein Team nach Duisburg abzukommandieren.«

»Oh, du hast ein eigenes Team? Ich dachte, du arbeitest allein. Der einsame Wolf.«

»Wir sind zu dritt, wenn der Fall es hergibt, und da besteht hier gar kein Zweifel. Eddie Klus, ein hundertprozentiger Nerd, mein Datenspezialist, auf seine Art ein genialer Typ, schräg, aber unglaublich effektiv, gerademal achtundzwanzig Jahre alt, und Sascha Brinkmann, frisch von der Akademie in Dresden.«

»Sascha ...?«

»Achtundzwanzig Jahre, Nahkampfspezialistin, schwarzer Gürtel, goldene Schützenschnur, macht für mich den Bodyguard bei Außeneinsätzen, koordiniert unser Vorgehen, entwickelt eigenständig Ideen und Strategien ... Sie ist großartig. Manchmal denke ich, dass sie übersinnliche Kräfte besitzt, so eine Art sechsten Sinn, eine gesteigerte Empathie. Sie sieht Zusammenhänge, die mir verborgen bleiben. Wir sind ein echt gutes Team, da wo mir nichts mehr einfällt, hilft entweder Eddie mit seinen Computern oder Sascha mit frischen neuen Ansätzen.«

Jessicas Augen funkelten belustigt. »Wo stecken deine Superprofis denn im Moment?«

»Noch in Hamburg, sie arbeiten den ganzen Müll berichtsmäßig auf.«

»Oh, sie erledigen die Schreibtischarbeit für dich, wie praktisch.«

»War noch nie mein Ding.«

»Du wirst Bröker überreden müssen. Keine einfache Sache, er mag es nicht, wenn man ihm in die Karten guckt, dann auch noch zu dritt.«

»Aber das hat er nicht allein zu entscheiden. Notfalls schalte ich den Innenminister ein. Heute schon wird der vierte Mord das Tagesgespräch sein und dann wird es auch für euren Poltergeist schwierig, uns aus der Sache rauszuhalten. Herrgott, wir müssen alle an einem Strang ziehen.«

Jessica trank den Rest ihres Cappuccinos. »Wir sollten jetzt los.«

»Was ist mit dem Papier, Jess?«

»Das zeige ich dir besser im Labor, okay?«

»Na schön, dann los.«

Kapitel 2

Polizeipräsidium Duisburg

»Wird das eine Invasion der Supercops, oder was?«, polterte Bröker ungehalten. »Sie reichen mir schon, Dawson, jetzt wollen Sie noch zwei weitere Eierköpfe hier anschleppen.«

»Das ist der Plan.«

»Abgelehnt, machen Sie gefälligst Ihren Job allein oder brauchen Sie jemanden, der Ihnen den Hintern abwischt?«

»Also schön, dann doch die Hardcore Nummer. Ich werde den Polizeipräsidenten ...«

»Einen Scheißdreck werden Sie!«

»... und den Herrn Innenminister ...«

»Ich kann Sie nicht leiden, Dawson, Sie gehen mir gehörig auf die Eier.«

»... darüber informieren, dass Sie die dringend benötigte Unterstützung ablehnen.«

Gernot Bröker funkelte mich bösartig an. »Treiben Sie es nicht zu weit, Dawson.«

»Auch, wenn Sie es nicht wahrhaben möchten: Ich bin hier, um diesen Serienkiller aufzuhalten und Sie dabei zu unterstützen. Dazu benötige ich meine Mitarbeiter. Zu dritt sind wir effektiver.«

»Das alles ist ein einziger Albtraum.«

Im Hintergrund heftete Adrian Kaczor ein Foto von Bernd Kohler neben die drei anderen Opfer an eine überdimensionale Pinnwand.

»Sehe ich genauso.«

Bröker fuhr seinen Stresspegel ein wenig herunter. »Sie müssen sich ein Büro zu dritt teilen.«

»Kein Problem.«

»Na dann, pfeifen Sie meinetwegen Ihre Lakaien heran.«

Na bitte, geht doch.

»Chef, die Presse is am Warten dran.« Angelina Haubrich steckte den Kopf zur Tür herein. Im Präsidium ist sie das Mädchen für alles, Sekretärin, Betreuung der Anwärter, gute Seele, ausgleichendes Element. »Lange nich gesehen, Jonathan.« Sie winkte mir freundlich zu. Seit Angelina ihre Haare nicht mehr färbte, sah sie zehn Jahre älter aus. Sie hatte jede Menge Enkelkinder, wenn ich das richtig in Erinnerung hatte. Sie kam auf mich zugerauscht und drückte mich kräftig. Wenigstens eine Person, die mich freundlich empfing, aber damit lebte ich schon seit über zwanzig Jahren. Sonderermittler wurden halt immer dann eingeschaltet, wenn die Stammcrew nicht mehr zu verwertbaren Ergebnissen kam.

»Wie isset so, Jung?«

»Hamburg war ein verdammt aufwühlender Fall.«

»Wir haben dat alle mitverfolcht. Kaum ist der Scheiß im Norden durch, haben wir die Kacke hier am Dampfen dran. Die Bekloppten sterben eben nich aus.« Ich liebte ihre unverfälschte Art. »Du kriegst dat Schwein, oder?«

»Hundert Pro.«

»Jetzt, wo du da bist, Junge, kann ja nix mehr schiefgehen, oder ... Chef?«

Bröker zog brummend von dannen.

»Hat sich nicht viel geändert auf dem K1«, stellte ich grinsend fest.

»Nee, is der gleiche Sauhaufen, wie immer war. Wat macht denn die Liebe, Kleiner? Bisse immer noch solo?«

»Angie, du weißt doch ...«

»Jaja, ein Gentleman genießt und tut schweigen, wat? Dachte, du kommst mal auf 'n Grund zurück, so mit allem, wat dabeigehört. Haus, Frau, Schreihälse und so.«

»Das wird in diesem Leben nichts mehr.«

»Wer weiß, später is öfter als man denken tut.« Schon wieder eine Ruhrpott Weisheit, echt unbezahlbar. »Wo gehse jetzt?«

»Rauf zu Jessica, mir die Hinterlassenschaften aus den Mündern der Opfer ansehen.«

»Jut, mach dich vom Acker und fang dat Monster.«

Die Spurensicherung hatte ihr Domizil auf der gesamten zweiten Etage des achtstöckigen Baus. Jessica trug jetzt den üblichen weißen Kittel über der Jeans und ihrer hellblauen Bluse.

»Das ging ja schnell ... Alles okay?«

»Eddie und Sascha nehmen die Abendmaschine, allerdings landen sie in Köln, werden ergo vor Mitternacht nicht eintrudeln.«

»Hast du schon eine Unterkunft?«

»Erst mal das Wyndham, ehemals Steigenberger Duisburger Hof.«

»Holla die Waldfee, der Herr lässt es sich gut gehen, die nobelste Hütte in der City.« Jessica schürzte anerkennend die Lippen. »Da lässt es sich aushalten.«

»Qualität hat eben ihren Preis.«

»Unter Minderwertigkeitsgefühlen leidest du nicht gerade.«

»Ach, komm schon, das Leben ist hart genug.«

»Genug des Small Talks, ich zeige dir die Artefakte.«

Auf einer Leinwand waren vier braune Papierfetzen aufgeklebt, teilweise zusammengesetzt, die Rissstellen wirkten wie dunkle Adern auf welken Herbstblättern.

»Das sind nur die Passagen, die mit Text versehen sind, den Rest haben wir abgeschnitten und eingehend untersucht. Keine Fingerabdrücke, kein Haar, keine Follikel, keine DNS, nichts Verwertbares. Der Typ ist mehr als gründlich. Das Papier bekommst du in jedem Schreibwarenladen oder Kopiershop, vielleicht hat er es auch irgendwo gefunden oder geklaut. Wir reden übrigens immer von einem Mann, fällt mir auf.«

»Stimmt, aber das, wie ich bereits erwähnte, ist in neun von zehn

Fällen auch richtig.« Ich begutachtete die Fundstücke. »Schöne Schrift, das muss man dem Kerl lassen.«

»Hier sind die vergrößerten Abschriften.« Jessica drückte mir Kopien in die Hand, die ich zunächst nur schnell überflog.

»Heilige Scheiße ... das sind ja komische Texte«, stellte ich überrascht fest. »Das erste hier ... was für eine verquere Sprache. Das klingt irgendwie alt, oder? Deutsche Dichtkunst aus dem Mittelalter?«

»Du bist gut, aber auf den Verfasser kommst du nicht.«

»Okay, also kein Bekannter aus dem Deutsch-Leistungskurs.«

»Ich vermute eher nicht. Lies mal vor.«

Ein Dolch bringet den kühlenden Kranz,
O! sauge, Geliebter, Gewaltig mich an,
Daß ich entschlummern und lieben kann.
Ich fühle des Todes verjüngende Flut,
Zu Balsam und Aether verwandelt mein Blut,
Ich lebe bey Tage voll Glauben und Muth,
Und sterbe zehn Nächte in heiliger Glut.

Ich atmete mehrfach tief durch. »Du hast recht, ich habe keine Ahnung, wer das verzapft haben könnte.«

»Wir haben das natürlich recherchiert. Dieses Gedicht verfasste 1799 ein gewisser Georg Philipp Friedrich von Hardenberg, Künstlername Novalis. Es ist Teil eines Gedichtzyklus mit dem Titel *Hymnen an die Nacht*.«

»Wow, das ist mal ein Hammer«, musste ich verblüfft zugeben. »Ein der Poesie zugetaner Serienmörder.«

»So ist es«, bestätigte Jessica ernst. »Bei der ersten Leiche fanden wir zwei Texte, bei den folgenden immer nur einen.« Jessica sah mich fragend an. »Das hat was zu bedeuten, oder?«

»Ganz sicher sogar, nur habe ich noch keine Ahnung, wohin uns das führen wird.«

»Das findest du schon noch raus.«

»Und mein Team«, ergänzte ich nachdenklich. »Lass mal die weiteren Textstellen ansehen. Text Nummer zwei:«

Was quillt auf einmal so ahndungsvoll unterm Herzen,
Und verschluckt der Wehmuth weiche Luft?
Hast auch du ein Gefallen an uns, dunkle Nacht?
Was hältst du unter deinem Mantel,
Das mir unsichtbar an die Seele geht?
Köstlicher Balsam träuft aus deiner Hand,
aus dem Bündel Mohn.

Nachdenklich massierte ich meine Nasenflügel. Eine unbewusste Angewohnheit, die immer dann zum Tragen kam, wenn ich angestrengt nach Lösungen und Zusammenhängen suchte. »Tja, das reimt sich jetzt nicht. Ist aber der gleiche Stil. Auch von diesem Novalis, vermute ich mal?«

»Genau.«

»Die Passage ist wahrscheinlich auch aus ...«

»*Hymnen an die Nacht*.«

»Okay, lass mal weitersehen, worauf kaut Opfer Nummer zwei?«

Hart rang er mit des alten Todes Schrecken,
Schwer lag der Druck der alten Welt auf ihm.
Noch einmal sah er freundlich nach der Mutter,
da kam der ewigen Liebe lösender Hand,
Ein Schuss – und er entschlief.

»Tja, das nenne ich mal einen kunstvoll gedrechselten Text.«

»Dieser Novalis ist gerade mal knapp neunundzwanzig Jahre alt geworden. Er starb früh an Tuberkulose, war eigentlich nie richtig gesund. Daher wahrscheinlich diese düstere Grundstimmung.«

»Gut möglich. Unser Täter scheint das Gedicht ja wirklich zu mögen ...« Ich summte unbewusst *Steets of London* von Ralph McTell, den Song, mit dem ich heute Morgen aufgewacht war und der mir jetzt nicht mehr aus dem Sinn ging.

»Du solltest mal in einer Karaoke-Bar auftreten.«

»Nur, wenn wir ein Duett singen.«

Jessicas Augen leuchteten vergnügt. »An welchen Song dachtest du denn?«

»Weiß nicht, vielleicht *Time of my life.*«

»*Dirty Dancing?*« Plötzlich war sie mir ganz nah. »Und? Wirst du mich auffangen wie einst Patrick Swayze?«

»Klar.«

Plötzlich war die Leichtigkeit verflogen. Jessica bannte meinen Blick.

»Das wird nichts, Cowboy, du kommst zu spät.«

Mein Mund war zu einer Staubhöhle geworden. »Was ... ist der Text aus dem Mund des dritten Opfers?«

Zu Ende neigte sich die alte Welt.
Die Götter verschwanden mit ihrem Gefolge.
Einsam und leblos stand die Natur.
Mit festem Seil band sie die dürre Zahl und das strenge Maß.
Wie in Staub und Lüfte zerfiel in dunkle Worte die unermeßliche Blüthe des Lebens.

»Sehr tiefsinnig. Ob uns der Täter damit etwas sagen will, eine versteckte Botschaft?«

»Möglich.«

»Du bist sehr einsilbig.«

»Diese Texte aus dem achtzehnten Jahrhundert scheinen auf den ersten Blick wahllos benutzt zu werden, genauso wie die Opfer scheinbar keine Gemeinsamkeiten aufweisen.«

»Auf den zweiten und dritten Blick wird es leider auch nicht besser«, fügte Jessica hinzu.

»Rätsel, die es unbedingt zu lösen gilt.« Ich schob die Kopien zusammen. »Auch wieder aus *Hymnen an die Nacht?*«

»So ist es.«

Ich atmete tief durch. Das würde nicht einfach werden, aber ich war ganz sicher, dass sich ein Code hinter den Versen verbarg. »Bernd Kohler, das vierte Opfer, welche Weisheiten hat ihm der Täter in den Mund gestopft?«

»Pass gut auf, das gefällt mir ausgesprochen gut.« Jessicas Wangen glühten vor Aufregung. Mein Herz machte einen holprigen Satz.

Obern baut sie sich Hütten, Hütten des Friedens,
Sehnt sich und liebt, schaut hinüber,
Bis die willkommenste aller Stunden,
Hinunter sie in den Brunnen der Quelle zieht.

»Gelungene Verse.« Ich kniff die Augen zusammen.

»Schade, dass man durch Morde auf diesen Dichter aufmerksam gemacht wird. Nur ... was hat das alles zu bedeuten?«

»Gute Frage. Ich habe keine Idee, aber das macht ja nichts, weil du ja jetzt bald dein unschlagbares Expertenteam vor Ort hast. Tja, wie auch immer, das ist der Stand der Dinge, Jonathan, mach was draus. Ich geh jetzt mal rüber zu Sonia, die schnippelt gerade die Leiche auf. Vielleicht finden wir ja diesmal irgendeinen Hinweis.«

»Sonia ... wer?«

»Sonia Uhlig, unsere neue zweite Pathologin, frisch aus den Staaten, Ausbildung in Boston bei Doktor Maura Isles.«

»Aha.«

»Sehr hübsch, witzig, intelligent. Du solltest sie kennenlernen.«

»So?«

»Oh ja.« Jessica grinste anzüglich. »Genau dein Typ.«

»Woher willst du wissen, wie mein Beuteschema aussieht?«

»Ich bin sicher, sie wird dir gefallen.«

Kapitel 3

Polizeipräsidium Duisburg

Kurz nach dreizehn Uhr traf Jonathans Team in Duisburg ein.

»Was ist das für eine beschissen lahmarschige DSL-Leitung?«, beschwerte sich Eddie lauthals. »Da kann man ja gleich neben den Datenbytes herlaufen, so langsam ist die Chose.«

Er verkabelte fluchend sein umfangreiches Equipment. »Dazu dieses Loch, das ist ja ein regelrechter Rattenbau.« Immer wieder schob der dunkel gelockte Computerspezialist seine runde Nickelbrille auf den Nasenhügel zurück. Jetzt kroch er unter dem Schreibtisch hervor. »Ehrlich, Jonathan, was ist das hier für eine Absteige?«

»Maul nicht, dafür haben wir ein Superhotel.«

»Aber die haben keinen Ahornsirup.«

»Wirklich? Na dann lass uns abreisen.«

Eddie sah mich aus großen braunen Augen an. Wie fast immer musste er selbst über offensichtliche Ironie erst nachdenken, ehe er sie als solche identifizieren konnte.

»Ich besorg dir deine Droge«, versprach Sascha gutmütig. Ihre roten Haare und ihr blasser Teint ließen sie problemlos als Irin durchgehen, tatsächlich stammte die Nahkämpferin und Verhörspezialistin aber aus dem Norden der Republik, eine waschechte Ostfriesin. Ihre langen Beine baumelten lässig von einem Beistelltisch herunter, auf dem sie Platz genommen hatte. Ihre unzähligen Sommersprossen leuchteten noch ein wenig von ihrem letzten Ibiza-Aufenthalt.

»Wir sollen morgen Früh der Mannschaft was liefern«, eröffnete ich wenig begeistert.

»Oh, das ist ja fantastisch, man lässt uns zwanzig Stunden Zeit, wie geil ist das denn?«, maulte Eddie verdrossen. »Wir haben nicht mal die Fotos der Opfer gesehen, keine Tatortberichte, keine Background-Informationen. Wie sind die denn hier im Kohlenpott drauf?«

»Der Druck von außen steigt stündlich. Die Boulevardblätter haben Blut geleckt, im wahrsten Sinne des Wortes, die überregionalen Zeitungen sind teilweise auch schon eingestiegen.«

»Vier Wochen, vier Tote, verdammt ambitionierte Quote.« Sascha nickte verstehend. »Da wird man gern mal nervös.«

»Dann lasst uns loslegen, Freunde der Nacht.«

Der Einstieg in die Ermittlungen eines Falles gestaltete sich in meinem Team immer in einer Art Brainstorming. Sascha und ich schwatzten zunächst mal drauflos, Eddie hämmerte unsere Gedanken und Schlussfolgerungen in ein vom ihm selbst entwickeltes Analyseprogramm. Der Datenspezialist beteiligte sich eher selten an der Diskussion, glänzte aber hie und da durch richtungsweisende Schlüsse.

»Vier Opfer, drei Männer und eine Frau.«

»Alter ... zwischen sechsunddreißig und neunundfünfzig.« Sascha blätterte in ihren Aufzeichnungen. Wir spielten uns die Bälle zu. »Keine auffälligen Gemeinsamkeiten, drei Arbeitslose und eine KiK-Sklavin.«

»Sie kannten sich wie es aussieht nicht, auch keine Zweier-Connection. Keine offensichtlichen Verbindungen.«

»Hobbys, Vorlieben, Sportvereine?«

»Nichts.«

»Du hast alle Unterlagen bekommen?«

»Ja, ich bin noch nicht alle Zeugenaussagen im Detail durchgegangen, aber es sieht nicht so aus, als gäbe es Verbindungen«, resümierte Sascha.

»Dann muss der gemeinsame Nenner woanders zu finden sein.«

»Ja, wir werden sehen.«

Eddie sah gelangweilt in die Luft, dann putzte er sich umständlich die Brille mit einem wenig vertrauenserweckenden altmodischen Taschentuch.

»Was ist mit den Stadtvierteln?«, fragte er in das betretene Schweigen.

»Sascha?«

»Hochfeld, Kasslerfeld, Hamborn und der Werthacker. Zweimal nahe der City, einmal im Norden und dann dieser Ableger unten an der Ruhr. Das sind alles mehr oder weniger soziale Brennpunkte. Nee, warte mal, der Werthacker nicht, das ist wohl eher ein gehobenes Wohnviertel, fast ausschließlich Privathäuser und Eigentumswohnungen. Ein bisschen abgeschieden am Ruhrschnellweg.«

»In welcher Hinsicht soziale Brennpunkte?«, hakte ich nach. »Vor zwanzig Jahren gab es nur den türkisch geprägten Duisburger Norden mit seinen Problemen.«

»Also, ich habe mich im Vorfeld mal schlaugemacht und mit der Abteilung Bandenkriminalität gesprochen. Ich sage das mal absolut wertfrei: Da geht ganz schön was ab in Duisburg. Hochfeld wird von Bulgaren und Rumänen dominiert, in Kasslerfeld überwiegen Flüchtlinge aus Syrien und Afghanistan, in Beek russische Mafia und in Hamborn kommst du dir vor wie in Anatolien auf einem Basar, dazu kommen noch die Chinesen, die sich über das ganze Stadtgebiet verteilen.«

»Chinesen?« Ich sah Sascha fragend an.

»Chinarestaurants an jeder Ecke, Geldwäschereien, manchmal Drogen.«

»Italienische Mafia?«

»In der City und im Süden.«

»Ich liebe diese Stadt.«

»Hör schon auf, du bist hier geboren, oder?«

»Kann ich nicht leugnen.«

»Außerdem sieht es in jeder anderen Großstadt genauso aus. Wenn du Friede, Freude, Eierkuchen und eine vermeintlich heile Welt willst, dann musst du in irgendein Dorf ziehen. In die Eifel vielleicht oder noch besser ins tiefste Bayern, aber wehe, du passt dich nicht an. Ich sage nur Schützenverein, Kirchenchor oder ähnliche Horrorszenarien, sonst bist du raus aus der Gemeinschaft.«

»Okay, Botschaft angekommen, weiter im Text. Wie sieht es mit den Berufen der Opfer aus?«

»Markwart ist, oder besser gesagt war, Stahlkocher bei Thyssen, seit schlappen zehn Jahren arbeitslos, Martina Feykes Verkäuferin in dieser Billig-Klamottenschmiede, Miroslav Kovac, Eisenbahner, hat mit Schließung des Ausbesserungswerkes in Wedau seinen Job verloren, Bernd Kohler, das gestrige Opfer ist Setzer von Beruf, zuletzt in einer Druckerei in Düsseldorf beschäftigt gewesen.«

»Hm.«

Eddies Tastatur funktionierte erstaunlich leise. »Wir müssen Gemeinsamkeiten finden, Leute«, erinnerte er, ohne von seinem Bildschirm aufzusehen. »Wie sehen die Familienverhältnisse aus?«

»Markwart war nie verheiratet, die Feykes ist seit Neuestem wieder Single, war auch nicht verheiratet, Kovac ist offiziell noch unter der Haube, übrigens zum zweiten Mal, aber faktisch getrennt lebend und Kohler ...«

»Auch Single«, ergänzte Sascha.

»Na bitte, da haben wir doch schon mal was.« Eddie klatschte vergnügt in die Hände. »Alle vier sind solo, keine Kinder, keine trauernden Witwen.«

»Der Täter trifft eine Sozialauswahl?«, fragte ich stirnrunzelnd. »Warte mal, da stimmt was nicht, Kovac hat zwei Kinder, die leben zwar nicht hier und scheinen auch keinen Kontakt zu ihrem Vater zu pflegen, aber immerhin.«

»Ach, Mist, ich werte das aber trotzdem mal als Gemeinsamkeit, denn weder Frau noch Kids werden wohl vor Trauer über den Tod von Kovac in Tränen ausbrechen.«

»Ich habe da noch was.«

»Nur zu.«

»Vier Deutsche.«

»Wirklich, Kovac auch?«

»Ja, ist schon im Kindesalter eingereist, deutscher Staatsbürger seit 1993.«

»Damit können wir einen rassistischen Hintergrund faktisch ausschließen«, freute sich Eddie. »Geschichte wird gemacht, es geht voran, Leute …«

»Halleluja.«

»Ich befürchte, wir haben es mit einem zwar vollkommen durchgeknallten, aber leider hochintelligenten Gegner zu tun.«

»Sherlock Holmes freut sich immer, wenn sein Gegenspieler Moriati heißt. Nimm dir ein Beispiel daran.«

»Das ist kein Spiel, Sascha.«

Die Ermittlerin hüpfte von der Tischkante und reichte mir einen Schokoriegel. Kinderschokolade. Die bekam ich eigentlich nur, wenn wir in eine Sackgasse gerieten, hier aber hatten wir noch gar nicht richtig angefangen. Ihre hellblauen Augen leuchteten spitzbübisch.

»Die Tatorte?«, insistierte Eddie.

»Markwarts Wohnzimmer, ein Parkplatz mit Müllcontainern in Hochfeld, bei Kovac ein Parkdeck in der Duisburger Bronx, bei Kohler wissen wir es nicht. Er wurde ganz sicher nicht unter der Brücke aufgeknüpft.«

»Hast du das, Eddie?«

Schon die Frage allein war eine Zumutung. Er blinzelte mitleidig. Mit welchen Algorithmen er sein Programm versehen hatte, blieb sein Geheimnis.

»Okay, weiter. Vier verschiedene Methoden einen Menschen vom Leben in den Tod zu befördern. Messerstiche, Gift, eine Pistole, ein Strick.«

»Der Kerl liebt die Abwechslung«, brummte Eddie hinter seinem Bildschirm.

»Das muss einen Sinn haben. Haben die Kollegen abgecheckt, ob die Opfer vielleicht krank waren?«

»Muss ich klären.« Sascha machte sich Notizen. »Du denkst an den

Marienkiller aus den Neunzigern, der Todkranken die Entscheidung abgenommen hat. Wo war das noch?«

»In Stuttgart, sechsunddreißig Fälle.«

»Ich würde nicht darauf pokern.«

»Nee, war auch nur so ein Gedanke.«

»Was ist mit den zeitlichen Abständen?«, meldete sich Eddie zu Wort.

»Jede Woche eine Leiche, nicht immer am gleichen Wochentag, aber innerhalb einer Sieben-Tage-Frist.« Ich zuckte mit den Achseln. »Sollten wir im Auge behalten.«

»Die Tatzeiten?«

»Laut Gerichtsmedizin zwischen null und vier Uhr in der Nacht, außer bei Markwart, da war es der späte Nachmittag zwischen sechs und acht Uhr.«

»Tagsüber also ein Biedermann?«

»Ist zu befürchten.«

»Wir müssen die Tagesabläufe der Opfer rekonstruieren, vielleicht ergeben sich Anhaltspunkte«, schlug Sascha vor.

»Gute Idee! Wisst ihr, was mich sofort stutzig macht? Der erste Mord, das war ein grausiges Abschlachten, über zwanzig Messerstiche. Wie ein tollwütiger Köter, von Sinnen, außer Kontrolle geraten, die anderen drei ... offensichtlich Präzisionsarbeit, überlegt, geplant, eiskalt ausgeführt.«

»Ich verstehe.« Sascha nickte anerkennend. »Du meinst, die erste Tat könnte eine Affekthandlung gewesen sein, aus Wut und Hass, und erst nachträglich beschließt der Täter dem eigentlich ungeplanten Mord weitere folgen zu lassen. Aber müsste er dann nicht mehr Fehler gemacht haben, Spuren, ein bisschen Haut, ein paar Haare, wenn schon keine Fingerabdrücke?«

»Vielleicht hat er einfach nur Schwein, respektive Zeit gehabt. Er begeht den Mord, verlässt relativ panisch den Tatort, kehrt in seine Zuflucht zurück, beginnt nachzudenken ...«

»... und kehrt zeitnah noch einmal zurück, um alle Spuren zu verwischen. Dann dreht er durch, der Mord verursacht einen euphorischen Schub, plötzlich fühlt er sich allmächtig, er ist der Herr über Leben und Tod …«

»… und ihm fallen weitere Menschen ein, die den Tod verdient haben. Menschen wie Markwart! Ein wahnwitziger Gedanke setzt sich in seinem Verstand fest. Er könnte weitermachen, diesen orgiastischen Kick wiederholen, ja, er könnte den Reiz ins Unermessliche steigern, wenn er die Polizei an der Nase herumführt, wenn er verschlüsselte Botschaften hinterlässt …«

»Weiter, ihr seid gut drauf«, feuerte uns Eddie an. Seine Finger hämmerten in einem wilden Stakkato auf die Tastatur ein.

»Welcher Art Hinweise soll er hinterlassen? Anonyme Briefe, vielleicht an die Presse oder direkt an das Präsidium?«, nahm ich den Faden erneut auf. »Das ist zu profan, er will etwas Besonderes erschaffen, etwas noch nie Dagewesenes. Vielleicht hat er jede Menge kranke Thriller gelesen …«

»Dann schießt ihm ein längst vergessen geglaubtes Gedicht durch den Kopf.« Saschas Gesicht glühte vor Aufregung. »Die *Hymnen an die Nacht*, vielleicht hat er das Werk als Schüler im Deutschunterricht genossen. Er beschließt, dieses Werk als Grundlage für uns zu hinterlassen. Das müssen wir vordringlich entschlüsseln.«

»Sehe ich auch so.« Eddie nickte zustimmend.

»Das Papier, Sascha, das Papier muss in der Wohnung von Markwart gewesen sein!«

»Oder er hat es schon mitgebracht.«

»Ja … wäre möglich, glaub ich aber nicht. Das war eine spontane Entscheidung, darauf würde ich setzen.«

»Okay, nehmen wir mal an, du hast recht. Das braune Packpapier liegt irgendwo da herum … dann muss er sich am Tatort hingesetzt haben, um die Novalis-Texte zu Papier zu bringen. Das klingt abwegig, die kannte er doch sicher nicht auswendig.«

Ich zückte mein Smartphone und befragte den allwissenden Doktor

Google. Schon tauchten Textauszüge der Hymnen auf dem kleinen Display auf.

»Kein Problem, oder?«

»Wie blöd, du hast natürlich recht.«

»Dennoch ist die Sache mit den Gedichten extrem aufschlussreich.« Eddie Klus verschränkte die Hände in seinem Nacken und wippte leicht auf seinem Bürostuhl. »Es verrät uns etwas über das Alter und womöglich die Bildung des Mörders.«

»Inwiefern?«, fragte Sascha.

»Na, ich denke mal nicht viele kennen diesen Gedichtzyklus.«

»Vielleicht ist er ein Freak wie Jonathan, nur in Sachen Lyrik und nicht Musik.«

»Ja, das ist sicher möglich, aber ich meine einen anderen Hintergrund.« Eddie nahm die Brille ab und wischte mit einem Hemdsärmel über die verschmierten Gläser. »Die Hymnen sind durchaus anspruchsvoll, das ist doch eher was für einen gestandenen Menschen.«

»Na schön, lassen wir das als Hypothese stehen«, stimmte Sascha zu. »Wenden wir uns wieder den Tatsachen zu. Jonathan?«

»Das ist ganz in meinem Sinne. Der Schlüssel, der eigentliche Auslöser für seine Taten, ist nach meiner Auffassung Jürgen Markwart«, fasste ich nachdenklich zusammen. »Er war der Patient Null, die Reizfigur. Hier müssen wir ansetzen.« Ich sah in die Gesichter meiner kleinen Crew. Allgemeines Kopfnicken. »Was hat Markwart getan, um unseren Täter auf den Plan zu rufen? Was ist sein Makel? Was kann so schlimm sein, dass er ausrastet und ihn regelrecht abschlachtet?«

»Und was verbindet die anderen drei Opfer mit Markwart?«, hakte Sascha nach. »Unser Mörder sucht die Opfer sicher nicht willkürlich aus. Es muss etwas geben, das die anderen drei, aus Sicht des Mörders, ebenfalls schuldig macht.«

»Wie kommt er an die Namen, wie erfährt er von deren ... vermeintlichen Verbrechen oder Verfehlungen? Geben die Berichte echt nichts her?«

Eddie Klus schüttelte entschieden den Kopf.

»Wir müssen noch mal ganz von vorn anfangen.«

»Sieht so aus, Chef.«

»Ich schlage vor, wir teilen uns die Arbeit auf. Eddie, du fahndest nach den noch nicht ersichtlichen gemeinsamen Merkmalen, die unsere vier Opfer verbinden. Das ist enorm wichtig, der Schlüssel.«

»Ay, Käpt'n. Außerdem werde ich mir diese wunderbaren Gedichte vornehmen. Ich habe da so eine Idee ...«

»Okay, Sascha und ich fahren nach Hochfeld. Wir müssen nochmals mit den Nachbarn reden, Bekannten, das Umfeld großflächiger und intensiver abgrasen.« Ich tippte grummelnd auf den grauen Pappdeckel der Akte. »Das hier ist viel Papier, dem Grunde nach aber verdammt mager.«

An der Wand hing eine typische Beamtenuhr, schnörkellos, rund, schwarze Zeiger auf einem schneeweißen Grund.

»Wir sollten überlegen, ob wir unser Hauptquartier nicht woanders aufschlagen«, brummte Eddie. »Das ist wirklich deprimierend hier in diesem Loch. Das Kaffee ist scheiße und Donuts essen die hier auch nicht. Wie wollen die jemals einen kniffligen Fall lösen?«

Es war bereits stockdunkel draußen, als Sascha und ich gegen sechs das Präsidium an der Düsseldorfer Straße verließen.

»Weißt du eigentlich, an welche Schauspielerin du mich erinnerst?« Ich hielt ihr die Beifahrertür des Astra auf.

»Nee, echt jetzt? Keine Ahnung.«

»Oh ja, das wollte ich dir schon längst gesagt haben, ich gebe dir einen Tipp. *Game of Thrones*.«

»Na, wie Daenerys Targaryen sehe ich nicht gerade aus, oh, ich glaube ich hab's ...« Sascha lächelte fein. »Ygritte ... so viele Rothaarige gibt's ja nicht in der Serie und als Sansa Stark gehe ich mit meinem Minibusen auch nicht durch.«

Wir schlängelten uns durch den abendlichen Berufsverkehr. Irgendwie schien Duisburg eine einzige Baustelle zu sein.

»Bingo.«

»Eine Wildlingsmaid ... bin ich das?«

»Auf deine ganz eigene Art und Weise schon. Wenn du dich mal in eine Sache verbissen hast, dann gute Nacht, Freunde.«

»Ist das gut?«

»Klar ist das gut.«

»Du könntest recht haben, ich bin ein Winterkind.«

»So? Wie kommst du darauf?«

»Das Wetter ist scheiße, oder? Es ist dunkel, kalt, feucht, vielleicht wird es bald schneien. Tropfende Nasen und rote Ohren. Die meisten Menschen hassen diese Zeit des Jahres, ich aber fühle mich im Winter pudelwohl.«

»Kein Wunder, du kommst ja von jenseits der Mauer.«

»Ach, du und deine Fernsehserien, du bist ein echter Junkie, weißt du das eigentlich?«

»Man muss zu seinen Schwächen stehen und irgendwie braucht es auch einen Ausgleich zu dem, was wir tun.«

»Irre, Perverse und sonstige Schwachmaten jagen? Ja, das ist schon eine ganz besondere Berufung, aber ich find's spannend, nervenaufreibend. Ist manchmal wie ein Rausch. Du erinnerst mich übrigens auch an einen Schauspieler.«

»Mach Witze.«

»Nee, ehrlich. Du hast was von dem durchgeknallten Indiana Jones, also, äh, ich meine eher den etwas älteren, gestandenen Harrison Ford.«

»War ja klar. Rock'n'Roll und graue Schläfen.«

»Bist du jetzt verschnupft?« Sascha klang ehrlich ein wenig ängstlich. Ich schaltete die Lüftung höher und die Heizung an. »Jonathan ...?«

»Indiana Jones ist supercool. Warum sollte ich dir böse sein?« Wir grinsten uns an. Endlich schafften wir im dritten Anlauf die Ampelphase am Fußgängerübergang zur Steinschen Gasse. »Ich mag den Winter auch, richtigen Winter mit Schnee, blauem Himmel und Sonne, nicht so ein Schmuddelwetter wie hier«, gab ich zu. »Das macht es mir leichter, mich auf meine Lieblingsserien zu stürzen. Außerdem mag ich

Kerzen, Rotwein und Whisky. Im Sommer gibt's stattdessen Sonnencreme, Bier und leichten Weißwein.«

»Dann bist du eben auch ein Winterkind.« Sascha kicherte verhalten, dann summte sie leise ein Kinderlied vor sich hin.

Im Schritttempo querten wir den Fußgängerüberweg vor dem Stadttheater. Direkt daneben lag das Steigenberger Hotel, welches jetzt in der Hotelkette Wyndham aufgegangen war. Ich bugsierte den Wagen in die Tiefgarage.

»Wann starten wir?« Sascha wirkte wie immer extrem unternehmungslustig.

»Hast du keinen Hunger?«

»Lass mal überlegen.« Sie legte den Kopf schief. »Saumäßiger Kohldampf beschreibt meinen Zustand ansatzweise.«

»In einer halben Stunde im Restaurant.«

»Da drüben ist 'ne Fritten Station.«

»Restaurant, Punkt sieben.«

»Du bist der Boss.«

Kapitel 4

Stadtteil Duisburg-Hochfeld

Über den Dächern der Mehrfamilienhäuser lag ein gespenstischer Nebel. Die Straßenlaternen auf der Karl-Jarres-Straße verbreiteten diffuses Licht. Einige Geschäfte hatten noch immer geöffnet, ein Obst- und Gemüseladen, ein Handygeschäft, ein Internet-Café. Jugendliche standen rauchend in Trauben vor der hell erleuchteten Fensterscheibe, das Klacken von Fingern auf Tastaturen war zu hören, wenn sich die Tür öffnete, ein mürrisch dreinblickender Türwächter rundete das Bild ab.

Männer mit hochgeschlagenen Kragen, die, sich verstohlen umschauend, schnell durch eine Tür im Inneren einer fünfstöckigen hässlichen Mietkaserne verschwanden. An einem Büdchen drei osteuropäische Jugendliche lauthals lachend, die offen mit Messern spielten und Bier aus Flaschen tranken.

Am anderen Ende der Straße die katholische Sankt Bonifatius Kirche. Der Hauptturm war im Dunkel der Nacht kaum zu erkennen, die Fenster matt, die Tür ein Bollwerk, verschlossen.

Die Bulgaren und Rumänen hatten die Türken abgelöst, die vor dem Ansturm aus dem Balkan in den Duisburger Norden abgewandert waren. Angeblich lebten nicht selten fünfzehn bis zwanzig Personen in einer fünfzig Quadratmeter großen Wohnung. Illegal Eingereiste, von skrupellosen Schleuserbanden ins Land gebrachte Menschen. Die Wiesen des Böninger Parks und die angrenzenden Parkplätze beherbergten eine ständig wachsende Roma-Kolonie, eine Wohnwagensiedlung. Das

Leben der Menschen in diesem Stadtteil ging andere Wege, spielte sich viel mehr auf den Straßen ab, es wurde viel und laut geredet, gestikuliert, Geschäfte abgewickelt und nach vorn geschaut, in eine bessere Zukunft ohne Krieg und Verfolgung.

»Nettes Fleckchen Erde«, murmelte Sascha halblaut. »Hier möchte man nicht begraben sein.«

»Was aber schneller passieren kann, als man denkt.«

»Wie gehen wir vor?«

Aus einem der Häuser drang ein Heulen wie von einem Werwolf. Unwillkürlich tastete ich mein Halfter ab. Die Walther P99 steckte in ihrem Futteral.

»Das macht ganz schön nervös, oder?«

»Meine Nahkampfausbildung liegt gut zwanzig Jahre zurück. Vielleicht sollte ich doch mal einen Auffrischungskurs belegen.«

»Wozu, du hast doch mich.«

»Auch wieder wahr.« Ein Jugendlicher stürmte aus einem Hausflur, rannte uns fast über den Haufen. Schnell verschwand er im Zwielicht des Böninger Parks. Ein Fenster öffnete sich. Eine zotige Frauenstimme keifte dem Jungen hinterher. Ich verstand kein Wort.

»Wir schätzen an diesem Stadtteil besonders die familiäre Atmosphäre«, scherzte Sascha belustigt.

»Himmel, macht dir das gar keine Angst?«

»Angst? Angst hatte ich das letzte Mal, als ich vierzehn Jahre alt war und nach einem Schützenfest von meinem Mathelehrer bedrängt wurde. Ich spüre noch heute seine feuchte Hand auf meiner Haut.«

»Oh, das ... wie ging es aus?«

»Ich habe voll ausgeholt und ihm in die Eier getreten.«

»Braves Mädchen.«

»Wie man's nimmt. Der Drecksack krümmte sich und ging in die Knie, und ... na ja, was soll ich sagen ... da habe ich noch mal zugetreten.«

»In seine Kronjuwelen?«

»Nee, voll in die Fresse.«

»Ups.«

»Okay, lassen wir das. Gehen wir zu Markwarts Wohnung?«

»Zeppelinstraße 14. Wir müssen nur über die Straße und dann ein paar Meter weiter links einbiegen. Das ist dann schon die richtige Straße.« Jede zweite Laterne war defekt. Es war kurz vor zweiundzwanzig Uhr an einem schrecklich dunklen Novembertag. Hinter diversen Fenstern flackerten die Bildschirme von Fernsehern, aus dem ersten Haus auf der rechten Seite dröhnte ein dumpfes Wummern, fremdländische Musik, Balkanrap. Zwei Fahrradfahrer ohne Licht strampelten vorbei. Dem anerkennenden Pfeifen nach zu urteilen handelte es sich um männliche Wesen.

Die Häuser waren jetzt nur noch zweistöckig.

»Früher haben hier Stahlkocher gelebt. Das war bevor die Stahl- und Schwerindustrie den Bach runterging.«

»Es ist für mich einfach nur schrecklich, weißt du, Jonathan, wenn man einen weiten blauen Himmel gewöhnt ist, das Meer, die Dünen, weiße Segel, schnuckelige Einfamilienhäuser, Bauernhöfe und Katen, dann ist dieses Ruhrgebiet ein einziger Albtraum.«

»Ist ja längst nicht mehr so schlimm wie früher. Du hättest mal in der Nachkriegszeit einen Blick auf Duisburg werfen sollen. Okay, ich kenne es auch nur aus Erzählungen und von Bildern, aber die Siebziger- und Achtzigerjahre waren immer noch der reinste Horror.«

»Für mich ist es jetzt immer noch schlimm genug, aber ich bin Profi, wie du weißt.«

»Du solltest mal wieder Urlaub machen.«

»Sagt der Richtige. Wann hast du denn zuletzt frei gehabt?«

»Im Mai.«

»Und was hast du gemacht? Serien geglotzt, bis deine Augen viereckig waren.«

»Ist auch 'ne Art von Urlaub, für mich jedenfalls.«

»Nee, das ist bescheuert. Nur weil du Single bist, musst du dich nicht allein hinter deinem hundertfünfzig Zoll Flachbildschirm verschanzen.«

»Hundertzwanzig.«

»Haarspalter Dawson.«

»Wenn die Nummer hier vorbei ist, dann wird sich alles ändern.«

»Höchstens das Programm.«

»Du bist erschreckend frech heute!«

»Klar, bin ja auch ein Wildling. Wir sind da, Hausnummer 14. Hast du 'nen Schlüssel?«

»Jep, erster Stock links.«

»Nur sechs Mietparteien, überschaubar.« Sascha nahm mir den Schlüssel ab. Das Flurlicht funktionierte Parterre gar nicht und in der ersten Etage nur flackernd. Vor Jürgen Markwarts Haustür verwehrten noch immer gelbe Flatterbänder den Zutritt. Der Putz an den Wänden im Hausflur war teilweise abgebröckelt. Unter dem Flurfenster fristete ein einsamer Kaktus ein kärgliches Dasein. Gemeinsam zogen wir die lose herabhängenden Klebestreifen beiseite. Das Siegel auf dem Türschloss war schlampig aufgeklebt.

»He, Sie da. Wat machen Se denn da?« Unbemerkt war die Wohnungstür in unserem Rücken aufgegangen. Eine ältere, spindeldürre Frau in einem schwarzen, hochgeschlossenen Kleid stand im Türrahmen und starrte uns aus wässrigen Augen an. »Dat is 'n Tatort.«

»Sonderermittler Dawson vom BKA, gnädige Frau.«

»Dat kann ja jeder behaupten.« Die resolute Dame hatte tatsächlich eine Schöpfkelle in der Hand. Die Waffe deutete unmissverständlich auf meinen Kopf. »Zeigen Se mal 'n Ausweis, aber dalli.«

»Sehr gerne.« Sascha neben mir schmunzelte vergnügt. Ich zog meine Dienstmarke aus der Jackentasche. »Hier bitte.« Stirnrunzelnd betrachtete das winzige Persönchen meine Legitimation. Ich schätzte das Körpergewicht der rüstigen Dame auf etwa vierzig Kilogramm.

»Sieht echt aus.«

»Ist er auch.«

»Wat is 'n dat für 'n Name für 'n deutschen Kriminalen, he? Dat is doch nich normal.«

»Meine Mutter war gebürtige Duisburgerin, mein Vater Engländer.«

»Besatzungskind, oder wat?«

»Na ja, ganz so alt bin ich nun auch noch nicht. Ich befürchte mal, dass die beiden sich einfach ineinander verliebt haben. Meine Mutter hat dann den Familiennamen meines Vaters angenommen. So einfach ist das. Ich bin übrigens ein waschechter Duisburger.«

»Ach, na immerhin.« Die Schöpfkelle senkte sich. »Die Tommys waren jut, immer Schokolade dabei.« Ihre freie Hand fuhr über den grauen Dutt. »Verdammt, is' lang vorbei.«

»Frau ...«

»Trusch, Helene Trusch, geborene Menzer, jebürtich aus Lemgo.«

»Aha, okay, Frau Trusch. Das ist meine Kollegin Kommissarin Sascha Brinkmann, wir wollen uns den Tatort nur noch mal genau ansehen.«

»Mitten inne Nacht?«

»Mörder kennen keinen Feierabend.«

»Haben Sie Kinder?«, fragte Sascha neugierig.

»Die Hedwig, is auch schon tot, ich hab se alle überlebt, meinen Männe, die Hedwig und meine sechs Geschwister. Weiß auch nich, wat der liebe Gott sich dabei denken tut. Jetzt guck ich die ganze Nacht fern, dat gabet ja früher nich, da hasse um elf nur noch dat Testbild jehabt, vorher die Hymne.«

»Wann schlafen Sie denn?«, fragte Sascha aufmerksam.

»Wenn die Sonne aufjeht, dann geh'n die Schatten wech und ich hab den Düvel wieder mal verarscht.«

»Okay, Frau Trusch, dann würde ich sagen ... viel Spaß beim Fernsehen.«

»Is doch alles Kappes, woll'n Se 'n Kaffee?«

»Also ...«

»Sehr gern, Frau Trusch, wirklich sehr gern.« Sascha nahm meinen Arm und zog mich in Richtung der alten Dame.

»Na, dann komm Se mal bei mich bei.«

»Sascha«, flüsterte ich. »Was soll denn das?«

»Omi ist die ganze Nacht wach, Jonathan.«

»Ja, aber das haben die Kollegen doch längst abgecheckt. Das bringt uns doch nicht weiter.«

»Wer weiß? Im Zweifelfall haben wir einer netten alten Dame ein paar Minuten die Einsamkeit vertrieben. Ist das nichts?«

Ich seufzte resignierend. »Du hast ein echt großes Herz.« Ich nickte aufmunternd. »Das finde ich gut.«

»Geh'n Se mal in dat Wohnzimmer. Ich brüh mal frisch auf. Is' kein Muckefuck, echte Bohnen. Stark oder nich so?« Helene Trusch hatte die Schöpfkelle noch immer kampfbereit in der rechten Hand.

»Bitte nicht ganz so stark«, beeilte ich mich zu sagen.

»Die Dame?«

»Schließe mich an.«

»Na, dann platzen Se sich mal hin, komme jleich.« Im Fernsehen beendete Gundula Gause gerade das Heute-Journal. Ich erlaubte mir den Ton auf lautlos herab zu regulieren. »So, ich hab noch 'n paar Kekse dabei getan.«

»Zu freundlich, Frau Trusch, wow ... die sind aber lecker«, lobte Sascha.

Das runzlige Gesicht strahlte vor Freude. »Selbst gebacken, heißen Nonnenfürze, wegen dem Klecks Marmelade druff.«

Der Kaffee schmeckte wirklich vorzüglich. Wahrscheinlich würde mich der Genuss des Koffeins den restlichen Nachtschlaf kosten, aber hey, man muss die Feste feiern wie sie fallen.

»Wie alt sind Sie denn eigentlich, wenn ich fragen darf?« Sascha kaute bereits den dritten Furz.

»Hundertdrei.«

»Oh lala, da haben Sie den Teufel aber schon mächtig verarscht.«

»Der Düvel ist faul, wissen Se, junges Fräulein, der holt sich die Dummen und die Juten, also, die welche zu jut sind für die Welt, so welche wie mein Egon einer war.«

»Ja, den Eindruck könnte man bisweilen haben«, gab ich zu. »Frau Trusch ... der Herr Markwart, Ihr Nachbar, was war das für einer? Sind

Sie gut mit ihm ausgekommen, gab es etwas an ihm, was außergewöhnlich war? Kann auch nur eine Kleinigkeit gewesen sein.«

»Der Markwart, ach, der war 'n Schlitzohr.«

»So? In welcher Beziehung denn?«

»Na, früher als dat mit dem Stahl noch fluppte, da hat der Schlawiner immer den dicken Maxen markiert, wissen Se.«

»Verheiratet war er aber nicht, oder?«

»Der? Ach wat, der doch nich, der war doch hinter jedem Rock her, der geile Bock. Erst hat er se heiß jemacht, die Weiber, und dann hat er sich aushalten lassen.« Oma Trusch schlürfte geräuschvoll ihren Kaffee. »Irgendwann war dann Feierabend mit der dicken Kohle, dann war auch Ende mitte Weibsbilder. Is jetzt schon fast zwanzig Jahre her. Noch 'n Kaffee?«

»Nein, danke, der ist wirklich gut, aber ich trinke normalerweise gar keinen Kaffee.«

»Ach, wat denn sons?«

»Tee, vorzugsweise Earl Grey.«

»Tee is für Verpimperte.«

»Ah ja.«

Sascha lachte verhalten in ihre hohle Hand.

»Der Markwart, Frau Trusch, wurde ermordet.«

»Dat hat er nu auch wieder nich verdient.«

»Wir versuchen den Mord aufzuklären, wir sind für jeden Hinweis dankbar, auch wenn es Ihnen vielleicht noch so belanglos erscheint. Hatte er mal Besuch?«

»Kann schon sein, ich steh doch nich hinterm Guckloch.«

»Jemand, der öfter da war?«, präzisierte Sascha. »Vielleicht eine Frau?«

»Ach, woher denn, der war doch zum Schluss total runterjekommen, der Markwart. Fettige Haare, unjepflegt und dann auch der Schmierbauch. Nee, so einen kannze doch mit 'ne Kneifzange nich anpacken.«

»Sonst jemand?«

»Da war mal einer vom Amt.

»Von welchem Amt?«

»Keinen Schimmer.«

»Und dieser Mann vom Amt, kam der noch mal?«

»Nee, aber ich sehe auch nich allet, tachsüber mach ich gern 'n Nickerchen, wegen die Nacht und dat Fernsehen und dem Düvel.« Oma Trusch blinzelte schelmisch.

»Hatte Markwart vielleicht Ärger mit Nachbarn oder ... Anwohnern?«

Oma Trusch zeigte alle ihre vier Zähne. »Da hat er sich fernjehalten, jenau wie ich.«

»Viele Deutsche sind hier weggezogen, warum sind Sie und Herr Markwart geblieben?«

»Na, warum wohl, Schätzken? Kost nix hier, nur 'n paar Krümels. Ich hab keine große Rente von dem Egon, war doch noch janz jung, grad mal anne dreißig drüber, als er abjenippelt is.«

»Okay, verstehe«, gestand ich geknickt.

»Vielleicht 'n Schnäpsken? Aufjesetzter is noch da, Brombeeren, und Lufthansa-Cocktail.«

»Danke, vielen Dank, aber wir sind ja im Dienst.«

Frau Trusch nickte, dann schaute sie nachdenklich aus ihrem Fenster. »Der Markwart war 'n Einzelgänger, im Flur immer freundlich, hat manchmal wat aussem Konsum für mich mitjebracht, aber nur, wenn ich jefragt hab. Wat man so braucht, Butter, Eier und so'n Zeug.«

»Okay.« Ich nickte resignierend. »Danke für den Kaffee, Frau Trusch.«

»Und die Nonnenfürze«, ergänzte Sascha warmherzig.

»Geh'n Se jetzt?«

»Wir machen noch eine Runde durch die Wohnung von Herrn Markwart und dann endet unser Tag auch so langsam.«

»Wie spät isset denn?«

»Kurz vor elf.«

»Prima, dann kommt jetzt jleich der Zombiefilm.« Resolut beförderte uns Helene Trusch zur Tür. »Alle Jute, Herr Kriminalrat und auch für Sie, süßet Schätzken.«

»Abgefahren«, staunte Sascha. »Die Rentner von heute schauen also Zombiefilme.«

»*Walking Dead* lässt grüßen. Gehen wir noch in die Wohnung? Du siehst ein wenig fertig aus.«

»Ich könnte im Stehen einschlafen, aber los, nun sind wir einmal hier.«

»Okay, ich fahre gleich«, versprach ich.

»Du hast 'ne halbe Pulle Wein intus.«

»Ich habe einen Bekannten bei der Polizei. Steht dir übrigens gut, der Ruhrpott Slang.«

Die Türzarge knirschte laut.

»So ein Mist, der Strom ist abgestellt«, fluchte Sascha. Wir standen in einer winzigen Diele. Durch die geöffnete Wohnungstür fiel ein wenig Licht von der Flurbeleuchtung. Links an der Wand war ein schlieriger Spiegel über einem Schränkchen angebracht.

»Das war's dann, kommen wir bei Tageslicht wieder.«

»Psst, sei mal still, da tickt was.«

Sascha zückte ihr Handy und schaltete die winzige integrierte Lampe ein. Neben dem Spiegel war eine Garderobe mit drei Haken, an der gegenüberliegenden Wand hing ein Bild von Götz George, alias Kommissar Schimanski, mit Lederjacke und Motorrad.

»Lass mich mal vorgehen.«

»Lass den Scheiß, Sascha.«

»Was denn? Bin ich deine Lebensversicherung oder nicht?«

»Du bist zu allererst eine gute Freundin und nicht mein lebender Schutzschild.«

»Lieb von dir.« Ohne zu zögern zog Sascha ihre Dienstwaffe. »Halt mal das Handy.«

»Teufelsbraten.«

»Das Wohnzimmer ist links, die Küche geht rechts ab«, stellte Sascha fest.

»Dein Akku ist fast leer.«

Unbeirrt ging Sascha weiter. Mit dem rechten Fuß schob sie die Wohnzimmertür auf.

Wir standen nebeneinander vor einem niedrigen Tisch. Zwischen den beiden Fenstern war ein altertümlicher Röhrenfernseher. Es stank nach Blut und Pisse.

»Gott, ist das ekelhaft«, kommentierte Sascha. »Ist ja winzig, der Raum.« Rechts an der Wand war ein billiger Pressspan-Schrank. »Das Ticken kommt von dort.« Das Handy ging aus.

Tick Tack, Tick Tack ...

Ich hielt unwillkürlich den Atem an und zog ebenfalls meine Walther P99 aus dem Halfter. Durch die dreckigen Fensterscheiben fiel ein wenig Licht von den Straßenlaternen. Wir hatten allerdings Pech, die Laterne direkt vor Nummer 14 war kaputt. Ich versuchte kontrolliert zu atmen. Natürlich war hier nicht der Serienmörder. Wie bescheuert wäre das denn? Aber vielleicht ein Einbrecher, was in dieser Gegend nun nicht abwegig erschien, wobei ... Was gab es hier schon zu holen?

»Scheiße, ein Wecker.« Sascha nahm das Objekt der Aufregung aus dem Regal, das mit einem Sammelsurium verschiedener Biergläser bestückt war. »Klingt halt laut in dieser Stille.«

Ich entließ erleichtert die Luft aus meinen Lungen.

»Ich bin zu alt für diese Scheiße.« Sascha lachte leise. »Ehrlich, ich brauche das nicht.«

»Wir lösen die meisten Fälle vom Schreibtisch aus, aber eben nicht alle. Komm schon, ein kleiner Adrenalinschub hat noch niemandem geschadet, Jonathan. Wurde Zeit, dass wir wieder mal an der Front sind.«

»Du bist achtundzwanzig und ich werde sechsundvierzig.«

»Im besten Mannesalter, oder?«

»Willst du weiter hier im Dusteren rumeiern, oder darf ich jetzt endlich in mein Bett?«

Wir schoben unsere Waffen zurück in die Halfter.

»Nee, du hast ja recht, das bringt nichts. Kommen wir morgen wieder. Wenn ich noch länger diese Luft einatmen muss, kotze ich. Wohin geht's durch die Tür da?«

»Schlafzimmer und Bad, da ist es noch dunkler. Das Bad hat gar kein Fenster und das Schlafzimmer ist hinten raus zum Hof.«

»Na gut, dann Abmarsch. Ich bringe uns zu unserer Luxusherberge.«

Beim Hinausgehen übersah ich einen metallenen Zeitungsständer. Ich stieß das Ding mit meinem Knie um. Metallisch scheppernd ging die Siebzigerjahre-Konstruktion zu Boden.

»Verdammter Mist, das gibt einen blauen Fleck.« Zeitschriften, Prospekte und sonstiger Papierkram verteilten sich auf dem Boden.

»Sieh es positiv, Jonathan: Wir haben eine wunderbare alte Lady, die auf Zombiefilme steht, kennengelernt. Der Kaffee und die Kekse waren auch super.«

»Das Ganze war ein Schuss in den Ofen.«

»Ist das auch so eine Ruhrpott Weisheit?«

»Was weiß ich, was würde man denn in Ostfriesland sagen, wenn eine Sache nichts gebracht hat?«

»Steiht in November noch dat Korn, ist dat wal vergeten worn!«

»Hm?«

»Steht im November noch das Korn, ist es wohl vergessen worden! Ich übersetze das mal in Ruhrpöttisch: Wat sollet, reg dich nicht uff. Gut so?«

»Wenn es dich nicht gäbe, müsste man dich erfinden.« Ich zog lachend die Tür zu. Das Schloss war kaputt. »Sag mal, war das gerade schon im Eimer?«

»Was denn?«

»Na, das Türschloss.«

»Keine Ahnung, du hast aufgesperrt.«

»Verflixt, ich bin dermaßen müde, ich kann mich echt nicht erinnern. Muss wohl so gewesen sein.« Erschöpft rieb ich mir die brennenden Augen.

»Ab in die Heia.« Sascha grinste mich frech an.

»Nichts lieber als das!«

• • •

Da ist jemand im Flur!

»So ein Mist, der Strom ist abgestellt!«

Die Stimme gehört einer jungen Frau, vielleicht Anfang zwanzig.

Auf meiner Stirn bildet sich ein feiner Film.

Verdammte Einbrecherbande! Verficktes Drecksviertel, Hochfeld, Abschaum ohne Grenzen. Zum Glück funktioniert das Licht nicht.

Leise, nur keine Geräusche machen. Durch das Schlafzimmer ins Bad zurückziehen.

Hier sitze ich in der Falle!

»Gott, ist das ekelhaft!« Wieder die Frau. »Ich bin zu alt für diese Scheiße.«

Der Mann ist älter. Ist da noch wer oder nur die zwei? Das Eisen der Waffe gibt mir Sicherheit. Mein Herz schlägt immer schneller. Ich könnte sie töten, oh ja, das könnte ich, zwei gezielte Schüsse in den Hinterkopf. Wo ist der Schalldämpfer ...?

»Wir lösen die meisten Fälle vom Schreibtisch aus, aber eben nicht alle.«

Bullen, das sind Bullen! Wie kommen die denn mitten in der Nacht hierher?

Etwas rauscht in meinem Kopf wie ein Wasserfall.

Sie reden und reden.

Der Schalldämpfer sitzt. Ich spähe vorsichtig ins Schlafzimmer. Nein, sie kommen nicht rein, das ist besser so, für mich, aber hauptsächlich für sie. Ich will ihnen nichts tun, aber sie dürfen mir nicht im Weg stehen, das kann ich nicht zulassen!

»Nee, hast ja recht, das bringt nichts. Kommen wir morgen wieder.«

Ah, das ist eine gute Entscheidung.

Etwas fällt um!

Ein heftiges Fluchen. Die Tür fällt ins Schloss. Sie sind weg, haben nichts bemerkt. Ich muss leise kichern. Ich schleiche mich ins Wohnzimmer und setze mich auf die Couch. Besser noch ein bisschen warten. Wie gut, dass morgen Samstag ist. Wochenende. Wie schön, ich habe nichts Besonderes vor. Vielleicht gehe ich ins Kino.

Ich sehe den Zeitungsständer, den der Polizist umgeworfen hat. Mehr als eine Viertelstunde ist vergangen. Sie sind weg. Ich schalte meine winzige Taschenlampe ein und traue meinen Augen kaum.
Lieber Gott, wenn das kein Zeichen ist!

Ich finde auf Anhieb, was ich suche. Der Schmierlapp hat die Briefe zwischen seinen Pornos versteckt. Ist das Vorsehung oder einfach nur Glück?

Zwischen blanken Titten und Ärschen finde ich meine Briefe. Eine letzte Lücke ist damit geschlossen. Jetzt kann ich mich in aller Ruhe wieder meiner Kartei widmen und ein neues Opfer auswählen.

Draußen ist es kalt, gnadenlos düster. Die uralte Hexe von nebenan wird jetzt vor ihrer Flimmerkiste eingeschlafen sein.

Zeit zu gehen ...

Kapitel 5

Polizeipräsidium Duisburg, Lagebesprechung Soko Bröker, Sitzungssaal 1

»Guten Morgen allerseits.« Gernot Bröker machte den Eindruck eines verprügelten Boxers in der elften Runde, der einfach nicht bereit war, sich auf die Bretter zu begeben. »Ich begrüße den Herrn Polizeipräsidenten Otmar Kranz und den Innenminister des Landes NRW in unserer illustren Runde.«

»Sag mal, ist der Kerl nüchtern?«, flüsterte ich Jessica Wald ins Ohr.

»Glaub schon, nur ziemlich übernächtigt.«

Wir saßen in der dritten Reihe. Sascha und Eddie links, Jessica rechts neben mir. Bröker hatte uns ausdrücklich einbestellt, also hatten wir das Frühstück sausen lassen, um pünktlich zu erscheinen.

Ein Beamer projizierte die Fotos der vier Opfer übergroß auf eine Leinwand.

»Ich muss sicher niemandem der Anwesenden die Sachlage erneut schildern. Wir sind heute Morgen nicht hier, um uns gegenseitig zu versichern, dass wir alles tun werden, um diesen Wahnsinn zu beenden.« Bröker sah grimmig in die Runde. Die Fundstellen der Leichen wurden gezeigt. »Vier Tote, vier verschiedene Methoden, Messer, Gift, Pistole und der Strang.«

»Was können Sie uns über das Motiv des Täters sagen?«, erkundigte sich der Herr Minister eifrig. Seine grauen Haare korrespondierten vorzüglich mit dem Anthrazit seines Anzuges.

»Nichts.«

»Wie bitte?«

»Ich kann Ihnen zu dem Motiv dieses Irren nichts sagen.«

»Also ... das ist aber ... verdammt wenig.«

»Das ist die beschissene Wahrheit.«

»Mein lieber Bröker ...« Der Herr Polizeipräsident fühlte sich offenbar dazu aufgerufen, seinen Schergen ein wenig zur Fasson zu nötigen. »Es wird doch sicher Überlegungen im Team geben.«

Bröker grinste diabolisch. »Aber ja doch. Wir erfreuen uns seit gestern an der Unterstützung durch das Team von Sonderermittler Jonathan Dawson vom Bundeskriminalamt. Sicher wird uns der Fänger des Phantomkillers von Hamburg mit einigen bahnbrechenden Erkenntnissen erleuchten.« Brökers Worte troffen vor Ironie.

»Er ist und bleibt ein Arsch«, zischte Jessica mir kopfschüttelnd zu.

»Wenn ich dann bitten darf ...« Bröker machte eine einladende Geste in meine Richtung.

»Also wirklich, Gernot, Jonathan und sein Team sind gerade mal vierundzwanzig Stunden hier ...«

»Schon gut, ich danke Ihnen, Herr Präsident.« Ich erhob mich und ging betont lässig nach vorn. »Meine Damen und Herren, ich will Ihnen gern unsere ersten Erkenntnisse vorstellen.«

»Da sind wir aber gespannt«, gab Bröker zurück.

Eddie Klus löste Brökers Lakaien am Laptop ab.

»Zunächst einmal ... selbstverständlich gibt es ein Motiv, eine treibende Kraft, eine Obsession bei unserem Täter, die ihn dazu bringt, vielleicht sogar aus seiner eingeschränkten Sicht dazu zwingt, diese Morde zu begehen. Es sind definitiv keine Sexualstraftaten. Keines der Opfer wurde missbraucht. Es geht dem Täter auch nicht um Geld. Volle Brieftaschen wurden zurückgelassen sowie die Ausweise und Kreditkarten. Wir sind, Stand heute, noch nicht in der Lage, seine Beweggründe nachzuvollziehen, aber das muss uns so schnell wie möglich gelingen.« Ich räusperte mich kurz und suchte Blickkontakt zu Sascha, die mir aufmunternd zublinzelte. »Einige Fakten liegen aber schon auf dem Tisch. Wie Sie sicher alle wissen, hinterlässt der Täter literarische

Texte bei den Unglückseligen, handgeschrieben auf braunem Packpapier, oder sagen wir besser, im Rachen seiner Opfer. Es handelt sich bei allen fünf Fragmenten um Passagen aus einem Gedichtzyklus des deutschen Dichters Novalis, der im achtzehnten Jahrhundert im heutigen Sachsen-Anhalt lebte. Der Gedichtband trägt den Titel *Hymnen an die Nacht.*«

Ein erstauntes Murmeln erfüllte den Saal. Eddie zeigte uns die Hinterlassenschaft, die im Schlund von Jürgen Markwart aufgefunden worden war.

»Das erste Opfer des Killers. Dieser Mann ist der Schlüssel sowohl zu dem Motiv, als auch zu der weiteren Serie von Morden, die Duisburg erschüttern. Wir sind der festen Überzeugung, dass eine Mordserie überhaupt nicht geplant war.«

Spätestens jetzt hatte ich die uneingeschränkte Aufmerksamkeit des Auditoriums.

»Vielleicht war nicht einmal dieser erste Mord beabsichtigt. Das Szenario stellt sich bei unserer derzeit favorisierten These wie folgt dar: Der Mörder trifft sein Opfer in seiner Wohnung. Er stellt Jürgen Markwart zur Rede, er konfrontiert ihn mit seinen Vorwürfen, aber Markwart ist uneinsichtig, womöglich lacht er unseren Täter aus, verhöhnt ihn, treibt ihn zur Weißglut. Jetzt rastet er aus. Das Messer führt er womöglich nur zum Schutz für sich selbst mit. Er muss Markwart bestrafen! Er sticht zu, einmal, noch einmal, ein gewaltiger Rausch flutet seinen Körper, denn er wähnt sich im Recht. Vielleicht lacht Markwart immer noch, oder aber er winselt und fleht um sein Leben, was zu einer abgrundtiefen Verachtung beim Täter führt. Er tötet Markwart, indem er dreiundzwanzigmal zusticht, dann erst erlischt der Rausch.«

»Am helllichten Tag …«, warf Bröker ein.

»Kein Problem. Es ist ein Sechs-Familien-Mietshaus. Auf der ersten Etage lebt eine uralte Dame, die tagsüber schläft, die beiden Parterrewohnungen stehen leer, ebenso wie die Wohnungen der zweiten Etage. Unser Täter ist nicht dumm, er hat Zeit, das weiß er. Außerdem ist es nach der Zeitumstellung Ende Oktober bereits dunkel. Akribisch werden alle Spuren beseitigt.

Er fühlt sich gut, denn er hat die Kontrolle und er hat Gerechtigkeit gebracht. Irgendwann ist er mit seiner Arbeit zufrieden. Er geht, wahrscheinlich nach Hause. In Hochfeld fällt er nicht auf, es ist dunkel, laut Wetterbericht hat es fast den ganzen Tag geregnet, kaum Menschen auf den Straßen, und die, die sich herausgewagt haben, sind froh schnell wieder der Kälte zu entfliehen. Er wird die Spuren seines Massakers tilgen, heiß duschen, seine Sachen waschen oder entsorgen. Er kommt zur Ruhe, überdenkt seine Tat. Er fühlt sich nicht schuldig, denn er hat Jürgen Markwart den Tod gebracht, den dieser aus seiner Sicht verdient hatte, er hat ihn zur Rechenschaft gezogen.«

»So? Und wofür wurde Markwart hingerichtet, wenn ich fragen darf?«

»Hauptkommissar Bröker!« Das war erneut der Minister. »Würden Sie bitte Sonderermittler Dawson ausreden lassen.«

Ich nickte dem Politiker dankbar zu. »Nehmen wir den Faden wieder auf. Der Täter ist in sicherer Umgebung. Er denkt nach. Hat er nichts übersehen? Er ist mit sich selbst im Reinen, zufrieden, denn aus seiner Sicht hat er die Legitimation für diese Bestrafung. Dann geht er einen Schritt weiter. Er weiß, es gibt noch mehr Menschen wie Jürgen Markwart, mehr Personen mit dem gleichen Makel. Ein wahnwitziger Gedanke macht sich in ihm breit. Was wäre, wenn er, in Persona, das Recht in die Hand nehmen würde, wenn er diejenigen bestraft, die aus seiner Sicht Schuld auf sich geladen haben?«

Ein Stöhnen ging durch den Sitzungssaal.

Eddie blendete noch einmal Markwart ein, den zerfetzten Oberkörper, das Blut, die Fratze des Todes, dann die kleine Wohnung, die billigen Möbel, den Röhrenfernseher.

»Seine Gedanken verselbständigen sich. Er denkt über ein Spiel nach, eine gewaltige Konfrontation mit den Ordnungskräften und den finsteren Mächten, die es zu bekämpfen gilt. Wir vermuten, dass unser Täter alleinstehend ist, denn für das, was er jetzt plant und erschreckenderweise durchzieht, braucht er ein störungsfreies Umfeld. Das nächste Opfer? Kein Problem, er hat eine Liste im Kopf, womöglich sogar auf Papier. Menschen, die ihm seit längerer Zeit aufgefallen sein müssen, zu denen er in irgendeiner Beziehung stehen muss, denn wir sind absolut sicher, dass die Auswahl aus seiner Sicht einen Sinn ergibt. Hier regiert nicht der Zufall.«

Ich trank einen Schluck Wasser aus Brökers Glas. Eddie blendete den ersten Auszug aus *Hymnen an die Nacht* ganz groß ein. Ich nickte ihm auffordernd zu.

»Er ist ein Freund romantischer Lyrik, zumindest scheint es ihm ein Werk besonders angetan zu haben. Die *Hymnen an die Nacht*, ein Gedichtzyklus von Novalis.« Eddie hatte sich offenbar gut vorbereitet. »Das ist sicher kein gängiges Werk, was uns zu der These führt, dass unser Täter wahrscheinlich kein allzu junger Mensch ist, kein Ausländer, kein Migrationshintergrund. Er ist gut gebildet, vermutlich ein Deutscher.«

Zustimmendes Kopfnicken.

»Sein Plan ... das Spiel, welches er sich ausgedacht hat, und seine Regeln nehmen konkrete Formen an. Die Gedichtfragmente sind seine Hinweise.«

»Hinweise ... worauf?«, fragte Otmar Kranz aufmerksam.

»Der Täter beschließt in seiner Euphorie ein zweites Mal den ersten Tatort aufzusuchen, um die ersten Hinweise zu platzieren. Wahrscheinlich war er auch noch einmal dort, um jegliche Spuren zunichtezumachen, die er in seinem Blutrausch womöglich hinterlassen hat.«

»Scheiße, das glaube ich einfach nicht«, bellte Bröker. »So bescheuert ist doch kein normal denkender Mensch.«

»Das ist er ja auch nicht. Er ist nicht normal, jedenfalls jetzt, nach seiner ersten Blutorgie nicht mehr. Wir müssen von ganz anderen Maßstäben ausgehen. Er ist wild entschlossen, er will dieses Spiel mit uns spielen. Welche Grenzen soll er setzen? Da kommen ihm die alten Texte wieder in den Sinn. Die *Hymnen an die Nacht*. Er kennt den Zyklus wahrscheinlich ziemlich gut. Vielleicht verbindet er Ereignisse aus seiner Vergangenheit damit. Er muss diese Gedichte, oder sagen wir besser den ganzen Gedichtband, öfter gelesen haben, sonst würde er sich nicht daran erinnern. Alles deutet darauf hin, dass der Täter einen intellektuellen Hintergrund besitzt. Abitur, mindestens mittlere Reife, vielleicht hat er sogar studiert.«

»Und das soll uns ... was sagen?«, fragte Bröker missmutig.

»Das ist seine Vorgabe. Er wird Menschen töten, genau das ist die Botschaft der ersten Strophen. Ich gehe sogar noch einen Schritt weiter.« Eddie vergrößerte die erste Zeile.

Und sterbe zehn Nächte in heiliger Glut.

Eddie erhöhte den Zoomfaktor erneut, hob nur das Wort *zehn* hervor. »Diese *zehn* macht an dieser Stelle überhaupt keinen Sinn. Der ursprüngliche Text hat vierzehn Zeilen, die keinesfalls mit einer Ziffer beginnen oder eine solche im Text aufweisen. Dieses Wort hat unser Täter bewusst eingefügt und ist nach unserer Überzeugung hier gleichzusetzen mit dem Tod eines Menschen. Ich vermute, dass er uns damit einen konkreten Hinweis hinterlassen will.« Eddie legte eine kleine Kunstpause ein. »Für mich ist die Botschaft eindeutig: Er wird zehn Menschen umbringen, das ist sein Plan.«

»Heilige Scheiße, ist das Ihr Ernst?«, blaffte mich Bröker an. Ein wildes Stimmengemurmel erfüllte den Raum. »Wir haben schon vier Opfer, das sollte reichen.«

»Jonathan ...« Otmar Kranz neigte sich leicht nach vorn. »Falls wir seiner tatsächlich nicht habhaft werden können ... was wird er nach diesen zehn Morden tun?«

»Er vollendet seinen Zyklus. Er triumphiert über uns. Es ist möglich, dass er nie wieder zuschlägt.«

»Und als ein biederer Bürger weiter unerkannt und unbestraft unter uns lebt?«

»Kann sein. Vielleicht macht er aber auch nur eine längere Pause und beginnt das Spiel von vorn, auch das ist eine Option. Serienkiller neigen nicht dazu ihr Handwerk vollständig aufzugeben.«

»Das sind aber alles nur Hypothesen«, warf der Polizeipräsident ein. »Sei's drum. Fahren Sie fort. Was sagen uns diese anderen Texte?«

»Eddie, mach weiter, bitte.«

»Okay, rekapitulieren wir: Nur Markwarts Papier weist zwei unterschiedliche Aussagen auf. Die erste haben wir soeben als Ankündigung interpretiert, es beschreibt die Vorgabe, damit wir wissen, wie lange das Spiel währen wird, die erste Hymne, wenn ich das mal so nennen darf, beschreibt außerdem die Art und Weise, wie sein erstes Opfer zu Tode gekommen ist. Ein Dolch, beziehungsweise ein Messer.«

Ich ließ die Worte wirken.

»Alles gut und schön«, sagte Bröker gereizt. »Wie geht's weiter?«

»Nun, das ist jetzt recht simpel.« Ich konnte mir einen kleinen Seitenhieb einfach nicht verkneifen. Eddie und Sascha grinsten vergnügt.

»Mit der nächsten Strophe gibt der Täter uns zu verstehen, wie er sein nächstes Opfer umbringen wird«, referierte Eddie.

»Gift. Das verstehe ich nicht.«

»Das lässt sich sehr leicht aus dem Text interpretieren«, erklärte Eddie schnoddrig. »*Köstlicher Balsam träuft aus deiner Hand, aus dem Bündel Mohn.*«

»Mohn gleich Gift? Das ist verdammt weit hergeholt«, gab Bröker kopfschüttelnd zu bedenken.

»Ich finde es durchaus schlüssig«, stimmte der Innenminister zu. »Fahren Sie bitte fort, meine Herren.«

»Vielen Dank.« Ich nickte zufrieden. »Der Täter hält sein Versprechen, in jedem einzelnen Fall. Martina Feykes wird vergiftet zwischen zwei Müllcontainern aufgefunden. In ihrem Mund befindet sich der Auszug eines anderen Abschnittes aus dem Hymnen-Zyklus. *Da kam der ewigen Liebe lösende Hand – ein Schuß und er entschlief.* Man beachte, der Täter hat die Worte *ein Schuß* in den Originaltext eingefügt. Sehr viel deutlicher kann man wohl keinen Hinweis hinterlassen, finden Sie nicht auch, Inspektor Bröker?«

»So starb Miroslav Kovac«, sagte Adrian Kaczor tonlos. »Durch einen Schuss in den Hinterkopf.«

»Seine Hinterlassenschaft beinhaltet wiederum den nächsten Hinweis. Wie wird der Killer sein viertes Opfer hinrichten? Bitte sehen Sie auf die hochgeleuchtete Textzeile. *Mit festem Seil band sie die dürre Zahl und das strenge Maaß.*«

»Bernd Kohler, erdrosselt«, schloss Jessica Wald aufgeregt.

»Und wieder ersetzt er zwei Worte aus dem Originaltext, denn dort steht geschrieben: *Mit eiserner Kette.* Jetzt heißt es *Mit festem Seil.*

»Das ist unglaublich«, gestand Böker ein.

»So ist es«, bestätigte Eddie. »Der Täter will, dass wir das Muster erkennen. Er hinterlässt die Ankündigungen auf die nächste Todesart, das gehört zu seinem perfiden Spiel.«

»Und jetzt, was wird jetzt passieren?«, rief jemand aus den hinteren Reihen.

Eddie präsentierte ein Foto des Papiers, das in Kohlers Rachen gefunden wurde, auf dem Beamer.

Bis die willkommenste aller Stunden,
Hinunter sie in den Brunnen der Quelle zieht.

»Hier hat der Mörder den Text im ursprünglichen Zustand belassen«, warf ich ein. »Wahrscheinlich war ihm die Aussage eindeutig genug und er verzichtet darauf uns Minderbemittelten auf die Sprünge zu helfen.«

»So? Und was soll das bedeuten?«, fragte Bröker ungeduldig.

»Er wird sein nächstes Opfer ertränken.« Jessica grinste mitleidig. »So schwer ist das doch nicht.«

»Scheiße, wie soll uns das helfen, wir haben hier den größten Binnenhafen der Welt!« Bröker verlor langsam aber sicher die Fassung.

»Dazu kommt noch der Rhein, die Ruhr und diverse andere Bäche, Flüsse und Seen«, ergänzte Eddie.

Bröker und ich sahen uns an. Sein Bulldoggengesicht glänzte vor Schweiß und Anspannung.

»Wir denken, dass sein nächstes Opfer wieder eine Frau sein wird, warum sollte er sich nicht an den Originaltext halten, und klar, ich sehe das genauso wie Kollegin Wald, er wird sein nächstes Opfer ertränken«, stellte ich nüchtern fest. »Vielleicht in einem See, einem Fluss oder in einer Badewanne, womöglich in einer beschissenen Toilettenschüssel.«

»Das ist ja der totale Wahnsinn! Das Ganze kann auch gar keine oder eine ganz andere Bedeutung haben. Der verarscht uns doch nur!«, rief Bröker.

»Ach, seien Sie doch still, Bröker«, wies ihn der Polizeipräsident zurecht. »Was uns hier vorgetragen wird, ist doch durchaus schlüssig.«

Ich nickte dankbar in Otmar Kranz' Richtung.

»Die Lorbeeren für das Erkennen dieser Zusammenhänge gehen übrigens an Eduard Klus. Danke, Eddie, das ist großartige Arbeit und das alles in nur einer Nacht.«

»Jonathan ...« Der Polizeipräsident stand auf und legte mir eine Hand auf meine Schulter. Wir kannten uns seit mehr als zwanzig Jahren und hatten einander schätzen gelernt. Kranz hatte meine Karriere immer verfolgt und mich gefördert, wenn es ihm möglich war. »Was können wir jetzt tun? Wir können unmöglich alle Seen, Flüsse und Gewässer bewachen lassen, abgesehen von den anderen Möglichkeiten, die Sie angedeutet haben.«

»Das Motiv ist der Schlüssel, Herr Präsident. Ich muss mich wiederholen. Wir müssen herausbekommen, woher diese Wut und dieser Hass kommen, die Wurzel ergründen und dann einen Zusammenhang herstellen. Wir werden uns auf Jürgen Markwart konzentrieren, sein Umfeld, seine Gewohnheiten, die komplette Nachbarschaft erneut durch die Mangel drehen. Es muss einfach irgendwelche Hinweise geben, wir haben sie nur noch nicht entdeckt.«

»Und wenn ihr mit eurer ganzen These danebenliegt? Wenn der Kerl seine Opfer einfach willkürlich auswählt, wenn er nur ein blutrünstiger Killer ist?«

»Okay, dann sind wir erst mal ... im Arsch.«

Otmar Kranz strich betreten über die wenigen dünnen Haare, die ihm noch geblieben waren. »Ihre Ehrlichkeit habe ich schon immer geschätzt.« Otmar Kranz besaß ein gutmütiges Gesicht. Seit er sich selbst eine radikale Schlankheitskur verordnet hatte, hingen seine Backen schwabbelig wie kleine leere Säcke unter den Wangenknochen herab.

»Ich denke, dass wir mehrgleisig fahren müssen«, schlug er nach einer kurzen Pause vor. »Mein lieber Bröker, was halten Sie davon, wenn wir die Ermittlungen in Bezug auf Markwart den Sonderermittlern überlassen?« Seine eisgrauen Augen fixierten mich. »Welche selbstverständlich alle erzielten Ergebnisse unverzüglich an die Mordkommission weitergibt. Ich möchte nicht, dass Reibungsverluste oder persönliche Animositäten uns behindern.«

»Soll mir recht sein«, brummte Bröker missmutig.

»Sehr gut. Jonathan, Sie können mit Ihrem kleinen Team ergo der von Ihnen aufgestellten Theorie nachgehen. Benötigen Sie zusätzliches Personal?«

»Danke, Herr Präsident, aber wir sind es gewohnt, allein zu arbeiten, so sind wir am effektivsten.«

»Hm.« Kranz nickte bedächtig. »Wie wird Ihre weitere Vorgehensweise aussehen, Gernot?«

»Wir werden die Personalien der anderen drei Opfer noch einmal bis ins Detail durchgehen. Ich muss meinem, ähm, Kollegen Dawson recht geben, wir müssen den roten Faden finden, der die Opfer und den Täter miteinander verbindet.«

»Hört, hört«, konnte ich mir dann doch nicht verkneifen.

»Wie sieht es denn mit Spuren aus, Jessica? Das kann doch einfach nicht sein, dass der Kerl keinen Fehler macht.«

»Und doch ist es so, zumindest bis hierher. Entweder hat der Bursche ein geradezu unfassbares Schwein oder er ist ein Vollprofi, was wir alle nicht glauben mögen.«

»Wenn es deine Zeit erlaubt, Jess, würde ich dich bitten, noch einmal Markwarts Wohnung unter die Lupe zu nehmen. Kommissarin Brinkmann und ich waren gestern Abend dort, aber ohne Strom und Licht war das vergebene Liebesmühe. Außer einem blauen Schienbein hat die Aktion nichts eingebracht.«

»Na gut«, stimmte sie achselzuckend zu. »Ich denke nicht, dass wir noch etwas finden, aber meinetwegen.«

»Mir zuliebe.«

»Überredet.«

»Was machen wir mit der Presse?«, wollte Inspektor Bröker wissen.

»Herr Minister?« Kranz sah den Politiker fragend an.

»Ziehen wir uns auf die Position zurück, dass wir in den laufenden Ermittlungen keine Details preisgeben können.«

»Die Bluthunde werden nachhaken, spätestens seit die Regenbogen-Reporter Stellung bezogen haben. Gestern waren wir auf der Titelseite der BILD.«

»*Der Papiermörder schlägt wieder zu* – ich habe es gelesen«, sagte der Innenminister bestürzt. »Vielleicht können wir die Presse einspannen?«

Die Frage ging an mich.

»Sie meinen so wie in Hamburg, als wir den Täter provoziert und ihn damit in eine Falle gelockt haben? Nein, so weit sind wir hier noch nicht, das würde er riechen.«

»Will er das überhaupt, den Rummel in den Medien?«

»Ich glaube ehrlich gesagt schon, denn sonst könnte er sich die Hinweise sparen, aber zum jetzigen Zeitpunkt überwiegt bei ihm noch die Vorsicht. Er hat noch nicht die Hälfte seiner Absichten erreicht. Noch versucht er jedes Risiko zu meiden. Wir können nur darauf hoffen, dass er bald etwas leichtsinniger wird.«

»Das Ganze ist höchst unerfreulich«, sagte der Minister. »Gut, dass wir die Wahlen gerade hinter uns haben.«

»Ja, da bin ich aber froh«, grantelte Bröker, ausnahmsweise in meinem Sinne. »Die Pfründe sind gesichert.«

»Nun ja, Sie halten mich auf dem Laufenden, Herr Präsident, ich werde jetzt nach Düsseldorf eilen und der Chefin Bericht erstatten. Ich darf Sie nur daran erinnern, dass wir uns einen größeren Skandal nicht leisten können. Gerd, den Wagen.«

Ohne ein weiteres Wort entschwebte der Innenminister.

»Wie ich sie hasse, diese Schreibtischtäter«, murrte Bröker ungehalten.

»Nur weiter so«, spornte ich den Chefinspektor an. »Vielleicht werden wir doch noch Freunde.«

»Da fließt der Rhein eher rückwärts.«

»Ja, Sie haben recht, ich entschuldige mich für den Moment der Schwäche. Sascha, kommst du noch mal mit nach Hochfeld?«

»Geh du nur mit Jessica, ich werde mit Eddie die vorliegenden Daten der vier Opfer durchgehen, womöglich landen wir einen Treffer.«

»Alles klar, wir sehen uns im Hotel, und Sascha ... Eddie hat die Nacht durchgearbeitet.«

»Ich bring ihn ins Heia-Bettchen, okay?«

»Du bist die Beste.«

»Die Kleine hat was.«

»Hm?«

»Sascha Brinkmann.«

»Oh ja, sie ist toll.«

»Ein bisschen jung vielleicht.«

»Du warst auch erst fünfundzwanzig, als du zur Kripo gewechselt bist.« Ich lächelte augenzwinkernd. »Du siehst, ich habe deine Karriere aus der Ferne verfolgt.«

»Ach, das meine ich doch nicht. Ein bisschen zu jung für dich.«

»He, hallo, da läuft gar nichts.«

Jessica verengte ihre Augen zu Sehschlitzen.

»Ich schwöre«, beteuerte ich. »Du weißt doch, das ist nie gut für so ein kleines Team. Es gilt der alte Grundsatz: Lass die Finger von Kolleginnen und Kollegen.«

»Auch wieder wahr.«

»Was ist mit dir?« Wir kurvten durch den schrecklichen Tunnel der Love-Parade, der 2010 so vielen Menschen das Leben gekostet hatte. »Wie ist das Leben mit dem Archivar?«

»Beschaulich.«

»Nun ja, das klingt ein wenig ... neutral.«

»Es ist okay, Jonathan, Barney ist ein liebenswerter Mensch, zugegeben ... oft ein wenig träge, aber auf ihn kann man sich verlassen.«

»Im Gegensatz zu mir.«

»Das hast du gesagt, außerdem liegt das ganze Drama zweiundzwanzig Jahre zurück. Ich lebe nicht in der Vergangenheit und trauere ihr nicht nach.«

»Wir hatten tolle Jahre.«

»Es waren zwei Jahre und sieben Monate, um genau zu sein, und ich erinnere mich sehr gut daran, dass du es warst, der meinte seine Freiheit nicht aufgeben zu können.«

»Was eine ausgesprochene Dummheit war.«

»So? Die Erkenntnis kommt ein wenig spät.«

»Das weiß ich schon verflucht lange.«

»Wirklich?« Jessica lachte verhalten. »Du kannst gut mit Worten umgehen, Jonathan, da bist du mir weit überlegen, aber wenn das wirklich wahr sein sollte ... Wo hast du dich die ganzen Jahre versteckt?«

»Man hat mir mehrfach die Leitung der Mordkommission in Duisburg angetragen.«

Jessica sah mich misstrauisch von der Seite an. »Echt jetzt?«

»Siebenmal, um der Wahrheit die Ehre zu geben.«

»Und du hast immer abgelehnt, weil ...?«

»Ist nicht so wichtig.«

»Ich trete dir gleich gegen das blaue Schienbein.«

»Na schön, du wirst es sowieso nicht glauben, aber ich konnte und kann mir einfach nicht vorstellen, zu dir nur ein rein dienstliches Verhältnis zu pflegen.«

»Wow, der King of Drama ist zurück.«

»Siehst du, mein Reden.« Ein Audi drängte sich frech in die Spur. »He, du Vollpfosten, Blinker abgebrochen, oder was?«

Jessica lachte herzlich. »Jonathan, ist das dein Ernst?«

»Was denn, dass ich der Eierfeile vor uns ein saftiges Protokoll verpassen werde?«

»Nein, du Schlaumeier, dass du immer noch etwas für mich empfindest.«

»Ja. Warum sollte ich es leugnen?«

»Zweiundzwanzig Jahre, du Blödmann, und jetzt, kurz vor der Rente, kommst du mit so einer Kacke um die Ecke?«

»Geschieht mir recht.«

»Ich will so was nie wieder von dir hören.«

»Ist gut, ich hab's versaut.«

»Wenn du nicht gerade hinter dem Lenkrad sitzen würdest, würde ich dir eine runterhauen.«

»Kannst du gleich nachholen, wenn wir ausgestiegen sind. Dürfte in Hochfeld kaum Aufsehen erregen.«

»Mann, und ich dachte, dieses Leben könnte keine Überraschungen mehr für mich bereithalten.«

»Wir sind beide noch keine fünfzig, von wegen kurz vor der Rente. Ich sehe vielleicht so aus, aber du ... Jess, du bist fantastisch.«

»Halt den Mund.«

»Du siehst großartig aus, aber okay, ich sag nichts mehr, konzentrieren wir uns auf den Fall.«

Ich parkte direkt vor der Hausnummer 14, wir stiegen aus.

»Jonathan ...«

»Hm?«

Schon klatschte Jessicas Hand auf meine rechte Wange.

»Ich war total ich dich verknallt, du Riesenarsch.«

Ein Teenager mit herunterhängender Jeans und einem verkehrt herum aufgesetzten Käppi beäugte uns grinsend.

»Wow, Lady, krasse Nummer.«

»Sieh zu, dass du Land gewinnst«, herrschte Jessica ihn an. »Ich werde dir nicht sagen, wie viele Nächte ich geheult habe, nur, weil Monsignore Dawson nicht bereit war für eine feste Beziehung.«

»1989 an der Mosel, das war doch der Hammerurlaub. Wir beide am offenen Kamin.«

»Das war 1990 an der belgischen Küste, du Torfkopf.«

»Scheiße.«

»Kann man wohl sagen.«

Ich öffnete die Haustür, wir gingen durch das muffige Treppenhaus in die erste Etage.

»Hau mir noch eine runter, ich hab's verdient.«

»Hast du, ist mir aber zu langweilig. Ich will von der Geschichte nichts mehr hören. Ich bin glücklich mit Bernhard und damit basta.«

»Hm.«

»Das kannst du dir auch sparen, dieses ominöse vieldeutige *Hm*.« Wir standen vor Markwarts Wohnungstür. »Ehrlich, Jonathan, lass es, mein Leben verläuft in geregelten Bahnen und das finde ich verdammt gut. Können wir jetzt versuchen diesen Irren zu schnappen?«

»Sicher. Warte mal.«

»Was ist denn jetzt wieder?«

»Die Flatterbänder ... sie müssen sich gelöst haben.« Ich nahm ein Ende des gelben Klebebandes und drückte es gegen den Türrahmen. Das Band hielt problemlos. »Ich bin mir nicht sicher, ob wir die Versiegelung gestern Nacht wieder angebracht haben.«

Jessica riss die Absperrung herunter.

»Du wirst alt, Jonathan, sperr auf.«

»Hm ...«

Wir betraten die Wohnung.

»Liebe Güte, das stinkt ja bestialisch.« Ohne zu zögern ging Jessica bis ins Wohnzimmer und riss ein Fenster auf.

»Du hast die Bude noch nicht freigegeben«, erinnerte ich schmunzelnd.

»Gut, oder? Sonst könnten wir uns diesen Besuch ersparen. Wo fangen wir an? Meine Leute haben alles dreimal gecheckt.«

Mein Blick fiel auf den Zeitungsständer, den ich in der Nacht umgerissen hatte.

»Jess ...«

»Was ist denn heute los mit dir, Jonathan? Du bist ja plötzlich kreidebleich. Du solltest die Geister, die dich heimsuchen, ernsthaft bekämpfen.«

»Das hässliche Ding da ...«

»Siebzigerjahre-Design, was ist damit?«

»Den habe ich in der Nacht umgekippt. Ich kann dir den blauen Fleck an meinem Schienbein zeigen.«

»Oh, bitte nicht.« Sie sah mich verständnislos an. »Was ist also mit dem Teil?«

»Die alten Zeitungen und Hefte ... sie lagen verteilt auf dem Boden.«

»Du machst mich wahnsinnig.«

»Jess ...« Ich packte ihre Unterarme. Ihre blauen Augen wurden ganz groß. »Wir haben den Kram nicht wieder eingeräumt, wir sind einfach gegangen.«

»Ihr habt ... nicht ...«

»Nein, das war uns im Dunklen zu blöd. Saschas Handy-Akku war auch leer. Wir haben den Scheiß einfach liegen gelassen und jetzt ist alles wieder eingeräumt.«

»Das ist nicht gut.«

Mein Blick irrte durch das Wohnzimmer.

»Er war hier, Jess, der Scheißkerl war gestern Nacht hier.« Ein eiskalter Schauer lief meinen Rücken hinunter.

»Ganz ruhig, Brauner.«

»Im Schlafzimmer oder im Bad, da muss er sich versteckt haben.«

»He, er kann auch später gekommen sein.«

»Nein.« Ich schüttelte wild den Kopf. »Nein, Jess, er war hier.«

»Oh Gott.«

»Wir waren so nah dran.«

»An eurem Tod!«, sagte Jess mit Nachdruck.

»Hm?«

»Himmel, Jonesy, wenn er wirklich hier war, denkst du etwa, er hätte sich einfach von euch Handschellen anlegen lassen? Er hatte das Überraschungsmoment auf seiner Seite. Zwei gezielte Schüsse oder auch ein paar mehr, dann wäre es das für euch gewesen.«

»Mir wird schlecht.«

Plötzlich kam sie auf mich zu und umarmte mich. Es fühlte sich so unglaublich gut an. Ihre Hand strich sanft über die noch gerötete Wange.

»Du bist mir vielleicht ein Held, rennst mitten in der Nacht durch Hochfeld, was an sich schon der helle Wahnsinn ist, und dann spazierst du fröhlich vor einem Serienkiller herum. Du hast sie echt nicht mehr alle, du verrückter, dummer Hund.«

Ich lehnte meinen Kopf kurz an ihre Schulter und atmete mehrfach durch. Zögerlich lösten wir die Umarmung auf.

»Jessica, ich ...«

»Sei still.«

»Ich wollte nur ...«

»Willst du wohl still sein!«

»Okay.«

Schweigend inspizierten wir das Schlafzimmer und das Bad. Auf den ersten Blick ergaben sich keinerlei Hinweise auf die Anwesenheit eines Dritten.

»Ich beordere meine Leute hierher. Vielleicht hat er diesmal einen Fehler begangen und etwas hinterlassen, was uns auf seine Spur führen kann, immerhin dürfte er über euren nächtlichen Besuch ziemlich überrascht gewesen sein. Es stellt sich die Frage: Was tut der Kerl hier in der Wohnung seines ersten Opfers? Wenn du mit deiner Vermutung richtigliegst, dann war er womöglich zum dritten Mal hier, das ist nun wirklich außergewöhnlich.«

»Er hat etwas gesucht oder vergessen.«

»Aber das ist widersinnig, er weiß doch genau, dass wir alles mehrfach durchsucht haben. Er kann doch nicht davon ausgehen, dass wir einen Hinweis übersehen haben, der ihn womöglich belastet.«

»Wer weiß, vielleicht haben wir dieses verdächtige Detail einfach nicht als solches erkannt und er wollte auf Nummer sicher gehen und es entfernen. Es könnte so banal und selbstverständlich gewesen sein, dass wir es gesehen, aber nicht als beachtenswert registriert haben.«

»Kann ich mir kaum vorstellen.«

Wir leuchteten mit zwei starken Taschenlampen das Bad aus. Auch hier keine offensichtlichen Hinweise.

»Du meinst, er hat etwas mitgenommen, etwas, das ihn belasten könnte?«

»Warum sollte er sonst das Risiko eingehen? Hier stehen wir in der Wiege seines Wahnsinns, hier hat alles begonnen. Ihr müsst etwas übersehen haben, etwas Profanes, Alltägliches ...«

Jessica zückte ihr Handy und forderte ein Team der Spurensicherung an.

»Was machst du da?«, fragte sie danach interessiert.

»Ich schaue Pornos.«

»Lass mal sehen.« Ich hatte eines der Hefte aus dem Ständer genommen. Neben einer alten WAZ und dem Stadtpanorama befanden sich drei schwedische Hochglanzmagazine in dem Repertoire.

»Wow, Männer in Käfigen.« Jessica nickte anerkennend. »Männer auf Streckbrettern. Ziemlich anspruchsvolles Fitnessstudio.«

»Die Domina ist ganz hübsch.«

»So? Latex macht schlank, aber sieh dir mal den Hintern an. Lady Charlotte und ihre Diener. Nein wie entzückend, sieh mal, da ziehen vier nackte Kerle einen Schlitten durch den Schnee. Gott, wo ist denn das Geschirr befestigt? Autsch, das muss doch wehtun.«

»Das relativiert die Sache mit Rudolf und seiner roten Nase. Die Geschichte muss neu geschrieben werden.«

Nur Minuten später traf Jessicas Team ein.

Kapitel 6

Im Büro der Sondereinheit, Polizeipräsidium Duisburg

»Du siehst nicht gut aus, schlecht geschlafen?« Sascha Brinkmann reichte mir einen Becher Tee. »Ist kein Earl Grey, so was haben die hier im Präsidium nicht im Angebot.«

»Wir sind gerade zurück aus Markwarts Wohnung.«

»Aha, und?«

»Sascha, ich glaube wir sind gestern Nacht nur knapp dem Teufel von der Schippe gesprungen. Die Flatterbänder waren beiseitegeschoben, die Zeitschriften wieder eingeräumt.«

»Du meinst ... er war da, als wir da waren? In der Wohnung, während wir im Dunkeln rumgegeistert sind?« Da war eine leichte Panik in ihrer Stimme. »Wow, das ist der Hammer, der absolute Hammer!«

»Vielleicht ja auch erst später, aber ich vermute, die Spinne saß die ganze Zeit im Badezimmer.«

»Oh, Mann, wir hätten ihn fast gehabt, ich fasse es nicht.«

»Oder er uns.«

Sascha sah betreten zu Boden. Ihre roten Haare schimmerten flammend im hellen Schein der Neonbeleuchtung.

»Ja, oder er uns«, echote sie betreten.

»Puh, was für 'ne Scheiße, verdammt, verdammt ...«

»Wir müssen abwarten, was die Spurensicherung aufdeckt.«

»Ja, damit müssen wir uns wohl abfinden.«

»Seid ihr weitergekommen?«, erkundigte ich mich.

Die Uhr tickte auf die Vier.

»Nicht wirklich. Eddie schläft noch. Ich habe ihn gelassen, du weißt ja, wie er ist. Drei Tage am Stück arbeiten, dann komapennen.«

»Der Junge braucht seinen Schlaf, wir stehen erst am Anfang.«

»Er wird weitermachen, oder?«

»Ja, ganz sicher. Vielleicht haben wir ein bisschen Zeit gewonnen durch die nächtliche Aktion.«

»Wenn er innerhalb der Wochenfrist bleibt, dann haben wir maximal noch fünf Tage. Meinst du, er nimmt die Wochenfrist ernst?«

»Vielleicht, vielleicht auch nicht. Das ist eine Bezugsgröße, die keine allzu große Rolle für ihn spielt, vermute ich zumindest. Das würde ihn zeitlich sehr eingrenzen, aber wer weiß.«

»Tja, wir werden sehen.« Sascha schnaufte tief durch. »Was machen wir jetzt? Konkret meine ich.«

»Wir gehen die Unterlagen der vier Opfer noch mal durch. Da muss es irgendwo Gemeinsamkeiten geben, es muss einfach so sein.«

»Weil das so im Lehrbuch steht?«

»Nein, weil wir sonst nur darauf hoffen können, dass er einen gravierenden Fehler macht. Wo sollen wir suchen, wen sollen wir suchen, ohne Motiv? Das ist wie die berühmte Nadel im Heuhaufen. Wie sollen wir den Kreis der Verdächtigen eingrenzen?«

»Vielleicht sehen wir nach dem nächsten Opfer klarer.«

»Wie sich das anhört – nach dem nächsten Opfer.« Bittere Galle stieg in mir hoch. »Ober nach dem Übernächsten oder dem achten Toten, vielleicht hört er nach dem zehnten Mord ganz auf und wir stehen noch immer wie die Deppen da. Gott, wie ich diese ganzen Idioten hasse.«

»Du brauchst 'ne Pause.«

»Hm?«

»Eddie hat seinen Kram ins Hotel geschafft.«

»Gute Idee«, stimmte ich zu.

»Zeig mir Duisburg, okay?«

»Du willst eine Sightseeing-Tour mit mir machen?«

»Warum nicht? Predigst du nicht immer, man müsse den Atem einer

Stadt verinnerlichen, den Puls fühlen, die Frequenz spüren, wissen wie ein Ort tickt, welchen Einfluss er auf einen Täter haben kann?«

»Erwischt!«, gab ich schmunzelnd zu.

»Also ... wer fährt?«

»Überredet, ich fahre.«

Bundesstraße 8, in Jonathan Dawsons Wagen

»Die Welt ist so viel enger und bedrohlicher in diesem Moloch von Großstadt. Das ist nicht meins.«

»Nana, so groß ist Duisburg ja gar nicht.«

»Mag sein, aber für mich Nordlicht ist das alles ein einziger Klumpatsch. Man merkt doch nicht einmal, wenn man die Stadtgrenzen überquert. Schwupps ist man in Oberhausen oder Essen, Moers, Düsseldorf und so weiter. Für mich macht das keinen Unterschied. Das ist wie 'ne Krake, deren Fangarme immer weiter hinaus ins Meer reichen.«

»Da spricht eine echte Ostfriesin.«

Es ging auf sieben Uhr zu. Stockduster. Wir zockelten die Bundesstraße 8 entlang Richtung Zentrum, ließen die Auffahrt zur Stadtautobahn rechts liegen.

»Der Himmel ist hier fremd, farblos, limitiert.«

»Du bist den weiten Horizont Norddeutschlands gewöhnt, das kannst du nicht vergleichen.«

»Du hast recht. Wie schrecklich muss es erst in der Nachkriegszeit gewesen sein. Stahl und Kohle, Dreck, Rauch, winzige Häuser und Wohnungen. Ich hätte hier nicht leben können. Ich wäre eingegangen wie eine Primel, der man das Wasser abgräbt. Wie lange hast du es hier ausgehalten, Jonathan?«

»Ach, von aushalten kann keine Rede sein, Sascha. Ich fand's gut hier, ein Büdchen an jeder Ecke, Bonbons für einen Pfennig das Stück, 'n Lutscher fünf Pfennig, der Bolzplatz um die Ecke, mit der Straßenbahn kamst du überall hin. Allein in meiner Straße gab es bestimmt zwanzig Kinder in meinem Alter. Im Hinterhof habe ich das Fahrradfahren gelernt, die Frauen in unsäglichen bunten Kitteln ...« Ich musste unwillkürlich grinsen. »Wenn meine Mutter von den Sechzigerjahren erzählt, dann muss das echt eine ganz andere Welt gewesen sein. Die Männer im Schichtdienst bei Thyssen oder vor Kohle, mehr als tausend Meter unter der Erde. Das schwarze Gold, zwei Kinos mit gepolsterten Holzstühlen und einer schrillen Lautsprecheranlage. Man durfte in Kinos rauchen, unvorstellbar, oder? Im Winter qualmende Kohleöfen, zuerst war das Klo auf dem Flur.«

»Nee, oder? Das ist ein Witz.«

»Oh nein, so war es wohl, du bist mit deiner eigenen Klorolle losmarschiert und hast gehofft, dass der Pott frei ist. Alarmstufe rot bei Dünnschiss.«

»Wahnsinn.«

»Als meine Eltern Teenager waren, konntest du nach Schulende aus jedem geöffneten Fenster Musik hören. Deutsche Schlager, Volksmusik und sie mit ihrem Glitter und Glamour Rock dazwischen. Hottentotten-Musik schimpften die Altvorderen und drehten Heino lauter. Die Generation meiner Eltern konterte mit Slade, Sweet, Status Quo und später dann Kiss. Das Leben war bunt und voller Energie. Die Leute hatten Geld, die Bergleute und Thyssenknechte haben richtig gut verdient.«

»Tja, da ging's uns im Norden wohl nicht ganz so gut, wenn ich meinem Vater und Opa Glauben schenken darf. Die Landwirtschaft war ein verdammt hartes Brot. Ich sollte mal den Familienhof übernehmen.«

»Du eine Bäuerin? Das wusste ich ja gar nicht.«

»So oft unterhalten wir uns ja auch nicht über private Dinge.« Sascha spielte, ein wenig verlegen wie mir schien, mit den Bommeln ihres Kapuzenshirts. »Das wurde immer konkreter, nachdem Opa einen Schlaganfall und Papa seinen Job in der Werft verloren hatte.«

»Dann bist du geflüchtet?«

»Die Flucht nach vorn angetreten sagen wir mal lieber. Ich habe mich bei der Polizei beworben und die haben mich tatsächlich genommen.«

»Zum Glück.« Die Ampel wechselte auf grün. Es fing wieder an zu regnen. »Du bist eine großartige Ermittlerin.«

»Ach, Unsinn, im Team sind wir stark, wir ergänzen uns perfekt, wir drei, das ist unsere Stärke.«

»Du bist verdammt klug für dein Alter.«

Sascha zog ihre Turnschuhe aus und schob die Füße so weit es ging an die Windschutzscheibe.

»Wie lange kann man das machen?« Ihre Stimme klang angespannt. Wir hätten tatsächlich eine Pause nötig gehabt. »Diesen Job?«

»Gute Frage.«

»Immer unterwegs, keine feste Dienststelle, ist ziemlich Scheiße für ‘ne Beziehung.«

»Wem sagst du das?«

»Was ist das mit der Forensikerin?«

»Oh, wir kennen uns von früher.«

»Ach, wirklich?« Sascha sah mich mit ironisch hochgezogenen Augenbrauen an. »Ist mir gar nicht aufgefallen, aber das war nicht die Frage.«

»Was soll schon sein? Jessica ist glücklich in einer Langzeitbeziehung, zwar nicht verheiratet, aber wo ist der Unterschied? Wir bringen diesen Irren zur Strecke und dann schauen wir mal, wohin uns die Einsatzzentrale schickt. Also ... nichts ist.«

»Kommt mir aber anders vor.«

»Was ist das jetzt, dein ostfriesischer Starrsinn?«

»Weibliche Intuition.«

»Aha, na da kann ich nur kapitulieren.«

»Auweia, was ist das denn für ein Stadtteil, hier ist ja ein Brautmodengeschäft neben dem nächsten.«

»Hamborn, Pollmann, Zentrum türkischer Schneiderkunst, das größte Brautmodenzentrum nach Istanbul, dazu gibt es eine relativ neue Moschee, sollten wir uns mal anschauen, soll verdammt beeindruckend sein.«

»Ja, warum nicht. Wann hast du Jessica kennengelernt?«

»Du lässt nicht locker, was? Na schön, es war in der zwölften Klasse. Sie war eine von ganz anderswo, wie wir damals zu sagen pflegten. Sie sah toll aus, blond, das war schon mal ein Bonuspunkt, blaue Augen, super Figur und was das Allerbeste war ... überhaupt nicht eingebildet. Sie war keine von diesen Prinzessinnen, die Hof hielten.«

»Jessica war also nicht so?«

»Nee, sie war total natürlich, aufgeschlossen, fröhlich und ehrlich.«

»Aber?«

»Na ja, sagen wir's mal so ... ich hatte nicht den allerbesten Ruf an der Schule, zumindest was Mädels anging, und natürlich eilte mir dieser Ruf voraus, sodass meine wirklich ernst gemeinten Avancen zunächst erfolglos blieben.«

»Nur weiter, ich liebe solche Geschichten.«

»Okay, dann will ich von dir aber auch mal was hören.«

»Gebongt.«

»Gut, allgemein ging die Jahrgangstufe davon aus, dass ich es sehr bald leid sein würde, mir einen Korb nach dem anderen abzuholen, aber sie hatten sich getäuscht. Ich blieb hartnäckig wie nie zuvor in meiner Teenagerzeit und irgendwann, ich hatte die Hoffnung längst fahren lassen, wurde ich erhört. Wir gingen zusammen aus. Nicht sehr viel später der erste Kuss und ... äh ... na ja ...«

»Hört sich perfekt an.«

»War es auch, es war der siebte Himmel und noch viel mehr.«

»Bis ...?«

»Bis Jessica mehr wollte. Ich begann meine Polizeikarriere und sie ihre Ausbildung bei der Polizei.« Ich schob eine CD in den Player. Bruce Springsteen, *Born in the U.S.A.* »Das ging eine Weile hin und her, bis wir nach knapp drei Jahren an dem *Point of no return* angekommen waren. Sekt oder Selters.«

»Du hast dich gegen Jessica entschieden.«

»Nicht gegen Jess, nur gegen die frühe feste Bindung vor dem Traualtar.«

»Und heute bereust du es.«

»Nein, eigentlich nicht. Ich glaube wirklich, wenn wir so früh geheiratet hätten, wären wir heute geschieden. Die Entscheidung war richtig.« Resignierend zuckte ich mit den Schultern. »Und nun kann ich das Rad der Zeit nicht mehr zurückdrehen und das ist auch gut so. Jetzt hat sie unseren Archivar Barney und fertig ist die Wurst. Der Hund von Oma bellt, so ist die Welt.«

Sascha lachte leise. »Irgendeinen bescheuerten Spruch habt ihr immer drauf, ihr Ruhrpötter, oder?«

»Macht das Leben etwas einfacher ... oder auch nicht. Lust auf einen Spaziergang?«

»Klar, warum nicht, hat ja aufgehört zu regnen.«

Ich lenkte den Wagen in eine Seitenstraße, die zum Landschaftspark Nord führte, und parkte den Astra auf einem gänzlich verwaisten Gelände. Die ehemaligen Hochöfen ragten angeleuchtet monumental in den schwarzen Himmel. Eine restaurierte Fabriklokomotive mit drei Anhängern, riesige Turbinenräder, ein Förderturm.

»Die perfekte Kulisse für einen Thriller«, bekannte Sascha beklommen.

Kräne und Meiler, dunkelrot, grün und blau angestrahlt, Schornsteine, deren Enden im Dunkel der Novembernacht verschwanden. Eine stählerne Brücke, die über einen Teich führte. Verbarrikadierte Bierbuden und Fressstände. Der Wind sang ein klagendes Lied, fing sich in Erkern, Hohlräumen und den langen Hälsen der Kräne.

Sascha zog ihr Smartphone aus der Tasche und schoss ein paar Fotos. »Muss ich zu Hause mal zeigen, das glaubt mir ja keiner. Hattest du den Fall schon einmal, ich meine ... Ist dir ein Killer schon mal durch die Lappen gegangen? Du bist ja schon ein paar Tage länger dabei als ich.«

»Tatsächlich erst einmal, 2002 in Lübeck.«

»Der Marzipan-Killer, das habe ich gelesen.«

»Vier Tote, dann hat er einfach aufgehört.«

»Aber ihr hattet einen Hauptverdächtigen.«

»Ja, aber wir konnten nichts beweisen. Es war der Vater eines Sohnes, der an einem Stück Marzipan erstickt ist. Das Kind hatte die Plastikverpackung nicht aufbekommen und sich den ganzen Barren in den Mund gesteckt.«

»Oh Mann, das ist schrecklich.«

»Der Vater hat nicht sich selbst die Schuld gegeben, sondern den Herstellern. Vier Mitarbeiter aus der Fabrik Niederegger mussten dran glauben.«

»Ziemlich üble Verdrängung der eigenen Schuldgefühle.«

»Allerdings, am vierten Tatort konnten wir endlich Fingerabdrücke sichern. Ich war so sicher, dass er es war, aber ...«

Ein schwarzer Schatten huschte an uns vorbei. Sascha zuckte erschrocken zusammen.

»Nur eine Katze«, flüsterte sie erleichtert. »Was war mit dem Typen in Lübeck?«

»Oh ja, es waren nicht seine Abdrücke, so viel stand fest. Er hatte zwar kein Alibi, aber auch unter massivem Druck knickte er nicht ein.«

»Vielleicht war er es einfach nicht.«

»Doch, er war es, ganz sicher, aber dieser Mensch war kein typischer Serienkiller. Er hatte die Kontrolle zurückgewonnen, für sich selbst beschlossen, dass der Rache Genüge getan war und das Morden eingestellt.«

»Und läuft noch immer fröhlich in Lübeck herum.«

»Na ja, ob fröhlich, wage ich zu bezweifeln. Er muss mit der Schuld leben, die er sich aufgebürdet hat, und das in doppelter Hinsicht. Er hat die Aufsicht über seinen kleinen Sohn vernachlässigt, seine Frau hat sich sehr bald von ihm scheiden lassen, und er hat vier unschuldige Menschen getötet.«

»Warst du sauer, weil er euch durch die Maschen geflutscht ist?«

»Ja, ziemlich. Ohnmacht ist etwas, mit dem ich nicht wirklich gut umgehen kann. Wir haben es immer wieder versucht, aber kein Staatsanwalt war geneigt den Fall vor Gericht zu bringen. Die Indizien waren einfach zu schwach.«

»Viel haben wir hier auch noch nicht vorzuweisen.«

Ich nickte zustimmend. »Ja, schon, aber wir sind erst den zweiten Tag hier, in Lübeck habe ich geschlagene drei Monate vergeudet. Bei diesem Fall stehen wir gerade in den Startlöchern.«

»Aber unser Täter nicht.«

Wir gingen durch einen mit einfachen Grubenlampen beleuchteten Gang und gelangten in einen großen Innenhof. Sascha blieb stehen. Es tat gut, mit ihr zu reden. Ich fragte mich verwundert, warum wir in den vergangenen knapp zweieinhalb Jahren, seit sie zur Task-Force gehörte, nicht öfter einmal ein vertrauliches Gespräch geführt hatten.

Vielleicht liegt es an Duisburg, deiner alten Heimat? Das macht dich sentimental, dann ist da auch noch Jessica. Du bist verletzlich geworden, mein lieber Jonathan …

»Ich glaube mir reicht diese nächtliche Exkursion, außerdem habe ich mal wieder Kohldampf bis unter meine roten Haarspitzen«, unterbrach Sascha meine Gedanken.

»Okay, drehen wir um. Ich kenne einen guten Italiener, das heißt, ich hoffe, dass es ihn noch gibt.«

»Bei Pasta oder Pizza bin ich immer dabei.« Sascha lächelte breit. »Hat auch 'n paar Vorteile, unser Job. Wir sind ein bisschen wie freischaffende Künstler. Keine geregelten Arbeitszeiten, keine Stechuhr, ein üppiges Spesenkonto, dazu noch einen ganz passablen Chef.« Sascha grinste fröhlich.

»Na immerhin, mit passabel kann ich leben.«

• • •

»Hallo, sind Sie das, Kater Karlo?«

So ein unschuldiges Stimmchen.

Ich sitze auf einer Bank am Ufer, die Beine gemütlich übereinandergeschlagen, den Kragen weit hochgezogen. Da kommt sie auf ihren hohen Hacken. Mein Gott, wie dumm.

»Aber ja, meine Liebe.« Diese Dating-Plattformen sind ein wahrer Sündenpfuhl. »Blümchen 13?«

»Ja, ich bin es.«

Stellt sich wie ein Model in Pose. Was glaubt sie denn, wer sie ist? Eine Diva?

»Wie schön, Sie endlich leibhaftig kennenzulernen.«

»Ja, nicht wahr.«

»Hier bitte, ich habe Ihnen eine Blume mitgebracht.«

Eine weiße Nelke, passend, oder? Das sind doch die typischen Totenblumen.

»Oh, das ist sehr aufmerksam.«

»Wollen wir einen Schritt gehen?«

Was will sie denn mit den Stöckelschuhen am Rhein? Pfennigabsätze, kaum zu glauben. Ich biete ihr meinen Arm an und sie hakt sich ein. Läuft wie geschmiert. Wie kann man nur so blöd sein, mit einem Wildfremden an einem dunklen Novemberabend allein am Rhein entlangzuspazieren?

»Es ist ein wenig ... fröstelig.«

Ich muss ein Kichern unterdrücken. Natürlich ist es das, du dumme Kuh! Bei dem viel zu kurzen Kleidchen und dem dünnen Jäckchen. Nun, gleich wird's noch etwas kälter werden.

»Ich habe eine Überraschung vorbereitet, mein verehrtes Blümchen.«

»Oh, das ist toll, ich liebe Überraschungen, mein Katerchen.«

Herr im Himmel, soll das etwa lustig sein? Und was ist das für ein grausames Parfüm? 4711 oder Tosca? Irgendein aufdringlicher, billiger Scheiß.

»Gehen wir dann irgendwo hin ... wo es wärmer ist?« Was soll das sein, ein verführerisches Gurren? »Ich habe da ein paar ganz spezielle Körperpartien, die unbedingt gewärmt werden müssen.«

Klar, das könnte dir so passen.

»Ich kann es kaum erwarten, meine Wildblume.«

Sie kichert schon wieder!

Ich würde sie am liebsten auf der Stelle erwürgen, aber das geht nicht. Ich habe es anders angekündigt und man muss sich an den Plan halten.

»Ist es noch weit?«

»Nein, dort vorn ist es.«

»Eine Treppe? Wo führt die denn hin?«

»Aber das ist doch die Überraschung.«

Der Rhein hat hier eine kleine Ausbuchtung zugelassen. Es ist kein richtiger Seitenarm, mehr eine kleine Bucht, eine Delle, eine Beule, die von Anglern gern genutzt wird. Ich kenne den Ort schon lange. Dreizehn Stufen führen hinab zu einem Steg aus Holz.

»Weißt du, mein teures Blümchen ...«

»Ich heiße eigentlich Bettina.«

Herrgott, wen interessiert das?

»Ah, Bettina, das klingt so märchenhaft.« Sie kichert wieder, einfach widerlich. »Siehst du dort unten das Schmuckkästchen?«

»Schmuckkästchen?« Sie ist ganz aufgedreht. »Ich kann's nicht sehen. Was ist denn drin?«

»Ich bitte um Verzeihung, meine Liebe, aber ich bin ein hoffnungsloser Romantiker. Ich finde das erste Treffen sollte unvergesslich sein.«

»Oh ja, oh ja, das finde ich auch.«

»Deshalb habe ich mir erlaubt ein kleines Schmuckstück zu erstehen, in Erinnerung an diese Nacht, wie immer es auch mit uns weitergehen mag.«

»Oh, Jürgen ...«

»Ich hoffe, es wird dir gefallen.«

Sie zieht mich förmlich die Treppe hinab. Die Gier nach Gold, Geld und Anerkennung siegt über die Vernunft. Jetzt stehen wir auf dem hölzernen Steg. Da liegt die schwarze Schatulle. Sie ist nicht leer, oh nein, das ist sie nicht. Muttis Ring befindet sich im Inneren.

»Ach, da ist ja das Kästchen.«

Sie bückt sich.

»Na, los doch, mach es auf.«

»Wie wunderschön, ein Ring ...«

Alles ist perfekt. Ich ziehe die Handschuhe über, dann trete ihr die

High Heels weg, sie fällt auf die Knie, ein Schlag ins Kreuz, platsch liegt sie bäuchlings auf dem Holz.

»Karlo ...!«

Ich setze mich auf sie. Sie strampelt mit den Beinen, aber das macht nichts. Ich bin schwer genug. Schnell das Klebeband vor's süße Mäulchen. Endlich Ruhe! Das Wasser brandet gegen den Steg. Ein Container-Schubschiff fährt talwärts vorbei. Sie atmet hektisch durch die Nase, ihre Hände rudern wild umher.

Dies ist die Stunde. Alles läuft wie geplant.

Ich warte geduldig bis ihre Kräfte erlahmen. Das panische Brummen und Schnaufen geht mir ein wenig auf die Nerven. Die Aktion nähert sich dem Höhepunkt. Ich fühle mich gut, es rauscht in meinen Ohren.

Wenn jetzt jemand vorbeikommt ...

Das Gefühl ist unbeschreiblich, dieser Nervenkitzel, diese höchste, vollendete Form von Anspannung. Das Leben allein in meinen Händen. Ich sehe kurz in den dunklen Himmel und danke meinem Schöpfer für die Kraft und Zuversicht, damit ich diese schwere Last bewältigen kann.

Ihr Widerstand schwindet dahin. Nun ist es gleich so weit. Ich werde nichts sagen, oh nein, das werde ich nicht. Selbst in ihren letzten Momenten wird sie sich fragen: Warum muss ich sterben? Was habe ich verbrochen?

Ich lockere kurz die Umklammerung und schiebe sie ein Stück nach vorn. Sie zappelt und murrt wieder. Erkennt sie jetzt, was geschehen muss? Der Kopf freischwebend über dem Wasser. Ich packe ihren Schopf, die Knie auf ihren Schultern. Sie wehrt sich, das ist normal, letzte Kräfte werden mobilisiert. Sie bockt wie eine junge Stute.

Ich werde es komplett durchziehen.

Wie es wohl sein mag ... unter Wasser.

Ich spüre wie das Leben langsam weicht, für einen Moment packt mich grenzenloses Grauen, Zweifel kommen auf, die ich tapfer unterdrücke.

Dieses Zucken ist nicht schön, und doch auch erhebend.

Diese Macht über Leben und Tod.

Bei den anderen war ich weiter weg. Jetzt ist es schrecklich intensiv. Ein letzter Ruck geht durch den Körper. Ich atme schwer die kalte Novemberluft ein.

Es ist vollbracht.

Das war anstrengend, oh ja, das war es, aber es musste sein, natürlich musste es das.

Es ist kalt, sehr kalt. Zu Hause werde ich mir einen warmen Tee machen. Zum Glück ist morgen Sonntag. Ich könnte ins Kino gehen oder in ein Museum, Essen gehen ...

Doch jetzt ist es an der Zeit die Hymnen erneut zum Leben zu erwecken, diese hehren Worte, die meine Seele erquicken.

Ich ziehe den Kopf der Frau aus dem Wasser und drehe sie auf den Rücken. Weg mit dem Klebeband und rein mit dem Packpapier.

Ob sie wohl die Botschaften inzwischen verstanden haben?

Ich muss lachen, ich fühle mich so unglaublich lebendig. Das Spiel macht Spaß. Es ist mein Spiel, meine Regeln, mein Einsatz, mein Risiko. Es tut gut, Gutes zu tun.

Ich werde das schaffen.

Fünf ist die Hälfte von zehn.

Alles ist perfekt, die Welt ist im Gleichgewicht.

Eine aufgeschreckte Möwe flattert kreischend über meinen Kopf hinweg. Ich sehe ihr einen Moment nach, bis der weiße Fleck über dem rauschenden schwarzen Wasser verschwindet.

Ich nehme das Kästchen an mich. Zeit zu gehen.

Kapitel 7

Stadtteil Duisburg-Walsum, eine kleine Bucht am Rhein

»Wo kommen die ganzen Leute am frühen Morgen her?«, wunderte sich Eddie. In seinen dünnen Leinenturnschuhen und der für ihn typischen Jeansjacke musste er sich eigentlich den Hintern abfrieren. Das Thermometer zeigte währenddessen immer noch zwei Grad Minus an.

»Ein Angelverein, die haben ganz in der Nähe ihr Clubhaus und sind in aller Herrgottsfrühe raus«, erwiderte Adrian Kaczor. Brökers rechte Hand schniefte unüberhörbar. »Scheiß Winter, scheiß Mörder, scheiß Fall, alles scheiße.«

Die Beamten hatten alle Mühe die Schaulustigen fernzuhalten. Einige Halbwüchsige turnten auf der abschüssigen Böschung herum.

»He, ihr Vollpfosten, lasst das gefälligst sein!«, brüllte Kaczor sauer. »Glaubt ja nicht, dass wir euch aus dem Eiswasser rausholen. Macht, dat ihr da wegkommt!« Unwillkürlich fiel der geborene Rheinhausener in den hier üblichen rabiaten Sprachstil zurück.

»Is ja gut, Alter, pass mal lieber auf, datte dir deine Eier nich verkühlen tus.« Wieherndes Gelächter der Kids. Verstärkung traf ein. Wenig später war der Tatort abgesperrt.

»Wie kann man nur so unglaubliches Glück haben?« Jessica kniete noch neben der Leiche.

»Was meinst du denn?«, fragte ich erstaunt.

»Na, sieh dich doch mal um, das ist doch hier nicht gut getarnt oder abgelegen. Der Kerl spielt mit dem Feuer. So ein fast öffentlicher Platz …«

»So? Du meinst also der Tatort ist schlecht gewählt?«

»Allerdings, hier kann doch jeden Moment einer entlangkommen, mit ‘nem Hund Gassi gehen oder einen Mondscheinspaziergang machen.«

»Es ist arschkalt, Jess, der Platz ist nur von oben einzusehen, und dann auch nur, wenn du ganz auf die Böschung steigst. Bleibst du auf dem Weg, siehst du nichts.«

»Trotzdem, die Location ist nicht gut gewählt.«

»Er wird leichtsinnig«, hoffte ich.

»Mach dir noch keine Hoffnungen, Jonathan, ich habe bislang nichts Verwertbares an Spuren gefunden.«

»Wer ist sie?«

»Bettina Franticzek, fünfundvierzig Jahre alt, Kometenplatz 3. Ausweis und Portemonnaie sind in ihrer Handtasche.«

»Was treibt diese Frau, noch dazu in so luftigen Klamotten, mitten in einer eisigen Nacht, hierher an den Rhein?«

»Die Aussicht auf ein Rendezvous?«

»Da wüsste ich aber Reizvolleres.«

»Ja, da bin ich mir sicher«, erwiderte Jessica süffisant.

»Da sind Reste von Klebstoff um ihren Mund herum. Der Mund war verschlossen, als er den Kopf unter Wasser gedrückt hat. Das Klebeband treibt wahrscheinlich Richtung Nordsee.«

»Das verhinderte zunächst das Schreien«, analysierte Eddie, die Hände irgendwie in die engen Hosentaschen seiner Jeans gestopft. »Außerdem ging es insgesamt schneller. Der Kerl arbeitet effektiv.«

»Sieh dir nur die Kleidung genauer an, Jonesy.« Mein Herz vollführte einen kleinen Freudensprung, Jessica hatte mich zum zweiten Mal seit meiner Rückkehr, sicher vollkommen unbewusst, mit meinem alten Kosenamen angesprochen.

Jess und Jonesy. J & J Ein Traumpaar.

»Nichts Teures, aber ordentlich rausgeputzt.«

»Sie hatte ein Date mit dem Teufel.« Eddie neigte bisweilen zu blumigen Aphorismen. Inzwischen hüpfte er immer wieder von einem Bein auf das andere, um die Kälte aus seinen Knochen zu vertreiben.

»Du meinst, diese Frau war mit unserem Killer verabredet?«

»Klar, liegt doch auf der Hand. Kann ich zurück ins Hotel? Ich hole mir hier den Tod.«

»Nur zu, Rotznase, und kauf dir endlich mal vernünftige Winterklamotten.«

»Normalerweise gehe ich nur zum Bierholen raus.«

Ich verdrehte die Augen gen Himmel. Jessica lachte verhalten, Eddie zockelte ab.

»Cooler Typ.«

»Er ist der beste Datenanalyst, den ich jemals kennengelernt habe.«

»Sicher, sonst wäre er nicht in deinem Team.«

»Ziehst du mich etwa auf?«

»Würde ich mir nie erlauben.«

»Hm.«

»Der Täter hat sie, unter welchen Voraussetzungen auch immer, hierhergelockt. Es sieht nicht so aus, als hätte er das Opfer hier herunter zwingen müssen. Keine Kratzspuren oder Ähnliches.«

»Sie ist freiwillig mitten in einer eiskalten Nacht, viel zu dünn angezogen, hier ans Wasser gegangen? Ist der Kerl ein Zauberer oder Hypnotiseur?«

»Tja, wie auch immer. Hier unten hat er sie auf dem Boden fixiert. Da sind ein paar Schürfspuren im Holz, die kommen von den Pumps, besser gesagt den Absätzen, und von ihren vermutlich verzweifelten Abwehrbemühungen.«

»Ganz schöne Hacken, nicht gerade das rechte Schuhwerk für einen nächtlichen Spaziergang in den Rheinauen.« Meine Knie knackten ganz ordentlich, als ich mich zu Jessica hinabbeugte. Sie reichte mir ein paar Handschuhe.

»Splitter in den Fingern, den Knien und Handballen. Hoffentlich hat sie das Schwein gekratzt.«

»Werden wir sehen, aber darauf setzen würde ich nicht.«

»Soll ich das Papier rausfieseln?«, bot ich an.

»Nee, lass mal, das mache ich lieber im Labor.«

»Okay.«

»He, was macht denn dein Rotschopf da? Wenn sie nicht aufpasst, liegt sie gleich im Wasser. Der Rhein ist tückisch, auch an diesen vermeintlich harmlosen Stellen.« Tatsächlich kniete Sascha weit vornübergebeugt neben dem befestigten Steg auf den Steinen der Uferböschung.

»Sascha, was treibst du da?«

»Ich glaube, ich sehe da was.«

»Pass auf, du wirst dir den Tod holen, wenn du da reinfällst.«

»Der Tod hat heute Urlaub.« Sie nahm ein Stück Treibholz, einen Stock, dünn wie ein Bleistift, aber deutlich länger.

»Ha, wusste ich's doch!« Saschas Gesicht leuchtete vor Begeisterung. Sie reckte ihren rechten Arm soweit es ging in die Höhe. Zwischen Daumen und Zeigefinger schimmerte etwas Goldenes im gerade erwachenden Tageslicht. »Seht her! Das ist der eine Ring mit dem man alle knechten kann. Na, kommt uns das nicht irgendwie bekannt vor?«

Jessica applaudierte belustigt.

»Was soll denn der Kappes?«, fragte Kaczor irritiert.

»Der Herr der Ringe, Adrian, der eine Ring. Sagt Ihnen das nichts?«, fragte Jessica.

»So 'n Scheiß guck ich nicht.«

»Und lesen kann er wahrscheinlich auch nicht«, ergänzte ich. »Lass mal sehen, Sascha.«

Ich reichte ihr die freie Hand und zog Sascha auf den Steg zu Jess und mir. Neugierig steckten wir die Köpfe zusammen. Es war ein schlichter goldener Ring, den Sascha auf ihrer Handfläche präsentierte, einen guten Zentimeter breit, mit einer umlaufenden Vertiefung und einem winzigen Stein.

»Da ist was eingraviert.« Sascha hielt den Ring ins Licht. »E. H. 30. Januar 1946.«

»Initialen und ein Geburtsdatum«, mutmaßte Jessica. »Sie haben verdammt gute Augen, Sascha.«

»Zufallstreffer. Könnte der von unserem Killer sein?«

»Jahrgang sechsundvierzig, dann wäre er jetzt einundsiebzig, nicht ausgeschlossen, aber eher unwahrscheinlich.«

»Es gibt verdammt rüstige Rentner.«

»Ich sagte ja, es ist nicht vollkommen auszuschließen. Könnte auch vom Opfer sein, vielleicht aus der Tasche gefallen oder vom Finger gerutscht.«

»Kann sein, dass der Ring überhaupt nichts mit unserem Fall zu tun hat«, gab ich zu bedenken. »Es muss auch kein Geburtsdatum sein, womöglich das Datum der Hochzeit.«

»He, seit wann bist du so eine Unke, Jonathan«, maulte Sascha. »Das muss was zu bedeuten haben.«

»Schön wäre es, aber ich bin da ganz bei Jonathan.«

»Na klar, was denn auch sonst?«

»Wie bitte?«, fragte Jessica irritiert.

»Schon gut.« Sascha ballte die Hand zur Faust. »Wollen Sie ihn untersuchen?«

»Das wird nichts bringen, wer weiß, wie lange er im Wasser lag, außerdem ...«, Jessica zog die Augenbrauen hoch, »... haben wir drei ihn ja ohne Handschuhe angefasst.«

»Scheiße.«

»Nun gut, es ist ein Wunder, dass du ihn überhaupt gefunden hast. Hör bitte mal bei den Anglern nach, ob jemand einen Ring mit den Initialen vermisst. Falls nicht, nimm ihn mit«, probierte ich zu besänftigen.

»Ist gut, Chef«, brummte Sascha und zog von dannen.

Jessica ging erneut in die Knie. Behutsam, fast zärtlich, schob sie nasse Haarsträhnen aus dem Gesicht der Ermordeten.

»Na, Bettina Franticzek, was hast du getan, um den Killer auf den Plan zu rufen? Du lebst allein, nicht wahr, so wie die anderen auch.

Du warst einsam, verzweifelt auf der Suche nach Zuwendung, habe ich recht? Armes Mädchen.«

Trotz lautstark protestierender Knie hockte ich mich neben Jessica Wald, nicht meiner ersten, aber doch meiner größten und intensivsten Liebe, die ich verlassen hatte, um meine so heiß geliebte Freiheit nicht zu verlieren.

»Wie hat er es gemacht, wie hat er mit dir Kontakt aufgenommen, hm? Du hast dich für ihn fein angezogen, dich geschminkt, du warst so aufgeregt. Das war euer erstes Treffen.« Sie nickte sanft. »Na klar, alles andere wäre viel zu gefährlich. Man hätte euch zusammen sehen können, Nachbarn, Kollegen? Nein, ich bin ganz sicher, das war das erste Date.«

»Sie hat sich vielleicht über den Treffpunkt gewundert. Walsum, nahe der Fähre, der Rhein. Wahrscheinlich hat er ihr versprochen sie von hier aus schick auszuführen. Gemurmelte Versprechen, die auf einen süchtigen Nährboden fallen.«

»Du hast womöglich etwas anderes vorgeschlagen, aber er blieb unnachgiebig, schmeichelte dir, machte Versprechungen, Komplimente. Einsamkeit macht krank und unvorsichtig.« Ich sah eine Träne in Jessicas Augenwinkel. Sie litt mit der Toten, versuchte nachzuempfinden, was in ihr vorgegangen war. »Du hast alles auf eine Karte gesetzt … und verloren. Was ist es, warum hat er dich ausgewählt?«

Wir schwiegen einen Moment.

»Internet.«

»Ja, Jonathan, denke ich auch, eine Dating-Plattform.«

»Oder über Chiffre, Kleinanzeigen.«

»Auch möglich. Meiner Meinung nach aber zu umständlich, zu langsam. Wir müssen ihren Computer haben.«

»Eddie wird ihn knacken. Der Scheißkerl muss eine Spur hinterlassen haben. Das World Wide Web vergisst nichts, es muss etwas da sein. Es muss Kontaktdaten geben.«

»Ein Licht am Ende des Tunnels?«

»Der erste Schritt ist immer der wichtigste, Jess. Einen Ansatzpunkt finden, von dem aus man weiter recherchieren kann, zielgerichtet.«

Jessica nickte zustimmend und kam federnd auf die Beine. »Na, komm hoch, alter Knochen.« Sie reichte mir ihre Hand.

»Jonesy hat mir besser gefallen.«

»Das ist mir nur so rausgerutscht, bilde dir bloß nichts ein.«

»Würde ich mir nie erlauben.«

»Kaffee, ach, Entschuldigung ... Tee? In der Nähe ist eine Kneipe, die morgens schon geöffnet hat.«

»Sehr gern.«

»Du darfst aber nicht rummeckern, wenn da ein paar Rentner qualmen. Die Leute nehmen es manchmal nicht ganz so genau mit dem Rauchverbot.«

»Nee, das macht mir nix. Ne Kippe und 'n Rentnergedeck, meinst du ich hätte alles vergessen? 'N Pils und 'n Korn, bringen uns wieder nach vorn. Ist was, du schaust mich so komisch an?«

»Schon gut. Adrian, kümmern Sie sich bitte um den Abtransport der Leiche?«

Kapitel 8

Präsidium Düsseldorfer Straße, Büro von Hauptkommissar Bröker

Gernot Bröker stemmte kampfeslustig seine Pranken in die Hüften. »Wir sollen jeden Juwelier in Duisburg und Umgebung abklappern und nach einem Ring mit der Gravur E.H. 30. Januar 1946 forschen? Wir wissen ja nicht einmal, ob das Teil überhaupt in Zusammenhang mit unserem Killer steht.« Grummelnd blies er seine Backen auf.

»Sascha ist fest davon überzeugt, es ist immerhin eine Spur.«

»Verfügt Ihr weiblicher Pumuckl über hellseherische Fähigkeiten? Ist sie ein Medium? Er kann ihn überall auf der großen weiten Welt gekauft haben. In Timbuktu, Casablanca oder Entenhausen.« Nachdenklich knetete er sein rechtes Ohrläppchen. »Aber was anderes haben wir nicht ... Also schön, wir starten eine Telefonaktion. Vielleicht landen wir ja einen Zufallstreffer.«

»Prima«, stimmte ich erleichtert zu.

»Ich werde sehen, wie viele Leute ich für die Aktion abstellen kann«, brummelte Bröker. Sein graues Jackett wies bereits am frühen Morgen Schweißflecken unter den Armen auf. »Der halbe Landtag sitzt mir im Nacken. Dawson, wir müssen was tun, die Bevölkerung ist total verunsichert. Auf der Königstraße predigt irgendein religiöser Fanatiker von Gottes gerechter Strafe, die über uns kommt, weil wir alle unbotmäßige Egoisten sind, Umweltsünder und Menschenhändler, weil wir diese schöne Welt verpesten und überall Stellvertreterkriege führen.«

»Da könnte was dran sein.«

„n brauche jetzt keine dummen Kommentare, sondern endlich ei-
„n Fortschritt!«, brüllte mich der leitende Hauptkommissar an. »Ihre ironischen Sprüche können Sie sich an die Backe nageln.«

»Haben Ihre Leute einen PC beschlagnahmen können, Laptop, Netbook, was auch immer?«

»Nein, wir haben nichts in der Art sicherstellen können.«

»Verdammt, das kann nicht sein. Sie muss doch irgendwie mit dem Kerl in Kontakt getreten sein.«

»Ball der einsamen Herzen? So was gibt es auch heutzutage noch.«

»Schwachsinn, viel zu viel Öffentlichkeit. Nein, das muss über das Internet gelaufen sein.«

»Ach ja, Inspektor Neunmalklug?« Inzwischen verfolgte die ganze Soko Duisburg unseren Disput. »Bettina Franticzek hat ein altmodisches Festnetztelefon daheim, keinen Internetanschluss, kein Handy. Ende der Durchsage.«

»Telefon … vielleicht über eine Kontaktanzeige in der Zeitung«, vermutete ich.

»Das prüfen wir gerade.«

»Aber das ist auch zu gefährlich für unseren Täter. In den Anzeigenblättchen muss man seine Daten hinterlegen. Er wird sich denken können, dass wir in dieser Richtung ermitteln.«

»Dann hat er sich eben einen Künstlernamen zugelegt.«

»Möglich, trotzdem riskant. Was ist, wenn sie eine Freundin mit Internetzugang hat? Oder Nachbarn?«

»Die Befragung der Nachbarn läuft.«

»Familie?«

»Vater tot, Mutter lebt in Australien, keine Geschwister, zweiundvierzig Quadratmeterwohnung in Walsum. Dreißig Mietparteien, der Bau ist ein Relikt aus den Siebzigern, moderner Plattenbau, einfach grässlich, acht Etagen, zwei Aufzüge. Da lebt man anonym, wenn man möchte.«

»Was hat sie beruflich gemacht?«

»Ausbildung zur Bäckereifachverkäuferin, danach drei Jahre bei der

Bäckerei Döbbe angestellt, hat selbst aus persönlichen Gründen gekündigt, danach ging im Job nix mehr. Alle möglichen Weiterbildungen, aber kein Erfolg.«

»Internetcafé. Das wäre noch eine Möglichkeit. Da ist man weitestgehend anonym.«

»Okay, das ist mal 'ne Idee. Adrian, nimm dir zwei Leute und check das ab.«

»Wo sollen wir anfangen, Chef?«

»Wuppertal, Bielefeld, Bottrop?« Bröker lächelte wie ein Haifisch. »In Walsum natürlich, Superhirn!«

»Na klar, geht schon los.«

Adrian verschwand. Nach einer kurzen Stille fragte ich: »Welche Botschaft haben wir diesmal?«

»Moment.« Bröker kramte in seinen Unterlagen und fischte eine knitterige Kopie aus einem Stapel Ausdrucke. »Hier, bitte. Der gleiche schwülstige Sermon wie bei den Leichen zuvor.«

Muß immer der Morgen wiederkommen?
Endet nie des Irdischen Gewalt?
Unselige Geschäftigkeit verzehrt
Den himmlischen Anflug der Nacht.
Wird nie der Liebe
Geheimes Opfer ewig brennen?

Ich überflog den Text. »Tja, ich würde mal vermuten, dass das nächste Opfer verbrannt werden soll.«

»Wegen der ewig brennenden Liebe?« Bröker rieb mit beiden Handballen über seine Augen. »Könnte hinkommen. Aber was ist das für ein Hinweis? Jemenaden verbrennen kann man fast überall.«

»Es ist ja nicht so, dass uns der Mörder einen konkreten Ort beschreiben will. Das wäre dann zu gefährlich für ihn. Aber einen Menschen unbemerkt zu verbrennen, ist schließlich doch nicht so einfach.«

»Toll. Wie soll uns das weiterhelfen?«, murrte Bröker nervös.

»Erst mal gar nicht.«

»Na, großartig.«

»Wir müssen in die Offensive gehen, Herr Hauptkommissar.« Bröker lachte säuerlich.

»Das ist ja mal 'n Plan. Womit denn, bitte schön?«

»Beraumen Sie eine Pressekonferenz an. Wir müssen die Menschen in Duisburg warnen, Gernot. Wir werden offen darüber reden, dass der Killer bislang nur Alleinstehende ausgewählt hat. Das ist eine ernst gemeinte Warnung, die hilfreich für den genannten Personenkreis ist. Das wird es ihm hoffentlich schwerer machen, an ein geeignetes Opfer zu kommen.«

»Wird er dann nicht einfach von seinem Muster abweichen?«

»Das kann er nicht so einfach. Er hat die Regeln aufgestellt, es sind seine eigenen Vorgaben, die kann er nicht so mir nichts dir nichts außer Kraft setzen. Niemand soll mehr ohne Begleitung im Dunkeln herumlaufen, nicht im eigenen Viertel, nicht in der City und schon gar nicht an abgelegenen Orten. Das wird ihm die Auswahl des nächsten Opfers vielleicht sogar unmöglich machen. Wir wollen nicht vergessen, dass es einen gemeinsamen Nenner geben muss, der die Opfer miteinander verbindet. Er kann nicht einfach irgendjemanden abfackeln, er muss seinem Kodex treu bleiben.«

»Na schön, und weiter?«

»Dann lassen wir durchblicken, dass wir am letzten Tatort Hinweise gefunden haben, die uns in den Ermittlungen weitergebracht haben.«

»Das ist gelogen.«

»Natürlich, aber das weiß er ja nicht. Es wird ihn verunsichern.«

»Er scheißt sich womöglich in die Hosen und hört einfach auf?«

»Nein, das passt nicht in sein Profil. Er ist noch nicht fertig. Er kann zu diesem Zeitpunkt nicht einfach aufhören, dann wäre sein ganzes Werk nur eine Farce.«

»Sollten wir dann nicht auch durchblicken lassen, dass wir seine verdammten Botschaften verstanden haben? Das setzt ihn möglicherweise noch mehr unter Druck.«

»Ja, könnte funktionieren, obwohl das eigentlich nur eine Bestätigung seiner Strategie ist, aber schaden kann es eigentlich nicht.«

Bröker grunzte zufrieden. »Warum nicht auch den Ring konkret erwähnen?«

»Das wäre nur sinnvoll, wenn wir sicher sein können, dass der Ring mit ihm und seinem verderblichen Werk in Zusammenhang steht. Wenn Tante Klärchen das Schmuckstück beim letzten Spaziergang verloren hat, dann lacht er sich nur kaputt. Warten wir lieber ab, was die Telefonaktion bringt.«

»Auch wieder wahr. Wir lassen ihn also im Ungewissen darüber, was wir konkret gefunden haben.«

»Genau, das wird ihn so oder so ins Grübeln bringen. Wir schlagen zwei Fliegen mit einer Klappe, wir warnen die Bevölkerung und wir geben ihm was zu knabbern, was hoffentlich zu weiteren Fehlern führen wird.«

In diesem Moment kam Jessica gemessenen Schrittes in Brökers Büro. Wir blinzelten einander zu, wie wir es früher in der Schule getan hatten. Für einen Außenstehenden kaum zu bemerken.

»Was haben wir?«, fragte Bröker geradeheraus.

»Nicht viel, eigentlich nichts. Sonia hat den Todeszeitpunkt anhand der Temperatur der Leber auf Mitternacht, plus minus sechzig Minuten, festlegen können. Ich habe an der Kleidung nichts gefunden. Das Team hat den Steg und großflächig die Umgebung sondiert. Keine Fußspuren, nur Bettinas High Heels, daneben gänzlich unstrukturierte Abdrücke. Es ist fast so, als würde der Täter entweder Schuhe ohne jegliches Profil tragen, also eine makellos glatte Sohle, keine Absätze, oder er hat Plastiküberzieher verwendet.«

»Das glaube ich kaum, er war schließlich verabredet. Das wäre sicher sogar der liebeshungrigen Mademoiselle aufgefallen«, vermutete ich.

»Ja, da wirst du recht haben, aber irgendwas muss er ja an den Füßen gehabt haben ...«

»Tennisschuhe!«, trumpfte Bröker auf.

»Quark, die haben doch besonders viel Profil«, entgegnete ich.

»Aber nicht Hallenschuhe. Wenn auf Teppich gespielt wird, dann sind die Sohlen glatt wie ein Kinderpopo.«

»Könnte hinhauen«, pflichtete ich nach kurzer Bedenkzeit bei. »Ein interessanter Ansatz, sollten wir weiterverfolgen.«

»Du meinst ... er spielt Tennis?«, wunderte sich Jessica.

»Warum nicht?«

»Das wäre zu schön, um wahr zu sein. So viele aktive Clubs gibt's nämlich gar nicht mehr.«

»Ja, das hört sich doch schon vielversprechender an als die Nummer mit dem Ring«, meinte Bröker zufrieden.

»Aber es ist auch nur eine Vermutung. Vielleicht bedient er sich einfach nur der Tennisschuhe, weil er genau weiß, dass er damit keine verwertbaren Abdrücke hinterlässt.«

»Nun seien Sie mal nicht gleich beleidigt, Dawson, nur, weil jemand eine bessere Idee hatte als das Alpha-Männchen.«

»Ich gebe mich geschlagen.«

»Eddie, bitte sag mir, dass du irgendetwas für mich hast.«

»Nope.«

»Ich hasse Montage.«

»Geht mir genauso.«

»Wo steckt Sascha eigentlich?«

»Ist mit Brökers Team die Internet-Cafés abklappern.« Ich setzte mich in einen Sessel. »Und was sagt dein Wunderprogramm?«

»Keine weiteren Erkenntnisse. Alle Opfer sind deutsche Staatsbürger und alleinstehend.«

»Weiter?«

»Nichts weiter, keine weiteren Übereinstimmungen. Warte, stimmt nicht ganz, alle sind nachts ermordet worden, bis auf das Ausgangsopfer Markwart, aber das bringt uns nicht weiter.«

»Blenden wir mal deine Algorithmen aus und versuchen es auf die gute alte Tour.«

»Nachdenken?«

»Ein Mann bringt fünf Menschen um. Wir gehen davon aus, dass sein erstes Opfer eine Art Initialzündung auslöst. In seinem kranken Hirn beschließt er, insgesamt zehn Menschen umzubringen, anscheinend auf zehn verschiedene Arten.«

»Wir drehen uns im Kreis, Jonathan. Markwart ist der Schlüssel, das wissen wir doch schon. Warum sollen wir das wieder und wieder durchkauen?«

»Weil wir etwas übersehen, Eddie. Der Täter muss in irgendeiner Beziehung zu dem ersten Opfer stehen, entweder privat oder geschäftlich. Markwart kannte er, die anderen hat er nach Kriterien ausgewählt, die auch auf das erste Opfer zutreffen.«

»Das vermutest du.«

»Aber das ist doch nur logisch.«

Mein Handy klingelte.

»Sascha?«

»Du glaubst es nicht, wir haben die Internetbude gefunden!«

»Wow.«

»Volltreffer, sowohl der Betreiber als auch zwei Kunden haben Bettina Franticzek zweifelsfrei identifizieren können.«

»Gib mir die Adresse, wir sind unterwegs.«

»Golumbek, Martin Golumbek.«

Ein überaus eifriger Glatzkopf mittleren Alters reichte mir seine schwitzende Hand. Das Internet-Café trug den innovativen Namen Ch@tzchen.

»Ich habe sie sofort erkannt.«

»Aha, sehr gut.« Der Mann brauchte dringend eine Dosis Lob.

»Die Bettina ...«

»Sie kannten die Dame näher?«

»Ach, nee, dat auch wieder nich, aber die war oft hier, hatte 'ne Zehnerkarte, die elfte Stunde is dann für lau.«

»Super, Herr Golumbek, wie Sie sicher wissen, wurde Bettina Franticzek ermordet.«

»Dat arme Ding, war immer so adrett und freundlich. Echt 'ne Nette, aber et trifft immer die Falschen, wissen Se.«

»Wann war sie das letzte Mal hier, Herr Golumbek?«, fragte Sascha geradeheraus.

»Warten Se mal, äh ...« Seine Fingernägel kratzten über den nackten Schädel. »Dat war am Samstach, ziemlich früh, so gegen kurz nach Zehn.«

»Wann öffnen Sie?«

»Halb zehn.«

»Eddie.« Ich sah unseren Analysten auffordernd an.

»Also gut, Herr Golumbek, Sie wissen sicher noch, von welchem Rechner aus Frau Franticzek ... gearbeitet hat.«

»Ja, sicher. Die Bettina hatte immer die Kiste hinten links, da is man am ungestörtesten, so mehr für sich alleine, wenn Se verstehen, wat ich meine.«

»Ja, schon klar. Wie lange war sie denn da, die Bettina?«

»So bis kurz vor Mittach, dann sperr ich 'ne Stunde zu. Muss ja auch mal wat futtern oder mal anne Matratze horchen.«

»Zwölf Uhr?«

»Genau.«

»Okay, dann benötige ich jetzt das Verbindungsprotokoll für den Zeitraum von zehn bis zwölf Uhr.«

»Dat darf ich nich so einfach rausgeben, steht so inne Richtlinien. Dat is hier 'ne anständige Bude, wissen Se, Herr Inspektor.«

»Herr Golumbek ...«

Er winkte generös ab. »Ich weiß schon, ihr seid ja vonne Kripo, dann ist dat auch rechtens. Ich hol mal die Klamotten.«

»Ich bitte darum.«

»Die anderen Zeugen?«, fragte ich Sascha.

»Sind nebenan in der Kneipe.«

»Gute Arbeit.«

Golumbek kam mit einem Streifen Endlospapier aus einem antiquierten Nadeldrucker zurück.

»Junge, das nenne ich mal Qualität«, spottete Eddie gutmütig. Konzentriert überflog er die Eintragungen. »Sie hat nur auf drei verschiedene Seiten zugegriffen. Aldi, Sparkasse Duisburg und *Heart and Soul.*«

»Das muss die Dating-Plattform sein«, sprudelte es aus Sascha heraus.

»Muss mal die URLs checken.«

»He, Sie, Männeken, wat machen Se denn da mit mein Computer?«, polterte Golumbek aufgeregt. »Die Steckdosen da vorne drin sind nicht für wat zum Anschließen gedacht, dat is doch alles versperrt!«

»Nur die Ruhe, guter Mann. Herr Klus ist unser EDV-Experte, falls dennoch was kaputtgehen sollte, werden wir für den Schaden aufkommen.«

»Was machst du da eigentlich?« Sascha legte Eddie eine Hand auf die Schulter.

»Das willst du nicht wissen.«

Über einen USB-Port schloss Eddie erst einen Adapter, groß wie eine Streichholzschachtel, an, dann verband er sein Smartphone mit dem zwischengeschalteten Gerät.

»Okay, Aldi lassen wir mal aus. Was haben wir denn hier? Dauert einen Moment, muss erst das Kennwort knacken.« Eddie pfiff leise vor sich hin, *Mull of Kintyre …*

»So, das ging ja flott. Lieber Himmel, wie fantasielos die Leute mit ihren Passwörtern umgehen, Bettina01, das ist ja 'ne Lachnummer, da hätte ich mir den Decoder sparen können.«

»Eddie …«

»Schon gut, Boss.« Auf dem Bildschirm erschien Bettina Franticzeks Kontoauszug. »Oh, das ist nicht gut, das ist gar nicht gut.«

»Lass uns nicht dumm sterben«, bat ich nervös.

»Siehst du hier die Abbuchung über 9,99 Euro?«

»Ja, und?«

»Die geht an *Mascarade.su*, das ist eine Firma in der Schweiz, die deine eigene, aber auch eingehende IP-Adressen verschlüsselt.«

»Dafür bezahlen die Leute Geld?«, wunderte ich mich.

»Oh ja, dann kannst du nämlich fröhlich durch das World-Wide-Web surfen, ohne dass dir einer auf die Schliche kommen kann. Nichts kann bis zu dir zurückverfolgt werden.«

»Und dafür hat die Franticzek bezahlt?«

»Sieht so aus. Aber warte, gleich haben wir Gewissheit.« Eddie tippte auf dem Smartphone herum. Auf dem Flachbildschirm startete eine Fotoshow, abwechselnd erschienen Bilder von verführerisch lächelnden Frauen und lauter smarten Bodybuildern, aber auch echte, wirklich sympathische Exemplare der Gattung Mensch waren darunter, Frauen, deren Blick ins Unendliche ging, Männer mit traurigen braunen Augen, dann ploppte ein neues Fenster auf und glückliche Paare grinsten verliebt in die Kamera.

Heart and Soul ... Unser Ziel: jeden Tag hundert neue zufriedene Paare.

»Aha, nun wissen wir, wie Bettina ihr Herzblatt kennengelernt hat«, bemerkte ich.

»Ach, kommt schon, das glaube ich jetzt einfach nicht«, motzte Eddie. »Seht euch die Internetadresse von der Kupplerseite an, die endet mit .to.«

»Na und? Was bedeutet das für uns?«, fragte Sascha irritiert.

»*To* ist das Länderkürzel für die Tonga-Inseln.«

»Ich verstehe kein Wort!«

»Da stehen die Server von *Heart and Soul*, Jonathan. Das ist das Eldorado für illegale Webseitenbetreiber, denn die Insulaner sind verdammt geschäftstüchtig. An die Datenbänke kommt keiner ran.«

»Aber ... die haben hier in Duisburg miteinander gechattet«, klagte ich.

»Und wenn sie im gleichen Raum gewesen wären, die Mails laufen über Satellit in die Südsee und retour. Das allein hätte wahrscheinlich schon als Tarnung gereicht, aber nein, der Sack geht auf Nummer tausend Prozent, er verlangt, wahrscheinlich mit der ersten Mail, von ihr zusätzlich das Maskierungsprogramm aus der Schweiz.«

»Wir können den Mailverkehr nicht zurückverfolgen?« Saschas Stimme war schrill, enttäuscht und wütend zugleich.

»Können wir nicht.«

»Ich fasse es nicht.«

»Läuft nich so jut, oder?«, fragte Golumbek kleinlaut.

»Nein, läuft total beschissen.«

»Was machen wir jetzt?« Sascha wirkte vollkommen antriebslos. »Wir befragen die Zeugen, vielleicht ist den beiden irgendetwas aufgefallen, was uns helfen kann.«

»Okay, ich kann das machen.«

»Machen wir zusammen.« Sascha sah mich trotzig an. »Der kann doch nicht an alles denken, das gibt es einfach nicht.«

»Eddie …«

»Nee, lass mal, Jonathan, ich glaube einen kleinen Fehler hat er doch gemacht.«

»Ja?« Sascha und ich sprachen gleichzeitig.

»Die Rechner hier lassen keine Totalverschlüsselung zu. Das sind relativ alte Kisten, die können die Befehle nicht zu hundert Prozent umsetzen.« Ich sah es in seinen Augen leuchten und schöpfte neue Hoffnung.

»Das heißt …?«

Eddies Finger knackten und zappelten über der Tastatur. »Okay, speichern auf der Festplatte ist ebenfalls nicht möglich, aber …« Eddie lächelte wie ein Krokodil, das gleich eine Antilope verspeisen wird. »Durch das Zwischenschalten des *Mascarade*-Programmes war der Rechner gezwungen ein temporäres Backup zu erzeugen. Normalerweise wird die IP einfach gespeichert, bis die Karre runterfährt und dann automatisch gelöscht. Unser kleiner alter Freund hier konnte aber die IP-Adresse nicht ablegen, da sie permanent verschleiert wurde und außerdem nur ein Zwischenspeichern möglich ist, also …« Eddie schob die Nickelbrille zurück auf den Nasenhöcker. »Also hat er nach dem xten Versuch die Mails in eine interne Datenschleife abgelegt, um nicht funktionsunfähig zu werden.«

»Geil, das ist ja irre, du bist ein Genie, Eddie.« Sascha klopfte heftig auf seine Schulter. »Du wirst den Speicher finden und auslesen, oder?«

»Nein, keine Chance, der ist mit dem Runterfahren ja auch wieder gelöscht worden, aber ...«

»Aber?«, fragten wir wieder im Chor.

»Wann haben Sie die Rechner am Samstag runtergefahren, Herr Golumbek?«

»Wie? Ach, wie immer, äh, so gegen zehn am Abend. War eh nix los.«

»In diesem Moment, als der Befehl zum Herunterfahren kam, hat der Rechner nicht gewusst, was er mit dem neu angelegten Datenspeicher, der sich in einer endlosen Warteschleife befand, anstellen soll, also hat er mit neunundneunzig prozentiger Wahrscheinlichkeit die Daten auf den Schweizer Server zurückgeschickt, damit er sich abschalten konnte, ohne sich aufzuhängen.«

»Ist ja 'n Hammer«, staunte ich. »Und da finden wir dann auch die IP-Adresse?«

»Nee, ausgeschlossen, da muss ich dich enttäuschen, Jonathan, aber, wenn wir Glück haben und der Ordner *Gelöschte Objekte* in der Schweiz nicht automatisch geleert wird, dann hätten wir zumindest den Inhalt des letzten Mailverkehrs. Vielleicht lassen sich darauf einige Rückschlüsse auf den Täter ziehen.«

»Ich brauche die Telefonnummer von diesem Schweizer Saftladen.«

»Bin schon dabei, Boss«

Eddie Klus war einfach unbezahlbar.

Kapitel 9

Zurück in der Einsatzzentrale, Polizeipräsidium Duisburg

»Du immer noch hier?« Jessica steckte die Nase in unser improvisiertes Büro.

»Ach, ich warte noch auf die Datenfreigabe aus der Schweiz. Die zicken da mächtig rum, von wegen Datenschutz und Anonymität ihrer Kunden. Das sind alles Verbrecher, die Schweizer, machen mit jedem Geschäfte, Hauptsache die Kohle fließt reichlich.«

»Ich hörte du hast den Innenminister aktiviert.«

»Ich habe ihm Prügel angedroht, wenn er uns nicht die Daten von diesem Verschleierungsserver besorgt.«

»Hast du nicht.« Jessica schmunzelte fein.

»Aber ich war nahe dran.« Ich stieß mich auf meinem Drehstuhl am Schreibtisch ab und drehte einige Runden. »Und du, kein Zuhause?«

»Ich habe alle Unterlagen noch mal durchgesehen, Tatorte, Fotos, Spurensicherung, Sonias Berichte. Es, oder sollte ich besser sagen *er*, lässt mich nicht mehr ruhig schlafen.«

»Tja, geht mir genauso. Bist du mit dem Wagen?«

»Den hat Barney mitgenommen, er ist bis Freitag auf einer Tagung in Münster. Digitale Ablagesysteme oder so ähnlich, klang jedenfalls furchtbar aufregend. Irgendeine neue Software soll für die Stadtbibliothek angeschafft werden, oder auch nicht.«

»Wenn du einen Moment wartest, bringe ich dich nach Hause.«

»Tja, ich weiß nicht.«

Das Telefon läutete.

»Sekunde, Herr Minister? Wie ... morgen Früh erst? Warum dauert das denn so lange?«

Jessica ballte gutmütig grinsend eine Faust und schlug damit symbolisch in die flache Hand. »Nein, das ist ganz und gar nicht akzeptabel ... Ich rege mich nicht auf! Hier rennt ein Serienkiller frei herum und wir müssen auf eine richterliche Anordnung warten? So, tatsächlich? Es ist mir bekannt, dass wir in einem Rechtsstaat leben.« Jessica drehte mich mitsamt meinem Stuhl. Ich musste unwillkürlich lachen. »Wie? Nein, ich lache Sie nicht aus, Herr Minister, nein, ganz ehrlich.« Ich musste ein lautes Losprusten krampfhaft unterdrücken. »Okay, dann bis morgen Früh. Ja ... ich verspreche mir davon durchaus einen Fortschritt. Gute Nacht.«

»Gute Nacht, Freunde, wir sind mal wieder in Bürokratie und hierarchischem Gerangel erstickt.« Jessica lächelte unverschämt. »Junge, dem hast du's aber gegeben.«

»Du bist unmöglich, weißt du das?«

»Kann schon sein.«

»Zur Strafe musst du jetzt mit mir Essen gehen.«

»So?« Jessica verzog die Mundwinkel nach unten und kniff ein Auge zu. »Okay, aber das ist kein Date und du wirst nicht fragen, ob du noch auf einen Kaffee mit reinkommen kannst.«

»Ach so, weil Barney weg ist ...? Also, nein, natürlich nicht. Grieche, Italiener, was Gediegenes?«

»Du wirst mich auch nicht betrunken machen.«

»Ich schwöre.«

»Zeig mal die Hand hinter deinem Rücken.«

»Alles sauber.«

»Dann los, wie wäre es mit *Monte Palma*?«

»Oha, auf dem Nostalgietrip.« Ich schlüpfte in meine schwarze halblange Lieblingsjacke. »Das finde ich gut.«

»Du bietest mir aber jetzt nicht deinen Arm an. Los, geh schon. Wie ich sehe, trägst du bei dem Sauwetter noch immer keinen Schal.«

Ich zuckte resignierend mit den Schultern. »Es gibt wohl Dinge, die ändern sich nie.«

Die Fahrt bis in die enge Nibelungenstraße dauerte, dank einer Langzeitbaustelle in der City, tatsächlich fast zwanzig Minuten. Trotz eines Montagabends war das Lokal gut besucht. Gutes Essen, zivile Preise, eine über Jahrzehnte gewachsene Stammkundschaft. Der Patron begrüßte uns persönlich.

»Lange nicht gesehen, John.«

»Luigi, schön endlich mal wieder hier zu sein.«

»Was reist du auch in der Welt herum, hier ist es gut, nirgendwo bekommst du solche Pasta, eh?«

»Die Irren sterben nicht aus.«

»Du bist ein Jäger.«

»Im Moment ein Geisterjäger.«

»Ah, bella donna, Jessie, wie wunderschön du bist. Gut euch zwei wieder zusammen zu sehen. Ich wusste immer, ihr seid füreinander bestimmt, das war klar.« Luigi küsste elegant Jessicas Handrücken.

»Also, ähm …«

»Ist unser Stammtisch frei?«, half ich Jessica aus ihrer Verlegenheit.

»Si, va bene, ich bringe euch einen kleinen Aperitif.«

Wir setzten uns ganz ans Ende des schlauchähnlichen Gewölbes. Den Abschluss des Raumes bildete eine Fensterfront, durch die man in einen winzigen Innenhof sehen konnte. Ein römischer Brunnen, einige wahllos arrangierte Putten und Engel rundeten das Gesamtbild ab. Es war nicht wirklich schön, passte aber hundertprozentig zu dem Ambiente. Der Raum wurde nur von Kerzenlicht erhellt. Die Atmosphäre war einfach wunderbar. Aus dem Lautsprecher beglückte uns der nicht wegzudenkende Eros Ramazzotti.

»Ich hatte vergessen wie gemütlich es hier ist, besonders im Winter.«

Jessica nippte an ihrem Campari Orange. »Weißt du noch, wie der Laden hier eröffnet hat? Wir gehörten zu den Gästen der ersten Stunde.

Klappstühle, Papierdeckchen, dicke Gläser und Wein aus einer Zweiliterpulle.«

»Hie und da kommt es mir vor, als wäre es in einem anderen Leben gewesen.«

»Du hättest eher zurückkommen können.«

»Ja.« Ich schloss kurz beide Augen. »Ich hörte von dir und Barney.«

»Das hat dich doch früher auch nicht abgehalten, außerdem war Barney nicht gerade einer deiner Freunde, für dich war er doch ein Niemand.«

»Auch das kann ich nicht leugnen.«

»Warum also, Jonathan ... warum bist du nicht hergekommen, um mich zurückzugewinnen? Warum hast du nicht gekämpft?«

»Hätte es denn etwas gebracht?«, fragte ich kläglich.

»Das ist keine Antwort auf meine Frage, weich nicht aus.«

»Ich weiß es nicht, ich habe so oft an dich gedacht, an unsere gemeinsame Zeit, an die fantastischen Tage und Nächte.«

»Tja, das ist immer noch keine befriedigende Antwort, mein Lieber.«

»Ich kann schlecht mit Zurückweisungen leben, wahrscheinlich war ich einfach zu feige.«

»Klingt schon ehrlicher, wenn auch ziemlich bescheuert.« Jessica trank den Longdrink in einem Zug aus. Resolut schob sie mir die Speisenkarte herüber.

»Bitte die Pasta-Gerichte vorlesen, ich habe meine Brille im Labor vergessen.«

»Oh, das sieht bestimmt sexy aus. Ein Arztkittel und eine Brille, das klingt nach jeder Menge Spaß.«

»Mach dir keine Hoffnungen.«

Frische Brötchen, Kräuterbutter und ein gemischter Vorspeisenteller wurden gereicht. Oliven, Peperoni, Schinken, Käse, Tomaten, eingelegte Pilze und Gurkenscheiben. Jessica griff reichlich zu.

»Du bist immer noch nicht verheiratet«, stellte ich zwischen zwei Brötchenhälften fest. »Dabei seid ihr schon eine Ewigkeit zusammen.«

»Vielleicht habe ich von dir gelernt.«

»Hm?«

»So bewahrt man sich die Illusion von Freiheit.«

»Illusion?«

»Man ist in keiner Beziehung frei, Jonathan. Nicht in goldenen Ketten, aber auch nicht, wenn man mit seinem Partner seit mehr als zehn Jahren zusammenlebt. Sicher ist die Trennung im Zweifelsfalle einfacher, weil es weniger Papierkram zu erledigen gibt, das ist aber auch schon alles. Der Wein ist gut.«

»Aha, na prima. Wir werden ein Taxi nehmen«, beschloss ich kurzerhand.

»Ein Taxi, wir beide?«

»Keine Bange, wir setzen dich erst an deiner Casa ab und ich jette dann in meine Suite.«

»Ist deine Kohle.«

»Der Primitivo ist einfach zu gut und diese letzten drei Tage waren beschissen genug, das haben wir uns verdient.«

»Gieß noch mal nach, bitte.«

»Wie unaufmerksam, entschuldige.« Der dunkelrote Wein schimmerte im spärlichen Licht der Kerzen wie Blut.

»Wo wohnst du eigentlich?«, fragte Jessica nach einem weiteren genießerischen Schluck. »Ich meine, irgendwo musst du doch einen festen Wohnsitz haben, oder?«

»Das wirst du nicht glauben.«

»Versuch's mal.«

»Im Eltztal, am Fuße der gleichnamigen Burg, das ist zumindest mein Erstwohnsitz.«

»An der Mosel?« Jessica machte große Augen. »Du willst mich verarschen.«

»Würde ich mir niemals erlauben.«

»Ich glaube, ich brauche noch mehr Wein.«

»Kein Problem, aber es wird hinterher nicht behauptet ich hätte dich abgefüllt, Mylady.«

»An der Mosel, das ist ja irre.« Jessicas Locken fielen ihr ungebändigt ins Gesicht. Kopfschüttelnd schob sie die widerspenstigen Strähnen hinter die Ohren. »Da wäre ich niemals draufgekommen.«

»Gut zehn Kilometer nördlich von Cochem. Billiges Grundstück, mitten im Wald, sozusagen meine Hobbit-Höhle, kein Handyempfang, nur eine stabile DSL-Leitung. Direkt vor meiner Haustür rauscht ein Wildbach vorbei. Manchmal verirren sich Wanderer, die zur Burg heraufwollen, in mein kleines Tal. Ich lasse ihnen im Regelfall ihr Leben.«

Jessica musste unwillkürlich schmunzeln. »Lieber Himmel, was hat dich denn dahin verschlagen?«

»Die Flucht vor den Verrückten dieser Welt. Luigi, bringst du uns noch eine Flasche?«

Das Essen wurde serviert. Am Nachbartisch nahm ein offensichtlich homosexuelles Paar Platz. Die beiden Jungs wirkten frisch verliebt und machten keinerlei Anstalten ihre Zuneigung zu verbergen. Wir nickten einander zu. Die beiden jungen Männer sahen sich verliebt an.

»Du schaffst es immer wieder mich zu verblüffen, Jonathan Dawson. Das ist doch alles wahr, oder? Ich meine ... mit deiner Hütte da im Wald.«

»Klar, ich würde dich ja dorthin einladen und es dir zeigen, aber das würdest du sicher falsch verstehen und mir böse sein ... also ...« Ich zog mein Smartphone aus der Jackentasche und blätterte in der Fotogalerie bis zu den Aufnahmen von meinem Domizil. »Also müssen die Bilder hier als Beweis genügen.« Ich reichte Jessica das Gerät herüber.

Die Pasta war frisch aus dem Ofen, beziehungsweise der Pfanne, und bedurfte noch eines Momentes der Ruhe. Luigi brachte die zweite Flasche und entkorkte sie am Tisch.

»Das ist ... unglaublich schön«, stammelte Jessica ehrlich begeistert.

»Wenn sich morgens das Licht über den Bergkamm erhebt und durch die Äste scheint, dann gewinnst du den Glauben an die Schöpfung zurück. Die Sonnenstrahlen tanzen auf dem Wasser und der Wald erwacht. Es sind magische Momente, Jess, die mir die Kraft geben zurückzukehren in diese Welt und diesen Job zu erledigen.«

»Du lebst ... allein dort?«

»Ehrlich gesagt ... nein.«

»Ah, ich wusste es doch. Wer ist sie?«

»Adele und Fred, eine Katze und ein Kater.«

»Oh.« Jessica konnte ihre Erleichterung kaum kaschieren.

Sie mag mich noch, stellte ich überflüssigerweise fest. »Sie sind wirklich frei, sie kommen und gehen wie es ihnen beliebt, sie sind Selbstversorger, was nicht heißt, dass sie einen leckeren Happen nicht zu schätzen wissen.« Ich probierte die Spinatnudeln mit Speck und nickte anerkennend. »Deine Lasagne dürfte jetzt die richtige Temperatur haben.«

Eine Weile genossen wir schweigend unser Essen.

»Lädst du schon mal Freunde ein, oder ... Bekannte?«

»Sascha und Eddie waren mal über Nacht da.«

»Sonst niemand? Was grinst du so unverschämt?«

»Du kannst deine Frage ruhig präzisieren, aber ich verstehe auch so.« Ich beugte mich über meinen dampfenden Teller, um ihr in die Augen sehen zu können. »Außer Sascha und Adele haben keine weiblichen Wesen meine Burg betreten. Ich bin da äußerst wählerisch.«

»Das ... wollte ich gar nicht wissen.«

»Doch, das wolltest du. Du bist süß, wenn du schwindelst.«

»Ach, hör schon auf.«

Ich goss erneut unsere Gläser halb voll.

»Ich bin ziemlich angetrunken, wenn du versuchst, das auszunutzen, dann rede ich nie wieder ein Wort mit dir.«

»Glaubst du, darüber würde ich nur einen Gedanken verschwenden?«, fragte ich leicht gekränkt.

»Nein, natürlich nicht, entschuldige. Du bist zwar ein ziemlicher Honk, was unsere verflossene Beziehung angeht, aber auch ein halbwegs anständiger Kerl.«

»Darauf trinke ich.«

»Oh Mann, Jonesy ...«

»Du solltest die Lasagne aufessen, dazu noch ein Brötchen, das saugt auf.« Ich belegte die eine Hälfte mit getrockneten Tomaten, die andere mit Butter und Salz. »Wenn du brav bist, gibt's noch Nachtisch.«

»Kannst du bitte noch Wasser bestellen?«

»Klar.« Ich winkte unsere Bedienung heran.

»Sind wir nicht hier, um einen Mörder zu fangen?«

»Nein, heute Abend nicht.« Ich verteilte den Rest Primitivo aus der zweiten Flasche gerecht auf unsere zwei Gläser. »Diese Stunde gehört uns und nicht dem Papierkiller. Zwischendurch muss man den Job komplett ausblenden, sonst wird man verrückt.«

Sie sah mich aus verschleierten Augen an, nachdenklich, gefangen in einer sehr strukturierten Welt.

»Du hast keine Hintergedanken?«

»Nein.«

»Du wirst mir nachher auch nicht sagen, dass du mich immer noch liebst, dass du mich eigentlich immer geliebt hast, oder so einen Scheiß?«

»Nein, werde ich nicht.«

»Auch nicht, dass wir beide es unbedingt noch einmal zusammen versuchen sollten, weil sich die Welt sonst nicht weiterdrehen wird, weil alles andere keinen Sinn macht, weil wir noch nicht zu alt sind, um zusammen noch einmal neu anzufangen. Davon wird keine Rede sein, oder?« Jessicas Augen schimmerten feucht und um ihre Mundwinkel herum zuckte es verdächtig. »Du sagst ja gar nichts. Das ist selten.«

»Egal was ich sage, ich habe das unbestimmte Gefühl, als könnte ich nur verlieren.«

»So? Eine bittere Erkenntnis nach mehr als zwanzig Jahren.«

»Lass uns den Augenblick genießen, okay, das ist alles, was ich möchte.« Ich nahm die unbenutzte Stoffserviette und tupfte vorsichtig eine Träne aus Jessicas Augenwinkel.

Neben uns standen die beiden Jungs schäkernd auf. Wir waren die letzten Gäste. Luigi nötigte uns noch zwei Grappas auf. Ich beglich die Rechnung.

»Ich hoffe, ich sehe euch bald wieder«, verabschiedete er uns, lässig eine filterlose Zigarette im Mundwinkel, ein Bein angewinkelt im Türrahmen. Ein echter italienischer Macho. »Und lasst euch nicht von der Mafia erwischen.«

Das Taxi kam um die Ecke.

»Nein, nicht vorne einsteigen.« Jessica griff nach meinem Arm. »Komm zu mir auf die Rückbank, Jonesy.«

»Natürlich.«

»Wie du schon sagtest ... das haben wir uns heute verdient.«

»Okay.«

»Jetzt darfst du einen Arm um meine Schulter legen.« Jessicas Kopf sank schwer auf meine Schulter. »Danke für den wundervollen Abend.«

»Ich danke dir, Jess.«

• • •

Der Ring, der Ring, wie konnte das nur passieren, das durfte nicht passieren! Können sie so auf meine Spur gelockt werden?

Nein, nein!

Sicher, ich werde jetzt noch vorsichtiger sein.

Jetzt geht es bald ums Feuer.

Wie werde ich es machen, wer wird es sein, wo kann ich es tun?

Es gibt viel zu tun, so viel zu überlegen, vorzubereiten. Vielleicht sollte ich mich krankmelden, aber nein, ich will nicht auffallen, obwohl ...

Ich muss kichern.

Wenn ich sehe, was die Kolleginnen und Kollegen an Krankenscheinen einreichen ...

Ich könnte die Liste durchgehen. Ein neuer Name. Diesmal werde ich ein besonders dreistes Exemplar herauspicken.

Kapitel 10

Hotel Wyndham Duisburger Hof, Suite 313.

»Die Chatdateien kommen rein.«

Eddie Klus war weder rasiert, noch geduscht. Ich wunderte mich ernsthaft, wie man durch die verschmierten Brillengläser überhaupt noch etwas sehen konnte.

»Na, endlich.« Ich legte beide Hände um meinen dampfenden Pott Tee und setzte mich neben ihn. »Dann wollen wir mal hoffen und beten.«

Die ersten Zeilen erschienen auf dem Bildschirm. Die Spannung stieg. Insgeheim sprach ich ein Stoßgebet.

»Kater Karlo, wie originell«, spottete ich.

»Ein echter Charmeur«, gestand Sascha zu. Neugierig sah sie uns über die Schultern. »Da, jetzt wird's interessanter.«

Blümchen 13: Mein Lieber, ich glaube ich bin jetzt so weit, ich würde mich liebend gern mit dir treffen. Wo soll unser erstes Date stattfinden? Ich kenne da ein nettes Lokal in Alt-Walsum.

Kater Karlo: Ja, oh ja, ich kann es auch kaum mehr erwarten, in deinen Augen zu versinken. Die Liebe ist eine Himmelsmacht, sie überflutet mich mit solcher Sehnsucht, dass ich meine sterben zu müssen, wenn ich noch länger auf dich verzichten muss. Hinüber wall ich und jede Pein, wird einst ein Stachel der Wollust sein …«

»Krass, ich glaube das ist wieder aus den *Hymnen an die Nacht*«, bemerkte Sascha aufmerksam.

Blümchen 13: Oh Gott, du schreibst immer so schöne Sachen. Dann lass uns nicht länger warten! Mir wird ganz heiß, wenn ich an dich denke.

Kater Karlo: Geht mir genauso, mein Engel.

»Boah, ich muss mich gleich übergeben«, kommentierte Sascha in meinem Rücken.

Blümchen 13: Wie wäre es am Freitag?

Kater Karlo: Leider habe ich am Freitag noch Verpflichtungen, aber der Samstag wäre perfekt.

Blümchen 13: Ach, wie schade, eine weitere Nacht schmachten. Eine Nacht ohne dich. Wie soll ich das nur aushalten?

Kater Karlo: Vorfreude ist auch nicht schlecht. Das steigert die Begierde. Sei tapfer, mein holder Engel.

Blümchen 13: Also, abgemacht. Samstag. Kannst du nach Walsum kommen? Ich habe leider kein Auto.

Kater Karlo: Das ist kein Problem. Das mache ich gerne.

Blümchen 13: Du kannst mich abholen.

Kater Karlo: Es soll ein besonderer Abend werden und eine magische Nacht. Wir sollten uns einfach an einem bestimmten Ort treffen. Ich werde dich dann später natürlich nach Hause chauffieren.

Blümchen 13: Also gut. Ich kann es kaum erwarten.

Kater Karlo: Kennst du den Angelverein am Deich, ist ganz in der Nähe von einem Fischlokal. Alt-Walsum.

Blümchen 13: Aber ja! Das kenne ich!

Kater Karlo: Du gehst am Vereinslokal vorbei bis zu einer Bank. Dort werde ich auf dich warten, Blume der Nacht.

Blümchen 13. Oh Gott, ich bin so aufgeregt. Wann soll ich da sein?

Kater Karlo: Das ist leider ein kleines Problem für mich, weil ich erst am Samstag von meinem Außendienst zurückkomme.

Blümchen 13: Ach, wo musst du denn hin?

»Na los, du Wichser, gibt uns etwas Futter«, flüsterte Eddie verbissen.

Kater Karlo: Es ist ein Seminar, an dem ich teilnehmen muss, aber das soll dich nicht belasten. Wir werden uns Samstag sehen, unsere Lippen und Körper werden verschmelzen, im Einklang mit den Sternen wird sich eine große Liebe entfalten.

Blümchen 13: Oh, Karlo, bitte verrate mir doch deinen Namen. Das ist so schrecklich anonym.

Kater Karlo: Samstagnacht, Liebes, Samstagnacht.

Blümchen 13: Oh, bitte, nur deinen Vornamen, ich flehe dich an.

»Na los, mach schon!« Sascha fieberte den nächsten Zeilen entgegen.

Kater Karlo: Wie könnte ich dir einen Wunsch abschlagen, Geliebte. Ich heiße Jürgen.

Blümchen 13: Und ich Bettina. Jürgen und Bettina, wie perfekt das klingt.

Kater Karlo: Herrlich ...

»Das ist doch mal was.«

»Sascha, deinen Enthusiasmus in allen Ehren, aber ich denke, dass der Kerl lügt«, dämpfte ich ihren Optimismus.

»Das glaube ich nicht.«

»So? Was macht dich so sicher?«

»Mein Bauchgefühl.«

»Das ist 'n Pfund, Jonathan, das weißt du doch«, warf Eddie ein.

»Er war in diesem Moment voll drin in der Konversation. Wer weiß, vielleicht blitzte so etwas wie Mitgefühl in ihm auf.

»Außerdem muss er davon ausgehen, dass seine IP geschützt ist. Es könnte wirklich sein, dass Sascha recht hat.«

»Jürgen ... Jürgen, der von einem Seminar erst am Samstag nach Hause kommt?«, murmelte ich skeptisch. »Das klingt nicht gerade überzeugend.«

»Na klar, das kann eine Lüge sein, aber das glaube ich einfach nicht«, beharrte Sascha.

»Hm.«

»Schauen wir mal, ob er die Hosen noch weiter runterlässt.«

Kater Karlo: Es tut mir so unsagbar leid, aber ich werde es wohl nicht vor halb elf schaffen dort zu sein.

Blümchen 13: Aber Jürgen, halb elf, da ist es doch schon dunkel. Es ist November, so schrecklich kalt. Ich weiß nicht, das hatte ich mir aber anders vorgestellt.

Kater Karlo: Ich weiß, liebste Bettina, aber es geht einfach nicht eher, ich habe noch Verpflichtungen, aber ich schwöre dir, du wirst es nicht bereuen. Bitte, oh, bitte sag ja. Ich werde eine Überraschung für sich bereithalten, die alle deine Mühen vergessen lässt.

Blümchen 13: Ich weiß nicht so recht. Können wir uns nicht irgendwo anders treffen, wenn es doch schon so spät ist. Und es ist kalt, womöglich regnet es sogar oder wir bekommen Schnee. Das scheint mir nicht der richtige Ort zu sein.

Kater Karlo: Das könnten wir, meine Taube, aber du musst wissen, dass ich

mir geschworen habe die Frau, die ich
einmal ehelichen werde, zum ersten
Mal auf dieser Bank zu küssen.

Blümchen 13: Ach, lieber Himmel, du
sprichst vom Heiraten ... du machst
mich ganz verrückt, Jürgen.

Kater Karlo: Ganz in Weiß, wir werden
uns dann an diese besondere Nacht
erinnern, Bettina.

»Oh mein Gott, wie dämlich kann man eigentlich sein?«, schimpfte Eddie kopfschüttelnd. »Das ist einfach unglaublich. Das ist ja schlimmer als jede Soap im Privatfernsehen.«

Blümchen 13: Ich weiß nicht ...

Kater Karlo: Dort habe ich als Teenager
meinen ersten Kuss bekommen und
nun will ich die Frau meines Lebens
dort zum ersten Mal küssen. Das ist
furchtbar kitschig, oder? Aber mein
Herz hängt an diesem einzigartigen
Platz.

Blümchen 13: Nein, eigentlich nicht ...

Kater Karlo: Ach, das war dumm von
mir, wir lassen es.

Blümchen 13: Was denn? Dann treffen wir uns nicht?

Kater Karlo: Sicher finden wir irgendwann in den nächsten Wochen einen günstigeren Termin an einem besseren Ort. Du hast ganz recht. Was bin ich denn auch nur für ein trotteliger Romantiker?

Blümchen 13: Nein, nein, wir lassen es dabei. Wir verschieben unser Treffen nicht. Ich weiß, welche Bank du meinst. Ich werde kommen! Ich werde bereit sein!

Kater Karlo: Nein, lass mal, es ist wirklich unschicklich bei diesen Witterungsverhältnissen.

Blümchen 13: Nein, nein, alles nur das nicht.

Kater Karlo: Na ja, wenn du meinst ...

Blümchen 13: Jaja, ich will dich sehen und dich spüren.

»Mein lieber Herr Gesangverein, ist das eine manipulative Sau«, sagte Sascha. »Er hat sie sogar dazu bekommen, um diesen Schwachsinn zu betteln.«
»Liebe macht blind«, steuerte ich trocken bei.
»Wenn du damit den Verlust jeglichen logischen

Denkvermögens meinst, gebe ich dir recht«, stimmte Sascha zu.

Kater Karlo: Dann also bis Samstag,
mein Herz? Soll es Wirklichkeit werden,
du und ich?

Blümchen 13: Ich zähle die Stunden.
Mein Herz schlägt nur für dich.

Kater Karlo: Gute Nacht, holde Maid.

Eddie scrollte weiter nach unten, aber da stand nur noch das Datum und die Uhrzeit.
»Das war's?«, fragte ich enttäuscht. Eddie nickte resignierend. »Das ist so gut wie nichts, die Infos bringen uns nicht weiter.«
»Vielleicht doch.« Sascha zauste durch ihren Rotschopf. »Wir haben zumindest einen Vornamen und wir wissen, dass er ein Seminar besucht hat.«
»Er kann genauso gut Fritzchen heißen und auf dem Klo sitzen«, gab ich zu bedenken. »Was haben wir noch erfahren? Er kann gut mit Worten umgehen, er ist ein Blender.«
»Oh, das war noch lange nicht alles, Herr Detektiv.« Sascha grinste ironisch. »Der Ort, die Bank ... er hat die Location bewusst gewählt. Die Geschichte von seinem ersten Kuss.«
»Du meinst ... da ist was dran?«
»Oh ja, mein Herr, das klingt schlüssig, viel zu präzise. Das hat er nicht aus dem Ärmel geschüttelt. Auf dieser Bank hat unser Jürgen zum ersten Mal ein Mädchen geküsst.«

»Oder einen Kerl.«
»Oder das.«
»Wann hat das stattgefunden? Bei der Gelegenheit, Jonathan, wann hast du zum ersten Mal rumgeknutscht, raus damit.«
»Mit sechzehn.«
»Okay, ich war etwas zügiger.«
»Lass mich raten, du warst zehn, gerade raus aus der Grundschule«, wurde Sascha von Eddie provoziert.
»Vierzehn.«
»Wer's glaubt.«
»Während du noch auf dein erstes Mal wartest, oder?« Sascha nahm Eddie den Wind aus den Segeln und verabreichte ihm einen feuchten Kuss auf die Wange. »Deine Zeit wird kommen, König aller Datenströme.« Aufgekratzt wandte sich Sascha wieder mir zu.
»Also, Rendezvous auf der Parkbank. Lass uns mal ein bisschen spinnen. Er ist zwischen vierzehn und zwanzig, vielleicht Spätzünder, das heißt aber, er ist dort in der Nähe zur Schule gegangen. Die beiden sind vielleicht mit dem Fahrrad unterwegs. Er erinnert sich gern an diesen Tag. Da könnte mal was funktioniert haben oder er macht sich was vor. Wie auch immer.«
»Aber wir wissen nicht wie alt er damals war, falls diese romantische Szene wirklich stattgefunden haben sollte«, gab ich zu bedenken. »Sollen wir alle Schulen in erreichbarer Nähe abklappern und uns die Namenslisten der letzten vierzig Jahre vorlegen lassen, falls die Daten überhaupt so weit zurückreichen? Dann filtern wir alle Jungs mit dem Vornamen Jürgen heraus?«
»Und forschen nach deren Verbleib.«
»Sascha, das ist ... genauso aussichtslos wie die Sache mit dem Ring oder den Turnschuhen.«

»Nein, ich denke nicht. Es bleiben tatsächlich nur der Ring und die Turnschuhe, aber darum kümmert sich Brökers Truppe. Wir müssten die infrage kommenden Jahrgänge checken. Es ist immerhin ein Ansatz.«

»Bröker wird uns dafür keine Leute zur Verfügung stellen und wir drei allein ...?« Ich hatte meine Zweifel.

Eddie wies auf den Bildschirm.

»Was ist das?«

»Schulen in Walsum und Umgebung. Das sind gar nicht so viele. Zwei Hauptschulen, eine Realschule, drei Gesamtschulen und ein Gymnasium.«

»Du scheinst ja ebenfalls wild entschlossen zu sein.« Eddie und Sascha sahen mich erwartungsvoll an. »Ihr wisst schon, dass die ganze mühevolle Recherche für's Klo ist, wenn der Kerl Klaus heißt, oder Egon oder Bilbo?«

»Was Besseres haben wir aber nicht«, verkündete Eddie. »Ich glaube auch, dass er nicht gelogen hat. Womöglich hat er es sehr schnell bereut, aber eingetippt hatte er seinen Vornamen nun mal. Unser Killer heißt Jürgen.«

»Danke, Eddie.«

»Ist mir ein Vergnügen, ostfriesische Hexe aus dem Wattenmeer.«

»Immer schön am Ball bleiben, wer weiß?« Sascha blinzelte dezent. »Vielleicht dauert es ja gar nicht mehr so lange bis zu deinem ersten richtigen Kuss.«

»Wie ... soll ich das denn verstehen?«

»Ja, da haben wir das Problem wieder«, entgegnete Sascha resignierend. Eddie war manchmal echt schwer von Begriff.

»Na schön, also grünes Licht für die Aktion *Findet Jürgen.*« Ich nahm meine Jacke und strebte Richtung Tür.

»He, und was treibst du den ganzen Tag?«, rief mir Sascha hinterher.

»Ich gehe jetzt gediegen Frühstücken und fahre dann die vier letzten Tatorte noch einmal ab.«
»Ach nee, darf ich mal raten, wer dich begleiten wird?« Sascha stemmte provokativ beide Hände auf die Hüftknochen »Eine verflossene Jugendliebe? Wird die Nummer womöglich ein *Jenseits von Afrika* für Senioren?«
»Kommissarin Wald ist Forensikerin. Unsere Zusammenarbeit hat rein dienstliche Aspekte.«
»Ja, aber sicher, Chef. Gute Jagd.«
»Euch auch.«

Stadtteil Duisburg Kasslerfeld, der Hinterhof eines Einkaufcenters

Ich setzte Jessica in Kenntnis über den letzten Mailverkehr, den Blümchen 13 und Kater Karlo bei *Heart and Soul* geführt hatten. Wie ich war sie enttäuscht über die wenigen Informationen, die uns zugeflossen waren. Die Sonne schien. Ein seltenes Erlebnis während der letzten Tage. Diesmal fuhr Jessica. Sie holte mich mit ihrem roten Clio vom Hotel ab. Bis nach Kasslerfeld, einem ziemlich heruntergekommenen Stadtviertel, war es nicht weit.
»Das mit den Schulen ist eine wackelige Geschichte.«
»Ja, sehe ich auch so, aber wir treten ohnehin auf der Stelle, oder?«
»Bröker hat noch mal alles, was zwei Beine hat und sprechen kann, rausgejagt. Alle Anwohner, Nachbarn, Bekannte und Freunde, so weit vorhanden, werden erneut befragt. Auch die Sportgeschäfte lässt er wegen der Tennisschuhe abklappern. Sind nicht so viele, die überhaupt noch Tennisklamotten im Programm haben.

Läuft wohl alles über das Internet. Habt ihr endlich irgendwas in Sachen Motiv eruieren können?«

Ich schüttelte nur betreten den Kopf.

Wir fuhren an diversen Autohändlern und einem Ramschmöbelladen vorbei, bogen dann rechts in eine Seitenstraße. Gegenüber von einem China-Gourmet-Tempel parkten wir auf dem Gelände des Kaufland-Discounters. Wir gingen am Haupteingang vorbei ein Stück an einer kahlen Häuserwand entlang. Am Ende der Sackgasse befand sich eine unübersehbare Menge an fahrbaren Müllcontainern, grün, gelb und blau, Glas extra.

»Hier zwischen dem Papiermüll und dem Restecontainer saß sie, Martina Feykes, mit dem Rücken an die Betonmauer gelehnt.«

»Warum ist sie nicht umgekippt?«

»Der Täter hatte die beiden Container ganz eng zusammengeschoben, zur Seite umfallen war da nicht möglich. Das Kinn war auf die Brust gesunken. Muss aus der Distanz so ausgesehen haben, als würde sie schlafen.«

»Wie hat er sie hierher bekommen?«

»Man kann mit einem Wagen rückwärts bis vor die Müllwagen fahren, dann sind es nur wenige Schritte. Die Ecke ist von der Straße nicht einzusehen.«

»Fundort gleich Tatort?«

»Ist nicht ganz eindeutig, wahrscheinlich aber schon. Der Todeszeitpunkt liegt zwischen zwei und drei Uhr nachts.«

»War für ein Gift hat er noch mal benutzt?«

»Botulinumtoxin, auch bekannt aus Film und Fernsehen.«

»Botox, echt jetzt?«

»Botulinumtoxin, auch bekannt als Botox, ist das gefährlichste Gift der Welt. Botulinumtoxin ist ein Stoffwechselprodukt anaerober Bakterien und entsteht bei verdorbenen Lebensmitteln, vor allem Fleisch- und Fischkonserven. Aber wie immer gilt: die Dosis macht das Gift. Stark verdünnt findet Botox in der Kosmetik und Medizin Anwendung. Kleinste Mengen von nur einem Nanogramm pro Kilogramm Körpergewicht sind für den Menschen tödlich. Die Dosis in Feykes Körper war aber immer noch etwa tausendmal höher als die medizinisch verwendete Dosis.«
»Wie kommt man an das Zeug?«
»Tja, eigentlich nur über ärztliche Verordnungen, aber wie für alles in dieser Welt, gibt es auch hier einen Schwarzmarkt.«
»Nicht möglich.«
»Oh doch, ich habe mich bei der Drogenfahndung kundig gemacht. Vielen Frauen ist eine Behandlung in einer kosmetischen Praxis zu teuer, also therapieren sie sich selbst.«
»Das kann doch nicht gut gehen?«
»Nee, in den meisten Fällen gibt es üble Verunstaltungen.«
»Aber ... das ist doch eine Spur.« Ich sah Jessica hoffnungsvoll an.
»Nope, wir haben alles versucht. Entweder der Typ hat jemand anderen vorgeschickt, oder sich das Zeug wer weiß wo besorgt. Die handelsüblichen Quellen, wenn ich das mal so salopp ausdrücken darf, haben keinen Hinweis ergeben.«
»Er hat es auswärtig besorgt.«
»Oder er ist Schönheitschirurg.«
»Wow, das ... ist natürlich auch eine Option ... habt ihr ...?«

»Im Umkreis von fünfzig Kilometern von Duisburg keine Spur. In Düsseldorf gibt es natürlich ein paar, aber die sind überaus renommiert und mit respektablen Alibis ausgestattet. Noch eine Sackgasse, die viel Zeit und Aufwand gekostet hat.«

»Okay, also kein Kurpfuscher, wäre ja auch zu einfach gewesen.«

Mein Magen knurrte, es ging auf zwei Uhr zu. In knapp zwei Stunden war es dunkel.

»Warum hier?«

»Keine Ahnung«, sagte Jessica ergeben.

»Warum eine kleine Verkäuferin? Das ergibt keinen Sinn. Ihr Background gibt nichts her.«

Kapitel 11

Stadtteil Duisburg-Marxloh

Der Verkehr war mörderisch, aber das kannte ich sowohl aus Hamburg, als auch aus Köln, dem vorletzten Einsatzort. In diesen Großstädten stieg man besser in einen Bus oder in die U-Bahn. Jessica blieb erstaunlich ruhig und gelassen. Wir schwiegen uns nicht an, hingen aber den eigenen Gedanken nach. In der Straßenbahn neben uns, die eindeutig schneller unterwegs war als wir im Auto, drängelten sich die Menschen wie in Sardinenbüchsen.

Kurz vor der Pollmann-Kreuzung bog Jessica rechts ab. Vorbei an einem Gebäude der Arbeitsagentur, dann das Sophie-Scholl-Berufskolleg. Über eine Rampe gelangten wir auf den Parkplatz des Im-Brahm-Centers.

»Keine Überwachungskameras?«, fragte ich nüchtern.

»Die werden ruckzuck demoliert.«

»Was unser Täter sicherlich wusste.«

»Er scheint ein Faible für solche öffentlichen Orte zu haben.«

»Nach Geschäftsschluss herrscht hier tote Hose.« Jessica parkte zwischen zwei SUVs. Halb sechs, stockduster.

»Was ist mit der Schranke?«

»Leicht zu knacken, ist ein uraltes Modell.« Wir stiegen aus. Etliche Frauen mit Kopftüchern, Einkaufsbuggys hinter sich herziehend, schlichen mehr, als dass sie gingen, an uns vorbei. Form- und in der Dunkelheit gesichtslos, laut schnatternd in fremden Zungen. Wir blieben stehen, um sie passieren zu lassen.

»Duisburger Norden, Jonesy, das ist hier das übliche Stadtbild. Es ist immer das gleiche Spiel. Freiwerdende Wohnhäuser werden von türkischen oder bulgarischen Immobilienhaien aufgekauft und an ihre Landsleute vermietet. Wenn die Überfremdung zu groß wird, fliehen die wenigen Deutschen, die es sich leisten können, in andere Stadtteile. Ein Prozess, der schneller abläuft, als man es glauben mag.«

»Da freuen sich aber die Rechtspopulisten.«

Am gegenüberliegenden Ende des Parkdecks spendeten zwei schmutzige Lampen Licht. Bei genauerem Hinsehen fand ich einen unregelmäßig geformten Fleck. Das Blut war in den Asphalt gesickert und hatte die Färbung bewirkt.

»Hier saß Kovac, wie die Feykes mit dem Rücken an die Mauer gelehnt. Er hat das Opfer so zurechtgestaucht, dass er nicht umkippen konnte. Ein Seil um die Brust war ausreichend. Leider auch hier keinerlei Auffälligkeiten. So eine Nylonschnur bekommst du an jeder Ecke, vorzugsweise in einem Ein-Euro-Shop.«

»Viel Aufwand für eine Hinrichtung, findest du nicht?«

»Hinrichtung?« Jessica sah mich aufmerksam an.

»Was sonst, der Schuss wurde aus nächster Nähe abgefeuert. Er hätte es einfacher haben können. Das Risiko mit der Schranke, die Gegend ist bewohnt.«

»Du meinst, er hat Kovac gezwungen hier heraufzukommen?« Jessica sah mich stirnrunzelnd an. »Mit vorgehaltener Waffe? Dann sind sie womöglich gelaufen und mussten die Schranke gar nicht öffnen.«

»Das wäre das Einfachste gewesen. Unser Täter hat hier irgendwo in der Nähe geparkt, Kovac die Rampe heraufgetrieben und ihn genau hier erschossen.«

»Dann hat dieser Ort vielleicht eine Bedeutung ...«

»Zumindest für unseren Killer«, stimmte ich zu.

»Ich verstehe es nicht.«

»Da haben wir was gemeinsam.« Ich atmete tief durch und entließ die Luft aus meinen Backen. Jessica lächelte versonnen. »Vielleicht hat der Ort aber auch gar nichts zu bedeuten.«

»Früher hast du bei solchen Gelegenheiten eine Kaugummiblase platzen lassen.«

»Da siehst du mal, wie erwachsen ich geworden bin.«

Durch eine elektrisch betriebene Schiebetür gelangten wir ins Innere der Shoppingmeile. Das übliche Angebot an Läden, KiK , Aldi, Lidl, dm, Rossmann, ein Reisebüro, ein Schlüsseldienst, eine Dönerbude, ein Schnellimbiss mit Fritten aus frischen Kartoffeln, ein geschlossenes Eiscafé, eine Wäscherei, ein türkischer Schmuckladen, Wasserpfeifen, Shishas, zwei Bäcker, bärtige Männer an winzigen Tischen, die Tee tranken und den *Hürriyet* lasen, das Ganze auf zwei Ebenen verteilt.

Vor dem verbarrikadierten Eissalon saß ein Mann, eine treu blinzelnde, schmutzig braune Promenadenmischung zu seinen Füßen. Der Typ döste vor sich hin, die Augen halb geschlossen, eine Pappschale stand neben einem Karton mit der Aufschrift: *Wenn ihr mir schon nichts geben wollt, dann denkt wenigstens an den Hund.*

Trotz der stickig feuchten Luft trug der Mann eine bunte Lapplandmütze mit heruntergeklappten Ohrenschützern, der Rest des Körpers steckte in einer Art Armeeuniform, wozu die Badelatschen und die dicken Wollsocken grotesk lächerlich aussahen. Ich schätzte ihn auf Mitte dreißig. Der ungepflegte Vollbart machte eine genauere Bestimmung schwierig.

Ich nestelte an meiner Hosentasche und fischte mein Portemonnaie heraus. Ich legte ein Zwei-Euro-Stück in die Schale.

»Danke, Mann.«

Jessica sah mich irritiert an. Ich ging in die Knie und streichelte den Hund, der dankbar winselte.

»Wie heißt der Hübsche?«

»Ist 'ne Sie, heißt Marlene, wie die Dietrich, die kennen Sie doch, oder?«

»Klar: *Bei der Kaserne, bei dem großen Tor …*«

»Ja, Mann, ganz genau, die war heiß die Frau und dann diese Stimme ... voll die Gänsehaut. Haste 'ne Kippe obendrauf?«

»Nee, tut mir leid, seit zwanzig Jahren Nichtraucher.«

»Scheiß drauf.«

»Ja, scheiß drauf.«

»Deine Braut?« Der Clochard hatte die Augen jetzt ganz geöffnet. Ich hörte Jessica in meinem Rücken zischend einatmen. »Allererste Sahne, Respekt. Ich steh ja nicht so auf blond, aber hey, da würde ich 'ne Ausnahme machen.«

»Also, das wird nicht nötig sein.«

»Jonathan ...«

»Lass mal gut sein, Alter, ich versteh' schon, kleine Krise, hä? Geht vorbei.« Der Mann kratzte sich ungeniert im Schritt. »Ich bin Jupp.«

»Okay, das ist Jessica und ich heiße Jonathan.«

»Bist du 'n Inselaffe, oder so was?«

»Nur zur Hälfte.«

»Die sind echt bekloppt, die Tommys, erst behalten se ihren scheiß Pfund, dann fahren die immer noch auf der falschen Seite und jetzt auch noch der Brexit. Europa sollte denen mal kräftig in den Arsch treten.«

»Sie sind gut informiert, Jupp.«

»Ich bin arm, aber nicht blöd, Alter.«

»Entschuldigung.« Ich musste mir ein leichtes Grinsen verkneifen. »Sagen Sie ... kannten Sie vielleicht den Mann, der draußen auf dem Parkdeck erschossen wurde?«

»Ach, du große Kacke, seid ihr etwa Bullen?«

»Ist das schlimm?«, fragte Jessica gefährlich ruhig.

»Kommt drauf an.«

»Meine Partnerin ist Forensikerin und ich gehöre zu einer Spezialeinheit, die bundesweit agiert.«

»Ah, der Papierkiller.«

»Ja, ganz genau.« Ich kraulte Marlenes Nacken. Die Hündin streckte sich hingebungsvoll. »Und? Kannten Sie den Mann?«

»Den Kovac?« Jupp lachte zynisch. »Und ob ich den kannte, dieses miese Dreckschwein.«

Jetzt wurde es interessant!

»Bitte, Jupp, wenn Sie uns irgendwelche Hinweise geben können.«

»Gibt's 'ne Belohnung?«

»Erst mal 'ne Stange Kippen und 'ne Palette Hundefutter.«

»Na ja, besser als nix. Also ... der Kovac war hier der Reviereintreiber.«

»Reviereintreiber? Ich verstehe nicht.«

»Ach nee, so einfache Sachen, da kennst du dich nicht aus, oder? Jeder Penner, jeder Bettler in seinem Bezirk musste die Hälfte seiner Einnahmen abdrücken, so einfach ist das. Der wusste immer ganz genau was los ist, der Kovac. Wenn man mal versucht hat ein paar Euros beiseitezuschaffen, dann hat er das rausgekriegt und dann gute Nacht Mattes. Voll auf die Fresse. Er hat dann immer gelacht und gesagt: *Ich tu dir nur was Gutes, Arschloch, so verbeult wie du jetzt aussiehst, bekommst noch mehr Kohle.*

»Und das hier war Kovacs Bezirk?«

»Ganz genau, die Dahlmannstraße, dann das ganze beschissene Center und der Marktplatz.«

Ächzend kam ich wieder auf die Beine. Marlene sah mich anklagend mit großen braunen Augen an.

»Gibt es bereits einen Nachfolger?«, fragte Jessica betroffen.

»Nee, noch nicht, aber wird nicht lange dauern. Man sollte dem Killer einen Orden verleihen.«

»Dem Serienmörder?«

»Ja sicher, Alter. Vielleicht murkst der den nächsten Abzocker auch ab und wir können die Almosen mal für uns behalten. Würde mir gern mal 'n paar warme Galoschen zulegen.«

»Warum gehen Sie nicht zur Polizei, Jupp?«

»Hallo, da hast du dir aber einen Scherzkeks angelacht, ist ja 'ne echte Frohnatur, dein Männe. Lieber was abdrücken als die Radieschen von unten bewundern, sag ich nur.«

»Können Sie uns noch irgendetwas zu Kovac sagen, Hintermänner, Bekannte, Freunde, Geschäftspartner?«

Er schüttelte entschieden den Kopf und hielt mir seine offene Hand hin. Ergeben zückte ich erneut meine Geldbörse.

»Wow, 'n Fuffi, danke auch, Mann.«

»Vielleicht geben Sie nicht alles ...«

»Schon gut, Alter. Ich werde mit deiner mildtätigen Spende ein neues Leben beginnen, okay, jetzt wird alles gut, ich such mir 'ne Wohnung und 'n Job, ich gebe alles nur für Futterage aus, vielleicht gönn ich mir sogar 'ne neue Unterhose, von den Latschen ganz zu schweigen. Ist das okay oder soll ich noch 'n bisschen auf 'n Knien rumrutschten?«

Jessica drückte Jupp einen weiteren Fünfziger in die Hand.

»Donnerwetter, das ist mal 'ne klasse Dame von Welt.«

»Sollte Ihnen doch noch etwas einfallen.« Jessica hielt ihm ihre Visitenkarte entgegen.

»Gebe ich Laut.«

»Danke.« Jessica hielt Jupp ihre Hand hin, die er zögernd ergriff. »Alles Gute für Sie.«

»Wow, ist verdammt lange her, dass mir jemand freiwillig die Hand geschüttelt hat. Die meisten haben Angst wegen der Flöhe und der Läuse.«

»Die haben Sie doch gar nicht.«

»Wer weiß?« Jupp blinzelte gerührt. »Bis bald dann, Gnädigste, ach ... noch was ... wenn dein Macker sich zu dämlich anstellt ... du weißt wo Marlene und Jupp zu finden sind.«

Ich konnte nur grinsen, der Mann war ein Unikat.

»Ich behalte das im Hinterkopf«, versprach Jessica.

Hastig ließ Jupp die beiden Geldscheine in einer Innentasche seiner Jacke verschwinden.

Wir vollendeten unseren Rundgang durch das Einkaufszentrum, immer in der Gewissheit, dass uns tausend Augen beobachteten, jedenfalls war dies mein Eindruck.

»Kovac war also ein Krimineller, einer der üblen Sorte«, murmelte Jessica nachdenklich. »Bringt uns das weiter?«

»Erst mal nicht, es sei denn wir würden bei den anderen Opfern auch zwielichtige Aktivitäten nachweisen können, das hieße dann, dass unser Täter sich auf eine Art heilige Mission begeben hat und unseren Job machen will.«

»Aber wir haben bei den anderen keine dunklen Flecken gefunden. Dann ist das wieder eine Sackgasse?«

»Nein, keinesfalls, es ist ein weiteres Puzzleteilchen, genauso wie der Ring und der Mailverkehr, sein Vorname, die erneute Rückkehr an den Tatort des ersten Opfers, die glatten Schuhsohlen. Das alles ist wichtig. Wir sind nur noch nicht in der Lage die Teile zusammenzusetzen. Es fehlt uns ein wesentlicher Baustein, ohne den es mehr als schwer werden wird.«

»Das Motiv.«

»Ja, ganz genau. Das Herzstück.«

Ich warf einen Blick auf meine Armbanduhr.

»Gleich acht. Hast du Hunger?«

»Ich kann nicht schon wieder mit dir essen gehen.«

»Nein?« Ernsthaft verwundert sah ich Jessica an. »Warum das denn nicht?«

»Wir waren gestern erst zusammen aus.«

»Nahrungsaufnahme gehört nun mal zu den unumgänglichen Ritualen des Alltags.«

»Aber nur was Schnelles.«

»Gourmetplatte rot-weiß?«

»Überredet.«

»Du kannst ja doch noch lächeln. Na komm, verlassen wir Klein-Anatolien.«

»Heute zahle ich. Wir fahren zum Nikolaus-Grill, da kann man wenigstens im Warmen sitzen.«

Kapitel 12

Foyer des Polizeipräsidiums Duisburg

Ich sah auf dem Fernsehschirm Gernot Bröker schwitzen. Die Halle war total überhitzt, die Stühle, die man für die Pressevertreter aufgebaut hatte, reichten bei Weitem nicht aus. Das Medieninteresse war inzwischen bundesweit.

Pressekonferenz.

»Ähem.«

Bröker klopfte mit seinem Kugelschreiber auf das Mikro, was zu einem schrillen verzerrenden Heulen führte. Immerhin kehrte jetzt Ruhe ein. Sascha regelte die Lautstärke nach oben.

»Meine Damen und Herren, ich begrüße Sie zur Pressekonferenz in Sachen Serienmordfälle bei uns in Duisburg. Ich werde Sie nun auf den aktuellen Ermittlungsstand bringen, sofern die laufenden Untersuchungen dies zulassen, anschließend stehe ich für eine kurze Fragerunde zur Verfügung. Ich bitte im Voraus um Verständnis, dass ich nicht alle Karten hier und jetzt aufdecken kann.«

Sascha und ich saßen in bequemen Sesseln in Eddies Hotelzimmer. Sascha biss lustlos in ihr Käsebrötchen, das Rührei war inzwischen kalt geworden.

»Stand heute kann ich Ihnen sagen, dass es sich höchstwahrscheinlich um einen Deutschen oder zumindest deutschstämmigen Mann handelt, dessen Alter wir nur schätzen können. Einige Indizien sprechen aber dafür, dass der Täter sich bereits jenseits der vierzig befindet.«

»Das wird den Pressegeiern wohl kaum reichen«, murrte Sascha.

»Er hinterlässt Botschaften auf Zetteln, die er den Opfern in den Mund schiebt.«

»Ich hoffe nur, Bröker hält sich an die Absprachen«, murmelte Sascha.

Ich zuckte nur ergeben mit den Achseln.

»Was sind das für Botschaften?«, rief ein Reporter laut.

»Es sind Gedichte, Auszüge aus einem Zyklus aus dem achtzehnten Jahrhundert des Dichters Novalis.«

»Wir haben es also mit einem intellektuellen Mörder zu tun?«, wollte jemand aus den hinteren Reihen wissen.

»Ja, das scheint der Fall zu sein.«

»Gleich falle ich vom Stuhl, das ist doch genau die Publicity, die der Täter haben will«, beschwerte sich Sascha. »Gleich fragt er noch nach einem Autogramm.«

»Ist nicht so schlimm. Ich habe ihm dafür grünes Licht gegeben. Das können wir sowieso nicht mehr lange unter Verschluss halten. Soll der Verrückte sich ruhig auf die Schulter klopfen.«

»Können wir diese Texte bekommen?«, hakte eine wasserstoffblonde Journalistin nach.

»Macht doch einen Soundtrack daraus!«, schimpfte Sascha böse.

»Natürlich, das ist schließlich kein Geheimnis.«

»Markus Göbel von den Ruhrnachrichten, wie soll das nächste Opfer sterben? Gibt es da einen Hinweis?«

Alle Augen richteten sich auf den leitenden Beamten.

»Halt bloß die Klappe, Bröker, bitte, halt den Mund.« Ich stellte meine Kaffeetasse zurück auf das Tischchen. »Das muss jetzt nicht publik werden ...«

»Der soll endlich über den Gegenstand reden, der uns vermeintlich weiterbringt.« Sascha war sichtlich verärgert.

»Das, äh, kann ich Ihnen heute leider nicht mitteilen.«

Sascha und ich atmeten erleichtert aus.

»Gibt es ein Phantombild?«

»Wann wird er wieder zuschlagen?«

»Bleibt er in seinem Zeitfenster?«

Bröker war sichtlich überfordert.

»Wann erwischen Sie den Papiermörder endlich?«

»Ich bin zuversichtlich, dass wir dieses Monstrum bis zum Ende der Woche dingfest gemacht haben.«

Ich musste unwillkürlich lachen. »Heute ist Dienstag. Da hat sich der Herr Oberhäuptling aber richtig weit aus dem Fenster gelehnt.«

»Einen letzten Hinweis will ich Ihnen noch geben, danach werde ich aber keine Fragen mehr beantworten. Wir verfolgen derzeit eine konkrete Spur, die sich auf einen Gegenstand bezieht, den der Täter bei seinem letzten Mord verloren haben könnte, und ...« Bröker legte eine Kunstpause ein.

»Lieber Himmel, was kommt denn jetzt noch?« Ich wischte mir genervt den Schlaf aus den Augenwinkeln. »Na los, Bröker, zaubere den Hasen aus dem Hut.«

»Wir haben einen Augenzeugen, der den letzten Mord an Bettina Franticzek beobachten konnte. Mehr Informationen kann ich aus gegebenem Anlass natürlich nicht preisgeben.« Ungeachtet des neuerlichen Aufruhrs stolzierte Gernot Bröker erhobenen Hauptes von der Bühne.

»Das glaub ich doch jetzt nicht«, zischte Sascha wütend. »Ein Augenzeuge? Das erfahren wir aus dem Fernsehen.«

»Ich fahre auf's Revier.«

Ich riss die Milchglastür zu Brökers Büro auf ohne anzuklopfen.

»Was soll die Scheiße?«, blaffte ich den Herrn Hauptkommissar an.

»Ah, die Task-Force hat ausgeschlafen.«

»Ein Augenzeuge?« Ich musste mich zurückhalten.

»Aber ja doch.«

»Und das konnten Sie uns nicht vorher mitteilen?«

»Na, jetzt wissen Sie's doch.«

Sascha packte gerade noch rechtzeitig meinen Arm, sonst wäre ich auf den ignoranten, aufgeblasenen Gockel losgegangen.

»Wo ist er?«

»Trifft gegen Mittag in Duisburg ein.«

»Was soll das denn wieder heißen?« Der Typ machte mich wahnsinnig.

Bröker betrachtete ausgiebig seine Fingernägel.

»Kapitän Arie van de Lentjes kommt mit dem Zug aus Rotterdam.«

»Aus Rotterdam? Wird das ein Ratespiel oder bekomme ich jetzt mal richtige Informationen?«

»Van de Lentjes ist Partikulier eines Tankschiffes. In der Nacht als Bettina Franticzek ermordet wurde, war er mit seiner *Hermine* auf dem Weg nach Rotterdam, um neue Ladung aufzunehmen.« Bröker sah mich triumphierend an.

»Na und, weiter.«

»Auf der fraglichen Höhe in Walsum konnte er einen Blick in die kleine Ausbuchtung werfen. Mein lieber Dawson ... er hat den Mörder gesehen.«

»Mitten in der Nacht, stockdunkel und das bei einem leeren Schiff und Talfahrt.« Ich sah Bröker durchdringend an. »Dieser Holländer muss Adleraugen haben, denn sein Schiff war sicher ziemlich schnell unterwegs.«

Leicht verunsichert wanderte Bröker um seinen Schreibtisch herum. Beleidigt wie ein verzogenes Kleinkind zog er eine Schmoll-Schnute.

»*Wir sind ganz nah dran*«, imitierte ich seine Aussage vor der laufenden Fernsehkamera.

»Nun ja, mit einem Augenzeugen sollte uns eine Identifikation recht bald gelingen. Wir werden ein Phantombild anfertigen und an die Presse weitergeben. Der Kerl kann sich nicht auf Dauer verkriechen.«

»Haben Sie schon mal den Spruch gehört, dass man das Fell des Bären nicht verteilen sollte, bevor man das Tier erlegt hat?«

»Dawson, wir müssen mal was Positives vermelden können. Sehen

Sie es mal so, jetzt haben wir den Täter mächtig verunsichert und unter Druck gesetzt.«

»Das glauben Sie doch selber nicht«, stand mir Sascha spöttisch bei. »Dass wir die kryptischen Botschaften in den Gedichten irgendwann verstehen würden, war doch wohl klar, davon geht unser Mann aus, das bringt ihn nicht aus der Spur.« Sascha verengte ihre blauen Augen zu Schlitzen. »Und die Nummer mit dem Augenzeugen wird sich sehr schnell als Bumerang erweisen, falls es uns nicht gelingen sollte, etwas Brauchbares aus den Beobachtungen des Rheinschiffers herauszufiltern. Warum haben Sie nicht, wie abgesprochen, den Gegenstand erwähnt, der uns weiterbringen wird?«

»Das hielt ich für überflüssig.«

»Ach nein, wozu sprechen wir dann überhaupt miteinander?«, fragte ich böse.

»Und was haben Sie derweil zustande gebracht?«, schoss Bröker harsch zurück. »Herummeckern kann jeder. Ich höre immer nur, was alles nicht geht. Der Herr Minister will Ergebnisse sehen. Sollen wir vielleicht eine nächtliche Ausgangssperre verhängen?«

»Wow, das ist zumindest die beste Idee, die Sie bisher hatten«, giftete Sascha.

»Diese Unverschämtheiten ...«

»Schon gut, Schluss jetzt!«, fuhr ich dazwischen. »Komm, Sascha, gehen wir einen Kaffee trinken, derweil wir auf unseren Kapitän warten.«

»Kann's auch was Gehaltvolleres sein?«

»Schön, dass Sie so schnell kommen konnten.«

Bröker scharwenzelte jovial dreinblickend durch den Besprechungsraum. Der Hauptkommissar hatte belegte Brötchen und Teilchen auffahren lassen, dazu Kaffee, Mineralwasser und Orangensaft. Van de Lentjes ging wirklich als alter Seebär durch. Sein gepflegter grauer Vollbart, die schnittige blaue Uniform und seine Kapitänsmütze, die er lässig unter den Arm geklemmt hatte, ließen eher ein Kommando auf einem Kreuzfahrtschiff vermuten, als auf einem Öltanker. Der Schiffer nahm sich ein Mettbrötchen und ließ sich von Bröker Kaffee einschütten.

»Dann mal los, Herr Kapitän, wenn Sie uns bitte schildern würden was, oder noch viel besser, wen Sie Samstagnacht gesehen haben.«

»Erst mal aufessen.«

»Ähm, Sie verstehen schon, dass wir mächtig unter Druck stehen, Herr van de Lentjes«, insistierte Bröker ungeduldig.

»Ja, sicher, ist ja auch schnell erzählt.« Der Mann sprach ein ausgezeichnetes Deutsch. »Ich war als Kapitän natürlich auf der Brücke. Es war gegen elf, so in etwa. Wir passierten den Fähranleger in Walsum. Mein Blick richtete sich rein zufällig auf die Bucht, na ja, da sah ich es dann.«

»Was genau haben Sie denn gesehen?«, fragte ich ruhig. Ich ahnte bereits eine mittlere Katastrophe.

»Na, was wohl, den Mörder natürlich«, polterte Bröker laut. »Unterbrechen Sie doch den Herrn Kapitän nicht unnötig. Bitte, berichten Sie weiter.«

»Es gab ein bisschen Licht, von der Straßenlaterne denke ich. Ich traute erst meinen Augen nicht. Da waren doch tatsächlich zwei zugange.«

»Wie bitte? *Zugange* ... Was soll das denn heißen?«

»Na, ich dachte, da treiben es zwei bei der Arschkälte auf dem Steg.«

Bröker runzelte die Stirn.

»Wenn Sie das bitte ein wenig näher erläutern könnten.«

»Meinetwegen, deshalb bin ich ja hier. Bei näherer Betrachtung, die allerdings recht kurz war, könnte man vermuten, dass die zwei nicht das alte Rein- und Rausspiel praktiziert haben, sondern dass der Kerl den Kopf der Frau unter Wasser gedrückt hat. Wie gesagt, da bin ich durch die Zeitung draufgekommen.«

»Jaja, alles schön und gut, aber was ist mit dem Täter?«

»Was soll denn mit dem sein, ich hoffe ihr fangt ihn bald.«

»Aber Sie haben ihn doch gesehen, Sie können ihn beschreiben?«, japste Bröker.

»Na, also gesehen habe ich nichts außer ein paar schemenhafte Konturen. Sagt man das so in Deutsch?«

»Das Gesicht, die Kleidung, die Größe, Haare ...«

»Nee, also jetzt mal ganz ehrlich, Herr Kommissar, wie soll das denn gehen? Wir haben große Fahrt gemacht, talwärts, mit der Strömung, es war dunkel wie im Bärenarsch, nur die schummrigen Fludderlampen oben auf dem Deich.«

»Aber ... aber was haben Sie denn dann überhaupt gesehen?« Brökers Stimme wurde immer ungehaltener. Ich musste mich beherrschen, um nicht laut loszulachen.

»Na, die Umrisse halt. Nachdem ich diverse Zeitungsartikel gelesen hatte, habe ich mir den Rest zusammengereimt. Das muss er gewesen sein, passt alles, Zeit und Ort. Ich nehme gern noch ein Brötchen, wenn von Ihnen keiner will.«

»Soll das wirklich heißen, dass Sie nichts weiter gesehen haben als einen Mann, der höchstwahrscheinlich den Kopf einer Frau unter Wasser gedrückt hat?«

»Also, dass es eine Frau war, könnte ich nicht beschwören.«

»Ich fasse es nicht«, sagte Bröker resigniert und ließ sich auf einen Stuhl sinken. »Haben Sie nichts für uns, gar nichts? Irgendein Detail, es mag Ihnen noch so unwichtig erscheinen.«

»Es war ein Mann«, beteuerte der Seemann ernsthaft. »Also, der oben drauf saß. Da bin ich mir ganz sicher.«

»Das bestätigt unsere Vermutungen.«

»Ich freue mich, wenn ich helfen kann.« Van de Lentjes strich ein paar Brotkrümel aus seinem Bart. Sascha setzte sich dem Kapitän gegenüber und lächelte ihn freundlich an.

»Versuchen Sie doch bitte sich die Szene noch einmal vor Augen zu führen«, bat sie gelassen. »Manchmal sehen Menschen viel mehr als sie selbst ahnen.«

»Ich weiß ja nicht.«

»Wollen Sie mir den Gefallen tun, oh bitte.« Ich wunderte mich wie einschmeichelnd und gewinnend Sascha sein konnte. »Schließen Sie einfach die Augen. Ich nehme Ihre Hände, wenn das in Ordnung ist.«

»Soll wohl gehen, junges Fräulein.«

»Super. Jetzt stellen Sie sich vor, wie Sie auf Ihrer Brücke stehen. Es ist ein großes Schiff, nicht wahr?«

»Meine *Hermine*, oh ja.«

»Sie fahren an dem Anleger der Fähre vorbei.«

»Sie hat Steuerbord festgemacht, wie meistens.«

»Okay, Sie machen das toll. Links ist ein wenig mehr Licht durch den Fußweg auf dem Deich und die Laternen.«

»Ja, das stimmt.«

»Jetzt kommt gleich die kleine Bucht, Sie kennen sie, weil Sie schon sehr oft hier vorbeigefahren sind. Sie drehen den Kopf nach links.« Unwillkürlich machte van de Lentjes das Manöver mit. »Sehr gut. Sie stutzen, denn da ist etwas Ungewöhnliches. Lassen Sie Ihr Schiff ein wenig langsamer fahren, das können Sie doch, Sie sind der Kapitän. Was sehen Sie?«

»Es sind zwei Menschen.«

»Ganz genau, zwei Menschen, mitten in der Nacht, es ist kalt, November. Sie wundern sich. Was treiben die da? Sie sehen genauer hin, kneifen womöglich die Augen zusammen, um besser sehen zu können.«

»Ja, tatsächlich, das habe ich tatsächlich getan.«

»Jetzt wird der Blick etwas besser, etwas schärfer, nicht wahr?«

»Ein wenig.«

»Ein Mann und eine Frau.«

»Ja, ja.«

»Sehen Sie genau hin, so gut es geht, halten Sie den Film kurz an, das geht, das ist kein Problem, wir frieren das Bild ein. Jetzt sehen Sie genau hin. Was tut er, wie tut er es?«

»Halb kniet er, halb sitzt er auf der Frau, die wohl auf dem Bauch liegt. Ja, genau, er sitzt praktisch auf ihr. Ihre Beine zucken rauf und runter. Ja, so ist es. Sie liegt auf dem Bauch und er kniet auf ihrem Rücken.«

»Wahrscheinlich auf ihren Armen, sitzt auf dem Oberkörper. Konzentrieren Sie sich nur auf den Mann. Sein Gesicht, vielleicht dreht er sich kurz zu Ihnen?«

»Nein ... nein!«

»Okay, kein Problem, das macht nichts, Arie, Sie machen das großartig. Was ist mit den Haaren, glatt, wellig, gar keine Haare.«

»Ach, na ja, es ist weit weg ... glatt, glaube ich.«

»Prima, jetzt die Klamotten, eine Jacke?«

»Nein, es ist keine Jacke ... es ist wie aus einem Guss.«

»Ein Pullover?«

»Kann sein ...«

»Ein Overall?«

»Auch möglich.«

»Gut, Arie, ist etwas ungewöhnlich, irgendetwas, vielleicht ein Geräusch, eine Geste?«

»Das Schiff ist laut, die Motoren laufen auf Höchstlast, die Wellen, wir fahren schnell.«

Sascha presste verbissen die Lippen zusammen.

»Nein, da ist nichts ... tut mir leid.«

»Nicht schlimm, Arie, alles gut, fahren Sie weiter.«

»Das Fischlokal, der Angelverein, ich kenne das dort, habe schon oft in Ruhrort angelegt.«

»Kommt Ihnen jetzt etwas merkwürdig vor?« Ich merkte Saschas Stimme an, dass sie bereits aufgegeben hatte.

»Nein, eigentlich nicht ...«

»Eigentlich? Da ist also etwas, Arie, bitte ... Was ist es? Konzentrieren Sie sich noch einmal, bitte.«

»Ein Auto.«

»Okay, da ist ein Auto. Was ist daran ungewöhnlich?«

»Na, da ist kein Haus und es ist weit von der Gaststätte und dem Vereinsheim entfernt. Es sollte dort nicht stehen, denke ich. Warum sollte jemand dort parken.«

»Super, das ist super, Arie. Was ist es für ein Auto?«

»Es ist dunkel ...«

»Aber da sind Laternen, Arie, Sie können das Auto sehen. Es gehört nicht dahin, es könnte der Wagen des Mörders sein.«

»Aber ich kann's nicht richtig sehen.« Seine Stimme war schrill, die buschigen Augenbrauen zuckten wild. »Ich kann's nicht sehen.«

»Ist nicht schlimm, die Umrisse reichen schon. Wie sieht der Wagen aus?«

»Wie ein Kasten.«

»Gut, sehr gut, Arie.«

»Könnte so ein neumodischer SUV sein, oder eben ein Kastenwagen.«

»Die Farbe.«

»Nein, weiß ich nicht.«

»Aber es ist nicht weiß oder sehr hell, oder? Das würde man sehen.«

»Ja, ja das ist wahr, es muss eine dunkle Farbe sein.«

»Schwarz?«

»Weiß nicht, kann sein.«

»Irgendetwas Auffälliges? Eine Antenne, eine Aufschrift, Scheinwerfer?«

»Ich kann nichts sehen, es ist dunkel und es sieht eben aus wie ... ein Kasten.«

»Sehen Sie bitte ein letztes Mal genauer hin, Arie ... ist da was Ungewöhnliches an dem Wagen?«

»Eine Kerze, das sieht aus wie eine Kerze.«

»Gut, wo ist sie, diese Kerze?«

»Auf dem Auto, an der Seite, die zum Fluss hingewandt ist.«

»Die Fahrerseite?«

»Ja, das ist richtig.«

»Eine Kerze auf dem Lack des Autos.« Sascha atmete tief durch. »Sonst noch etwas, Arie.«

»Nein, ganz sicher nicht.«

»Okay.« Sascha drückte noch einmal die Hände des Binnenschiffers. »Danke, vielen lieben Dank.« Van de Lentjes öffnete flatternd die Augen und lächelte zufrieden. »Das haben Sie toll gemacht. Noch ein Mettbrötchen, Herr Kapitän?«

Kapitel 13

Hotel Wyndham, Frühstücksraum

Ich rührte gedankenverloren in meinem Kaffee. Viel hatte uns auch der Gute Arie van de Lentjes nicht weitergeholfen. Eigentlich hatte er nur bestätigt, was wir ohnehin schon wussten. Der Hinweis auf den potentiellen Wagen des Mörders war auch schon das Highlight seiner Aussage.

Ein Kastenwagen.

Eine Kerze?

Wahrscheinlich hatte sich der gute Herr Kapitän geirrt. Wer malt denn Kerzen auf sein Auto?

Wir hatten dem Schiffer alle möglichen Modelle gezeigt, aber seine Aussage hinsichtlich des Fahrzeuges blieb schwammig.

Ich bin Kapitän eines Öltankers und nicht Berufskraftfahrer, hatte er nach einer Weile gemault. *Autos interessieren mich nicht. Fragen Sie mich nach allen Dingen, die schwimmen können, dann kann ich vielleicht weiterhelfen.*

»Jonathan ... hallo, Erde an Dawson ...« Ich schreckte aus meinen Gedanken auf. »Wenn du noch länger rührst, dann hast du das Porzellan gleich durch.«

»Sorry, wo waren wir stehen geblieben?«

»Nirgendwo, wir haben uns gerade erst zum Frühstück getroffen.«

»Entschuldigt, Leute.«

»Harte Nacht oder was?«

»Nee, ganz und gar nicht.«

»Haben wir inzwischen den detaillierten Autopsie-Bericht von Bettina Franticzek?«

»Haben wir«, brummte Eddie. »Gibt aber nichts her.«

Ich angelte mir ein Croissant und beschmierte es dick mit Butter und Erdbeermarmelade.

»Du hattest den besten Draht zu unserem holländischen Skipper.« Ich sah Sascha hilflos an. »Hattest du bei irgendeinem Modell den Eindruck, dass van de Lentjes zögerte?«

»Komm schon, Jonathan, das ist doch fischen im Trüben.«

»Trotzdem.«

Sascha atmete tief durch und rollte sich eine Käsescheibe zu einem Fernrohr, durch das sie mich mit einem Auge süffisant betrachtete.

»Man soll nicht mit dem Essen spielen«, schimpfte ich halbherzig.

Sascha biss die Hälfte der Konstruktion ab. »Wenn überhaupt ... und das ist wirklich Kaffeesatzleserei, dann hat der gute Arie bei einem Citroën Berlingo und bei einem Opel Zafira mal die Stirn gerunzelt.«

»Hm.«

»Vergiss es, Jonathan, es kommen ungefähr hundert andere Karren infrage.«

»Wir sollten das Umfeld in Hochfeld noch mal gezielt nach einem dieser Fahrzeugtypen abfragen.«

»Das bringt doch nichts, Chef. Das ist fast sechs Wochen her. Das war zwar der erste Mord, aber die Kollegen haben die Anwohner in Hochfeld bereits alle vernommen.«

»Aber vielleicht hat genau diese Frage noch niemand gestellt.«

»Meinetwegen.« Sascha blies ihre Backen auf.

»Ich habe zu tun«, wehrte Eddie mürrisch ab.

»Aha, was denn genau?«

»Ich werde nach unserem Jürgen fahnden.«

»Im Internet?«, fragte ich nach.

»Na, wo denn sonst. Ich habe eine Freigabe für das Einwohnermelderegister bekommen, außerdem werde ich mich mit den Servern der Duisburger Schulen im Norden verbinden.« Eddie machte ein überaus grimmiges Gesicht. »Wenn der Kerl wirklich Jürgen heißen sollte, dann werde ich ihn finden.«

Ich nickte zustimmend.

»Okay, dann also Sascha und ich.«

»Ich kann auch allein recherchieren.«

»Nicht in Hochfeld.« Sascha zuckte ergeben mit den Schultern. »Wenn er sein nächstes Opfer verbrennen will, dann benötigt er einen abgelegenen Platz.«

»Das heißt, er muss sein Opfer entweder entführen oder aber dazu zwingen ihn zu begleiten, außerdem benötigt er Benzin, oder irgendeinen anderen Brennstoff.«

»Das ist problemlos zu besorgen«, beteiligte sich jetzt auch Eddie. »Man benötigt ja keine Unmengen, um einen Menschen abzufackeln.«

»Ja, das können wir außen vor lassen, aber ein geeignetes Ambiente zu finden, das dürfte schon etwas schwieriger sein.«

»Du bist geborener Duisburger, Jonathan.« Eddie hielt mir seine dick verbundene Hand vor die Nase. »Wo würdest du jemanden verbrennen?«

»Duisburg hat eine Nordsüd-Ausdehnung von mehr als zweiundzwanzig Kilometern und verfügt über eine Fläche von gut zweihundertdreißig Quadratkilometern.«

»Okay, ich präzisiere die Frage. Es muss Ecken geben, die wenig frequentiert werden, insbesondere in der Nacht, die aber dennoch frei zugänglich sind. Waldgebiete, brachliegende Industrieflächen, Parks, Lagerhallen ...«

»Da fallen mir bei längerem Nachdenken sicher hunderte potentielle Orte ein«, erklärte ich. »Die können wir unmöglich alle sichern.«

»Darum geht es ja auch gar nicht«, schalt Eddie. »Du hast von Sascha eine Aussage nach Bauchgefühl verlangt. Jetzt sei mal ein bisschen spontan. Dein erster Gedanke, na los.«

»Hm.«

»Nix, hm ... sag was.«

»Das alte Eisenbahngelände vielleicht, grenzt zwar an die City, ist aber seit Jahren verlassen und sehr weitläufig. Das Gelände ist kaum gesichert. Das wäre meine erste Wahl.«

»Klingt gut.«

»Erst sollten sich dort Möbelhändler ansiedeln, jetzt plant man ein Outlet-Center ...«

»Jaja, ich sag nur Berlingo und Zafira.« Sascha grinste.

»Es gefällt mir absolut nicht, dass wir mit so vielen Unbekannten operieren müssen. Das ist totaler Mist!«

»Et ist wie et is«, entgegnete Eddie lapidar.

»Der Spruch scheint es euch ja angetan zu haben«, bemerkte ich schmunzelnd.

Das Vereinsheim der Angelgemeinschaft *Die fröhlichen Rheinfischer* lag unweit des Fischlokals *Alt-Walsum* in einer Senke hinter dem Deich. Die kahlen Wände des an sich schmucklosen Baus waren mit präparierten Fischen in allerlei Größen dekoriert.

Die Tür zu einem mit wuchtigen altdeutschen Eichenmöbeln überladenen Schankraum stand weit auf. An einer Theke standen etliche Hocker noch schräg angelehnt. Das Licht, das durch umhäkelte Lampenschirme drang, war spärlich. Ich fühlte mich wie in eine längst vergangene Zeit zurückversetzt. Am Kopfende des Raumes, den man durchaus als Spelunke bezeichnen konnte, stand, zu meiner großen Überraschung und Freude, eine Wurlitzer-Jukebox. Wie magisch angezogen steuerte ich auf das Gerät zu.

»Tach auch«, hörte ich eine rauchige Stimme in meinem Rücken. »Wat darf et denn sein?«

Hinter dem Tresen türmte sich die Frisur der Gastwirtin, im Stil der Siebzigerjahre, blond und wohl geordnet zu einer kunstvollen Pyramide auf. Ich mochte nicht wissen, wie viel Taft und Festiger nötig waren, um diese Konstruktion den ganzen Tag über in Form zu halten.

Sascha übernahm unsere Vorstellung. »Das ist Sonderermittler Jonathan Dawson und mein Name ist Sascha Brinkmann. Wir sind vom Bundeskriminalamt.«

»Ach, dat arme Mäusken.«

Bei näherem Hinsehen schätzte ich die wasserstoffblonde Wirtin auf gute sechzig Jahre. Der Zahn der Zeit hatte weder vor dem Lokal noch vor seiner Besitzerin Halt gemacht. Sascha blätterte in ihrem Notizblock.

»Frau Herbrüggen, richtig?«

»Kann's ruhig Helga für mir sagen, Kindchen.«

»Oh, okay, danke sehr.«

»Funktioniert der Kasten noch?« Verdammt, ich konnte es mir einfach nicht verkneifen. »Die Musiktruhe.«

»Klar, wie 'ne Eins.«

»Jonathan ...«

»Aber die nimmt keine Euros.«

Sascha sah mich mit funkelnden Augen an.

»Nee, dat geht nich, da musse ers umwechseln bei mir.«

»Oh, Sie verfügen noch über D-Mark?«

»Sicher, sons tät es ja die Musik nich.« Logisch, hätte ich mir auch denken können. »Fuffzich Cent für 'ne Mark. Is 'n reeller Kurs.« Ich drückte der Dame ein Zwei-Euro-Stück in die Hand und bekam dafür gute alte deutsche Mark. Für eine Münze durfte ich mir fünf Lieder aussuchen.

»Bei Elvis nich so feste drücken, der Schalter is labil.«

»Jonathan, wir ...«

»Momentchen, Sascha, geht gleich weiter.«

»Du bist unmöglich!«

»Ich weiß...«

»Echt wie ein kleiner Junge. Sehen Sie sich nur die strahlenden Augen an, Helga.« Sascha schüttelte grinsend den Kopf.

»Dat is eben 'n Kenner, der Herr Polizist.«

Das Geldstück verschwand laut klackend im Inneren der Maschine. Mit einem freudigen Glitzern in den Augen überflog ich die Interpreten und die Titel neben den Druckknöpfen.

Gus Backus – Der Mann im Mond.
Freddy Quinn – *Heimweh.*
Connie Francis – Schöner fremder Mann.
Drafi Deutscher – Marmor, Stein und Eisen bricht.
Bernd Spier – Das kannst du mir nicht verbieten …
… und viele mehr.

Auch ein paar englische Klassiker hatten einen Ehrenplatz gefunden.

Bill Haley – Rock around the clock
Elvis – It's now or never.

Die Beatles und die Stones. Mir entfuhr ein wohliger Seufzer.

»Also, Frau Herbrüggen …«

»Helga.«

»Okay, Helga …«

Ich drückte erst mal *Paint it black.*

»Is wohl 'n Rocker, dein Männe«, scherzte Helga aufgeräumt. »Wat ist jetzt mitte Bestellung. Pilsken und 'n Korn, oder wat Schärferes?«

»Zwei Kaffee bitte, Frau Helga.«

»Muss ich erst aufbrühen, Kindchen, dauert 'n Moment.«

»Macht nichts, der Herr ist ja noch beschäftigt«, antwortete Sascha sarkastisch. »Was ist das denn für ein Schmalz?«

»Das ist ein Walzer, meine Liebe.«

»Boah, Jonathan, ehrlich, du machst mich fertig, wir jagen einen Serienmörder und du versinkst in alten Schlagern.« Der Plattenarm hob sich, die nächste Single fiel platt auf den Teller. Es knackte, knisterte und rauschte herrlich laut. *Kriminal-Tango* vom Hazy Osterwald Sextett.

»Kannst du Tango tanzen?«

»Was?« Sascha machte unwillkürlich einen Schritt zurück. »Untersteh' dich!«

»Helga, was ist mit Ihnen?« Ich war urplötzlich wie aufgedreht.

»Soll wohl noch gehen.« Frau Herbrüggen schwebte um die Theke herum.

»Das muss ich festhalten«, beschloss Sascha und zückte ihr Smartphone.

»Wenn du das bei YouTube hochlädst, sind wir geschiedene Leute.«

»Ist für meine Privatsammlung.«

Helga und ich schwoften durch eine längst untergegangene Epoche. Zwei Minuten später war die Show vorbei. Eine sichtlich erhitzte Wirtin eilte zurück an die Kaffeemaschine.

Helga Herbrüggen kredenzte eine kleine Flasche *Schloss Hoheneck* und dampfende Kaffeebecher. Der Plastikarm des Plattenspielers senkte sich mit einem lauten Knacken auf Gerd Böttchers Winnetou-Melodie.

»Wohl sein.«

»Prösterchen«, assistierte Sascha gut gelaunt.

Wir stießen an.

»Helga, wir sind natürlich nicht zum Feiern hergekommen. Wir müssen diesen Mörder fangen, so bald wie möglich.« Ich trank einen Schluck von dem schwarzen Gold. Mein Magen rebellierte augenblicklich. »Liebe Güte, der weckt ja Tote auf.«

»Ja, nich, ich tu immer 'n Löffel extra bei.«

»Ist Ihnen vielleicht ein Wagen aufgefallen, einer, der sonst nicht hier steht oder herumfährt?«

»Wat denn für 'ne Kiste?«

»Tja, das wissen wir leider nicht so ganz genau.« Sascha schob ihr Smartphone über den Tresen. Das Display zeigte einen schwarzen Citroën Berlingo. »Also, es muss nicht genau diese Marke gewesen sein, aber zumindest so ähnlich, kantig, hoch und dunkel, Kastenform.«

»Nee, na so wat, der Manni fährt so 'n Pröttel, is 'n Diesel, ganz in Schwarz.«

Sascha und ich sahen die Wirtin aufmerksam an.

»Der Manni ... das ist ein Clubmitglied?«

»Ja, sicher dat, seit immer schon gewesen. Is 'n Urgestein, wie man so schön sagt.«

»Und der Gute heißt wie genau?«, hakte Sascha nach.

»Manni Oschinsky, also eigentlich Jürgen ...«

»Jürgen?«, riefen wir gleichzeitig. Sascha legte eine Hand auf meinen Unterarm. Ich spürte ihre Erregung durch den Stoff meines Hemdes.

»Ja, sicher. Jürgen Oschinsky, aber der war der Libero bei Rhenania Hamborn, wissen Se, der war echt einsame Klasse, der hat so manche Lusche weggehauen, als Libero inne Abwehr, wissen Se, und deshalb sagen wir immer Manni für ihm, wegen dat Fernsehen, kennen Se dat noch? Is schon 'n bissken her die Sendung.«

»Manni, der Libero.«

»Ganz genau, der Herr.«

Saschas Griff verstärkte sich. Sollten wir wirklich den Jackpot gezogen haben?

»Helga, der Manni oder Jürgen, wie alt ist der denn?«

»Alt, hömma, nich wenich, ich sach mal ...« Die Wirtin stülpte ihre Unterlippe nach vorn. »Also, der geht stramm auffe Achzich zu, der Manni.«

»Achtzig«, wiederholte ich enttäuscht. »Ist er denn körperlich fit?«

»Ich sach mal so, mit Rollator geht et wohl voran.«

»Ach du Scheiße«, fluchte ich entmutigt. Bill Ramsey sang von der Zuckerpuppe aus der Bauchtanztruppe. »Wäre ja auch zu schön gewesen.«

»Dat mit der Angelei is auch bald vorbei, dat wollen die jungen Leute nich mehr, die ballern sich lieber die Köppe weg, mit so Farbpatronen, wissen Se?«

»Paintball.«

»Ja, genau, so sagen Se dafür.«

»Wir können das Rad der Zeit nicht aufhalten, Helga.«

»Ja, so ist dat wohl, aber man muss auch nich allet mitmachen, dafür sind wir ja Menschen. Aber ansonsten, mal ganz ehrlich, durch die vielen Fischfresser nebenan inne Kaschemme *Alt-Walsum*, krieg ich nich viel mit. Die kommen und gehen da zu Hunderten rein und raus, is wie in ‘nem Taubenschlag, wat soll einem da auffallen? Nicht doch noch ‘n Pilsken, der Herr?«

»Nein, danke.«

»Oder ‘n Kurzen für nach Haus zu kommen?«

»Vielen Dank, Helga, aber wir sind im Dienst.«

»Ein Schuss in den Ofen«, kommentierte Sascha nüchtern, als wir den Angelverein verließen. »Immerhin habe ich dich Tango tanzen sehen. Ich wusste gar nicht, dass du auf diesen alten Krempel stehst.«

»Siehst du, man lernt nie aus ...«

• • •

Ich weiß jetzt, wen ich herauspicken werde ...

Er heißt Gerald Draxler, ist gerade fünfzig geworden und betrügt uns alle seit Jahren. Oh ja, der hat es verdient.

Klare Kiste.

Ich weiß nur noch nicht wo ...

Entweder entscheide ich mich für das alte Stadion an der Emscher, da hat früher der Fußballclub Hamborn 07 gespielt, oder das brachliegende Eisenbahngelände zwischen Wedau und der Innenstadt.

Natürlich muss ich mit Nummer sechs vorsichtig sein!

Ich habe das Waschbenzin in einem Ramschladen gekauft, eine Flasche in Wanheimerort, die andere in Mülheim. Das ist vollkommen unauffällig, genau wie das Stabfeuerzeug.

Ich denke, ich werde die Herrschaften ein bisschen zappeln lassen, ich habe ja auch schon die Hälfte geschafft. Im Büro steht jetzt eine harte Zeit an. Ja, die Idee ist gut.

Ich mach ‘ne kleine Pause. Sollen sie doch denken ich würde aufhören ...

Kapitel 14

Das aufgegebene Ausbesserungswerk der Deutschen Bahn in Duisburg-Wedau

»Das Gelände ist recht weitläufig«, erklärte Stellwerksmeister Archibald Krömer. Der alte Eisenbahner ging ganz in seinem Element auf. »Es erstreckt sich Richtung Süden bis weit hinter den Entenfang, hier westlich angrenzend an den blauen See von Bissingheim und dann weiter runter bis in die Nähe der City. Da bräuchten Sie schon eine Hundertschaft, die das Gebiet im Auge behält.«

»Haben wir aber nicht«, blökte Bröker unlustig. »Das ist schließlich nicht das einzige Objekt, welches infrage kommt. Das können wir vergessen.«

»Was ist mit Drohnen?«, schlug ich vor.

»Wer soll denn die ganzen Dinger steuern und überwachen, hä? Die kleinen Viecher haben eine geringe Reichweite. Wenn wir ganz Wedau damit abdecken wollten, dann könnte ich auch gleich die besagte Hundertschaft hierher beordern.«

»Ich dachte nicht an eine Spielzeugdrohne, sondern an ein professionelles Gerät mit Nachtsichtfunktion. Das könnte eine Person bedienen. Wir lassen es über dem Gelände kreisen und eröffnen uns wenigstens eine Minimalchance darauf den Täter zu erwischen.«

»Das haben wir noch nicht erprobt.«

»Na, dann wird es Zeit!«

»Ähm, meine Herren, verehrte Damen ... brauchen Sie mich noch?«, fragte Krömer kleinlaut. »Meine Frau wartet mit dem Essen. Heute gibt es Gulasch mit Spätzle, da sollte ich unbedingt pünktlich sein.«

»Nein, gehen Sie ruhig«, entschied Bröker jovial. »Wir finden allein zurück.«

Schweigend gingen wir ein Stück die Gleise entlang. In der Ferne reihten sich Lokschuppen auf, links von uns riesige Hallen, in denen bis vor wenigen Jahren die Zugmaschinen und Wagons repariert worden waren.

»Dawson, ich sage Ihnen jetzt mal was, und zwar ganz im Vertrauen.« Sascha und Jessica waren ein paar Schritte hinter uns. »So werden wir den Kerl nicht fassen. Wir können nicht all unsere Kräfte auf diesen potentiellen Tatort verschwenden.«

»Wir könnten alles auf eine Karte setzen«, schlug ich vor.

»Es gibt nicht nur den Serienmörder in Duisburg«, erinnerte Bröker. »Einbrüche, Verkehrsunfälle, häusliche Gewalt ... soll ich weitermachen?«

»Sie haben recht«, gab ich unumwunden zu.

»Donnerwetter, dass ich das erleben darf.«

»Die Chancen sind minimal. Das Gelände ist weitgehend ungesichert. Der Täter könnte an vielen Stellen mit einem Wagen entweder ganz nah an sein bevorzugtes Zielgebiet heranfahren. Trotzdem, irgendetwas müssen wir tun. Hat die Nachfrage in den Duisburger Sportgeschäften etwas ergeben?«

»Ach, woher denn? Die lokalen Sportgeschäfte verkaufen Tennisklamotten aus, ebenso wie die großen Kaufhäuser. Die Leute kommen in die Geschäfte, testen die Schläger und probieren die Klamotten an, kaufen anschließend alles im Internet für einen kleineren Taler, also wollen Geschäfte vor Ort einfach die Ladenfläche für lukrativere Utensilien nutzen.«

»War zu befürchten. Was ist mit dem Ring?«

»Ich habe ein paar Stichproben angeordnet.« Bröker vergrub seine Pranken in den weiten Taschen seines Kamelhaarmantels. »Wissen Sie eigentlich, wie viele Schmuckgeschäfte es allein in Duisburg gibt? Ich bin selbst fast vom Hocker gefallen. Fast zweihundert.«

»Wow, hätte ich wirklich nicht gedacht.«

»Mehr als die Hälfte in türkischer Hand.«

»Aha.«

»Kein Erfolg, der Ring ist ein nullachtfünfzehn-Produkt, nichts Auffälliges, die Gravur simpel. So eine Maschine besitzt jeder Juwelier. Das ist eine Sackgasse.«

»Tja, das war zu befürchten.« Ich wandte mich um und sah Jessica und Sascha in eine angeregte Unterhaltung vertieft. »Wenn er seinem Muster treu bleibt, bleiben uns noch zwei Tage und der Rest von heute.« Im Süden türmten sich dicke schwarze Wolken auf, die rasch näherkamen. »Na toll, das wird gleich schütten.«

Wir beeilten uns, um möglichst trockenen Fußes unsere Observation zu beenden.

Hotel Wyndham, die Suite von Eddie Klus

»Eddie, was ist los, du siehst furchtbar aus.«

»Ja, danke auch, Chef.« Eduard Klus' Augen waren vor Übermüdung und Fokussierung auf die Bildschirmarbeit ganz klein und verschleiert. Seine rechte Hand ballte er zur Faust, spreizte dann wieder alle Finger weit ab. »Hab die Nacht durchgemacht.«

»Das sieht man«, bemerkte Sascha besorgt.

»Eddie, du weißt, wie sehr wir deinen Einsatz zu schätzen wissen, aber deine Gesundheit solltest du dabei nicht aufs Spiel setzen.«

»Schnapp den Kerl, dann können wir relaxen«, gab er stur zurück. »Wollt ihr jetzt Ergebnisse oder soll ich mir erst die Nase pudern lassen?«

»Also gut, raus damit.«

Eddie ließ sich schwer in einen zurückgekippten Schreibtischstuhl fallen und tippte auf der Tastatur herum.

»Also, Arbeitsauftrag: Findet Jürgen. Ich habe die Daten der verfügbaren Schulen, soweit das möglich war, ausgewertet. Eine der beiden Hauptschulen existiert nicht mehr, keine Daten verfügbar. Wenn er eine dieser Schulen besucht hat, dann war die Arbeit für die Katz. Ausgehend von der Annahme, dass unser Täter zwischen vierzig und fünfzig Jahre alt ist, habe ich den Zeitraum 1980 bis 1995 abgegrast. Bei genau fünfzig Lebensjahren wäre unser Jürgen 1980 dann um die fünfzehn gewesen, 1990 ergo schon fünfundzwanzig, aber womöglich ist er doch fünf Jahre früher oder später geboren, dann passt es aber immer noch in den ausgewählten Zeitraum.«

»Okay.«

»Die Daten der letzten Hauptschule Ludgerus in Walsum fehlen noch, die sind nicht am Netz, machen nächsten Sommer dicht, die anderen sind von der Realschule in Fahrn, der Gesamtschule Walsum und dem Kopernikus-Gymnasium.« Eddie räusperte sich umständlich. »Die Daten sind nicht alle digitalisiert, aber ich habe die entsprechenden älteren Jahrgänge gefaxt bekommen.«

»Wow, erstaunlich, das war kein Problem?«, wunderte ich mich.

»Nee, ich musste nur das Wort Papierkiller fallen lassen und, Abrakadabra, öffneten sich alle Türen. Na schön, weiter im Text. Fünfzehn Jahrgänge pro Schule, die Realschule ist durchgängig zweizügig, die Gesamtschule und das Gymnasium vierzügig, macht insgesamt vierhundertfünfzig Klassen, beziehungsweise eine vergleichbare Anzahl an Schülerinnen und Schülern in der Oberstufe. Wir reden ergo über knapp vierzehntausend Kids.«

»Gar nicht mal so viele«, meinte Sascha beeindruckt. Erwartungsfroh sahen wir unseren leichenblassen Datenanalysten an.

»In dem fraglichen Zeitraum habe ich dreihundertsiebenundachtzig Jungen mit dem Vornamen Jürgen, beziehungsweise Jürgen als zweiten Vornamen gefunden. Wie gesagt die Ludgerus-Hauptschule steht noch aus.«

»Wenn wir Jürgen als Zweitnamen weglassen?«, schlug Sascha vor.

»Dreihunderteinundachtzig.«

»Ups, das hat nicht viel gebracht.«

»Was ist mit Kombinationen wie Hansjürgen?«, hakte ich ein.

»Dann sind wir bei vierhunderteins Treffern.«

»Okay, das ist immer noch eine Größenordnung, die wir unmöglich alleine überprüfen können«, analysierte Sascha.

»Falls er überhaupt Jürgen heißt«, warf ich ernüchtert ein.

»Das ist jetzt ziemlich kontraproduktiv«, hielt mir Sascha entgegen.

»Entschuldigung, bitte mach weiter, Eddie.«

»Vierhunderteins also. Ich habe mich mit dem Register des Einwohnermeldeamtes vernetzt, das führte zu folgenden Reduzierungen: dreiundzwanzig sind bereits von uns gegangen, bleiben dreihundertachtundsiebzig, Friede ihrer Asche. Einhundertzwei haben das schöne Duisburg verlassen, davon sind aber dreiundsechzig in der näheren Umgebung, sprich Oberhausen, Essen, Düsseldorf, Moers und so weiter geblieben.«

»Die lassen wir trotzdem raus«, entschied ich einfach.

»So?« Eddie zog müde eine Augenbraue hoch. »Meinetwegen, deine Entscheidung, also bleiben noch zweihundertsechsundsiebzig, die tatsächlich noch auf dem Duisburger Stadtgebiet wohnen. Ziemlich bodenständig und der Heimat verbunden, die Duisburger Jungs. Wenn unsere Hypothesen stimmen und der Arsch tatsächlich seinen richtigen Vornamen im Mailverkehr genannt hat, dann könnte einer davon unser Täter sein.«

»Verdammt gute Arbeit, Eddie.«

»Ja, danke auch, Chef. Weitere Eingrenzungen?«

Ich sah Sascha auffordernd an.

»Du hast die Familienstände, Anzahl der Kinder?«

»Hab ich. Wir hatten ja vor ein paar Jahren den sogenannten Zensus, sprich die Volkszählung.«

»Okay, dann lass uns erst mal alle Jürgen rausschmeißen, die verheiratet sind und mindestens ein Kind haben«, schlug Sascha vor. Ich nickte nur zustimmend.

»Was ist mit der Biedermann-Nummer, vielleicht verstellt sich der Typ nur«, hielt Eddie dagegen.

»Mit Kind und Frau dürfte er so eingespannt sein, dass er sein Werk schlecht verbergen kann«, argumentierte ich in Saschas Sinn. »Er muss nachts unterwegs sein, Vorbereitungen treffen, Material einkaufen und lagern, das funktioniert nicht mit zwei ständig anwesenden Personen im Hintergrund, hoffe ich zumindest. Wir müssen es einfach noch ein bisschen eingrenzen.«

»Na gut.« Eddie tippte einhändig und unflätig fluchend auf seine Tastatur ein. »Bringt schon mal was, wir sind nur noch bei hundertdreizehn, heutzutage setzt kaum noch jemand Blagen in die Welt, was kein Wunder ist bei diesem familienunfreundlichen Staat.«

»Wie sieht es mit den Berufen aus, wissen wir, was Jürgen plus X arbeiten?«, fragte ich grübelnd.

»Wissen wir, bei den meisten zumindest. Das wird nicht aktualisiert, könnte also hie und da nicht mehr stimmen.«

»Na schön, dann schmeißen wir alle Polizisten raus.«

»Ah, wir stehen über den Dingen, oder was?«, maulte Eddie. »Wäre nicht der erste Serienkiller in Uniform. Ich votiere dagegen, Boss.«

»Du hast recht, wir lassen sie drin«, gab ich seufzend zu. »Weitere Kriterien?«

»Schulbildung?«

»Zu unsicher«, beschied Eddie. »Serienmörder kann man mit einem Abgangszeugnis nach der Klasse acht oder mit einem Einser-Abitur werden.«

»Aber er ist nicht dumm. Denk doch an den Gedichtzyklus, den kennt kein Schulabgänger ohne Abschluss.«

»Wegen der bescheuerten Texte?« Eddie bettete die verletzte Hand stöhnend in seinen Schoß. »Mein Onkel Helmut kennt auch alle möglichen Klassiker, Goethe, Schiller, Hermann Hesse und so weiter, diese Kenntnisse machen die Nervensäge aber nicht zu einem Intelligenzbolzen, im Gegenteil. Der ist ansonsten dumm wie ein Stück Brot.«

»Okay, du hast gewonnen«, resignierte ich.

»Und wenn wir nur die Natursingles nehmen?«, schlug Sascha vor.

»Natursingle, was soll das denn sein?«

»Männer, die nie verheiratet waren, kannst du das eruieren?«

»Pffft, ja, müsste gehen, sonst würde der Familienstand ja anders als *ledig* lauten.«

»Sascha?«, fragte ich zögernd.

»Na, ich denke, dass ein vom Leben Enttäuschter vielleicht eher zu extremen Handlungen neigt.«

»Wie gut, dass ich nicht Jürgen mit Vornamen heiße.«

»Ach, Jonathan ...«

»Bei mir steht auch *ledig* unter der Rubrik Familienstand und ich hoffe doch weit davon entfernt zu sein ein vom Leben gebeutelter Irrer zu werden«, ereiferte ich mich.

»Komm schon, du weißt genau, was ich damit sagen will. Die Chance, dass unser Täter unter denen ist, die nie eine feste Bindung eingegangen sind, ist meiner Meinung nach am größten.«

»Jessica ist auch offiziell ledig und seit zwanzig Jahren mit einem gewissen Herrn Glock liiert.«

»Okay, dann eben nicht.«

»Hab ich doch gar nicht gesagt, ich wollte nur auf mögliche Fehlerquellen hinweisen.«

»Das ist doch alles ein einziges Kaffeesatzlesen«, beschwerte sich Eddie. »Also ... Mut zur Lücke, Chef.«

»Auch wieder wahr. Na denn ...«

Eddies Finger grenzten die Parameter ein.

»So, da sind wir tatsächlich nur noch bei siebenundzwanzig angelangt. Siebenundzwanzig Männer mit dem Vornamen Jürgen, die zwischen 1980 und 1995 an einer der besagten Schulen in Walsum ihre Zeit abgerissen haben, die außerdem heute noch in Duisburg wohnen und ledig sind.«

»Kannst du die Namen bitte ausdrucken?«

»Alles was du befiehlst, Herr und Meister.« Sekunden später hörte ich das leise Summen und das sich herausschiebende Papier des Druckers. Siebenundzwanzig Namen, das hörte sich erst einmal verdammt gut an, aber diese Liste konnte genauso gut ein vollkommener Fehlschlag sein, wir arbeiteten mit so vielen unbekannten Faktoren, dass es fast unmöglich schien Erfolg zu haben.

Ich überflog die Namen.

»Na, wartest du auf eine Eingebung?«, scherzte Eddie leise.

»Schön wär's.«

»Weihnachten ist öfter.«

Kapitel 15

Polizeipräsidium Duisburg, im Labor von Jessica Wald

Die Milchglastür zur forensischen Abteilung war nur angelehnt. Jessica trug unter ihrem weißen Kittel ein einfarbiges schwarzes Shirt und eine dazu passende Jeans. Die dunkle Kleidung kontrastierte vorzüglich mit ihrem blonden Haar.

»Ich habe vielleicht was entdeckt.«

»Sind das die Hefte aus Markwarts Bude?«

»Allerdings. Ich habe mir gedacht, dass es einen Grund haben muss, wenn der Killer ein drittes Mal an den Ort seines ersten Verbrechens zurückkehrt. Ich gehe nicht davon aus, dass er sich an der Location berauschen wollte, sondern dass es einen konkreten Anlass gab, dort noch einmal einzubrechen. Ich bin sicher, er wollte potentiell belastendes Material beiseiteschaffen.«

»Aber ihr habt doch nichts gefunden.«

»Weil wir nicht wussten, wonach wir suchen sollten, oder ... weil Markwart etwas verborgen hatte, das selbst mir und meinem Team nicht aufgefallen ist.« Jessica tippte mit einem Finger auf meine Nasenspitze. »Du hast im Dunklen den Zeitungsständer umgeworfen, richtig?«

»Richtig.«

»Am nächsten Morgen waren die Schmuddelhefte wieder fein säuberlich einsortiert, also habe ich mir die Pornos mal etwas genauer angesehen und siehe da ...« Jessica schaltete die Raumbeleuchtung aus und schob die linke Ecke eines Magazins unter eine elektronische Lupe. »Sieh mal genau hin.«

Ich sah wie befohlen durch das Okular. »Hübsche Zähne.«

»Macho.« Ich konnte Jessica in meinem Rücken schmunzeln hören. Sie stützte sich mit einem Arm auf meinen vornübergebeugten Schultern ab. Mir wurde abwechselnd heiß und kalt. »Regle die Vergrößerung hoch ...«

»Okay.«

»Was fällt dir auf?«

»Da ist ... eine Art Kante, rechtwinklig. Aber was soll mir das sagen?«

Jessica stützte ihr Kinn in meinem Nacken ab. Ihr Atem fuhr warm über meine Wange. Unendlich langsam schob sie das Heft nach oben.

»Es ist ein Abdruck, Jonesy.«

»Aha.« Ich vermochte mich kaum zu konzentrieren. Jessicas Nähe machte mich halb schwindelig. »Ein Abdruck also ... wovon?«

»Ich vermute, von einem anderen Blatt Papier, das zwischen diesen beiden Seiten eingeklemmt war.«

»Wow, das hat er gesucht?«

»Und sehr leicht gefunden, da du den Kram hübsch auf dem Boden verteilt hast. Dadurch sind die lose eingelegten Blätter wahrscheinlich herausgefallen und der Killer konnte sie, nachdem ihr euch verdrückt hattet, in aller Ruhe einsammeln.«

»Die anderen Magazine weisen ebenfalls diese Druckstellen auf?«

»Noch zwei.«

»Scheiß der Hund drauf.«

»Allerdings. Dieser Abdruck ist mit dem bloßen Auge kaum zu erkennen. Wenn überhaupt, haben meine Leute die Pornos zwar zur Kenntnis genommen und ganz sicher die Oberfläche untersucht, die Deckblätter und Rückseiten, aber nicht den zusätzlichen Inhalt, nicht jedes einzelne Blatt.«

»Na klar, das ist verständlich, wozu auch.«

Jessica löste sich geschmeidig von mir und schaltete zumindest eine

Deckenlampe wieder an. Enttäuscht seufzend ließ ich mich auf einen Stuhl fallen.

»Also«, fasste ich zusammen. »Markwart hat irgendwelche Schriftstücke oder vielleicht auch Aufzeichnungen persönlicher Natur zwischen Latex und den Dominas versteckt. Aber was kann so wichtig sein, dass es den Mörder wieder auf den Plan ruft, da muss einfach eine Verbindung bestehen.«

»Du bist der Detektiv, ich liefere nur Hinweise.«

»Liebesbriefe?«

»Hm?« Jessica drehte einen Stuhl um und setzte sich mir gegenüber, das Kinn auf die Lehne gestützt.

»Vielleicht war Markwart schwul und er hat die Briefe seines Lovers dort verborgen.«

»Aber es sind ganz eindeutig keine Schwulenmagazine«, überlegte ich. »Aber die Idee mit den Liebesbriefen ist trotzdem gut. Vielleicht sind es die hingebungsvollen Zeilen seiner Geliebten, die zufällig mit unserem Killer verbandelt ist, dann könnte sein Name fallen. Das ist wirklich klasse, Jess, das ist ein neuer Ansatz! Markwart spannt dem Killer die Braut aus, er stellt ihn zur Rede und Bingo, er dreht durch und schlachtet ihn ab.«

»Das ist in sich schlüssig, erklärt aber leider nicht die Folgemorde«, ernüchterte mich Jessica.

»Auf den ersten Blick zumindest nicht«, gab ich zu. Nach einer kurzen Pause ergänzte ich: »Leider auf den zweiten auch nicht.«

Polizeipräsidium Duisburg, im Büro von Hauptkommissar Bröker

»Morgen läuft die Wochenfrist aus.« Der bullige Chefermittler tigerte wie ein gefangenes Raubtier durch sein Büro. »Die Geier haben schon Übertragungswagen vor dem Präsidium positioniert. Warten auf das nächste Opfer. Was ist mit der Drohne?«

»Fliegt.«

»Können Sie auch in ganzen Sätzen kommunizieren?«

»Die Drohne ist einsatzbereit und unternimmt gerade einen Testflug«, referierte ich artig.

»Na bitte, geht doch.« Bröker drehte die nächste Runde um seinen Schreibtisch. »Tja, wie immer dem auch sein. Was meinen Sie, Dawson, bleibt der Täter bei seinem Verhaltensmuster? Wird er innerhalb der Sieben-Tage-Frist zuschlagen?« Bröker sah mich fast hilflos an. Irgendwie tat mir der ungehobelte Klotz schon leid, er stand mächtig unter Druck, der Polizeipräsident, der Herr Minister des Inneren, die Presse, die immer unruhiger werdende Öffentlichkeit.

»Ich bin mir nicht zu hundert Prozent sicher, ob das bisher eingehaltene Zeitfenster wirklich zu seinen unumstößlichen Grundregeln gehört. Wenn das so ist, dann bleiben ihm noch sechsunddreißig Stunden.«

»Die Wahnwitzigen von der Boulevardpresse lassen im Internet eine Uhr rückwärtslaufen. Eine Wettplattform hat verschiedene Orte angeboten, an denen das Verbrechen stattfinden könnte. Da können Sie Ihre Kohle setzen, Dawson. Das ist vollkommen pervers.«

»Er hat bislang alles Gewünschte erreicht«, stellte ich ruhig fest. »Aufmerksamkeit ohne Ende, die sogar eine gewisse Anerkennung beinhaltet, weil wir seiner nicht habhaft werden können. Die Nummer mit den versteckten Hinweisen in *Hymnen an die Nacht* verleiht dem Ganzen noch eine besonders pikante Note.«

»In der örtlichen Buchhandlung ist Novalis ausverkauft.«

»Tja, später Ruhm für den unglücklichen Dichter.«

»Fehlt nur noch, dass irgendein Rapper den ganzen Müll vertont.«

»Die Ankündigung des Augenzeugen war kontraproduktiv.« Ich sah den Mann auffordernd an.

»Ach wirklich? Warum das?«, wollte Bröker kleinlaut wissen.

»Weil unseren Sprüchen keine Taten folgten.« Ich betonte ausdrücklich das *wir*, damit sich Bröker nicht noch weiter in die Enge getrieben fühlte. »Der Mörder war sicher zunächst geschockt, aber da in seiner direkten Umgebung nichts passiert ist, weiß er inzwischen, dass wir nur geblufft haben. Das wird ihn nur noch mehr anspornen uns vorzuführen.« Ich fieselte einen Kaugummi aus seiner Aluverpackung. »Ich benötige noch zwei Kollegen, die Eddie Klus mit der Drohne unterstützen, schließlich kann der arme Kerl nicht permanent dieses Teil steuern.«

»Sollen Sie bekommen.« Bröker strich sich über seinen Bürstenhaarschnitt. »Was halten Sie von einer Radioansprache?«

»Mit welchem Inhalt?«

»Eine Warnung natürlich.« Er blähte seine Backen auf wie eine Bulldogge. »Wir sagen den Leuten, dass sie bis Sonntagmorgen möglichst ihre Häuser und Wohnungen nicht verlassen sollen, dass aber auf keinen Fall jemand allein in der Gegend herumeiert.«

»Das kommt fast einer Kapitulation gleich.«

»Aber es könnte ein Menschenleben retten«, begehrte Bröker auf. Ihm war sichtlich daran gelegen, überhaupt Initiative zu zeigen.

»Dann schlägt er am Montag zu und lacht sich über uns kaputt, wahrscheinlich im Chor mit der Presse.«

»Elender Bockmist, wir können doch nicht einfach nichts tun.«

»Ohnmacht ist eine der schlimmsten Erfahrungen, die das Leben für uns bereithält.«

»Liebe Güte, diesen halbseidenen Sermon können Sie für sich behalten. Was ist das für eine Geschichte mit irgendwelchen Briefen, die Markwart zwischen Titten und Ärschen versteckt hatte?«

»Wenn wir das wüssten, dann wären wir einen gewaltigen Schritt näher dran. Wissen wir aber nicht.«

Hotel Wyndham, Bar

»Ich habe noch sieben Namen für euch.« Eddie schob mir einen handgeschriebenen Zettel über den Tisch. Eine überaus lustlose junge Kellnerin servierte uns trockenen Martini und zwei doppelte Glenfiddich.

»Damit sind wir bei vierunddreißig«, stellte ich nüchtern fest. Sascha nahm das Papier an sich.

»Zweiunddreißig«, korrigierte sie gähnend. »Die ersten beiden Herrschaften mit dem Vornamen Jürgen auf unserer Liste habe ich heute gecheckt. Der eine liegt mit Leberzirrhose im Kaiser-Wilhelm-Krankenhaus in Hamborn und der andere ist seit drei Wochen auf einer Kreuzfahrt in der Karibik.«

»Sicher?«, hakte ich nach.

»Todsicher, die ganze Hausgemeinschaft wusste Bescheid. Das macht der Typ wohl jedes Jahr, gönnt sich wohl sonst nicht viel. Die Anfrage zur Überprüfung der Passagierliste steht noch aus.«

»Okay, machen wir morgen mit geballter Power weiter.«

»Ich steige mit ein, wenn ihr wollt«, offerierte Eddie, offensichtlich bester Laune.

»Wow, hast du Drogen genommen?«, wunderte sich Sascha. »Du bist ja aufgedreht wie ein Stehaufmännchen.«

»Bleib du mal bis morgen bei der Drohne«, gab ich müde zurück.

»Nee, alles gut. Die Drohne fliegt. Ich übernehme die Nachtschicht. Wir sind auf Kurs. Vielleicht landen wir noch heute Nacht den Haupttreffer und können bald deine ungastliche Heimatstadt verlassen.«

»Das wäre zu schön um wahr zu sein.« In Gedanken überschlug ich die Fahrzeit von Duisburg bis nach Moselkern. Zwei Stunden, nicht viel mehr. »Mir ist es lieber, wenn du das Teil überwachst. Eine Eingreiftruppe und ein Hubschrauber stehen auf Abruf bereit.«

»Vielleicht ist morgen der Spuk vorbei und du hattest den richtigen Riecher. Der Täter kann das Gelände ruhig auskundschaften, die Drohne ist unfassbar leise, die wird er wohl kaum bemerken.«

»Eigentlich müsste er heute Nacht zuschlagen«, überlegte Sascha, gedankenverloren die aufgespießte Olive in ihrem Glas herumrührend. »Oder in den frühen Morgenstunden.« Unsere Handys lagen griffbereit auf dem Tisch. Einen guten Drink hatte ich genehmigt. Es würde eine lange Nacht werden, dessen war ich mir sicher.

»Cheers.« Ich stürzte den Whisky in einem Zug hinunter.

»Leg dich doch 'ne Stunde hin, wir sind sowieso wach und haben dich im Nullkommanix geweckt«, schlug Sascha vor.

»Hat keinen Sinn, ich kann jetzt nicht schlafen. Funktioniert denn die Nachtsichtkamera der Drohne?«, wollte ich wissen.

»Bestens, alles gut, aber das Gelände ...«

»Ist riesig, ich weiß. Dennoch, er muss sein Opfer ja irgendwie dorthin bekommen und er wird nicht vollkommen im Dunklen agieren können, da sind keine Laternen, keine Lichtquellen.«

»Also, mindestens 'ne kleine Taschenlampe«, vermutete Sascha.

»Ja, ich hoffe.« Sehnsüchtig sah ich auf das beleuchtete Arsenal an Flaschen auf dem Regal hinter der Bar. »Ich bestell mal 'ne Runde Cola, wenn's recht ist.«

Die Stunden tröpfelten wie zäher Sirup dahin. Die Bar schloss gegen halb zwei, Sascha und ich verlegten unser Quartier jetzt auch in den Drohnen-Überwachungsraum, in dem seit Mitternacht Eddie die Regie führte. Die Bilder waren erstaunlich scharf. Hell schimmernde Gleise, dunkle Gebäude, bizarren Riesen gleich, Kräne, ein paar zurückgelassene Güterwagons. Monströse Gestalten in einer apokalyptischen Kulisse.

Zwischendurch nickte ich immer mal wieder weg. Als ich gegen vier Uhr aufwachte, stellte ich gerührt fest, dass Sascha eine Decke besorgt und über mich ausgebreitet hatte. Die Drohne war noch immer on tour. Eddie trällerte immer noch *Moonlight Shadow.*

Eine Bedienung brachte frischen Kaffee, eine halbe Stunde später belegte Brötchen und Schalen mit Obst und Nüssen. Der Service ließ keine Wünsche offen, aber unser Mörder spielte einfach nicht mit.

»Das wird nichts mehr«, meinte Eddie, den urplötzlich seine gute Laune verlassen zu haben schien. Einer der Beamten löste ihn am Bildschirm ab, ein weiterer startete den nächsten Rundflug über das still gelegte Areal der Deutschen Bahn. »Der Kerl verarscht uns doch nur.«

Ich rappelte mich auf und wählte die Nummer der Einsatzzentrale. Ein verschlafener Adrian Kaczor meldete sich.

»Gibt es irgendwelche Meldungen aus dem Stadtgebiet?«, fragte ich. »Hat er irgendwo anders zugeschlagen?«

»Bis jetzt keinerlei verdächtige Meldungen. Nur das Übliche, Schlägereien in Hamborn und Beek, wahrscheinlich zwei rivalisierende Banden, ein illegales Autorennen auf der B8 zwischen Neumühl und Walsum, ein paar Einbrüche im Süden, eine vermisste Katze in der City, besoffene Randalierer auf dem Kaiserberg, ein Notruf von einer misshandelten Ehefrau, die nach Eintreffen unserer Leute die übliche Geschichte vom Treppensturz parat hatte ... also, nur eine ganz normale Samstagnacht in Duisburg.«

»Kein Mord, kein Brandopfer, das überlebt hat?«

»Nichts dergleichen.«

»Danke.« Ich legte auf. Müde und frustriert vergrub ich mein Gesicht in beiden Händen.

»Die Nacht ist noch nicht vorbei, Jonathan«, versuchte Sascha mich aufzumuntern. Ich fragte mich, wie man so ekelhaft fit und ausgeglichen sein konnte. »Er kann noch immer zuschlagen. Es ist jetzt gleich fünf, also wird es noch etwa zwei Stunden stockdunkel sein.«

»Nein, das passt nicht zu ihm, da passiert nichts mehr.«

»Sollen wir abbrechen?«, fragte einer der Einsatzkräfte.

Fast hätte ich *Ist mir scheißegal* geantwortet.

»Lassen Sie den Vogel kreisen, bis die Sonne aufgeht. Wir wollen uns nicht vorwerfen lassen, frühzeitig aufgegeben zu haben.«

Kurz vor acht brachen wir die Aktion ab. Nichts war passiert, nicht auf dem Eisenbahngelände, aber auch nicht im Rest des Stadtgebietes. Wie ich es bereits befürchtet hatte, legte der Täter eine Pause ein. Übermüdet wankte ich in mein Hotelzimmer und warf mich in voller Montur auf das Bett.

Kapitel 16

Duisburg Innenstadt, auf der Kö (Fußgängerzone)

»Jürgen Schmitz, wenn das mal nicht der Name eines brutalen Serienmörders ist.« Ich sah Sascha schief lächelnd von der Seite an. »Tonhallenstraße 2.«

»Das ist gleich um die Ecke.« Nach einer durchwachten Nacht, einem komatösen kurzen Schlaf und einem Frühstück auf den letzten Drücker marschierten wir durch einen trostlos verwaschenen Novembertag. Es begegneten uns kaum Menschen auf der Königstraße, der Fußgängerzone der Duisburger City. Nach Geschäftsschluss und an Sonn- und Feiertagen war die Innenstadt ziemlich tot. Die Eisdielen hatten geschlossen und für die Wintermonate untervermietet, dort gab es jetzt Kekse, Aachener Printen und Weihnachtsdekoration in allen schrecklichen Variationen. Die Brunnen waren abgeschaltet und warteten auf den nächsten Frühling. Vor dem Café Dobbelstein fuhren ein paar Kids auf ihren Skateboards lustlos und gelangweilt auf und ab.

»Jonathan, wenn wir hier fertig sind, dann lade ich dich wenigstens für ein Wochenende auf den Hof meiner Eltern ein. Hier bekommt man ja Depressionen, wir brauchen mal 'nen weiten Himmel, keine Häuserschluchten, salzige Luft und ein freies Herz. Sag bloß nicht nein, sonst kündige ich dir die Freundschaft.«

Ich lachte leise.

Wir erreichten den vierstöckigen Wohnblock in der Tonhallenstraße. Die Namensschilder am Klingelkasten waren einheitlich ausgedruckt, ich drückte den Knopf neben Jürgen Schmitz. Die Gegensprechanlage knackte laut.

»Ja, bitte.«

»Herr Schmitz, bitte entschuldigen Sie die Störung, hier spricht Jonathan Dawson vom Sondereinsatzkommando des BKA, bei mir ist Kommissarin Brinkmann aus derselben Einheit.«

»Na und?«

»Herr Schmitz, wir haben ein paar Fragen an Sie.«

»Ich hab nix verbrochen.«

»Nein, das sagt ja auch keiner ... Wenn Sie uns kurz hereinlassen würden?«

»Und wenn nicht?«

Ich atmete tief durch, das ging ja gut los. Direkt der erste Jürgen machte schon Ärger.

»Wir können Sie auch auf das Präsidium vorladen, wenn Ihnen das lieber ist.«

Kommentarlos summte die Tür. Wir stiefelten durch ein peinlich sauberes Treppenhaus bis in die dritte Etage. Jürgen Schmitz empfing uns in einer Art Hausanzug aus Kord, dunkelbraun, Siebzigerjahre Retro-Look, und plüschigen grünen Hausschuhen.

»So, darf ich nun vielleicht erfahren, warum unbescholtene Bürger am heiligen Sonntag belästigt werden?«

Ich wusste aus den Angaben des Einwohnermeldeamtes, dass Schmitz fünfzig Jahre alt war, allerdings hätte ich ihn auf deutlich älter geschätzt.

»Dürfen wir vielleicht hereinkommen?«

»Nein! Nicht ohne Durchsuchungsbeschluss.«

»Hören Sie ...«

»Ist mal wieder einer im Haus durchgedreht?«

»Was? Nein, wie kommen Sie denn darauf?«

»Weil ein paar rechte Holzköpfe nicht kapieren, dass der Paragraph 175 vor dreißig Jahren abgeschafft wurde.« Schmitz redete sich richtig in Rage. Hinter dem Guckloch der gegenüberliegenden Wohnungstür blitzte es kurz auf. »Ja, spionier mir ruhig nach, du elender Drecksack.«

»Paragraph 175?«, fragte Sascha unbedarft.

»Stellte Homosexualität unter Strafe«, erklärte ich Sascha. »Das war vor deiner Zeit.«

»Herr Schmitz, nur eine kurze Frage, dann sind wir auch schon wieder weg.«

»Was denn?«

»Am letzten Samstag, zwischen einundzwanzig und ein Uhr morgens, wo waren Sie da?«

»Samstag ... da waren wir erst im Kino. Wir waren im Programmkino am Dellplatz. Es lief *Endstation Sehnsucht* mit James Dean.«

»Sie sagten *wir*, Herr Schmitz, Sie waren also nicht allein«, griff Sascha schnell den Faden auf.

»Bert und ich waren zusammen dort. Bert ist mein Freund, wir sind schon seit sechs Jahren zusammen, glücklich.« Schmitz beruhigte sich kurzzeitig. »Nach dem Kino haben wir uns eine Pizza geteilt und dann sind wir zu meinem Schatz, der wohnt in Meiderich, da leben nicht so viele scheinheilige Spießer wie hier in der Innenstadt.«

»Sie waren also den ganzen fraglichen Abend mit Ihrem Lebensgefährten zusammen«, resümierte ich.

»Und die Nacht, Herr Inspektor, und die ganze Nacht.« Schmitz grinste anzüglich. Warum nannten mich eigentlich alle Leute Inspektor? Wahrscheinlich lag es an dem englischen Nachnamen, beantwortete ich mir die Frage selbst.

»Gut, dann war es das schon, Herr Schmitz. Wenn Sie uns den vollständigen Namen und die Anschrift von Ihrem Partner geben könnten?«

»Kein Problem. Worum geht es denn überhaupt?«

»Das dürfen wir Ihnen leider nicht sagen, Herr Schmitz.« Sascha hatte die Daten von Bertram Schüller notiert. »Vielen Dank für Ihre Kooperation und ... lassen Sie sich nicht von ein paar ewig Gestrigen das Leben versauen.«

»Ja, danke auch.«

»Wer ist der nächste auf unserer Liste?«

»Jürgen Koloci, wohnhaft Moltkestraße 17, Stadtteil Duissern.«

»Puh, das ist recht weit, wenn wir zu Fuß gehen.«

»Wie weit?«

»Halbe Stunde.«

»Musst du entscheiden, ich würde gern noch ein paar Schritte laufen. Nach dieser Nacht tut frische Luft ganz gut, Bewegung sowieso. Es regnet ja auch nicht.«

»Na schön«, ergab ich mich in mein Schicksal.

Wir schlenderten durch den gut besuchten Bahnhof und gönnten uns einen Cappuccino to go in einem Pappbecher und frisch gebackene Waffeln mit Puderzucker.

»Noch einunddreißigmal Jürgen on the Rocks«, jammerte ich. »Und das Ganze höchstwahrscheinlich für Noppes.«

Jürgen Koloci konnten wir ebenfalls sehr schnell von unserer Liste potentieller Kandidaten streichen. Inmitten unzähliger Katzen, die seine fünfundvierzig Quadratmeter große Wohnung bevölkerten, fristete der einbeinige ehemalige Bergmann ein bescheidenes Dasein. Er sei vor zwanzig Jahren unter Tage von einer außer Kontrolle geratenen Lore überrollt worden und hatte dabei erst den linken Fuß verloren, dann Stück für Stück den Rest des Beines, das sich einfach nicht mehr richtig durchbluten ließ.

Jetzt kaufte ein Nachbar regelmäßig für ihn ein. Mit der Erwerbungsunfähigkeitsrente und den Zuwendungen der Ruhrkohle AG komme er halbwegs über die Runden.

»Was für ein Leben.« Sascha wirkte ziemlich betroffen. »Eine winzige Bude, trostlos wie eine Gefängniszelle, kaum soziale Kontakte und trotzdem wirkte der Mann recht zufrieden.«

»Du vergisst die Katzen.«

»Das kann doch nicht alles sein.«

Halb drei, mein Magen meldete sich lautstark. Ich telefonierte kurz mit Eddie, der auch heute wieder erstaunlich guter Laune war. Er hatte keine Lust sich mit uns zum Essen zu treffen. Gernot Bröker hatte ebenfalls keine Neuigkeiten anzubieten.

»Kein Mord, kein Toter, gar nichts, eine saumäßig ruhige Nacht. Was treiben Sie eigentlich den lieben langen Tag, Dawson?«, ranzte er mich an. »Sightseeing, oder was?«

»Wir gehen verschiedenen Spuren nach.«

»Scheiße, Dawson, was hat das zu bedeuten?«, brüllte Bröker. »Ich will nicht immer mit irgendwelchen Phrasen abgespeist werden. *Wir gehen verschiedenen Spuren nach.* Das ist Bullshit, Dawson.«

»Er macht eine Pause.«

»Ach nee, das ist ja 'n Ding, da wäre ich von allein gar nicht draufgekommen.«

»Ich muss jetzt Schluss machen.«

»Machen Sie doch, was Sie wollen.«

»Sehr gern.«

Sascha sah mich schief an. »Der ist bald durch, oder?«

»Sieht so aus.«

»Wer ist denn der Nächste auf unserer Liste?«

»Warte ...« Sascha kramte in einer ihrer unzähligen Taschen. Dieser Mantel war wirklich ein Phänomen, genau wie die darin steckende junge Frau. »Jürgen von Brenzlau, Ludgeriplatz 12 in Neudorf.«

»Können wir auch noch zu Fuß machen, ich kenne mich ja aus.« Wir brachen auf.

Der Marsch in den Stadtteil Neudorf dauerte eine gute halbe Stunde. Gegen halb vier überquerten wir die Mülheimer Straße, den letzten Rest des Tageslichtes ausnutzend. Vorbei an dem ehemaligen Wahlamt der Stadt, welches jetzt zu einem Asylantenheim umfunktioniert worden war. Auf der kleinen Treppe lümmelte sich eine Traube von Jugendlichen, die alle auf ihre Smartphones starrten. Ein getragener Singsang, dann eine laute Tirade in einer mir unbekannten arabischen Sprache. Plärrende Kinder, ein betörend exotischer Duft von Curry, Knoblauch und Koriander.

Auf Höhe der Oststraße bogen wir links in Richtung Ludgeri Kirche ab. Der Turm des Gotteshauses zeichnete sich hell gegen den immer dunkler werden Himmel ab. Die Glocken schlugen viermal.

»Hat Duisburg eigentlich einen schönen Weihnachtsmarkt?«

»Wieso?«

»Na, so wie es aussieht, sind wir dann noch hier.«

»Lieber Himmel.« Weihnachten, das schien mir noch unendlich weit weg zu sein. »Keine Ahnung. Ich war seit Ewigkeiten nicht mehr hier. Außerdem stehe ich nicht auf Glühwein. Das ist billige Plörre, die direkt in den Schädel geht. Nichts für mich.«

»In Halbemond ist nur an einem Wochenende Weihnachtsmarkt, aber dann geht voll die Post ab, mit Tanz, Bosseln und all so 'n Kram.«

»Ja, das Fest der Besinnung, der Stille und des Friedens«, bemerkte ich sarkastisch. »Der Tag, an dem wir uns an unseren Erlöser erinnern und sei es bei Schnaps, Spiel und Gesang.«

»Spielverderber.« Ich grinste gutmütig. »So, da sind wir. Mensch ist die Kirche groß, katholisch, oder?«

»So ist es. Mach mal bitte die Taschenlampe an deinem Handy an, die Namensschilder sind nicht beleuchtet.« Da war die entsprechende Klingel. Ich drückte den Knopf und legte mir den üblichen Spruch parat. Keine Reaktion. Ich versuchte es ein zweites Mal.

»Zu wem wollen Sie denn?«, fragte eine dunkle Stimme in unserem Rücken. Ein drahtiger Mann mit grau melierten Haaren und teurem beigen Kamelhaarmantel stand direkt hinter uns.

»Zu Herrn von Brenzlau.«

»Nun, das bin ich.« Wir zückten unsere Dienstausweise. »BKA, sieh mal einer an. Womit habe ich diese Ehre verdient?« Aalglatt und höchst eloquent. »Geht es um einen meiner Mandanten?«

»Sie sind Anwalt?«

»Ganz recht, junge Dame. Das wussten Sie gar nicht, dann geht es wohl um mich. In diesem Fall ist das Gespräch beendet.«

»Nun mal langsam, Herr von Brenzlau.«

»Wenn Sie mich bitte durchlassen würden, ich habe zu tun.«

»Was soll der Quatsch, warum diese völlig unnötig abweisende Haltung?«, insistierte ich. Es war kalt und feucht, da kam mir ein eingebildeter Rechtsverdreher gerade recht.

»Das macht Sie höchstens verdächtig«, ergänzte Sascha lauernd. Aufreizend langsam fieselte sie ein Pfefferminzbonbon aus einer Packung.

»Ja, glauben Sie denn, ich wäre als Kind vom Wickeltisch gefallen oder zu heiß gebadet worden? Natürlich geht es um die rechtsradikalen Klienten, die ich vertrete.« Das fein geschnittene Gesicht des Anwalts spiegelte Arroganz und Widerstandswillen. »Aber da sind Sie bei mir an der falschen Adresse, das sind auch Menschen.«

»Was, nein«, entgegnete ich genervt.

»Geschäft ist Geschäft, Herrschaften, wenn ich es nicht tue, finden diese beschissenen Nazis andere Anwälte, die mit ihnen vor Gericht ziehen. Ich werde mein Mandat auf keinen Fall niederlegen.«

»Sie sind auf dem völlig falschen Dampfer, Herr von Brenzlau«, beteuerte ich. »Wir kennen weder Ihre Klienten, noch Ihre Geschäftspraktiken. Wir sind lediglich hier, um Sie zu fragen, wo Sie Samstag vor einer Woche zwischen neun Uhr abends und ein Uhr in der Nacht waren.«

Misstrauisch kniff der Anwalt die Augen zusammen.

»Das ist einfach simple Polizeiarbeit, und nein ... ich kann Ihnen nicht sagen, warum wir ausgerechnet Ihnen diese Frage stellen.«

»Dann muss ich sie wohl auch nicht beantworten«, erwiderte er schnippisch.

»Nicht jetzt und heute, wenn Sie sich weigern, aber sehr wohl nach einer förmlichen Vorladung, wenn Ihnen das lieber ist. Mir ist kalt, ich habe nasse Füße und jede Menge Frust, den ich vor mir herschiebe. Also, überlegen Sie sich gut, wie Sie reagieren wollen.« Gerne hätte ich von Brenzlau aus seinem gediegenen Mantel geschüttelt. »Ich würde ein wenig Entgegenkommen jetzt ausgesprochen hilfreich finden.«

Einen Moment schien der Anwalt mit sich zu ringen, dann zeigte er sich doch kooperativ. »Ich war mit einem Klienten in der Villa Patrizia zum Essen verabredet. Ich denke nicht, dass Sie in diesen Kreisen verkehren«, ergänzte von Brenzlau noch hochnäsig.

»Das ist der Nobelschuppen an der Mülheimer Straße«, vermutete ich.

»Ganz recht, wir hatten das Menü für einhundertzwanzig Euro, möchten Sie Einzelheiten wissen? Es war ganz exquisit.«

»Wann haben Sie sich mit wem getroffen und wie lange waren Sie dort?«

»Wir trafen uns um halb neun und sind bis kurz vor Mitternacht geblieben. Den Namen meines Klienten bekommen Sie nicht ohne Gerichtsbeschluss. Da gibt es nichts zu verhandeln.«

»Ist ja schon gut«, lenkte ich genervt ein. »Das Personal des Restaurants kann Ihre Anwesenheit bezeugen?«

»Ganz sicher.«

»Anschließend sind Sie mit dem Wagen nach Hause gefahren?«, setzte Sascha nach. Ich wusste schon, dass wir einen weiteren Namen von der Liste streichen konnten. Von Brenzlau lachte gekünstelt, er war ein eingebildeter Schwachkopf, aber keinesfalls unser Serienmörder.

»Nein, dazu war ich nicht mehr fähig, der Chianti war vorzüglich. Ich habe ein Taxi genommen.«

»Welche Agentur?«

»Was weiß ich, Taxi Duisburg oder so ähnlich heißt der Laden, sechsmal die drei wählen.«

»Was geschah dann?« Sascha ließ nicht locker. Sie mochte den Anwalt ebenso wenig wie ich.

»Wertes Fräulein, ich bin die Treppen hochgewankt und habe es gerade noch geschafft mich aus dem Anzug zu pellen. Möchten Sie vielleicht noch wissen, was ich geträumt habe?« Das Lächeln war wirklich ekelhaft überheblich. Ich konnte mir den Schleimbeutel sehr gut vor Gericht vorstellen.

»Okay, wir behalten uns vor, doch noch den Namen Ihres Klienten zu erfragen«, beendete ich die fruchtlose Diskussion.

»Tun Sie, was Sie nicht lassen können. Einen schönen Abend noch und viel Erfolg beim Klinkenputzen.« Von Brenzlau lachte hämisch. »Ach, übrigens, wie wäre es, wenn Sie diesen verdammten Irren jagen würden, der hier haufenweise Leute umbringt, anstatt harmlose Steuerzahler zu nerven?«

»Ja, danke auch für den Tipp.«

»War ausnahmsweise kostenlos.«

Die Tür fiel ins Schloss, der Herr Anwalt schwebte von dannen.

Randgebiet der Duisburg Innenstadt

Jürgen Bresonik öffnete nach einmaligem Klingeln die Tür. Als Erstes fiel mir sein unsteter Blick auf, dann seine langen, ungepflegten Fingernägel. Hinter einem altmodischen Metallgestell zuckten die Augenlider unkontrolliert. *Wie ein Mensch, der etwas zu verbergen hat.* Unwillkürlich taxierte ich seinen Körperbau. War das ein Mann, der fünf andere Menschen umbringen konnte?

»Herr Bresonik, wir führen eine reine Routinebefragung durch«, begann Sascha Brinkmann.

»Warum geht es denn?« Die Stimme vibrierte übernervös.

»Wie gesagt, reine Routine, es geht nur um die Überprüfung eines Alibis.«

»Alibi?« Die Stimme war jetzt ein schriller Warnton.

»Samstag, der fünfte November, Herr Bresonik, wenn Sie uns einfach sagen würden, wo Sie sich zwischen neun Uhr abends und ein Uhr in der Nacht aufgehalten haben, dazu nennen Sie uns idealerweise eine Person, die dies bezeugen kann.«

»Ich war hier«

»Sie haben sich also in Ihrer Wohnung aufgehalten«, stellte Sascha sachlich fest.

»Ich gehe nicht raus.«

»Sie arbeiten nicht, Herr Bresonik?«

»Die finden nichts für mich.«

»Wer ist ... die?«

»Na, die Fuzzis vom Arbeitsamt.«

»Okay, noch einmal, Sie waren also daheim. Kann das jemand bezeugen?« Ich überließ Sascha das Feld und beschränkte mich aufs Beobachten. Vielleicht war das tatsächlich unser Mann und er war einfach nur ein begnadeter Schauspieler. Dem Grunde nach passte er vorzüglich in das Täterprofil, mich störte lediglich die extreme Nervosität. Ein Mann, der fünf Menschen umbringt, ist im Regelfall beherrschter und kontrollierter.

»Ich lebe allein, ich mag keine Menschen.«

Nicht mal ungeschickt. Ich tastete beiläufig nach meiner Walther PK, kam mir dann aber doch reichlich albern vor.

»Okay, dann noch ein Datum«, fuhr Sascha geduldig fort.

»Ich bin immer zu Hause, ich gehe nur zum Einkaufen raus, einmal in der Woche und zum Monatsanfang, meine Stütze abheben. Dann kaufe ich direkt für den ganzen Monat ein. Ich bin nicht gerne draußen, es ist zu hell, zu groß, zu viele Menschen.«

»Sie mögen keine Menschen, Herr Bresonik?«, wiederholte Sascha.

»Doch, doch, nur nicht viele auf einem Haufen.«

Unsere Blicke trafen sich. Da war ein verborgenes Feuer. Sascha runzelte resignierend die Stirn. Das würde hier zu nichts führen, der Mann hatte kein Alibi, für keine der infrage kommenden Nächte, wie sich recht bald herausstellte.

»Also gut, Herr Bresonik, das war es erst einmal.«

»Kann ich reingehen?«

»Eine Frage noch.« Bresonik zuckte zusammen. Meine Stimme hatte er noch gar nicht wahrgenommen. »Sie sind in Walsum zur Schule gegangen?«

»Schule?« Er stülpte die Lippen weit nach außen. *Wie eine Kaulquappe.* Er hielt sich krampfhaft am Türrahmen fest.

»Zur Realschule, nicht wahr.«

»Ich möchte jetzt hineingehen.«

»Was macht Sie so nervös, Herr Bresonik?«

»Hier draußen ist es nicht sicher.«

»Ja, hier läuft ein Mörder herum, wie Sie bestimmt mitbekommen haben. Sie nennen ihn den Papiermörder. Sie haben doch davon gehört, aus der Zeitung, Radio Duisburg oder im Lokalfernsehen?«

Für den Bruchteil einer Sekunde hoben sich seine Mundwinkel, aber womöglich bildete ich mir das nur ein. Sein Kopf wanderte von Sascha zu mir und wieder zurück, hin und her, ohne Unterlass.

»Ja, da bin zur Schule gegangen. Na und?« Kann ich jetzt gehen?«, fragte er. »Hier draußen geht es mir nicht gut.«

»Sie können jetzt in Ihre Wohnung zurückkehren, Herr Bresonik. Das war es für heute«, beendete ich das Gespräch.

»Für heute?« Schon war er in seinen ängstlichen Singsang zurückgefallen.

»Auf Wiedersehen, Herr Bresonik.«

Wir gingen zurück zu meinem Astra.

»Merkwürdiger Typ, der Erste ohne Alibi. Könnte er es sein?«

»Bresonik?« Ich schüttelte den Kopf. »Nein, ich denke nicht.«

»Aber ganz dicht ist der Kerl auf keinen Fall, der hat was zu verbergen.«

»Ja, das sehe ich genauso, aber unser Täter ist er nicht. Vielleicht ist er einfach nur krank. Irgendwann wird er beschließen, seine Wohnung gar nicht mehr zu verlassen.«

»Was machen wir mit ihm, einfach vom Haken lassen?« Sascha gähnte ausgiebig. »Kann ich die Stiefel ausziehen, ich hab frische Socken an.«

»Nur zu, ich rieche sowieso nix, die Nase ist fast zu. Wir müssen ihn noch mal durchleuchten, aber Bresonik ist es nicht, glaub mir.«

»Ja, ich denke du hast recht. Scheiß Novemberwetter. Wie es Eddie wohl geht?«

»Hm.« Mein Blick fiel auf die Borduhr. Zehn nach elf. »Einen können wir noch, dann gehen wir irgendwo essen, was Richtiges, kein Fastfood.«

»Hört sich gut an, ich schau mal auf unsere Hitliste.« Sascha legte ihre Füße auf der Konsole ab, verrenkte sich akrobatisch, um aus der Hosentasche den Zettel mit den weiteren Namen zu fischen. »Jürgen Hollerbach, Werthacker 63.«

»Das ist ganz in der Nähe der Fundstätte des vorletzten Opfers, Bernd Kohler.«

»Na ja, das will nichts heißen.«

»Nee, spricht eher dagegen, aber was soll's.« Meine Augen brannten, der Kopf wurde schwerer, da war eine Erkältung im Anmarsch. »Der Werthacker ist wie das Dorf von Asterix und Obelix, eine Straße führt in den Stadtteil, ein Schleichweg für Eingeweihte hinaus. Die Siedlung wurde direkt nach dem zweiten Weltkrieg gegründet. Die ehemalige Siedlergemeinschaft ist immer noch aktiv, beziehungsweise deren Nachkommen, alles in Privatbesitz. Am Sankt Martinstag ist dort ganz Duissern zu Gast, alles toll illuminiert, Fackeln in den Vorgärten, Lichterschläuche, Laternen und jede Menge süßer Kram für die Kinder. Tolle Atmosphäre.«

»Ein Stück heile Welt?«

»Zumindest vordergründig.«

Wir bogen vom Ruhrdeich in den Werthacker ein. Schmucke Einfamilienhäuser, entlang der Straße auch Reihenhäuser, die geschickt versetzt die Illusion von Eigenständigkeit vermittelten.

Das Haus am Werthacker 63 war freistehend, direkt gegenüber der *Siedlerklause*, einem von der Anwohnergemeinschaft betriebenen einfachen Lokal, das früher einmal eine kleine freikirchliche Gemeinde beherbergt hatte.

Wir klingelten, aber es schien niemand daheim zu sein. Aus dem Lokal gegenüber kam eine junge Frau und zündete sich eine Zigarette an.

»Entschuldigung, wir suchen Herrn Hollerbach. Ist er da?«, rief Sascha laut. Wir überquerten die Straße.

»Wer will das wissen?« Offensichtlich handelte es sich um die Bedienung der Siedlerklause. Die blonde, etwa zwanzig Jahre junge Frau, trug einen klassischen schwarzen, recht kurzen Rock, eine weiße Bluse und einen Gürtel, an dem eine Tasche hing, aus der ein Block und zwei Stifte herausragten. Wir präsentierten unsere Dienstmarken. »Holla, hat er was ausgefressen, der Hollerbach?«

»Nein, wir haben nur ein paar Fragen, reine Routine.«

»Kommen Sie mit rein, hier ist es feucht und kalt.« Sie schnippte gekonnt den Rest der Kippe in den Gully. »Gibt heute Wirsing und Rouladen.«

»Hört sich gut an.« Sascha und ich wechselten einen kurzen Blick. Wir betraten die *Siedlerklause*. Ein L-förmiger Tresen, blank gewienert, acht Tische, an den Wänden gut gepolsterte Bänke, bayrisch anmutende Tischdecken.

»Ist noch vom Oktoberfest die Deko. Darf ich Ihnen etwas bringen?«

»Einen Tee.«

»Aha, und die junge Lady?«

»Einen doppelten Whisky.«

Die Bedienung lachte, das Eis schien gebrochen. »Wirklich?«

Sascha erwiderte die offene Geste und lächelte gewinnend zurück. »Nee, natürlich nicht, ich nehme einen Cappuccino. Darf ich nach Ihrem Namen fragen?«

»Julia ... Julia Pulina.«

»Das klingt ...«

»Polnisch. Ich bin eine Zugereiste, wie man so schön sagt. Habe in neun Monaten das C1-Sprachniveau erreicht.«

»Respekt, was verschlägt eine wie Sie in dieses, ich bitte um Verzeihung, triste Etablissement?«, fragte Sascha neugierig.

»Sehr gute Frage.« Julia drückte ein paar Knöpfe an einer großen Kaffeemaschine. Es zischte und brodelte, dann roch es verführerisch nach frisch gemahlenen Kaffeebohnen. »Sagen wir's mal so ... ich bin gestrandet. Ich war zu Besuch bei meinen Großeltern, die wohnen in Meiderich, abends natürlich raus in die Weltstadt Duisburg. Da habe ich in einer Kneipe einen Typen kennengelernt, Maxi, ein echter Scheißkerl, aber das habe ich zu spät erkannt. Habe zu Hause alle Zelte abgebrochen und bin zu ihm gezogen.« Sie servierte unsere Getränke und legte großzügig Waffelröllchen dazu. »Nach zwei Monaten hatte er mich satt und auf die Straße gesetzt.«

»Arschgeige.«

»Eine Freundin wusste, dass diese Kaschemme hier einen neuen Pächter sucht und da habe ich blöderweise zugegriffen.«

»Das läuft nicht gut?«, fragte ich.

»Doch, eigentlich schon, aber die Leute hier sind, wie soll ich es möglichst neutral formulieren ... merkwürdig.«

»Inwiefern?«

»Na, die kochen echt nur im eigenen Saft, die wollen möglichst gar keine Außenstehenden hier im Dorf haben. Die Häuser bleiben immer im Familienbesitz, von Generation zu Generation, das ist die reinste Vetternwirtschaft und Inzucht. Mich tolerieren sie nur, weil sie keinen Dorfbewohner überreden konnten diesen Laden zu betreiben.«

»Wow, das hätte ich nicht für möglich gehalten«, spottete Sascha. »Halbemond in einer Großstadt. Das ist echt lustig.«

»Ich verstehe nicht.«

»Ach, ich bin in einem Dorf in Ostfriesland groß geworden, das die gleichen Strukturen aufweist, bloß nix Neues zulassen, Veränderungen sind grundsätzlich schlecht und Fremde erst mal Feinde.«

Julia Pulina nickte verstehend. »Sie zahlen mir jetzt ein monatliches Festgeld, nur dafür, dass ich keine Werbung für mein Lokal mache. Ist irre oder? Ich bekomme Kohle dafür, dass ich die Füße stillhalte.«

»Liebe Güte«, wunderte ich mich.

»Geld für's nix tun. Ansonsten habe ich nur Kundschaft aus dem Werthacker. Die haben hier alle ziemlich viel Knete an der Backe. Es gibt immer reichlich Trinkgeld.« Julia schüttete sich Kaffee in einen Becher. »Trotzdem, wenn ich genug Bares zusammen habe, dann bin ich weg hier. Das schlägt aufs Gemüt, immer die gleichen Pappnasen.«

»Krasse Nummer«, bestätigte Sascha. »Aber jetzt hätten wir ein paar Fragen zu Ihrem direkten Nachbarn auf der anderen Straßenseite. Wohnen Sie eigentlich hier?«

»Direkt über dem Schankraum, schöne Bude, fast hundert Quadratmeter, ganz für mich allein.«

»Okay, können Sie uns etwas über Jürgen Hollerbach sagen? Kommt er schon mal ins Lokal?«

»Ab und an. Der ist allerdings ein echter Geizkragen, hat meistens abgezähltes Geld in der Tasche, zwei Pils und Tschüss, redet nicht viel.«

»Wohnt er allein in dem Haus?«

»Ja, ich denke schon, hat die Hütte geerbt, wie so viele hier im Werthacker.«

»Was macht er beruflich, wissen Sie das zufällig?«

»Ich glaube, der ist so ein Sesselfurzer, arbeitet in irgendeinem Büro, Versicherung oder so was. Weiß ich aber nicht genau.«

»Freunde, Besucher, eine Frau?«

»Nicht, dass ich wüsste, aber da fragen Sie ihn besser selbst. Kommt meistens zwischen vier und fünf nach Hause.«

»Was fährt er für einen Wagen?«

»Der? Einen alten Golf.«

»Welche Farbe?«

»So ein helles Rot.«

Mir fiel siedend heiß ein, dass wir Bresonik gar nicht nach einem Wagen gefragt hatten. Das würden wir nachholen müssen. An Saschas Gesichtsausdruck konnte man ablesen, dass sie den gleichen Gedanken gehabt hatte wie ich. Ein Blick auf die Uhr. Gerade mal zwölf, warten kam nicht infrage.

»Mögen Sie vielleicht Rouladen?«

• • •

Da ist er ja!

Gerald Draxler. Wie er lächelt, mit sich zufrieden ist. Das wird sich bald ändern. Wohin geht er? Ah, zur Bushaltestelle. Wahrscheinlich will er in die City. Will sich wohl mal was gönnen. Ganz schön groß, der Kerl.

Gut einen Meter und achtzig, noch volles dunkles Haar, nur leicht übergewichtig.

Was macht er denn jetzt? Unglaublich! Er benutzt Geldscheine als Fächer. Nagelneue Jeans und eine schicke Jacke. Das war sicher nicht billig.

Ich habe eine gute Wahl getroffen.

Jetzt kämmt er auch noch seinen Seitenscheitel, der eitle Pfau. Viertel nach fünf. Noch eine gute Viertelstunde, dann kommt normalerweise der Bus. Nun, heute wird alles etwas anders laufen ...

»Echt unverschämt, das ist hier 'ne Bushaltestelle und kein Parkplatz«, brummte Draxler. Ich fuhr das elektrisch betriebene Fenster herunter.

»Hallo, das tut mir wirklich leid, ich muss mich im Namen der Duisburger Verkehrsgesellschaft entschuldigen, aber der siebzehn Uhr dreißig Bus fällt aus.«

»Das kann doch wohl nur ein Scherz sein!«

»Wie gesagt, ich kann nur um Verständnis werben, das grauenhafte Wetter, wir haben unzählige Krankmeldungen hereinbekommen. Die Geschäftsleitung musste einfach einige wenig befahrene Strecken streichen.«

»Das interessiert mich nicht die Bohne!« Herrgott, muss dieser Mann so laut schreien? »Ich muss in die Stadt und zwar pronto!«

»Tja, wenn es nur darum geht in die Stadt zu kommen, dann kann ich Ihnen anbieten, Sie mitzunehmen. Ich muss sowieso in die Richtung.« Ich öffne die Beifahrertür.

»Ich werde aber nichts zahlen.«

»Wie, oh nein, natürlich nicht. Sehen Sie es einfach als Service der DVG an.«

»Na schön, das ist mal 'n Wort.«

»Wie gesagt, ich kann mich nur entschuldigen. Darf ich Sie vielleicht zu einem wärmenden Getränk überreden? Sehen Sie es als kleines Trostpflaster. Das ist schwarzer Tee mit original österreichischem Stroh-Rum verfeinert. Das tut gut zu dieser Jahreszeit.«

»Na, dann will ich mal nicht so sein.« Wie dumm er grinst. Wahrscheinlich freut er sich innerlich diebisch jetzt auch noch einen Privatchauffeur in Anspruch nehmen zu dürfen.

Man muss nur entsprechend auftreten, dann fluppt die Sache schon. Er fragt nicht einmal nach einem Ausweis. Einfach unglaublich, wie einfach Menschen zu manipulieren sind.

»Sehr zum Wohle.«

Ich reiche ihm einen sauberen Plastikbecher. Der Tee duftet wirklich köstlich nach Rum. Draxler lässt sich nicht zweimal bitten. Sehr gut! Er nimmt einen großen Schluck. Der Alkohol wird herrlich warm in seinem Magen explodieren. Das wird schnell gehen.

»Wirklich gut.«

»Ja, nicht wahr?«

Er trinkt den Becher leer.

Fantastisch!

Ob er mein Lächeln bemerkt?

Siehe da, sein Kopf kippt zur Seite.

»So, mein Lieber, jetzt machen wir einen kleinen Ausflug. Es wird dein letzter sein.«

Ich lenke den schwarzen Zafira durch eines der drei spitz zulaufenden Eingangstore, die tagein, tagaus offen stehen. Ein altes Fußballstadion in Duisburg Hamborn. Das Gelände war eine Schenkung des Großindustriellen August Thyssen. Sechsundfünfzig Morgen Land im Schwelgern Bruch, einem alten toten Rhein Arm, auf dem ein Hallenbad, eine Parkanlage und das Stadion entstanden, das 1925 eröffnet wurde.

In dieser Nacht ist sicher kein Mensch auf der alten Platzanlage. Im Hintergrund thronen die stillgelegten Hochöfen, an der rechten Seite die Backsteingebäude, eine einzige geschlossene Front, in denen einst die Umkleidekabinen und die Presseräume zu finden waren. In diesen Tagen spielen die Narren American Football in der Arena. Das finde ich ausgesprochen dumm. Für amerikanische Subkultur habe ich kein Verständnis. Diese Sportart ist genauso bescheuert wie Halloween.

So, jetzt fahren wir den Wagen über die Tartanbahn, ich bin lautlos, nur ein Schatten.

Das Ziel ist erreicht. Ich singe leise vor mich hin.

»Ich spüre des Todes verjüngende Flut …«

Geflissentlich prüfe ich den Puls meines Gastes. Tiefenentspannt, alles im grünen Bereich. Der Temperaturanzeiger blinkt mehrfach und ein leiser Ton warnt. »Ganz schön schattig heute, unter vier Grad, aber das soll mich nicht behindern.«

Ich ziehe die reißfesten Gummiüberzieher über die bequemen Turnschuhe und schließe den Reißverschluss meines Overalls bis zum Hals. Die Handschuhe sind obligatorisch. Ich öffne die Heckklappe. Es kann endlich losgehen. Himmel, ich bin tatsächlich ein wenig nervös.

»Zu Balsam und Äther verwandelt mein Blut …«

Die ultraleichte Schubkarre landet sanft federnd auf ihrem Rad. Ich schließe jetzt auch die Kapuze, die sich ganz eng anschmiegt. Ich öffne die Beifahrertür und ziehe den bewusstlosen Gerald Draxler auf die Ladefläche des Transportmittels.

Der Kopf Draxlers prallt hart gegen den Rand der Karre. Na und? Diese Beule sollte wohl dein geringstes Problem werden.

»Ich lebe bei Tage voll Glaube und Mut …«

Ich muss kurz überlegen, ob der Text auch genau dem Original entspricht, aber ist das wirklich so wichtig? Eigentlich nicht. Ich schiebe die Karre samt seiner Fracht zu einer abgebrochenen, aber immer noch gut fünf Meter hohen Fahnenstange, die verlässlich stabil einbetoniert ist. Zum Glück habe ich das im Vorfeld sorgfältig geprüft. Unangenehme Überraschungen sind nicht mein Ding. Draxler röchelt asthmatisch. Ich muss wieder lächeln.

»Und sterbe die Nächte in heiligen Glut.«

Um die Stange herum.

»Jetzt wollen wir dich mal in Position bringen. Schön aufrecht sitzen. Den Rücken lehnen wir an die Fahnenstange. So, das sieht doch schon gut aus. Zunächst die feuerfesten Seile zum Fixieren.«

Zum Glück habe ich an alles gedacht. Das Letzte, was ich gebrauchen kann, ist ein Delinquent, der sich losreißt und womöglich wie eine menschliche Fackel über das Spielfeld tobt. So einen Scheiß gibt es nur in Zombiefilmen.

»Jetzt zu deinem verdorbenen Schädel, Freundchen. Mit diesem extrem haftenden Klebeband arbeite ich wirklich gern, da hast du keine Chance.«

Das Material ist vorzüglich geeignet, weil es auf menschlicher Haut perfekten Halt findet. Jetzt den Kopf anheben und das Klebeband um die Stirn wickeln. Drei Kragen müssten reichen. So, jetzt um den Fahnenmast, drei Lagen, das fixiert seinen Kopf. Er wird sich nicht bewegen können. Jetzt noch die Handgelenke auf seinem Rücken mit dem Mast verbinden.

Perfekt!

»Hinüber wall ich und jede Pein, wird einst ein Stachel der Wollust sein.«

Die Karre bringe ich zurück in den Van.

»Ein Augenzeuge ..., was für ein plumpes, überaus durchsichtiges Manöver. Jetzt brauche ich nur noch das Waschbenzin und die Streichhölzer. Ich werde die Zündung klassisch vorzunehmen, also kein Feuerzeug oder irgendeinen anderen mechanischen Firlefanz. Ach, es ist immer so schnell vorbei, ich sollte es großzügiger auskosten. Nun, man kann eben nicht alles haben. Wie spät ist es eigentlich?«

Halb neun.

Ich bin früh dran. Draxler wird frühestens in einer Stunde aufwachen. Besser ich kontrolliere noch einmal das feuerfeste Kästchen, das ich Draxler gleich um seinen verlogenen Hals hängen werde. Der nächste Hinweis soll schließlich nicht in Flammen aufgehen.

Diese dämlichen Terroristen weltweit haben mir kurzzeitig die Schau gestohlen, aber das wird sich schnell wieder ändern. Das ist doch heutzutage nichts Besonderes mehr. Flugzeuge, die in Türme fliegen, Lkws, die Menschen niedermähen, Bombenattentate, irre Amokläufer in Schulen, Kirchen und auf Festivitäten.

Horroralltag.

Ich aber, ich bin etwas Besonderes. Ich kann reinen Gewissens behaupten, das Richtige zu tun und darauf darf ich stolz sein. Heute Nacht, wenn das Werk vollbracht ist, will ich die Hymnen lesen, laut und voller Inbrunst …

Kapitel 17

Hotel Wyndham, Lobby

»Ich konnte von hier aus drei weitere Kandidaten mit Vornamen Jürgen von unserer Liste streichen und ich habe Bresonik noch mal unter die Lupe genommen. Er hat zwar nach wie vor kein Alibi, aber auch kein Auto, nicht mal einen Führerschein. Wenn er also keinen Komplizen hat, dann ist er raus.«

Sascha und ich saßen im Restaurant des Hotels und gönnten uns einen heißen Tee.

»Nee, da ist gewiss kein zweiter Mann am Start, unser Täter ist ein Einzelgänger. Den Bresonik können wir abhaken.«

»Yep, sehe ich genauso, bleiben also nur noch neun, inklusive diesem Hollerbach, der allerdings einen roten Golf fährt, den stellen wir erst mal hinten an.«

»Gehen wir an die Arbeit. Wer ist der nächste auf der Liste?«

»Jürgen Pawlik aus dem Stadtteil Bruckhausen.«

»Wieder in den beschissenen Norden. Was sagt das Wetter?«

»Knapp über dem Gefrierpunkt, keine Sonne.«

Wir hatten den Wagen noch nicht erreicht, als unsere beiden Handys klingelten.

»Dawson ...«

»Brinkmann ...«

Ich hatte Jessica Wald in der Leitung.

»Er hat wieder zugeschlagen«, hörte ich ihre schrille Stimme. »Das sechste Opfer.«

»Okay, wo?«

»Das alte Schwelgern-Stadion in Hamborn.«

Das Gelände war weiträumig abgesperrt. Jessica betrachtete mich forschend.

»Geht es dir gut?«

»Nein«, gab ich einsilbig zurück. »Total beschissen.«

Wir gingen über den nassen Rasen. Bereits nach ein paar Schritten waren meine Schuhe durchweicht. Der Albtraum ging weiter. Wir erreichten die Hinrichtungsstätte. Anders konnte man den Ort des Geschehens wohl kaum bezeichnen.

»Ach du Scheiße.«

Der Körper des Verbrannten war bis zur Unkenntlichkeit verstümmelt. Nur einzelne Fetzen der Kleidung hatten sich in die Knochen eingebrannt. Um den grausig geöffneten Mund Rückstände von einer Klebemasse.

»Identität noch unbekannt.« Jessica Wald wirkte seltsam unsicher und fahrig. »Unspezifische Reifenspuren auf der Tartanbahn. Ist eher zu bezweifeln, dass die uns was bringen. Es hat geregnet in der letzten Nacht und die Bahn ist aus Kunststoff.«

»Wie lange ist die Tat her?«

»Kann ich noch nicht genau sagen, aber sicher mehr als vierundzwanzig Stunden.«

»Das hieße dann ja wohl in der Nacht des fünfzehnten auf den sechzehnten«, folgerte Sascha. »Der liegt den ganzen gestrigen Tag hier und niemand bemerkt das, weder das Feuer in der Nacht, noch die Leiche?«

»Kann schon sein, bei dem Scheißwetter geht halt niemand hier spazieren.«

»Wer hat ihn entdeckt?«

Jessica zuckte mit den Schultern. »Anonymer Anruf.«

Ich blies Luft durch meine Backen. Hatte unser Mörder womöglich selber angerufen, weil ihm die Entdeckung zu lange dauerte? »Er hat wieder einen relativ leicht zugänglichen Ort gewählt. Ob er das ganz bewusst so macht?«

»Wie meinst du das?«, fragte Jessica. In ihren schwarzen Stiefeln, Jeans und der halblangen Jacke sah sie aus wie eine Agentin des Geheimdienstes.

»Könnte sein, dass ihm der Reiz einer möglichen Entdeckung einen zusätzlichen Kick einbringt.«

»Aber hier ist der Hund begraben.« Jessica stopfte beide Hände in die Taschen ihrer Jacke und zog fröstelnd die Schultern zusammen. »Mal ganz ehrlich, Jonathan, wer sollte auf die abstruse Idee kommen hier in einer kalten Novembernacht herumzulaufen? Keine Wohnhäuser in der Nähe, keine Hundebesitzer, die Gassi gehen.«

»Und wir lassen eine Drohne über Wedau kreisen«, resümierte ich verbittert. Der Kopf machte schon wieder zu. »Da habe ich mal gründlich danebengelegen.«

»Falsche Zeit, falscher Ort.«

»Ja.« Ich kniff die Augen zusammen. »Was ist das da zwischen den verkohlten Rippen? Hat der Typ 'ne Kette getragen?«

»Eine Kette mit Anhänger. Ich wollte auf dich warten, ehe wir das Ding abnehmen.«

»Nur zu, dein Job.«

Jessica streifte frische Handschuhe über und versuchte die Kette über den Kopf zu ziehen.

»Verdammt, das ist ja wie bei *Walking Dead*«, murmelte Sascha. Der Kopf der Leiche kippte weg, es knackte unnatürlich laut. Endlich gelang es Jessica Wald die Kette vom Restkörper des Opfers zu lösen. »Sieht aus wie ein Zauberwürfel.«

Jessica wischte mit einem Tuch Ruß und einbrannte Hautfetzen weg. Es machte leise Klick, der Deckel sprang auf. »Zwei Zettel.« Mit spitzen Fingern zog sie den ersten, kleineren Papierschnipsel aus der Box. »Gerald Draxler, wohnhaft Essenberger Straße 266 in Neuenkamp.«

»Na super, er will uns die mühsame Identifizierung ersparen«, grummelte ich. »Ich ahne schon, was auf dem nächsten Zettel zu finden sein wird.«

»Der nächste Hinweis«, vermutete Sascha.

»Denke ich auch«, stimmte ich zu.

Jessica tütete den Adresszettel ein. Das Kästchen selber war total voller Ruß und würde keine Hinweise für uns bereithalten. Ich faltete den winzigen Zettel auseinander und las vor:

Entflohn war der beschwörende Glauben,
Und die allverwandelnde, allverschwisternde Himmelsgenossin, die Fantasie.
Unfreundlich blies ein kalter Nordwind
Über die erstarrte Flur,
Und die erstarrte Wunderheymath
Verflog in den Aether.

»Ein neues Rätsel, sicher wieder aus diesen vermaledeiten *Hymnen an die Nacht*«, erkannte Sascha sofort. »Wartet mal.« Sie zückte ihr Handy und tippte den Text ein. »So, da haben wir es doch. Na klar, wie vermutet.«

»Lass uns nicht dumm sterben«, bat ich inständig.

»Wie gesagt. Diesmal ist es aus dem fünften Abschnitt der Hymnen.«

»Schön, und was soll uns das sagen?«, fragte Jessica achselzuckend.

»Moment. Er hat nichts verändert.« Sascha sah mich fragend an. »Eine Idee?«

»Keine Ahnung.« Ich trat genervt von einem Fuß auf den anderen. Die Kälte kroch langsam aber sicher meine Beine hinauf. »Wir können auch in einer wärmeren Umgebung nachdenken. Leute, ich muss hier weg, sonst werde ich noch erfrieren.«

»Bingo, Jonathan.«

»Was?«

»Du bist schon ein genialer Profiler.«

»Ich verstehe kein Wort.«

»Nordwind, erstarrte Flur ... na, klingelt da was?«

Ich sehnte mich nur nach warmen und trockenen Füßen, aber Jessica schlug eine gedankliche Brücke.

»Sie meinen ... das nächste Opfer soll erfrieren?«, fragte Jessica betreten.

»Das wäre mein Beitrag zu diesem Quiz.«

»Da hat der Verrückte ja eine ganze Palette an Möglichkeiten zur Auswahl.«

»Eine Kühltruhe, ein zugefrorener See.« Der halb abgeknickte Kopf Gerald Draxlers ließ mich nicht los. Ich schob mir eine Hustenpastille unter die Zunge. »Eine abgelegene Stelle in einem Wald, eine aufgelassene Fabrikhalle.«

»Eine Badewanne gefüllt mit Eis. Aber noch schauriger ist die Vorstellung mit der Kühltruhe.« Jessica und ich sahen Sascha aufgeschreckt an. »Könnt ihr euch das vorstellen? Erfrieren in einer Truhe neben Vanilleeis, Rosenkohl und Schnitzelfleisch?«

»Mir wird schlecht«, ächzte Jessica.

»Mir ist schon kotzig«, ergänzte ich müde. »Was ist mit Fußspuren?«

»Das Übliche, nur ganz unstrukturierte Abdrücke ohne jegliches Profil. Da wird selbst die Bestimmung der Schuhgröße zu einem Ratespiel.«

»Wir nehmen Draxler und sein Umfeld unter die Lupe.« Ein Niesanfall zwang mich fast in die Knie. »Ich muss aus der Feuchtigkeit und Kälte raus, sonst falle ich länger aus.« Sascha legte mitfühlend eine Hand auf meine Stirn.

»Na komm, Großer, Abmarsch.«

»Brauchst du uns hier noch?«, fragte ich schniefend.

»Nein, nein, geht nur, wenn wir etwas Hilfreiches finden sollten, dann melde ich mich bei dir.«

»Gut, bis dann.« Ich spürte Jessicas Blicke in meinem Rücken.

Zurück gingen wir den weiteren, aber deutlich trockeneren Weg über die Tartanbahn.

Polizeipräsidium Duisburg, das Büro der Sondereinheit

»Hast du was Verwertbares gefunden?«

Sascha tippte mit einem Kugelschreiber auf den Ordner. »Nichts Spektakuläres jedenfalls. Es existieren Spuren von einem schmalen Rad, wahrscheinlich eine Schubkarre oder etwas Ähnliches. Offensichtlich hat er Draxler damit zum Hinrichtungsort geschoben.«

»Draxler muss bewusstlos gewesen sein. Das wird sich sicher anhand er toxikologischen Untersuchung nachweisen lassen.« Ich setzte mich ächzend auf einen Bürostuhl. »Wo hat er ihn erwischt? Draxler wohnt in Neuenkamp, er wird ihn kaum in seiner Wohnung überrascht haben und dann in seinen dunklen Kastenwagen schleppen. Das ist viel zu aufwendig und publikumswirksam.«

»Du denkst, er hat Draxler einfach irgendwo unterwegs aufgelesen, ihn angesprochen und zum Mitfahren eingeladen?«

»Warum nicht, wäre die simpelste Lösung. Was hat die Befragung der Nachbarn und Anwohner ergeben?«

Sascha wechselte das Dokument.

»War nicht gerade als Sonnenschein bekannt, der gute Gerald. Seit geraumer Zeit arbeitslos, aber immer schick gekleidet, immer unterwegs. Hat wohl ordentlich der Schwarzarbeit gefrönt. Ist gelernter Maler und Lackierer, das passt natürlich wie die Faust aufs Auge, da hat er sicherlich jede Menge Kunden gehabt. Lebte allein, keine Frauenbesuche, keine wilden Feten, im Sechs-Familienhaus wird er als distanziert beschrieben, wirkt teilweise sehr überheblich und bisweilen arrogant. Die Miete zahlt das Jobcenter direkt an den Vermieter, seit Jahren nicht mehr in Urlaub gefahren.« Seufzend klappte Sascha die Kladde zu. »Ein Durchschnittstyp, der sich gerne mal was nebenbei verdient hat und sich mit seinem Dasein als Hartz-IV-Empfänger arrangiert hat. Ich frage mich, ob da ein Zusammenhang bestehen könnte.«

»Die Arbeitslosigkeit?« Ich runzelte nachdenklich die Stirn.

»Warum nicht, es wäre ein Bindeglied.«

»Wenn da nicht Martina Feykes wäre. Die hat bei KiK malocht.«

»Stimmt auch wieder«, gab Sascha zu.

»Tja, das bringt uns nicht weiter.«

»Nee, eher nicht. Da ist nichts Auffälliges in seiner Vita.«

»Ich werde mich mal mit Eddie zusammensetzen und seine bisherigen Ergebnisse durchsprechen.«

»Du meinst seine Arbeit mit dem Stand-Alone-PC und seinen von ihm entwickelten Programmen?«

»Yep.«

»Wir haben noch neunmal Jürgen auf unserer Liste«, erinnerte Sascha. »Sollten wir die Nummer nicht durchziehen?«

»Was täte ich nur ohne dich?« Sascha grinste breit. »Pass auf, wir machen heute den kompletten Rundflug. Wenn wir reinhauen, schaffen wir alle an diesem Freitag.«

Wir fuhren durch ein trostlos graues Duisburg. All die dummen Klischees, die in den Schimanski-Krimis verbraten wurden, drängten sich jetzt auf. Schmutzige Häuserfassaden, qualmende Schlote, von der A59 bestens zu überblicken, ein Dschungel aus Satellitenschüsseln auf Balkonen und an Häuserwänden, das brachliegende Gelände der Bahn, das sich direkt an den Sportpark Wedau anschloss.

Wir arbeiteten hoch konzentriert und ohne größere Pausen bis in den späten Nachmittag hinein. Immerhin gelang es uns tatsächlich sieben der neun männlichen Personen ausfindig zu machen und deren Alibis zu überprüfen. Vorbehaltlich der Befragung der angegebenen Zeugen konnten wir alle sieben als Tatverdächtige ausschließen.

»Das ist auch eine Art von Erfolg«, wagte ich zu behaupten. »Ausschlussverfahren. Wie bei Günter Jauch.«

»Ich bin sau müde«, bekannte Sascha ehrlich. »Ich ziehe den Telefonjoker und beantrage das Ende der heutigen Dienstgeschäfte.«

Wir waren im Westen Duisburgs, Bergheim, auf der anderen Rheinseite, und jetzt über die total verstopften Straßen auf dem Rückweg in die City. Nicht einmal die großartige Amy MacDonald half. Ich schaltete den Player aus.

Kapitel 18

Auf der A59 in Kommissar Dawsons Wagen

Am nächsten Morgen wachte ich einigermaßen ausgeschlafen auf. Ich verordnete mir eine frische Rasur und vertilgte beim Frühstück zwei Brötchen und ein Croissant. Um kurz nach halb neun saßen wir im Auto.

Das Handy meldete sich lautstark. Sascha drückte den Annahme-Button. Die Freisprechfunktion war aktiviert.

»Hallo Jonathan, hier ist Jessica, wo steckst du?«

»Im Auto, wir fahren noch einmal in den Werthacker. Wir haben noch genau zwei Personen zu überprüfen, deren Vorname Jürgen ist, die laut Einwohnermeldeamt alleinstehend sind und in der fraglichen Zeit in Walsum die Schulbank gedrückt haben. Was ist los?«

»Der Ring ist weg.«

»Was soll das heißen? Doch nicht etwa der Ring, den Sascha am Steg in der Rheinau gefunden hat?«

»Genau der.«

»Ich fasse es nicht!«, rief ich. »Wie ist das möglich? Wo wurde der Ring denn aufbewahrt?«

»In meinem Labor«, gab Jessica Wald kleinlaut zu.

»Einfach so?«

»Also, er lag in einer Schachtel direkt neben einem Mikroskop.«

»Das ist ja der reinste Selbstbedienungsladen«, stichelte ich. »Jess, du kannst doch nicht einfach ein Beweisstück auf deiner Ladentheke liegen lassen.«

»Danke für deinen Beistand«, erwiderte sie. »Ich hatte eigentlich gehofft, du würdest mir helfen.«

»Helfen? Wobei denn?«

»Herauszufinden, wer dafür verantwortlich ist.« *Na, das bist du ja wohl*, dachte ich säuerlich. »Aber da bin ich wohl an der falschen Adresse.«

»Immer langsam, liebe Kollegin. Wer hat Zugang zu deinem Labor? Ich hoffe doch, es war abgeschlossen.«

»Natürlich war es das. Die Tür hat eine automatische Verriegelung, das heißt, ohne Schlüssel kommt man von außen gar nicht rein.«

»Gibt es Spuren von Gewalt, ich meine ... hat man die Tür aufgebrochen?«, fragte Sascha.

»Keine Spuren, die auf gewaltsames Eindringen hinweisen.«

»Na, dann ist die Kiste doch leicht zu packen.«

»So?«

»Sie haben einen Maulwurf im Präsidium. Entweder war jemand ganz schnöde geil auf den goldenen Ring oder jemand wurde dafür bezahlt. Ein Auftragsdiebstahl.«

»Das ist absurd!«

»Er gibt noch andere Optionen«, mischte ich mich ein. »Ein entwendeter Schlüssel zum Beispiel. Wie viele Leute haben Zugang zu deinem Bereich?«

»Was weiß ich, eine ganze Menge, da ist seit ein paar Wochen ein Z-Zylinder drauf, da funktioniert fast jeder normale Büroschlüssel.«

»Das ist unzulässig«, erinnerte Sascha. »Und dumm.«

»Ja doch!«, fauchte Jessica. »Das weiß ich auch, sagen Sie das mal unserer tranfunzeligen Verwaltung!«

Ich machte mit der rechten Hand eine beschwichtigende Geste in Richtung Sascha, die nur mit den Achseln zuckte.

»Es gibt noch eine weitere Möglichkeit.«

»Dann lass mal hören, Meisterdetektiv.«

»Der Täter hat sich selbst zurückgeholt, was er verloren hat.«

»Was?« Jessica und Sascha stellten kurzzeitig das Atmen ein. »Du meinst ... er ist einfach ins Präsidium marschiert und hat sich den Ring zurückgeholt? Das wäre tolldreist.«

»Der nackte Wahnsinn«, stimmte Sascha betreten zu.

»Muss ja nicht so gewesen sein«, schränkte ich ein. Wir fuhren unter einer Eisenbahnbrücke durch und bogen rechts in den Werthacker ein.

»Inzwischen gehe ich immer vom schlimmsten anzunehmenden Ernstfall aus«, sagte Jessica. »Bröker weiß es noch gar nicht, der wird mir die Hölle heißmachen.«

»Sag es ihm nicht.«

»Jonathan?«

»Das ist unnötiger Ärger, der zu nichts führt. Womöglich hat der Ring gar nichts mit unserem Täter zu tun. Es kann noch immer bloßer Zufall sein.«

»Das kann ich nicht machen.«

»Dann kann ich dir auch nicht helfen.«

»Super, danke auch.«

»Jess ...«

Sascha zog die Augenbrauen hoch. »Aufgelegt.«

»Wir sind da.« Links die *Siedlerklause*, auf der anderen Straßenseite das Haus von Jürgen Hollerbach. Julia Pulina schob gerade eine Tafel vor die Tür. Die Pächterin winkte uns fröhlich zu und deutete auf das Tagesgericht.

Seelachsfilet mit Röstkartoffeln und Gurkensalat.

»Der ist gerade weggefahren, falls Sie noch mal wegen dem Hollerbach kommen.«

»So ein Mist«, maulte ich.

»Wahrscheinlich einkaufen. Hier im Dorf gibt's ja nicht mal einen Tante-Emma-Laden.« Die Wirtin steckte sich eine Zigarette an. »Wollen Sie reinkommen?«

»Eigentlich nicht, wir haben noch eine andere Adresse abzuklappern. Wird ja wohl ‘ne Weile dauern, bis Herr Hollerbach wieder an Land kommt. Ich halte die Augen offen und rufe Sie an. So, jetzt muss ich in die Küche und den hoffentlich toten Fisch zubereiten. Man sieht sich.«

Sascha und ich sahen uns schmunzelnd an. Kam es mir nur so vor oder war meine rechte Hand ein wenig verlegen? Ihre Sommersprossen jedenfalls erblühten im trüben Novemberlicht.

»Die ist witzig, ich mag sie«, gestand Sascha. Ich nickte nur zustimmend. »Ein Lichtblick in diesem tristen Theater.«

»Wohl wahr. Lass uns die Liste abschließen. Wie heißt der letzte Kandidat?«

»Jürgen Wollschläger, Lindenstraße 44, Duisburg Buchholz.«

A59 Richtung City, Hotel Wyndham

»Was für ein Typ, dieser Wollschläger.« Sascha gähnte ausgiebig. Wie üblich hatte sie sich ihrer Stiefel entledigt und ließ ihre Zehen in den Socken tanzen. »Wie heißt noch gleich diese Krankheit?«

»Agoraphobie.«

»Schwieriges Wort.«

»Hm, arme Socke.«

»Kannst du dir das vorstellen? Seit sechs Jahren hat der Kerl seine fünfundvierzig Quadratmeterwohnung nicht mehr verlassen. *Das* würde mich krank machen. Der war noch schlimmer drauf als dieser Bresonik.«

»Du bist ja auch ein fesches Ostfriesenmädel, das einen weiten Himmel gewöhnt ist. Manchen Menschen macht diese scheinbare Unendlichkeit Angst.«

»Dir etwa auch?«

»Nee, keine Bange.« Das Handy läutete schon wieder. »Ah, hoffentlich Julia.« Aber es war Jessica.

»Wo steckst du jetzt wieder?«

»Noch auf der A59 auf dem Rückweg von unserem vorletzten Kunden.«

»Ich habe die Überwachungskameras gecheckt, den ganzen Vormittag.«

»So? Aber in deinem Labor gibt es meines Wissens keine.«

»Nein«, gab Jessica entnervt zurück. »Aber in der Eingangshalle und vorne heraus zur Treppe.«

»Aha, und?«

»Nichts.«

Ich wollte schon fragen, warum sie dann überhaupt angerufen hatte, wollte aber weiteren Ärger vermeiden und beschränkte mich darauf zu schweigen und beendete das Gespräch.

Das Handy klingelte. Ich wünschte mich in die netzlose Steinzeit zurück, als Polizisten noch darauf angewiesen waren in riesige Funkgeräte zu sprechen und oft einfach nicht zu erreichen.

»Wenn es wieder Barney ist, drückt ihn einfach weg«, bat ich Sascha.

»Geht klar, Boss.«

Es war Julia Pulina.

»Hi, Herr Inspektor, er ist gerade zurückgekommen, der Hollerbach.« Im Hintergrund jodelte eine ungemein hohe Männerstimme, dann ging es irgendwie um treue Bergvagabunden.

»Danke, Julia, und gute Nerven für den Rest des Tages.«

»Ich trinke zwischendurch immer mal einen Wodka, dann geht's.«

Sascha und ich hatten endlich mal einen Grund zu lachen.

»Was ist, fahren wir noch hin?«, fragte Sascha einigermaßen lustlos.

»Sollten wir tun, dann haben wir die Liste endlich vollständig abgehakt.«

»Ohne Erfolg.«

»Sieht so aus.«

Kapitel 19

17.00 Uhr

»Wo steckt Eddie denn?«, fragte ich verwirrt.

»Da liegt ein Zettel.« Sascha schüttelte ebenso erstaunt wie ich den Kopf. »*Musste dringend nach Hause. Mein Vater hat einen Schlaganfall erlitten. Melde mich später.* Oh Mann, der Arme.« Vergeblich versuchten wir Eddie übers Handy zu erreichen.

»Kennst du das Passwort, Sascha?«

»Leider nein. Mensch, warum hat er uns nicht angerufen?«

Wir rätselten gemeinsam, mit welchem Password Eddie wohl sein Heiligtum geschützt hatte. Von Star Wars bis Captain Kirk hatten wir alles durch. Die Flasche *Glenlivet* war gut zur Hälfte geleert.

»Also, das Kennwort kann nicht lang sein«, überlegte ich laut. »Vielleicht fünf oder sechs Buchstaben.«

»Nur Buchstaben, wie kommst du darauf?«

»Na, so wie Eddies Finger über die Tastatur gehuscht sind.«

»Er ist eben ein Künstler.«

»Trotzdem. Warte mal.« Diesmal kniff ich die Augen zu schmalen Sehschlitzen zusammen. »Er mag dich wirklich, weißt du das eigentlich?«

»Eddie mag Computer, das ist seine große Liebe.«

»Ich denke, da liegst du falsch. Womöglich hat er seine Gefühle nur hinter dieser Nerd-Fassade verborgen.«

»Sprach der große Psychologe und Menschenflüsterer.«

»Tipp mal *Sascha* ein.«

»Oh je, du gibst nicht auf, was?« Dennoch folgte sie meiner Bitte. »Siehst du, Password nicht korrekt.«

»Hast du auch ein großes S benutzt?«

»Nein, Meister Yoda.«

»Benutzen du musst«, verlangte ich streng. Sascha grinste schon wieder und startete den nächsten Versuch.

»Wow!« Der Bildschirm flammt auf und Prinzessin Leia sah uns erwartungsvoll entgegen. »Also schön, die Runde geht an dich.«

»Darauf trinken wir einen«, verkündete ich stolz.

»Nix da, du hast noch eine Verabredung, schon vergessen? Ein blonder Engel erwartet dich in dieser Souterrain-Kneipe.«

»Ups.«

»Ganz genau. So, lass mal sehen, auweia sind das viele Icons.« Ich rückte meinen Stuhl so nah wie möglich heran. Seite an Seite starrten wir auf den Bildschirm. »Ich probiere mal den Button mit dem Kapuzenmann. Mal sehen, was passiert.«

Doppelklick.

Eine Eingabemaske öffnete sich.

»Bingo, endlich fluppt mal was«, freute sich Sascha. »Das ist das richtige Programm, siehst du? Name, Anschrift, das ist Standard, aber jetzt, Hobbies, Beruf, Umfeld, Alter, Uhrzeit, Wetter, Kleidung, Hautfarbe, Nationalität, Brillenträger, Behinderungen, Vorstrafen, sexuelle Orientierung, Führerschein und und und …«

»Da oben rechts, das könnte eine Art Filter sein.«

»Der steht auf hundert Prozent.«

»Ja, aber das hat uns in der Vergangenheit nicht viel gebracht.« Mein Kopf war ein wenig beduselt von dem Whiskykonsum. »Wir sollten alle Felder mit Inhalt befüllen, soweit wir die Informationen haben.«

»Wir müssen für Bettina Franticzek und Gerald Draxler jeweils einen neuen Datensatz anlegen und dann in das Programm einbinden.« Sascha massierte sich kurz die Schläfen.

»Kopfschmerzen?«

»Geht schon. Mach bloß die Flasche zu.«
»Dann lass uns mal loslegen.«
»Nee, das kann ich doch nachher machen, wenn du dein Date hast.«
»Das ist doch kein Date.«
»Ach nee, was denn dann?«
»Keine Ahnung, worauf das hinauslaufen wird.«
»Wir können noch Wetten abschließen.«
»Lieber nicht.«
»Kannst du bitte das Licht ausmachen, wenn du gehst?«
»Na klar.«

20.00 Uhr

Das Treffen mit Jessica im Souterrain entwickelte sich zu einer einzigen Katastrophe. Ich fiel aus allen Wolken. Ihr Vorschlag eine Beziehung »auf Probe« einzugehen, machte mich regelrecht wütend. Anscheinend war sie nicht gewillt alle Brücken zu ihrer langjährigen Beziehung mit Bernhard Glock aufzugeben. Eine Hintertür offen halten. Das Gespräch wurde hitzig geführt, emotional und ... letztendlich ernüchternd. Am Ende stand Jessica einfach auf und verließ das Lokal. Es war alles gesagt worden. Offensichtlich hatten wir uns geirrt. Zwanzig Jahre ließen sich eben doch nicht entfach wegwischen. Ich war maßlos enttäuscht, aber meine persönlichen Befindlichkeiten musste ich jetzt konsequent beiseiteschieben.

Duisburg wurde von einer Geißel heimgesucht. Ich nahm mir vor, mich ausschließlich auf den Fall zu konzentrieren.

Wir gingen nicht als Feinde auseinander, aber auch nicht mehr mit diesem Kribbeln im Bauch. Es blieb das gegenseitige Versprechen nach Abschluss des Falles noch einmal miteinander zu reden. Aus meiner Sicht ein Rückzugsgefecht ohne Aussicht auf Erfolg.

Müde und angeschlagen machte ich mich auf den Rückweg zum Hotel.

• • •

Der Hut ist schick, obwohl er aus einem der Billigshops ist. Wie damals Al Capone oder Rick aus Casablanca. Herrje, die Nazis von der Gestapo haben wohl auch solche Dinger getragen.

So, fein aufpassen, dass die Überwachungskameras in der Lobby mein Gesicht nicht erwischen. Ich gehe mal zur Rezeption.

»Guten Abend, was kann ich für Sie tun, mein Herr?«

Diese jungen Burschen sind ausnehmend höflich. Das gefällt mir. Sehr kultiviert, aber gut, das kann man vom ersten Haus in Duisburg wohl auch erwarten.

»Randers, Nils Randers. Ich hatte telefonisch ein Zimmer reserviert.«

»Eine Sekunde ... ah, da habe ich Sie ja. Sie bleiben nur eine Nacht?«

»Tja, muss morgen schon weiter, die Geschäfte ...«

»Ich verstehe, Herr Randers. Moment, hier ist Ihre Schlüsselkarte, wie gewünscht ein Zimmer in der dritten Etage mit Blick auf das Stadttheater.«

»Danke sehr.«

»Sie haben kein Gepäck dabei?«

»Nur meinen kleinen Trolley, ich benötige keine Hilfe, vielen Dank.«

»Sehr gut, dann wünsche ich Ihnen einen angenehmen Aufenthalt. Das Restaurant ist heute bis dreiundzwanzig Uhr geöffnet, die Bar bis um drei Uhr morgens.«

Ich nicke gnädig und gehe zügig Richtung Aufzug. Mein ganzer Körper kribbelt vor Aufregung.

Der nette junge Mann an der Rezeption wird mich nicht wiedererkennen. Falscher Schnurbart, eine aufgeklebte Narbe, eine Hornbrille, meine Augen im Schatten des Hutes. Wie gut, dass ich die Herrschaften zwischendurch immer mal beobachtet habe, so kenne ich die Lage der Zimmer.

Der Aufzug summt leise, das ist schön. Ich mag keine schrillen Geräusche, kein grelles Licht, keine laute Musik und keine fiesen Schmarotzer, wie Draxler einer war. Auch diese ätzende Schlampe in Walsum. Wie sie gezappelt hat ...

Pling. So, da sind wir ja. Weicher Teppich, gefällt mir, auch wenn Mama sagen würde, dass der Schmutz zieht.

304. Das ist das Zimmer von diesem Computerfachmann.

305. Das ist das Zimmer der Rothaarigen. Ich habe sie gesehen, alle drei, als ich mir das Präsidium angesehen habe. Wie schreiben sie in der Zeitung? Die Beamten von der Sonderkommission des BKA ermitteln im Fall des Papierkillers. Die Zentrale entsendet seine besten Ermittler. Das habe ich ja wohl auch verdient. Ein Duell in der ersten Liga. Heißen diese Ermittler nicht Neudeutsch Profiler?

Wenn es vollbracht ist, werde ich meine Beweggründe offenlegen. Ich werde einen Brief schreiben und der ganzen Welt klarmachen, warum diese Hinrichtungen stattfinden mussten. Ich werde Deutschland wachrütteln.

309. Das ist mein angemietetes Zimmer. Drei Räume weiter hat der Herr Chefschnüffler eine kleine Suite bekommen. 312. Aber der ist ja nicht da und wenn er zurückkommt, hat er bestimmt diese Spurensicherungstante im Schlepptau.

Alles ist perfekt.

Mal auf die Uhr schauen. Gleich zehn.

Ich verschwinde in meinem Zimmer. Das Licht bleibt aus. Ich kippe die Fenster. Frische Luft, durchatmen und dann los. Es gibt keine Türspione, sehr merkwürdig, aber das ist gut für mich.

Die Handschuhe überziehen. Die dunkelrote Jacke ist zumindest der Hotelkluft sehr ähnlich. Auf den ersten Blick geht das durch, da bin ich ganz sicher. Das Chloroform in die rechte Tasche, das Messer rechts auf dem Unterarm befestigt. Das ist verdammt professionell, ich bin sofort einsatzbereit! Nur einmal den Arm ausstrecken und das Messer liegt in meiner Hand.

Ich bin stolz auf mich, Mama.

Die Haare schön nach hinten gegelt. Die fette Brille lasse ich mal auf, ist nur Fensterglas. Zur Vorsicht, falls ich doch jemanden auf dem Flur begegne.

Ich werde anklopfen und rufen: Zimmerservice, eine Bestellung von Herrn Dawson!

•••

22.10 Uhr

Gähnend schlurfte ich durch die Eingangspforten des Hotels. Mühsam gelang es mir das Gespräch mit Jessica in den Hintergrund zu drängen. Der Concierge an der Rezeption winkte mir freundlich zu.

Was für ein Scheißtag ...

Ich grüßte zurück und drückte den Aufzugsknopf.

22.11 Uhr

Sascha Brinkmann studierte die Ausdrucke eingehend.

Man muss sich in die Psyche der Täter hineinversetzen, forderte die reine Lehre. Saschas Stirn legte sich in Falten. Das geschah immer, wenn sie angestrengt nachdachte.

Sechs Opfer und die einzigen hundertprozentigen Übereinstimmungen waren die Staatsangehörigkeit, das Singledasein und der Wohnort.

Deutsche alleinstehende Duisburger.

Ihr ging die Arbeitslosigkeit der meisten Opfer nicht aus dem Sinn. *Wenn doch nur die Feykes nicht wäre ...*

Sascha blies Luft durch ihre Wangen und überlegte, ob sie eine Flasche Wein bestellen sollte. Die halb volle Flasche Whisky ließ sie unbeachtet. *Wein auf Whisky, ist das schlau?*, fragte sie sich zweifelnd.

•••

22.12 Uhr

Mein Herz hämmert wie verrückt.

Himmel, das ist besser als ein Fick im Goldenen Anker!

Zimmer 305.

Ich muss mit der linken Hand klopfen, damit ich die rechte Hand für die Spraydose frei habe.

Jetzt ganz ruhig bleiben. Meine Stimme darf nicht zittern, sie muss ganz belanglos klingen, eher genervt, weil ich so spät noch arbeiten muss.

Meine rechte Hand umfasst die Dose mit dem hochdosierten Chloroform. Einmal eingeatmet und der Vorhang fällt.

Ich klopfe dreimal.

»Frau Brinkmann! Zimmerservice, ich bringe eine Bestellung von Herrn Dawson!«

Ich versuche kontrolliert zu atmen.

Jetzt beginnt die Show!

• • •

Irgendjemand rief da was auf dem Flur. Ein Klopfen. Ist das etwa vor meiner Zimmertür nebenan?

Sascha Brinkmann dachte für einen Moment, sie hätte ihren Namen gehört, aber das war natürlich Unsinn. Jonathan war mit Jessica unterwegs, wer also sollte nach ihr rufen?

Sie starrte auf den Bildschirm von Eddies Computer und wünschte sich ein Wunder, eine Erleuchtung, die sie beide endlich dem Motiv des Täters näherbringen würde.

• • •

Warum öffnet sie denn nicht?

Vielleicht ist sie nackt und muss sich was überziehen …

»Hallo, hier ist der Zimmerservice!«

Ich muss es noch mal versuchen.

Pling.

Der Aufzug!

Verdammter Mist!

Ich dachte, der Flur wäre unbewohnt bis auf die Polizisten!

Da steigt einer aus.

Das ist ja Dawson!

• • •

Ich überlegte, ob Sascha wohl noch in Eddies Zimmer war und das geheimnisvolle Computerprogramm beackerte. Sollte ich ihr noch berichten?

Pling.

Die Schiebetür glitt geräuschlos beiseite und ich betrat den Flur. Ich entschied mich dagegen. Ich war einfach zu müde, zu kaputt und auch zu enttäuscht. Diese Wackelnummer hatte ich Jessica nicht zugetraut. Ich hatte damit gerechnet, dass sie bei Barney bleiben würde, ja, das schon, aber das Beste aus beiden Welten erst mal einzusacken ... das war so gar nicht ihr Stil. *Die Jahre haben eben nicht nur dich verändert*, sagte ich mir selbstkritisch. *Wir sind keine Teenager mehr, das Bedürfnis nach Sicherheit hat sie sicher zu diesem Blödsinn getrieben.* Gedankenverloren machte ich mich auf den Weg zu meiner Suite am Ende des Ganges.

• • •

Ruhe bewahren!

Ich kann nicht zurück ins Zimmer!

Nicht mit diesen Pseudo-Hotelklamotten. Das würde auffallen. Einfach cool bleiben und mein Ding machen, wie es immer so schön heißt.

Ich wende mich gelassen ab und marschiere Richtung Aufzug.

»Guten Abend, der Herr.«

Er sieht kaum auf, scheint mit seinen Gedanken ganz woanders zu sein.

Scheiße, Glück gehabt.

• • •

Sascha schüttelte verkniffen den Kopf.

Jetzt höre ich schon Gespenster. Wer sollte denn meinen Namen rufen? Bestellt habe ich auch nichts. Alles Humbug. Ich sollte schlafen gehen.

Erneut sah sie auf den Bildschirm.

In fünf von sechs Fällen lag eine Überstimmung vor. Das war interessant.

• • •

»Ich wünsche eine gute Nacht, oder darf ich Ihnen noch etwas bringen, der Herr?«

Mein Herz rast, mein Verstand summt wie ein unter Hochdruck stehender Generator. Ich bin eiskalt, ich bin der König der Welt. Ich tanze auf euren Gräbern, ihr Penner, ohne dass ihr mich bemerkt.

Dawson wirkt irritiert.

• • •

»Wie? Ach so.« Ich überlegte nur kurz. »Nein, danke, sehr aufmerksam, aber ich brauche nichts mehr. Für heute reicht es allemal.«

»Sehr wohl, der Herr.«

Der Kellner deutete eine Verbeugung an und ging dann weiter. Ob wohl neue Gäste eingezogen sind? Eigentlich sollte der Flur doch uns vorbehalten bleiben? Gott, bin ich kaputt.

Die Fahrstuhltür schloss sich. Der Kellner war weg, jetzt war es ohnehin zu spät.

Ich seufzte und änderte meinen Plan. Vielleicht war Sascha ja tatsächlich noch in Eddies Zimmer und tüftelte an seinem Programm. *Also gut, Gottesurteil*, beschloss ich kurzerhand. Wenn Sascha noch da ist, dann wird es mir guttun, den ganzen Scheiß loszuwerden, wenn nicht, geht's ab in die Heia.

• • •

Oh, was für ein Wahnsinn, das war wie ein Rausch.

Wir haben uns gegenübergestanden!

Gut, er ist nicht mein Feind, nur der wichtigste meiner Gegenspieler. Er darf mir meine Mission nicht verderben. Vielleicht sollte ich ihm meine Beweggründe offenlegen?

Nein. Noch nicht!

Er hat mich nicht gesehen! Nicht wirklich zur Kenntnis genommen!

Meine Knie zittern, aber alles ist gut abgelaufen. Ich habe zwar den kleinen roten Teufel nicht bestrafen können, aber das kann ich ja noch nachholen.

Jetzt durch die Halle huschen. Sehr gut, niemand an der Rezeption.

Morgen Früh, wenn die beiden Herrschaften wieder auf der Jagd sind, hole ich die Sachen aus dem Zimmer.

• • •

Ich klopfte an die Tür von Zimmer 304. Sascha öffnete und sah mich überrascht mit großen Augen an.

»Wow, du bist früh zurück.« Sascha warf einen kurzen Blick in den leeren Korridor. »Und du bist allein?«

»Ist noch was von dem Whisky übrig?«

»Klar, bin doch keine Spritnase.«

»Ich schon bald, wenn das so weitergeht.«

»Ärger im Paradies?«

Ich schob die Tür mit meiner linken Pobacke zu.

»Ich höre dir gern zu, aber nur, wenn du möchtest.« Sascha füllte die Gläser und reichte mir eines herüber.

»Ich will dich nicht mit meinem persönlichen Müll nerven, aber es wäre verdammt gut, wenn ich mit dir reden könnte.«

»Sind wir Freunde, oder nicht?«

»Sind wir, hoffe ich zumindest. Cheers.«

»Cheers.« Ein wildes Grummeln erfüllte den Raum. »Oha.«

»War das dein Magen?«, fragte ich feixend.

»Können wir noch was bestellen? Irgendwie habe ich die Zeit vergessen.«

»Klar. Wie blöd, gerade ist mir ein Kellner über den Weg gelaufen.«

»Ein Kellner? Merkwürdig, wir sind doch allein auf diesem Flur. Na, egal.« Sascha rieb sich die vom Bildschirm gestressten Augen. »Ich ruf an. Was willst du? Burger und Fritten?«

Ich streckte nur bestätigend den rechten Daumen nach oben. Sascha ging zum Zimmertelefon. »Wie? Kein Zimmerservice mehr nach zehn Uhr? Das ist ja ‘n Ding, das ist ja bei uns daheim im *Flotten Kutter* besser. Wo das ist? Liebe Güte, das weiß doch jedes Kind. Ich dachte, Sie machen hier ‘ne solide Ausbildung zum Hotelfachmann.« Sascha sah achselzuckend zu mir herüber. »Wir müssen runter in die Bar, da gibt’s noch Kleinigkeiten.«

Kapitel 20

Hotel Wyndham, Frühstücksaal

»Geht es dir gut?« Sascha sah mich misstrauisch an.

»Geht so. Schön, dass du gestern Nacht für mich da warst.«

»Kein Ding.«

»Hast du was von Eddie gehört? Ich mache mir langsam echte Sorgen.«

»Leider keinen Pieps.« Sascha versuchte ihre Sorgen hinter einem dünnen Lächeln zu verbergen. »Der meldet sich schon.«

Ich trank den Rest Tee und sah auf die Uhr. »Ich hoffe mal, dass wir den guten Herrn Hollerbach heute antreffen werden.«

»Wenn er nicht gerade zur Kirche ist. Was denkst du übrigens über meinen neuen Ansatz?«

»Fünf von sechs Mordopfern waren arbeitslos? Ich weiß nicht, was soll das für ein Motiv sein? Jemand, der Erwerbslose hasst?«

»War ja nur so eine Idee.«

»Hör niemals auf, deine Fantasie zu benutzen.«

»Ay, Kaptein, dann lass uns mal Segel setzen. Erst ins Revier?«

»Ja, Adrian Kaczor hat irgendwas Wichtiges entdeckt, zusammen mit Angelika übrigens.«

»Angelika Haubrich finde ich total toll, die haut so leicht nichts aus den Pantinen.«

»Ein Goldstück, die gute Seele des Präsidiums. Also, erst in die

Höhle des Löwen, dann in den Werthacker, und dann ... habe ich keine Idee mehr, Sascha.«

»Er hat erst sechs von zehn erledigt. Als nächstes kommt der Eiskönig oder die Eiskönigin, obwohl der Text eher neutral zu lesen ist, tippe ich wieder auf einen Mann.«

»Bauchgefühl?«

»Oh ja, er wird weitermachen, Jonathan.« Wir standen auf. Sascha legte mir vorsichtig, fast scheu, jede Sekunde darauf bedacht schnell reagieren zu können, ihre rechte Hand auf meine Schulter. Eine absolut unglaubliche Geste für die so distanzierte und reservierte Ostfriesin.

»Hömma, Jung, wir ham da wat entdeckt, dat könnte dich ausse Umlaufbahn hauen.« Angelika Haubrich war ganz aufgeregt. »Adrian, mach dich mal rüber anne Kiste. Dat glaubse manchmal echt nicht, wat hier abgeht, Schätzken. Dat gibt dat bei euch anne Krabbenküste wohl nich.«

Brökers Stellvertreter deutete auf einen freien Arbeitsplatz. Er setzte sich auf den Drehstuhl und entsperrte den Computer.

»Angie und ich haben uns die Überwachungsvideos von vorgestern vorgenommen.« Sascha, Angelika und ich postierten uns hinter ihm, so, dass wir problemlos auf den Bildschirm schauen konnten.

»Ich springe direkt zu der fraglichen Sequenz.«

Die Aufnahmen waren extrem grobkörnig und in Schwarz-Weiß.

»Beim heiligen Klabautermann, wie alt ist denn die Anlage?«, entfuhr es Sascha.

»Ende der Achtzigerjahre«, antwortete Kaczor. »Nie war Geld da, um was Besseres anzuschaffen.«

Auf dem Schirm war das übliche geschäftige Treiben zu sehen. Die Kamera deckte nur den vorderen Bereich des Großraumbüros ab. Jetzt war ich zu sehen, dann kam Bröker hinzu. Ich erinnerte mich an die unleidliche Ansprache und die Vorwürfe des Hauptkommissars. Zum Glück gab es keinen Ton. Die Schimpftiraden Brökers musste ich nicht noch einmal ertragen.

»So, dat war et.« Sascha und ich sahen Angelika ratlos an. »Da bimmelt nix im Kopp?«

»Nee, Funkstille«, gab ich arglos zurück.

»Lass noch mal gehen, Adi.«

Dieselben zwei Minuten liefen erneut ab.

»Okay, Angelika, das kann ich mir jetzt noch hundertmal ansehen, dazu haben wir aber keine Zeit. Mir fällt an diesem Mäusekino nichts auf. Wirst du so unglaublich nett sein und uns Unbedarfte erhellen?«

»Warte.« Sascha war plötzlich ganz aufgeregt. »Bitte noch einmal.«

Adrian Kaczor drückte zum wiederholten Male die Playtaste.

»Stopp!« Das Bild fror ein.

»Freu dich, datte so 'ne schlaue Kollegin bei dir bei hass, Jungchen.«

»Ja, ich höre ...«

»Der Mann mit der Karre, ist es das?«, fragte Sascha hibbelig.

»Das ist eine Putzkarre«, stellte ich nüchtern fest.

»Die von einem Mann geschoben wird«, ergänzte Sascha.

»Soll vorkommen.«

»Sind denn Männer hier überhaupt im Einsatz?«

»Dat is mal 'n helles Köppken«, freute sich Angelika. »Nee, nich einer.«

»Scheiße.« So langsam ging mir auch ein Licht auf. »Ihr meint also, der Kerl da, mit der Putzkarre ... der hat den Ring geklaut?«

»Wenn es nicht einer unserer eigenen Leute war, und davon gehe ich aus, dann muss er es gewesen sein«, bestätigte Adrian Kaczor. »Dafür sprechen zwei gewichtige Gründe: Erstens beschäftigt die Reinigungsfirma keine Männer, da haben wir schon nachgefragt, und zweitens wird so früh ohnehin nicht gefeudelt, erst nach achtzehn Uhr.«

»Großartig, und das fällt hier niemandem auf?«

»Das ist bei dem Medienrummel mit den ständigen Pressekonferenzen einfach untergegangen.«

»Oh Mann, ich fasse es nicht.«

»Denkst du, was ich denke?«, fragte Sascha halblaut.

»Oh ja«, flüsterte ich nur.

»Dat ... war der Kerl, oder?« Angelika Haubrich musste sich an der Lehne des Schreibtischstuhles festhalten.

»So eine Scheiße«, bemerkte Adrian Kaczor. »Der stolziert vor unserer Nase hier rein ... Mensch, ich habe das gesehen, konnte es aber einfach nicht fassen.«

»... und holt sich seinen Ring zurück«, ergänzte Sascha. Für einen Moment schwiegen wir alle betroffen.

»Wir könnten uns auch irren«, meinte Adrian Kaczor halbherzig.

»Nee, Adi, dat war er, ich spür dat inne Knöcks und inne Seele drin.«

»Wenn er so ein enormes Risiko eingeht, dann muss der Ring eine besondere Bedeutung für ihn haben«, analysierte ich.

»Von der Größe her war es eindeutig ein Damenring«, erinnerte sich Sascha. »Wir haben Fotos, das ist nicht das Problem.«

»Warum ... warum dieses Vabanquespiel?« Ich fühlte mich aufgedreht wie lange nicht mehr. »Gehört der Ring seiner Frau, seiner Geliebten, seiner Tochter?«

»Eigentlich ist das total bescheuert.« Sascha rieb sich die Augen. »Wir wussten nicht einmal, ob der Ring überhaupt im Zusammenhang mit der Mordserie steht. Vielleicht hat die Ringbesitzerin den Mörder unter Druck gesetzt? Also ist er doch nicht ganz allein.«

»Du meinst, sie hat von ihm verlangt, dass er den Ring zurückholt?«

»Bringt uns das irgendwie weiter?«, fragte Adrian Kaczor zweifelnd.

»Nur ein winziges Stückchen. Wir wissen jetzt mit Sicherheit, dass der Ring zu unserem Täter gehört und ...« Ich deutete auf den Bildschirm. »Wir haben ihn zumindest einmal zu Gesicht bekommen.«

»Aber dat Bild is Kappes«, wandte Angelika ein. »Da siehse doch nix druff. Der Pannekopp wusste janz jenau, wo die Apparillos hängen.«

»Ja, da hast du recht, Angelika, der Täter hat vorab Feldstudien betrieben, aber wir können jetzt seine Größe bestimmen, in etwa sein Gewicht. Er trägt ein Käppi, aber selbst bei dieser beschissenen Aufnahme wird deutlich, dass er kurze Haare haben muss. Wir schicken die Aufnahmen nach Bonn, dort sitzen unsere Spezialisten, die können womöglich noch ein bisschen mehr rausholen.«

»Wat denn?«

»Na, vielleicht die Schuhgröße, etwas über die Klamotten, die Hose, die Jacke, das Käppi.« Ich fuhr mir mit der Zunge unbewusst über die trockenen Lippen. »Das war ein Fehler, Arschloch, auch wenn du denkst, dass du uns geleimt hast. Gute Arbeit, Leute, sehr gute Arbeit.«

»Wir werden ab jetzt ein wenig wachsamer sein, was unsere eigene Dienststelle betrifft«, sagte Kaczor.

Aus den Augenwinkeln sah ich Jessica den Raum durchqueren. Ich riss mich zusammen. »Wir fahren jetzt noch einmal in den Werthacker zu unserem letzten Kandidaten auf der Liste.«

Wir bogen in den Werthacker ein, eine letzte Kurve. Wie beim letzten Versuch parkten wir vor der *Siedlerklause*, die um kurz nach halb Zehn noch geschlossen war.

Ich klingelte. Nach dem dritten Versuch öffnete ein verschlafener Mann in einem himmelblauen Jogginganzug.

»Herr Hollerbach, schön, dass wir Sie endlich antreffen.« Sascha produzierte ein geschäftsmäßiges Lächeln. »Wir haben nur ein paar Fragen und dann sind wir auch schon wieder weg.«

»Am frühen Sonntagmorgen?« Eine unangenehm näselnde Stimme, die Augen schienen ein wenig zu weit in die Höhlen eingelagert zu sein, aber noch hatten wir keinen Blickkontakt gehabt. »Ich muss doch sehr bitten.«

»Es geht schnell, versprochen.«

Saschas Lächeln schien bei Jürgen Hollerbach nicht zu wirken. Seine hellbraunen Haare waren bereits mächtig gelichtet. Hollerbach versuchte die verbliebenen Strähnen so zu arrangieren, dass seine rosige Kopfhaut vollständig bedeckt war. Das sah total schräg aus. Ich suchte den direkten Blickkontakt, aber Hollerbachs Aufmerksamkeit galt ausschließlich meiner Kollegin.

Routinemäßig aktivierte ich meinen kriminalistischen Spürsinn. Relativ kleine Hände, zu lange Fingernägel, kleiner Bauchansatz, eine durchschnittliche Erscheinung, gut einen Meter siebzig groß. Das passte erst einmal zu den Aufnahmen aus dem Präsidium.

»Dürfen wir vielleicht kurz hereinkommen?«

»Warum nicht, ich habe nichts zu verbergen.«

Er gab den Türrahmen frei. Hollerbach lotste uns durch eine kleine Diele ins Wohnzimmer. Nichtssagende Möbel, ein rustikaler Wandschrank, ein Flachbildschirm auf einem Sideboard, nur ein wuchtiger Sessel, eine Zweiercouch, schwarzes Lederimitat. Hollerbach schien nicht auf häufigen Besuch eingerichtet zu sein. Rechts neben dem Fernseher eine Bildergalerie, ein übergroßes Portraitfoto, das eine Frau mittleren Alters zeigte, lächelnd an einem Strand, im Hintergrund eine Brücke, vielleicht hier am Rhein aufgenommen. Weitere Bilder derselben Frau, eines mit einem Kinderwagen, dann mit einem schief grinsenden Jungen in verschiedenen Entwicklungsstadien.

»Meine Mutter.«

»Eine attraktive Frau«, schmeichelte Sascha. »Herr Hollerbach, Sie sind seinerzeit in Walsum zur Schule gegangen.«

»Kopernikus Gymnasium.«

»Genau.«

Aha, er ist stolz auf die Schulform. Wahrscheinlich wäre es ihm peinlich zuzugeben, wenn er eine Hauptschule besucht hätte. Mein Interesse steigerte sich.

»Okay, Sie haben in den Neunzigerjahren noch in Walsum gewohnt.«

»Die Frage ist überflüssig, da ich ja zu diesem Zeitpunkt noch dort zur Schule ging.«

»Na schön, dann lassen Sie uns zunächst nur über Sonntag, den dreizehnten November reden ...« Sascha verließ ihren üblichen Schmusekurs. »Wo waren Sie an diesem Tag zwischen acht Uhr abends und ein Uhr in der Nacht?«

»Ich wüsste wirklich nicht, was Sie das angeht.«

»Herr Hollerbach«, schaltete ich mich ein. Ich wollte diese Befragung so schnell wie möglich hinter uns bringen. »Wir können Sie auch vorladen, das ist kein Problem«, leierte ich den üblichen Sermon herunter.

»So? Um was geht es denn überhaupt?«

»Beantworten Sie doch einfach die Frage.«

Zum ersten Mal trafen sich unsere Blicke. Seine Augen waren von einer stechenden Klarheit, faszinierend und unangenehm zugleich. Seine fein geschnittenen, ausdrucksvollen Gesichtszüge passten nicht in das Gesamtbild, das ich mir bis hierher von Jürgen Hollerbach gemacht hatte.

Hollerbach blinzelte. Ein angedeutetes, ironisches Lächeln umspielte seine Mundwinkel. Ein sanftes Nicken, die Lippen kräuselten sich.

Er ist es!

In diesem Moment wusste ich es, und Jürgen Hollerbach wusste, dass ich es wusste. Unsere Blicke glichen einem lautlosen Duell.

Die Luft war elektrisch aufgeladen. Wir taxierten uns gegenseitig. Er hielt meinem durchdringenden Blick augenscheinlich problemlos stand. In seinen Augen war plötzlich ein Funkeln. Ich konnte förmlich spüren, dass ihn die Konfrontation mit mir erregte.

»Herr Hollerbach ... wo waren Sie an dem fraglichen Abend, beziehungsweise in der Nacht?«, wiederholte Sascha ihre Frage.

Hollerbach lächelte überlegen. Seine Arme verschränkten sich vor seiner Brust. »Bei meiner Mutter.«

»Ihre Mutter wohnt mit in diesem Haus?«

»Nein.« Es war ein mitleidiges, abfälliges *Nein*. Ich ließ Hollerbach nicht eine Sekunde aus meinem visuellen Würgegriff.

»Wo wohnt sie dann? In einem Altenheim?«

»Sie ist tot.«

Er hielt meinem Blick noch immer mühelos stand. Die ganze Mittelmäßigkeit seiner Erscheinung, seine offensichtlich billigen und abgetragenen Kleidungsstücke, der Ansatz zur Fettleibigkeit, seine unnatürliche Blässe, der ungepflegte Oberlippenbart, die dünnen Haare – all das wurde durch die Kraft seiner Augen nichtig.

»Dann waren Sie also auf dem Friedhof?« Sascha war sichtlich irritiert. Ich spürte ihre hilflosen Blicke. »Mitten in der Nacht?«

»Kein Friedhof.«

Es wurde Zeit einzugreifen, um Sascha nicht noch weiter zu verunsichern.

»Das bedarf einer Erklärung, Herr Hollerbach.« Ich mühte mich meine innere Erregung zu kaschieren. Sascha stand jetzt direkt neben mir. »Wenn Ihre Mutter nicht auf einem Friedhof beigesetzt wurde, dann ...«

»Ihre Asche, oder besser gesagt, die Urne mit ihrer Asche, befindet sich in dem Kolumbarium auf der Wintgensstraße in Duissern. Es war immer ihr Wunsch, nicht irgendwo in einem Sarg vermodern zu müssen.«

»Und dort waren Sie am fünften November dieses Jahres während der gesamten fraglichen Zeit, das heißt von etwa zehn Uhr abends bis um ein Uhr in der Nacht, als Bettina Franticzek ermordet wurde?«

»So ist es, Herr ... Wie war doch gleich Ihr Name, es klang irgendwie fremd.« Hollerbach lächelte liebenswürdig.

»Dawson, Jonathan Dawson.«

»Dawson.« Hollerbach schmunzelte genüsslich. »Muss ich mir den Namen merken?«

»Besser wäre es«, gab ich zurück. »Es sei denn, Ihre tote Mutter könnte Ihr Alibi bestätigen.« Ein kurzes Aufblitzen der grauen Augen. Ich hatte einen winzigen Treffer gelandet.

»Sie sollten sachlich bleiben, Kommissar Dawson«, gab er betont ruhig zurück. »Ironische Abschweifungen empfinde ich als äußerst befremdlich, immerhin geht es hier um Mord.«

»Herr Hollerbach, befremdlich ist allein die Tatsache, dass Sie uns weismachen wollen, Sie wären stundenlang in einem Kolumbarium gewesen, um ... dort was zu tun?«

»Das ist ein Ort der Stille und der Besinnung, ich halte dort innere Einkehr. Hinzu kommt, dass meine Mutter dort ihre letzte Ruhestätte gefunden hat.« Hollerbach verlor ein wenig von seiner überheblichen

Ausstrahlung. »Das können einfach gestrickte Menschen wie Sie wahrscheinlich nicht verstehen, oder? Genau so war und ist es aber.«

»Stundenlang?« Jetzt gönnte ich ihm ein ironisches Lächeln. »Nachts, im Dunklen?«

»Dort ist es nicht dunkel. Das ist ein Ort der Begegnung, an dem freie Geister zueinanderfinden. Aber wie bereits erwähnt, das können Sie wohl kaum nachvollziehen«, giftete Hollerbach bissig.

»Nee, eher nicht«, gab ich bewusst schnoddrig zurück.

»Klingt ein bisschen krank«, ergänzte Sascha nüchtern. Sie war voll auf das Psychospiel eingegangen. Den potentiellen Täter verunsichern, ihn an seinem wunden Punkt erwischen, provozieren, aus der Fassung bringen. So wurde es in der Akademie gelehrt. »Sie haben nicht zufällig Ihr Skelett in einem Schaukelstuhl auf dem Dachboden sitzen, oder?«

Hollerbachs Mienenspiel war für einige Sekunden außer Kontrolle. Seine Hände krampften, er atmete etwas schwerer. »Sie tun mir leid, Frau Kommissarin, Sie sind eine einsame, zutiefst unglückliche Person, die sich hinter Ihrem ach so wichtigen Job versteckt, aber das wissen Sie ja selbst nur allzu genau. Nur zu, machen Sie sich weiter etwas vor.« Hollerbach beugte den Oberkörper eine Nuance nach vorn. »Aber auch für Sie kommt der Tag der Abrechnung, womöglich viel eher, als Sie das für möglich halten.«

»Machen Sie sich mal keine Sorgen um mein Seelenheil«, erwiderte Sascha ungerührt. »Oder sollte das etwa eine Drohung sein?« Sascha machte ihrerseits einen winzigen Schritt nach vorn. Sie demonstrierte Hollerbach überzeugend, dass sie sich von ihm nicht beeindrucken ließ. »Ich würde jetzt gern einige weitere Termine durchgehen.«

Hollerbach lachte unvermittelt.

»Was ist so lustig?«, fragte ich ruhig.

»Kommen Sie, denken Sie etwa, ich lese keine Zeitung? Ich lebe nicht hinter dem Mond, verehrter Herr Ermittler. Der fünfte November, das war der Abend, an dem der Papiermörder zum fünften Mal gerichtet hat, am dreizehnten stand eine weitere Exekution an. Das alte Schwelgern-Stadion, wenn ich mich nicht irre.«

»Gerichtet? Exekutiert? Sie empfinden seine Taten als gerecht?«

»Tja, wer weiß, Herr Dawson, wer weiß? Manchmal sollte man über den Tellerrand hinaussehen.«

Verdammter Dreckskerl!

»Was haben Sie denn über das Tatmotiv herausgefunden?« Ein lauernder Blick. Ein Wolf im Schafspelz. »Vielleicht gibt es ja gute Gründe diese Menschen hinzurichten?«

»Darüber werden wir sicher nicht mit Ihnen diskutieren. Kein Mensch hat das Recht über Leben und Tod eines anderen zu entscheiden, deshalb gibt es in Deutschland auch keine Todesstrafe mehr. Gehen wir jetzt die anderen fraglichen Daten durch.«

»Das können wir uns auch sparen.«

»Soll das heißen, Sie verweigern Ihre Mitarbeit?«, hakte Sascha sofort ein.

Hollerbach schenkte ihr ein mitleidiges Lächeln. »Keinesfalls, es ist nur so, dass ich jeden Tag, vorzugsweise abends, spätestens ab acht Uhr, im Kolumbarium bin. Ich sagte bereits, wie sehr ich diese andachtsvolle Stille genieße.«

»Jeden Abend?«, fragte Sascha ungläubig. »Und Sie wollen mir etwas von Einsamkeit erzählen? Verbringen Stunden vor einer Urne und meditieren? Sie sind ja total durchgeknallt.«

»Sascha ... nicht.« Ich legte beruhigend eine Hand auf Saschas Schulter. Mit glühenden Augen fixierte sie Jürgen Hollerbach. »An den fraglichen Tagen ... kann jemand Ihre Anwesenheit in der Totenhalle bezeugen?«

»Ich denke nicht, die meisten Angehörigen sind heuchlerische Schwätzer. Sie streichen das Erbe ein und wurden nie mehr gesehen. In der Zeit direkt nach dem Ableben kommen manchmal ein paar Leute, dann höchstens noch zu den Geburts- und Todestagen, bis sie gar nicht mehr auftauchen.«

»Aber Sie sind anders«, lockte ich.

»Ja, Herr Kommissar, ich bin anders und ich denke anders. Niemand sollte vergessen werden, nicht wahr? Diese dummen Sprüche von wegen, die Verstorbenen leben in unseren Herzen weiter, hasse ich wie die Pest, weil das nur hohles Geschwafel ist.« Hollerbach machte einen Schritt auf mich zu. Ich musste mich beherrschen, um nicht zurückzuweichen. Sein Atem roch durchaus angenehm nach Pfefferminz. »Aber es geht auch anders. Wenn ich dort bin, dann fühle ich mich wieder wie ein ganzer, vollkommener Mensch. Die Last des Alltags fällt von mir ab. Sie sollten es einmal versuchen, Sie beide. Sie wirken sehr, sehr unausgeglichen auf mich.« Hollerbach lächelte selbstbewusst. »Sind wir hier fertig?«

»Ich fasse zusammen: Sie haben augenscheinlich für keinen einzigen der sechs Morde ein Alibi.« Erneut trafen sich unsere Blicke. »Sie geben an, an jedem der fraglichen Tage im Kolumbarium in der Wintgensstraße gewesen zu sein.«

»Das ist korrekt.«

»Und niemand kann für Sie als Zeuge bürgen.«

»Nein, ich denke nicht.« Hollerbach nickte zustimmend.

»Vielleicht sollten wir seine Mutter fragen«, warf Sascha provokativ ein. Hollerbach reagierte mit einem eisigen Lächeln.

»Gott, sind Sie dumm«, flüsterte er kopfschüttelnd.

»Ich muss Sie anweisen Duisburg bis auf absehbare Zeit nicht zu verlassen«, warf ich schnell ein, ehe Sascha zu einer weiteren verbalen Keule ausholen konnte.

»Das habe ich nicht vor. Ich bin gern daheim, die Ferne hat mich noch nie gelockt. Ich bin sehr zufrieden mit mir und meinem Leben und den mir übertragenen Aufgaben.«

»Ihre Mutter, Herr Hollerbach ... wie ist ihr Vorname?«, fragte Sascha, die ihre Augen hoch konzentriert zusammengekniffen hatte.

»Sie heißt Elfriede.«

Sascha und ich kommunizierten lautlos. Ich blinzelte und deutete ein winziges Kopfschütteln an. Sie schlug zustimmend die Augenlider nieder und drückte ganz kurz meine Hand.

»Nun gut, dabei wollen wir es zunächst bewenden lassen. Ich denke, wir werden uns noch des Öfteren sehen müssen, Herr Hollerbach.«

»Ich kann es kaum erwarten, *Mister* Dawson.« Er kicherte lautlos.

»Ach, da fällt mir noch etwas ein. Sie arbeiten wo genau?«

»Im Jobcenter der Stadt Duisburg.« Ich nickte nachdenklich. Hollerbach hob die Augenbrauen an. »Ist ein harter Job, das können Sie mir glauben.«

»Gewiss. Drücken Sie uns die Daumen, dass wir den Papiermörder finden, ehe er seine Ankündigung wahrmacht.«

»Ich verstehe nicht ganz.«

»Nun ja, er hat zehn Opfer angekündigt.« Ich drehte mich noch einmal zu Hollerbach um. »Er wird doch nicht vorher aufhören, denke ich.« Herausfordernd sah ich ihn an. »Das wäre ziemlich enttäuschend.« Hollerbach schluckte einmal krampfhaft. Er hatte sehr genau verstanden, welche Botschaft ich ihm gesandt hatte. »Einen schönen Sonntag noch.«

»Und grüßen Sie Ihre Mutter von uns.« Sascha Brinkmann lächelte liebenswürdig.

»Er ist es, Jonathan! Das ist das Dreckschwein, der ist vollkommen durchgeknallt, aber ich bin ganz sicher, das ist der Papiermörder.«

»Du hast recht.«

»Wir haben ihn!«

»Nein, haben wir nicht ... noch nicht.«

»Der Ring, Jonathan, die Initialen, E. H. Elfriede Hollerbach.« Sascha war vollkommen aus dem Häuschen. »Das passt. Die Aufnahmen aus der Halle, der Kerl mit dem Reinigungswagen, das war der Hollerbach.«

»Du meinst das verpixelte Mäusekino? Vermutlich war er das, echt dreist der Bursche, aber das ist leider auch kein Beweis, Sascha. Er ist dort keinesfalls zu identifizieren, die Aufnahmen sind einfach zu schlecht.«

»Aber er hat kein Alibi, kein einziges, für keine der Tatzeiten!«

»Das alles sind nur wackelige Indizien, wie du sicher weißt. Dafür bekommen wir niemals einen Haftbefehl, kein Staatsanwalt wird uns unterstützen. Die lachen uns aus.« Wir stiegen ins Auto und fuhren los. »Aber dennoch ist das der halbe Sieg. Wir haben ihn identifiziert und wir werden Hollerbach zur Strecke bringen, aber wir müssen geschickt sein. Der Kerl ist irre, aber keineswegs dumm, sonst wäre er nicht mit sechs Morden so weit gekommen.«

»Du hast ihn extra provoziert, richtig? Von wegen zehn angekündigte Morde.«

»Die Lunte ist sowieso angezündet, Sascha. Ich denke nicht, dass ich es noch schlimmer gemacht habe.«

»Er weiß, dass wir es wissen. Wird er sich jetzt nicht verkriechen und aufhören, hoffen, dass die Beweise nicht ausreichen werden und er ungeschoren davonkommt?«

»Nicht auf Dauer. Wir müssen ihn komplett durchleuchten. Da muss in der Vergangenheit einiges passiert sein, was vielleicht auch seinen psychischen Knacks heraufbeschworen hat. Wir müssen den Tod von Elfriede Hollerbach untersuchen, sein Umfeld, seine Jugend, seinen Werdegang, mit seinen Kollegen im Jobcenter sprechen und wir müssen ihn beschatten, Tag und Nacht, er soll wissen, dass wir ihn nicht mehr vom Haken lassen.«

»Wir treiben ihn in die Enge, bis er einen Fehler macht und wir einen stichhaltigen Beweis für seine Taten bekommen.«

• • •

Er weiß es!

Dieser Kommissar mit dem beschissenen englischen Namen weiß es, ganz sicher. Ich habe es in seinen Augen gesehen. Er will mich provozieren. Das heißt aber auch, dass sie keine konkreten Beweismittel gegen mich in der Hand haben. Sie wollen mich in eine Falle locken, aber das können sie vergessen!

Wenn ich jetzt aufhöre, dann werden sie mich nicht bekommen. Aber wenn ich Schluss mache, hat dann nicht dieser Dawson gewonnen? Er wird wiederkommen und mich auslachen, er wird mich seinen Sieg spüren lassen.

Es ist verzwickt.

Ich muss kichern. Sie haben nicht einmal verlangt, dass ich ins Präsidium komme, damit sie meine Fingerabdrücke nehmen können oder eine DNS-Probe. Ist ja logisch. Würde nichts bringen, weil sie nichts gefunden haben. Diese Stümper.

Wie gut, dass ich für Nummer sieben vorgearbeitet habe. Das wird die Herrschaften aber gehörig aus der Fassung bringen.

Das Spiel ist noch nicht vorbei, Mister Dawson. Ein deutscher Bulle mit einem englischen Familiennamen. Wie überaus lächerlich! Das kann ja nichts werden.

Kapitel 21

Polizeipräsidium Duisburg, Großraumbüro

»Wir brauchen eine vierundzwanzig Stunden Observation, Angie.«

»Sach bloß.« Die ergraute Polizistin machte große Augen. »Hasse dat Schwein anne Angel, John? Dat wär einfach zu schön.«

»Bitte, lass nichts groß nach außen dringen. Es könnte sein, dass wir dem Täter mächtig auf den Pelz gerückt sind, die Betonung liegt aber auf dem Konjunktiv. Die Überwachung muss an der Presse vorbeilaufen, aber andererseits durchaus so, dass der Betreffende weiß, dass wir da sind. Ich will ihn in ein psychisches Dilemma treiben. Wenn er aufgibt, dann kommt das für ihn einer Niederlage gleich. So begeht er hoffentlich den entscheidenden Fehler.«

»Du bis 'n schlauer Fuchs. Aber wat is, wenn dat schiefjeht? Dann gibt dat noch 'ne Leiche.« Angelika sah mich sanft nickend an. »Weisse denn echt, dat der dat is?«

»Ich bin mir ziemlich sicher, Angie, wir müssen einfach richtig gut sein.«

»Aber wir ham nich jenuch Beweise für ihn inne Minna zu stecken. Richtig?«

»Du sagst es.« Ich lächelte müde. »Kannst du das für mich einfädeln?«

»Und ob, mach dir keine Sorgen. Ich mach dat mit Bröker klar, dat haut schon hin.« Ich reichte ihr einen Zettel mit Namen und Anschrift von Jürgen Hollerbach. Auch den Standort des Kolumbariums hatte ich vermerkt. »In ‘ner juten Stunde macht der Kerl keinen Schritt mehr, ohne dat wir dat wissen.«

»Danke, Angie, du bist ein Schatz, wie immer.«

»Nee, wat wär dat schön, wenn du hier wär’s, statt immer den ollen Griesgram von Gernot vor der Nase.« Sie schniefte resignierend. »Wenn wat Besonderes is, dann bimmel ich durch, auf’m Handy.«

»Prima.«

Stadtteil Duisburg-Duissern, vor dem Kolumbarium

Wolle Gärtner gähnte herzhaft. Er und seine Partnerin Finya Jacobsen saßen in einem langsam auskühlenden BMW, den sie auf dem Seitenstreifen direkt vor dem Kolumbarium geparkt hatten. Auf der anderen Straßenseite lag ein großes Altenheim der Arbeiterwohlfahrt, links daneben die Arbeitsagentur und das Jobcenter, rechts eine Tierklinik.

»Meine letzten drei Monate und dann so eine Scheiße«, beschwerte sich der Dreiundsechzigjährige. »Vierundzwanzig Stunden Observation. Der Bröker ist echt ein Spaßvogel. Zum Glück ist unsere Schicht bald vorbei. Acht Stunden reichen nun wirklich. Das ist was für junge Hüpfer wie dich. Mir tun jetzt schon alle Knochen weh. Dieser BMW ist echt eine Scheißkarre, die Sitze sind total unbequem.« Finya Jacobsen lachte verhalten. »Ist doch wahr. Wer macht denn so einen scheiß Einsatzplan?«

»Dreimal Scheiße in sechzig Sekunden, Respekt«, spottete die mehr als dreißig Jahre jüngere Kollegin. »Bist gut in Form heute, Alterchen.«

»Scheiß drauf.« Gärtner sah auf die Borduhr. Viertel vor acht. »Jetzt ist der Arsch seit mehr als einer Stunde in dieser Totenhalle. Will der etwa da übernachten?« Wolle Gärtners Bierbauch spannte beträchtlich unter dem Uniformhemd.

Der rote Golf Hollerbachs stand direkt hinter dem Streifenwagen. Der Regen kehrte zurück. »Warum bewachen die Superbullen von der Soko den Scheißkerl nicht selbst? Scheint ja ein Hauptverdächtiger zu sein.« Wolfgang Gärtner griff zur nächsten geschälten Möhre. »Wäre schon ein Hammer, wenn wir den Papiermörder schnappen könnten. Was meinst du, Hase?«

»Ja, warum nicht, mal was anderes als ein Auffahrunfall oder ein besoffener Ehemann, der Randale macht.« Finya Jacobsen streckte sich seufzend. »Ich frage mich nur, warum Hollerbach nicht in Untersuchungshaft genommen wird, wenn er so dringend tatverdächtig ist.«

»Nicht genug Beweise.«

»Wahrscheinlich.«

»Ich mach mal kurz die Augen zu, okay?«

• • •

Ich summe leise vor mich hin. Mit meinem elektronischen Schlüssel öffne ich die Tür zu den Räumlichkeiten im Keller. Auch hier lagern jede Menge Urnen. Nach maximal fünfzehn Jahren im Präsentationsraum, wandern die Urnen für weitere fünf Jahre in den Keller, ehe sie dann endgültig entsorgt werden. So sind die Regeln, aber daran habe ich mich längst gewöhnt.

So, rein in den Overall, die bequemen Turnschuhe angezogen und den Keller durch die Hintertür verlassen. Niemand darf mich sehen. Das wird mein Meisterstück. Ich setze die dunkle Pudelmütze auf und steige in den schwarzen Kastenwagen, der zum Inventar des Kolumbariums gehörte. Nur nicht zu schnell fahren und auffallen. Ich umrunde die ehemalige Kirche und fädele mich problemlos in den spärlichen Verkehr auf der Wintgensstraße in Richtung Norden ein. Im Rückspiegel beobachte ich den Polizeiwagen, dessen Fenster langsam begannen von innen zu beschlagen. Es muss jetzt alles sehr schnell gehen, aber zum Glück habe ich, wie immer, alles minutiös durchgeplant.

• • •

»He, Schlafmütz, da kommt ein Wagen vom Hof.«

Wolle Gärtner grunzte verärgert. Gerade war er endlich sanft entschlummert und schon war die Ruhe dahin.

»Na und?«

»Und wenn das jetzt Hollerbach ist?«

»Schätzelein, du schaust entschieden zu viel Tatort oder diese ganze amerikanische Scheiße. War von der Verfolgung eines schwarzen Vans die Rede? Nein, war es nicht. Einen roten Golf mit dem Kennzeichen DU-EH 1899, den sollen wir beschatten, mitsamt Insassen, und genau das tun wir gerade. Das da ist eine Karre des Betreibers, der die nächsten Urnen einsammeln geht. Das sieht man schon an der kitschigen Kerze auf dem schönen Lack. Gute Nacht.« Wolfgang Gärtner wälzte sich demonstrativ auf die Seite und bettete seinen Kopf auf die zusammengeknüllte Uniformjacke.

Finya Jacobsen verzog missmutig das Gesicht, aber dem Grunde nach hatte Gärtner recht. Hollerbachs Volkswagen stand hinter ihnen und er war in dieser Totenhalle. *Wir könnten gar nicht rein*, schoss es ihr durch den Kopf. *Wir haben nicht so einen elektronischen Schlüssel. Den bekommen wohl nur die Hinterbliebenen ausgehändigt, aber darum sollten wir uns schnellstens kümmern, wir müssen Zugang zum Kolumbarium bekommen.*

Finya Jacobsen nahm einen frischen Streifen Kaugummi aus der Packung. Wenn Angelika Haubrich recht behielt, dann konnte das noch ein langer Abend werden. Angeblich verbrachte Hollerbach Stunden vor dem Schrein mit der Urne seiner Mutter. Immerhin war morgen Montag, das hieß wohl auch für den Verdächtigen, dass er zur Arbeit gehen musste. Resignierend ergab sich die Polizistin in ihr Schicksal.

Polizeiarbeit war eben nicht immer CSI New York.

• • •

Zum Piepen.

Das war ja einfach. Die Dämlacke sind so auf meine alte rote Karre fixiert, dass sie nicht mal einen Blick auf den Van verschwendet haben. Da ist aber noch mächtig Luft nach oben. Nun ja, umso besser für mich.

Jetzt schnell über die Aakerfährbrücke und links einbiegen in den Feldweg.

Licht aus.

Ich parke vor dem ausrangierten Kühlhaus. Früher haben türkische Metzger hier Fleisch und Wolle ihrer Schafe verscherbelt, jetzt sind sie auf ein größeres Grundstück in Meiderich umgezogen. Natürlich haben sie den ganzen Dreck hiergelassen.

Ich gehe rein und schalte die alte Kiste schon mal an.

Wie gut, dass ich die Stromleitung reparieren konnte. Brummend springen die Kühlgeneratoren an.

So, da sind wir also.

Ich sehe in den Käfig. Er tut so, als würde er schlafen, aber ich sehe wie schnell er atmet.

»So, das Ende deiner Leidenszeit ist gekommen, mein lieber Ömer.«

Ruckartig setzt sich die ausgemergelte Figur auf. Sein wild wuchernder Bart lässt ihn verwegen aussehen.

»Du lässt mich endlich frei?«, fragt er voller Hoffnung.

»Nun, das habe ich nicht gesagt. Du ziehst um.«

»Was? Aber wohin denn?«

Ich deute lächelnd auf die alte Kühlkammer. Die Generatoren arbeiten rasselnd und stampfend. Ich sehe auf das Thermometer, das direkt neben der Tür hängt. Fünf Grad Celsius.

Noch ...

»Du bist ja vollkommen irre!«

»Die einen sagen so, die andern so.«

»Lass mich endlich frei.«

»Das ist keine Option.« Ich werfe eine Flasche türkischen Raki in den Käfig. »Zum Wohl, Salute, hau weg oder was sagt man bei euch in der Türkei?« Meine Laune steigt mit jeder Minute. Ömer Toprak schraubt die Flasche auf und schnüffelt misstrauisch. Das Betäubungsmittel kann er nicht riechen. Wenn er nichts trinken sollte, gibt es natürlich einen Plan B.

Ah, nicht nötig, der verdammte Schlawiner säuft, als wäre in der Pulle Mineralwasser. Umso besser. Ich gehe die Schubkarre holen.

»Du bringst mich um, weil ich Türke bin, du verfluchte rechte Drecksau«, lallt Ömer. Er ist kaum noch zu verstehen. »Rassist, Nazischwein.«

»Nicht doch.« Diese Typen, egal ob Männlein oder Weiblein, sind wirklich so unerträglich dumm. »Das hat nichts mit deinem Glauben oder deiner Staatsangehörigkeit zu tun. Die anderen waren alle Deutsche.«

»Anderen ...?« Topraks Augenlider klappen herunter.

»Du bist einfach ein Parasit, und Parasiten gehören ausgemerzt. Das verstehst du doch.«

Er sinkt in sich zusammen. Ich warte besser noch ein oder zwei Minuten. Sicher ist sicher. Das gibt der Zeitplan her. So, das muss reichen. Jetzt auf die Karre hieven und ab in die Kühlkammer. Die Haltegurte sind schon vorbereitet.

Nummer sieben.

Das war noch einfach, ab jetzt gilt die höchste Warnstufe. Ich werde beschattet, wahrscheinlich Tag und Nacht. Es stellt sich die Frage, ob ich die Nummer mit dem Kolumbarium noch weiter so durchziehen kann. Wahrscheinlich nicht. Aber was dann? Ich stopfe Toprak das Packpapier in den Mund. Er wird nicht ersticken, er kann ja durch die Nase atmen, aber erfrieren, oh ja, das wird er.

Ich verriegele die Tür sorgfältig. Ein Blick auf das Thermometer. Der Gefrierpunkt ist fast erreicht. Wie lange kann man dort drinnen überleben? Es wird bis auf minus zwanzig Grad herunter gehen. Vielleicht zwei Tage? Wahrscheinlich nicht, weil er sich ja nicht bewegen kann. Ich klatsche in die Hände. Die Handschuhe wärmen nicht genug.

Zurück in den Wagen. Ohne Licht rechts einbiegen auf die Straße. Keine Zeit verlieren. Schweizer Straße, rechts in die Wintgensstraße, vorbei an der Feuerwache, links in die Heckenstraße. Ein leer stehendes, abbruchreifes Haus, ein Hinterhof, eine ehemalige Garage, jetzt eher ein baufälliger Verschlag, aber ausreichend, um den Wagen erst einmal aus dem Spiel zu nehmen. Dieses Fahrzeug kann ich nicht mehr nutzen.

Diese dämliche aufgebrachte Kerze ist zu markant. Noch einmal mit dem Wagen auf den Hof des Kolumbariums zu fahren ist zu unsicher. Runter mit den Klamotten. Overall, Mütze, Handschuhe, Überzieher ... alles in die Mülltonne. Morgen Früh wird geleert.

• • •

»Na endlich, Scheiße hoch drei, da kommt der Sack.« Wolle Gärtner stemmte sich mühsam aus seiner Liegeposition hoch. Jürgen Hollerbach kam schnurstracks auf den Streifenwagen zu und grüßte fein lächelnd in das Wageninnere. »Das glaub ich doch jetzt nicht.«

»Wirkt ziemlich gelassen, der Typ«, stellte Finya Jacobsen fest. »Satte dreieinhalb Stunden bei der kalten Asche seiner Mama. Lass den Wagen an. Hollerbach fährt los.«

Keine zehn Minuten später bog der Golf mitsamt dem Verdächtigen gemächlich in den Werthacker ein. Fröhlich pfeifend verschwand Hollerbach in seinem Haus.

Kapitel 22

Im Wagen von Jonathan Dawson, kurz vor dem Kaiserberg-Kreuz

»Wir müssen was über die Familie Hollerbach herausbekommen, möglichst den kompletten Werdegang des Soziopaten nachvollziehen. Irgendwann in seinem Leben muss es markante Ereignisse gegeben haben.«

»Der Tod der Mutter.«

»Vielleicht, wir werden sehen, hoffe ich zumindest.«

»Hat die Überwachung gestern was ergeben?«

»Null Komma nix«, gestand ich ein. »Damit habe ich aber auch nicht gerechnet. Hollerbach wird sich die nächsten Tage bedeckt halten, davon bin ich fest überzeugt. Die Beamten, die ihn observiert haben, hatten den Eindruck, dass er förmlich auf eine Bewachung gewartet hat. Er ist um sechs aus dem Haus und direkt zum Kolumbarium gefahren, hat davor geparkt und ist dann im Inneren verschwunden. Um halb zehn kam er wieder raus und hat frech in den Wagen gegrüßt.«

»Oh Mann, der ist echt krank. Was treibt er so lange da drin?«

»Du hast es doch gehört. Er spricht mit seiner Mutter.« Wir fuhren ab und zockelten am hinteren Eingang des Zoos vorbei. Die weitläufigen Parkplätze waren fast leer. Ende November, nicht die bevorzugte Zeit für einen Besuch im Tierpark. »Wir haben gleich einen Termin mit dem Verwalter des Kolumbariums.« Ich blätterte in meinem zerfledderten Notizbuch. »Andreas Wohlgemut. Er erwartet uns um drei am Eingang.«

»Warum trägst du deine Termine nicht in den Kalender deines Smartphones ein?«, fragte Sascha schmunzelnd.

»Ich bin halt oldschool.«

»Okay, du weißt nicht wie es funktioniert, oder?« Saschas Miene hellte sich ein wenig auf.

»Erwischt«, gab ich zerknirscht zu.

»Na, das wird schon. Was ist das eigentlich für ein Ort, dieses Kolumbarium? Ich war noch nie in so einem Gebäude.«

»Der Begriff stammt vom lateinischen Wort für Taube *columba* und bedeutet *der Taubenschlag*, an den die reihenweise übereinander angelegten Nischen für die Urnenbestattung erinnern. Im Christentum wurde die Feuerbestattung wegen des Auferstehungsgedanken jahrhundertelang abgelehnt. Von der katholischen Kirche wurde die Feuerbestattung erst Mitte des 20. Jahrhunderts wieder akzeptiert. Die Protestanten waren, wie meistens, ein wenig weltoffener. Warte mal, ich befrage mal Doktor Google.« Ich tippte auf der Tastatur meines Handys herum und wartete geduldig, bis die Seite des Kolumbariums sich endlich aufbaute. »Okay, 2004 wurden Pfarrstellen in Duissern und der Innenstadt zusammengelegt und die Kirche als solche nicht mehr genutzt. Dann hat man jahrelang nach alternativen Nutzungsmöglichkeiten gesucht und letztendlich die Kirche an eine private Betreiberfirma vermietet, die 2012 das Gebäude als Begräbnisstätte eröffnete.«

»Bin gespannt, wie es dort drinnen aussieht.«

»Ich habe hier ein paar Bilder. Sieht ein bisschen aus wie in einem Reisebüro, helles Holz und jede Menge Glasvitrinen in verschiedenen Größen, wenn ich das richtig sehe. Die Galerien sind in U-Form angeordnet, immer mit zwei Sesseln und einem Tischchen im Zentrum. Über achthundert Plätze, davor Kirchenbänke und eine Art Pult, wahrscheinlich für die Geistlichen, die zur Beisetzung sprechen. Oh, warte mal ... Das ist interessant!«

»Was denn?«

»Der Betreiber garantiert Videoüberwachung, sowohl für den Außenbereich, als auch für die eigentliche Gedenkstätte.«

»Das ist sehr, sehr cool!«, freute sich Sascha mit mir. »Hoffentlich werden die Aufzeichnungen zumindest für einen gewissen Zeitraum archiviert, dann hätten wir Hollerbach mächtig bei den Eiern. Meinst du, wir bekommen einen Haftbefehl, wenn entsprechende Aufzeichnungen existieren und Hollerbach nicht zu sehen ist?«

»Tja, wäre möglich, aber für eine Verurteilung reicht das keinesfalls. Wir sollten ihn zunächst im Unklaren lassen. Erst mal sehen, ob die Überwachung überhaupt weiterhilft.«

Schweizer Straße, an dem Restaurant *Kartoffelkiste* vorbei, links ab in die Wintgensstraße. Kurz vor drei Uhr. Ein glatzköpfiger Hüne in einem hellen Lodenmantel erwartete uns bereits.

»Die Dame und der Herr von der Polizei.« Saschas eher zierliche Hand verschwand vollständig in Wohlgemuths Pranken. »Sie interessieren sich für unsere wundervolle Ruhestätte.«

»Eher für einen Ihrer Stammkunden«, gab Sascha unbehaglich zurück.

»Na ja, Stammkunden sind sie letztendlich alle, schließlich weilen sie nicht mehr unter den Lebenden.«

»Liebe Güte, haben Sie einen Clown verschluckt?«

»Um wen geht es denn, wenn ich fragen darf?« Wohlgemuth gab sich leicht gekränkt, da Sascha auf seinen plumpen Witz nicht angesprungen war. Jetzt mühte er sich, einen möglichst verbindlichen, aber doch hilfsbereiten Ton anzuschlagen.

»Jürgen Hollerbach.«

»Ah, natürlich.«

»Das überrascht Sie nicht?«, hakte ich sofort nach.

»Nein, nicht wirklich. Es ist selbstverständlich, dass wir unsere Kunden diskret behandeln, aber Herr Hollerbach ist ... wie soll ich es möglichst wertneutral beschreiben ... ein ganz besonderer Mensch.«

»In welcher Hinsicht?«

»Tja, das zeige ich Ihnen am besten.«

Wohlgemuth öffnete mit einem elektronischen Schlüssel die Pforte. Dicke Glastüren schoben sich fast geräuschlos beiseite. Durch eine kleine Eingangshalle gelangten wir in den früheren Kirchraum. Zehn Reihen mit Bänken und Gesangbüchern auf den Ablagen füllten das Kirchenschiff. Hinter dem altarähnlichen Pult und an der rechten Seitenwand reihten sich die Regale mit den Fächern aneinander. Die meisten waren mit Urnen belegt. In den oberen, wahrscheinlich eher unbeliebten Reihen, blieben einige Abteile leer. Die Urnen selbst standen hinter einer Scheibe aus Plexiglas, die sich noch wegschieben ließ. Vor jedem Fach eine kleine Abstellfläche für Blumen oder Bilderrahmen.

An der Stirnwand, die komplett mit Urnenfächern ausgestattet war, fiel in Augenhöhe ein besonders großes Fach auf, welches rundherum von leeren Fächern umgeben war.

»Sehen Sie, das ist die Urne von Elfriede Hollerbach«, dozierte Wohlgemuth.

»Warum sind die Fächer darum herum frei?«, wunderte sich Sascha.

»Er hat alle neun gekauft«, erklärte der Verwalter nüchtern.

»Was?«, staunte ich nicht schlecht. »Das muss ein Heidengeld gekostet haben.«

»Knapp fünfzigtausend Euro für fünfundzwanzig Jahre.«

»Wahnsinn.«

»Allerdings. Hinzu kommt, dass die Urnen normalerweise fünfzehn Jahre hier oben bleiben, und dann für weitere fünf Jahre in den Keller wandern, bis der Gesetzgeber eine endgültige ... *Entsorgung* erlaubt. Hollerbach hat sofort für dreißig Jahre gekauft, alle neun Schubladen, daher der hohe Preis.«

»Er hat sie definitiv nicht alle auf der Latte«, schloss Sascha. »Und er ist wirklich jeden Tag hier, stundenlang?«

»Das kann ich natürlich nicht für jeden einzelnen Tag und im Detail bestätigen, ich bin ja selbst nicht jeden Tag anwesend, aber er ist ganz sicher sehr oft hier.«

»Auf Ihrer Website kündigen Sie eine Videoüberwachung an, Herr Wohlgemuth.«

»Es gibt genug Vandalen, Herr Kommissar, die auch vor so einer Ruhestätte nicht Halt machen.«

»Zeichnet die Kamera auf, und noch viel wichtiger ... speichert sie die Aufzeichnungen?« Alle meine Hoffnungen bündelten sich in dieser Frage. Ich war so nervös. Unbewusst nahm ich kurz Saschas Hand.

»Ja, aber sicher, das geschieht automatisch.«

»Heiliger Klabautermann, wie lange zurück reichen die Aufzeichnungen?« Sascha wirkte angespannt.

»Einen Monat, denke ich. Ganz genau weiß ich es aber nicht.«

»Bingo!«, freute sich Sascha diebisch.

»Darf ich fragen ...«

»Können wir die Aufzeichnungen sehen, oder müssen wir uns extra einen richterlichen Beschluss besorgen?«, fragte ich ungeduldig.

»Tja, also, ich weiß nicht ...«

»Herr Wohlgemuth, es ist mehr als wichtig und den Beschluss bekommen wir sowieso, den werden wir nachreichen, das versichere ich Ihnen.«

»Na schön, man hilft der Obrigkeit ja, wo man kann. Dann kommen Sie mal mit in die Zentrale.« Wir verließen die wirklich ansprechende Gedenkstätte. Im Eingangsbereich schloss Wohlgemuth eine Seitentür auf. Wir standen in einem kleinen Kabuff ohne Fenster, nur ausgestattet mit einem einfachen Schreibtischstuhl und einem kleinen Flachbildschirm. Links neben dem Tisch summte leise ein Computer. Wohlgemuth klickte mit dem Cursor auf ein Kamerasymbol.

»Sehen Sie, man kann zwischen dem Vorplatz, dem eigentlichen Hauptraum und dem Hof hin- und herschalten. Drei Kameras, das ist ziemlich komfortabel.«

»Das ist großartig.« Mein Herzschlag hatte sich beschleunigt. »Können wir bitte auf Samstag, den zwölften November zugreifen.«

»Sicher, welche Uhrzeit?«

»Beginnen wir um siebzehn Uhr, bitte, und dann die Kamera des Hauptraumes.«

»Okay, kein Problem.« Der Bildschirm verschwamm kurzzeitig, dann erschien der Raum in seiner ganzen Pracht.

Leer!

Die Halle war leer.

»Schneller Vorlauf!« Im oberen rechten Eck des Bildschirmes lief eine Uhr mit. »Noch schneller bitte.«

17.30 Uhr

17.45 Uhr

»Scheiße! Das gibt's doch nicht«, fluchte Sascha enttäuscht. Wohlgemuth schaltete gedankenschnell auf Echtzeit. Ein Mann betrat die Halle. »Das ist er, Jonathan, das ist Hollerbach.«

»Das heißt noch nichts, Sascha. Wir wissen nicht, wann er Draxler aufgegriffen und ins Stadion entführt hat. Vielleicht geht er gleich.« Gebannt verfolgten wir das statische Geschehen auf dem Bildschirm. Hollerbach, wie er frische Blumen in die unzähligen Vasen platziert, wie sein Mund sich unablässig bewegt, wie er die Klappe öffnet und seine Hände um die reich verzierte Urne legt. Dann dreht er einen der beiden Sessel so, dass er direkt auf das Ensemble starren kann, den Rücken zur Kamera.

Zeitindex: 18.05 Uhr

»Langsamer Vorlauf?«, schlug Wohlgemuth vor.

»Gute Idee.«

18.30 Uhr ... 19.10 Uhr ... 19.35 Uhr ...

»Er geht nicht, Jonathan. Er sitzt und sitzt.«

»Die Zeit reicht immer noch.« Aber ich glaubte selbst nicht mehr daran, dass Jürgen Hollerbach aufstehen würde, um Gerald Draxler an dem Pfahl im Schwelgern-Stadion in Hamborn zu verbrennen. »Na, komm schon«, zischte ich wütend.

20.38 Uhr

Nichts geschah. Hollerbach stand auf und stellte sich vor die Urne. Stumm nickte er, dann setzte er sich wieder, stand zehn Minuten später auf und legte beide Hände auf das schmale Brett vor dem eigentlichen Fach. Zwischendurch vertrat sich Hollerbach die Beine, dann kehrte er in den gemütlich aussehenden Sessel zurück. Der Vorlauf wurde beschleunigt. Stumm starrten wir auf den Bildschirm.

»Wer hat Zugang zu diesem Überwachungsraum?«, fragte ich mit belegter Stimme.

»Nur der Hausmeister und ich, die Schlüssel der Kunden passen hier natürlich nicht.«

21.12 Uhr

»Kann man theoretisch die ganze Nacht bleiben?«, erkundigte sich Sascha.

»Theoretisch schon, aber wer macht denn so was?«

»Sehen Sie doch.«

»Hören Sie, Fräulein Kommissarin, ich kann nichts dazu, wenn Sie offensichtlich anderes erwartet haben. Sie sollten Ihre Enttäuschung nicht an mir auslassen. Ich helfe Ihnen so gut ich kann.«

»Entschuldigung, wir haben tatsächlich ein anderes Ergebnis erhofft«, beschwichtigte ich. Das Video lief weiter und weiter.

22.38 Uhr

Jürgen Hollerbach erhob sich und verabschiedete sich gestenreich von der Urne. Fast provokativ drehte er sein Gesicht in Richtung Kamera. Dieses überlegene Lächeln. Ein unangenehmes Frösteln lief mir über den Rücken. Der Mann war ein Dämon.

»Fünfter November, können wir das Video auch noch sehen?« Sascha nickte mir aufmunternd zu. Urplötzlich spürte ich eine bleierne Müdigkeit in den Knochen. Wir endeten schon wieder in einer Sackgasse. Ganz offensichtlich war Hollerbach nicht der Täter. In dem infrage kommenden Zeitfenster hatte er hier gesessen und stille Kommunikation mit seiner toten Mutter gepflegt.

Bettina Franticzek.

Die Nacht im November, der vorletzte Mord.

Auch an dem fraglichen Samstagabend war Jürgen Hollerbach hier gewesen. Tatsächlich bis kurz vor Mitternacht. Die Aufzeichnung lief im schnellen Vorlauf durch. Keine Chance, Hollerbach hatte den Raum nicht verlassen, nicht einmal, um eine Toilette aufzusuchen. »Wie kann ich nur so unglaublich danebenliegen?«, flüsterte ich betreten. »Anstatt ihn mit diesen Aufzeichnungen zu überführen, hat er jetzt ein spitzenmäßiges Alibi.«

»Sollen wir noch weiter in die Vergangenheit gehen?«, fragte der Verwalter.

»Nein, aber sorgen Sie bitte dafür, dass diese Aufnahmen nicht gelöscht werden«, bat ich ernüchtert. »Vielen Dank, Herr Wohlgemuth.«

»Natürlich.«

»Okay, vielleicht müssen wir noch einmal auf Sie zurückgreifen.«

»Jederzeit, Frau Kommissarin.«

»Komm, Großer, nach diesem Tag haben wir uns einen Whisky verdient.«

Wir taumelten ins Freie. Die Luft tat gut nach der Enge in dem Überwachungsraum.

»Er war es, Sascha, Hollerbach ist der Täter, auch wenn alles dagegenspricht. Ich weiß es einfach!«

»Sieht nicht so aus.«

»Er verarscht uns, da stimmt was nicht mit den Aufnahmen. Oh Mann, wenn Eddie doch jetzt hier wäre, der könnte den ganzen Kladderadatsch auseinandernehmen.«

»Du ziehst nicht in Erwägung, dass wir falschliegen?«

»Nee.«

»Und wenn er einfach nur ein Megaarschloch ist, das ein bisschen mit der Soko spielen möchte? Ist das so undenkbar?«

»Er ist es!«

»Ist das jetzt Altersstarrsinn?«

»Ich weiß es einfach.« Müde fielen wir ins Auto. »Wie spät ist es?«

»Gleich fünf und schon wieder duster. Fahren wir noch ins Revier?«

»Was hältst du von Telearbeit? Wir recherchieren im Hotel an unseren PCs.« Wir rollten gemächlich Richtung Wyndham. »Dann rufen wir Angelika an und lassen uns Hollerbachs Tagesbericht vorlegen.«

»Du bist ein guter Chef.« Unwillkürlich musste ich lachen. »Ich bin kaputt, ich könnte drei Tage nur schlafen.«

»Das machen wir, wenn wir das Untier zur Strecke gebracht haben.«

»Okay, so toll bist du auch wieder nicht, Käpt'n Ahab.«

Kapitel 23

Polizeipräsidium Duisburg, im Büro von Hauptkommissar Bröker

»Warum wollten Sie mich unbedingt sehen?«, fragte ich Bröker vorsichtig.

»Weiß ich nicht mehr.«

Ich atmete tief durch. Irgendwie musste ich die Ruhe bewahren und mein Mundwerk im Zaum halten. »Wir haben einen Verdächtigen, den wir on top observieren lassen.«

»Wie schön für Sie.« Bröker malte mit einer Fingerspitze wirre Kreise auf seine Schreibtischunterlage. »Sind Sie gläubig, Jonathan Dawson, glauben Sie an Gott, an eine höhere Macht?«

»Ich glaube fest daran, dass wir nicht verloren sind, wenn unsere Zeit auf dieser Erde abgelaufen ist. Dazu benötige ich aber keine Kirche und keinen Priester, der mir die Weisheiten der Bibel vorkaut.«

»Ah, sieh an, Jonathan Dawson ist ein spiritueller Mensch, wirklich erstaunlich.« Er rieb sich die verquollenen Augen, sichtlich bemüht sich zu konzentrieren. Der Fall wuchs ihm eindeutig über den Kopf. »Was ist das für ein Verdächtiger, und wie konkret sind die Hinweise?«

Ich brachte Bröker auf den neuesten Stand. Stirnrunzelnd tippte er mit der Bleistiftspitze auf seine Nase. »Das sieht Ihnen gar nicht ähnlich, Dawson. Ihr Bauchgefühl überzeugt keinen Richter und keinen Geschworenen. Der Mann hat ein Alibi, zumindest für die letzten zwei Morde.«

»Er verarscht uns. Wir brauchen unverzüglich Unterstützung durch

IT-Spezialisten. Ich weiß nicht, wie Hollerbach das gedreht hat, aber die Aufnahmen müssen manipuliert worden sein. Er ist der Papierkiller, darauf würde ich mein letztes Hemd verwetten.«

»Wo ist Ihr Computergenie?«

»Kurz nach Hause, ein familiärer Notfall.«

»Das kommt zur Unzeit, Dawson.«

»Das mag sein, aber ich kann es nicht ändern. Frau Brinkmann versucht gerade ihn zu erreichen.«

Die Bürotür flog auf. Eine aufgelöste Angelika Haubrich stürmte in den Raum. »Dat müsst ihr euch angucken, Männers!« Resolut schob sie mich beiseite und schaltete den Fernseher an. »Dat glaubt ihr nich, dat is 'n Hammer!«

Das Telefon klingelte.

»Geh ran, Chef, dat is dat BKA.«

Bröker nahm der Hörer ab. Seine Gesichtsfarbe wechselte von aschfahl zu puterrot.

»Großer Gott, was ist das jetzt wieder für eine Scheiße?«, fluchte Bröker. Neugierig starrte ich ihn an. Bröker knallte der Hörer zurück in die Aussparung des Telefons. »Die haben einen anonymen Hinweis bekommen. Es soll ein weiteres Opfer geben!«

»Unmöglich!«, rief ich. »Hollerbach wird rund um die Uhr bewacht!«

»Irgendwo an der Aackerfähre soll es sein, verdammt, ich wohne ganz in der Nähe in Duissern.«

»Wo genau?«

»Ein ehemaliger türkischer Schlachthof mit Kühlhaus, in dem noch vor geraumer Zeit Schafe geschlachtet und aufbewahrt wurden.«

»Das kenne ich.«

»Adrian!«, brüllte Bröker laut.

»Chef?«

»Sofort ein Einsatzkommando zur Aakerfährbrücke, auf das Gelände der alten türkischen Schlachterei.«

»Geht klar.«

Wir betraten die Halle. Bröker hatte mir vorsichtshalber drei Kolleginnen und Kollegen, plus Adrian Kaczor, zur Seite gestellt. Sascha versuchte derweil verzweifelt Eddie zu erreichen.

Ich sah Schlachtbänke, Haken unter der Decke, eine Art Käfig. Ein eisiger Schauer lief meine Wirbelsäule abwärts.

In meinem Blickfeld erschien jetzt der vergitterte Bereich. »Es scheint wirklich eine Art Gefängnis gewesen zu sein. Da sind ein Schlaflager und jede Menge leere Dosen zu sehen.« Manchmal tat es gut Dinge laut auszusprechen. Ich hörte meine Mitstreiter rechts und links von mir hektisch atmen. »Dicke Bohnen, Mais, Gurken, Ananas. Gütiger Gott, es sieht aus, als wenn hier ein Mensch über einen längeren Zeitraum gefangen gehalten worden wäre.«

»Eine chemische Toilette«, entdeckte ein junger Kollege entsetzt. Es knackte in seinem Funkgerät. »Das ist Hauptkommissar Bröker. Er will wissen, was hier los ist.«

»Er muss sich gedulden, bisher haben wir noch keine Leiche gefunden.« Ich umrundete den Käfig. Rechts neben dem Eingangstor befand sich eine schwere Tür mit einem großen Hebel. »Da geht es zum Kühlhaus. Kommen Sie.« Ich deutete auf den Kollegen mit dem Funkgerät. »Langsam öffnen.«

Wir alle starrten wie gebannt auf die sich langsam öffnende Tür. Grelle Neonröhren flammten an der Decke der Kühlkammer auf.

»Oh Gott …« Das war eine der Kolleginnen. Geschockt presste sie eine Hand auf ihren Mund.

»Scheiße hoch zehn«, japste Adrian Kaczor. »Da sitzt echt einer, fest fixiert. Das ist eindeutig die Handschrift des Papierkillers.«

»Das ist kein Deutscher«, bemerkte ich. »Türkischer Mitbürger. Weicht er von seinem Muster ab?«

»Ich fasse das einfach nicht«, flüsterte Brökers rechte Hand verstört. Der Beamte reichte mir das Funkgerät.

»Jonathan, was ist los?« Das war Jessica Wald, die anscheinend zu Bröker gestoßen war.

»Ein weiteres Opfer, mutmaßlich erfroren.«

»Wie in den Hymnen angekündigt.«

»Kannst du kommen?«

»Ich sammle Sonia ein und fahre sofort zum Tatort.« Jessica beendete das Gespräch ohne ein weiteres Wort. Im Hintergrund hörte man Polizeisirenen näherkommen.

»So sieht ein Mensch aus, der wie ein Tier in einem Käfig hausen musste und letztendlich dem Erfrierungstod zugeführt wurde«, fasste Adrian Kaczor die Szenerie zusammen. »Das Grauen nimmt einfach kein Ende. Wann endlich hört das Morden auf? Wann können wir endlich wieder ruhig schlafen?«

»Herr im Himmel, seien Sie doch nicht so melodramatisch, Adrian«, wies ich Kaczor zurecht. Seine weinerliche Stimme ging mir gegen den Strich. Das Gesicht des Mannes spiegelte seinen Todeskampf wider. Das Opfer musste bis zum bitteren Ende gekämpft haben, aber das silberne Klebeband war anscheinend nicht zu überwinden. Ich machte noch einen Schritt auf den Körper zu. Natürlich war da wieder Papier in seinem Mund. Verbissen kaute ich auf meiner Unterlippe. Saschas unerschütterliche Ruhe fehlte mir. Konnte ich denn so furchtbar falschliegen? Hollerbach wurde doch lückenlos überwacht ...

Was hat er uns diesmal hinterlassen, welche kranke Idee?

»Hände weg von der Leiche, Jonathan!«, schrie eine weibliche Stimme aufgebracht im Hintergrund. Das war tatsächlich schon Jessica. Okay, vom Präsidium bis zum Schlachthof war es nicht sehr weit.

»Schon gut.« Ich wich einen Schritt zurück. »Dein Job.«

»Allerdings.« Wir sahen einander kurz in die Augen.

»Ich kann helfen«, bot ich verlegen an.

»Nein, kannst du nicht.« Jessica hatte sich beruhigt. »Geh, Jonesy, geh und finde endlich diesen Wahnsinnigen.« Ich nickte geschlagen. In diesem Moment wollte ich einfach weglaufen. Meine Energie war aufgebraucht, anscheinend jagte ich den falschen Mann. »Jonesy ...?«

»Ja?«

»Bitte ... gib nicht auf.«

»Das werde ich nicht, aber ich würde gern bleiben und zumindest was die Tatzeit angeht eine grobe Einschätzung von dir mitnehmen. Wie lange war Toprak in der Kühlkammer?«

Jessica Wald sah mich nachdenklich an. »Nicht länger als achtundvierzig Stunden, Genaueres wissen wir erst nach der Obduktion.«

»Das kann nicht sein.«

»Ach nein?«, erwiderte sie gereizt, »weil nicht sein kann, was nicht sein darf?«

»Das passt einfach nicht. Toprak muss länger dort drin gewesen sein. Unser Verdächtiger wird seit zwei Tagen rund um die Uhr beschattet. Er muss es vorher gemacht haben, sozusagen Tod auf Reserve.«

»Blödsinn! Sei nicht so unglaublich verbohrt und such dir einfach einen neuen Verdächtigen. So hilfst du niemanden. Warum verrennst du dich in dieses Hirngespinst?«

»Jess ...«

»Jessica, nicht Jess! Dieser Typ hier ...« Sie deutete unmissverständlich auf Ömer Topraks bleiches Gesicht. »Ist nicht länger als zwei Tage hier drin, ob du es glauben willst oder nicht.«

»Jonathan, vielleicht ...«

»Und Sie, Frau Brinkmann ... können Sie vielleicht diesen sturen Esel einpacken und von meinem Tatort entfernen? Die Ergebnisse bekommen Sie so schnell wie möglich.« Sascha nahm meine Hand und zog mich beiseite.

»Komm, wir gehen einen Tee trinken.« Kopfschüttelnd ließ ich mich wegführen.

»Das ist die erste vernünftige Idee heute«, murmelte Jessica wütend. »Was ist nur los mit dir, Jonathan Dawson? Hast du das Denken verlernt? Halte dich an die Fakten, Starrkopf.«

Aufgewühlt verließen wir den alten Schlachthof.

»Er war es, Sascha, das war Hollerbach. Er will uns fertigmachen, verstehst du? Das Ganze ist ein abgezocktes Spiel.«

»Vierundzwanzig Stunden, Jonathan. Lückenlose Überwachung, wie soll das vonstattengegangen sein? Der Kerl ist kein Magier und er hat sicher auch nicht den Ring von Bilbo Beutlin, der ihn unsichtbar macht.«

»Das weiß ich noch nicht, aber ich weiß, dass er es war. Er hat diesen Zug vorausgesehen, den Tod von Toprak von langer Hand geplant. Er ahnte womöglich, dass wir ihm auf die Schliche kommen würden. Deshalb hat er Toprak so lange am Leben gelassen, nur, um uns in dieser Situation mächtig an die Karre zu pinkeln. Aber da muss er früher aufstehen, ich kriege das Miststück.«

»Sag mal, du hast sicher Moby Dick gelesen, oder?«

»Hm?« Ich runzelte die Stirn. »Sicher, ist schon 'ne Weile her, aber ja.«

»Du kommst mir echt langsam vor wie Käpt'n Ahab, besessen von einer Idee.« Sascha sah mich offen an.

Ernüchtert sackte ich zusammen und atmete tief durch. Sie hatte ja recht. Ich musste einen kühlen Kopf bewahren, sonst würde Hollerbach gewinnen. Wenn ich richtiglag, dann hatte er jetzt seine Reserve aufgebraucht. Drei Opfer fehlten ihm noch. Dieser Mord war gut vorbereitet und schnell auszuführen gewesen, aber damit war es jetzt vorbei. *Es sei denn der Irre hat noch weitere potentielle Opfer irgendwo gebunkert.*

»Jonathan …?«

»Okay, alles gut, danke, dass du mir einen Tritt in den Allerwertesten verpasst hast, war bitter nötig.«

»Wir fangen also von vorn an?«

Ich grinste, wie ich hoffte, diabolisch. »Oh nein, Sascha, Hollerbach ist es, ich sagte nicht, dass ich falschliege, aber wir werden unsere innere Ruhe zurückerlangen. Wir werden ihm eine Falle stellen.«

»Wie das denn?«

»Weiß ich noch nicht, aber ich arbeite daran …«

»Du machst mir Angst.«

»Angst sollte nur einer haben.«

Kapitel 24

Jobcenter Duisburg

Malte Krüger, Bereichsleiter des Jobcenters Duisburg, empfing uns ins seinem mit Kühlschrank und Kaffeevollautomat ausgestattetem Büro.

»Sie haben Glück, dass Sie mich noch erwischen.« Der Chef der Abteilung Leistungsgewährung war einer dieser jungen, aufstrebenden Typen, bei denen man sich nie des Eindrucks erwehren konnte, dass sie mit der jeweiligen Behörde verheiratet waren und nicht etwa mit etwas so Profanem wie einem menschlichen Wesen. »Hier geht jeden Tag die Post ab, wenn Sie verstehen, was ich meine.« Sascha machte ein entzückendes fragendes Gesicht. »Na ja, wir sind hier in Duisburg, Arbeitslosenquote 15,8 Prozent, ein weit über dem Landesdurchschnitt liegender Anteil an Langzeitarbeitslosen. Das ist kein einfacher Job. Die Klientel ist nicht gerade vom Feinsten.«

»Aha.«

»Wie kann ich Ihnen denn helfen?«

»Es geht um einen Ihrer Angestellten.«

»Ja?« Krüger richtete affektiert seinen Seitenscheitel.

»Jürgen Hollerbach.«

»Und?« Krüger wirkte nur mäßig interessiert. Seine fachmännischen Blicke klassifizierten unverhohlen Saschas Körper. »Hat er was ausgefressen? Kann ich mir gar nicht vorstellen.«

»Wir benötigen ein paar Hintergrundinformationen.«

»Ist ein zuverlässiger Kerl, der Hollerbach, kaum Krankheitstage, schneidet bei der jährlichen Leistungsbeurteilung immer im gehobenen Drittel ab. Nicht ganz an der Spitze, da scheint ihm wohl der nötige Ehrgeiz zu fehlen, aber immer gutes Mittelmaß. Ist ja auch schon fast fünfzig, glaube ich.«

»Ach, und mit fünfzig Jahren ist man hier raus aus dem Karrieretopf?«, fragte Sascha provokant. Ich konnte förmlich sehen, wie es hinter ihrer Stirn arbeitete. Sie mochte den sehr von sich eingenommenen Verwaltungsmenschen nicht.

»Sagen wir mal so ... in dieser Phase des Arbeitslebens sollte man schon eine gewisse Position erreicht haben«, gab Krüger diplomatisch zurück. »Dann auf der Karriereleiter noch mal anzugreifen ist schwierig.«

»Eine sehr einfältige Philosophie.«

»Nun ja, das ist heute sicher nicht unser Thema.«

»Noch mal zurück zu Hollerbach«, verhinderte ich einen längeren Disput. »Was können Sie uns noch zu seiner Person sagen, irgendwelche Auffälligkeiten?«

»Aber nein, echt nicht, er hält sich aus allen Zwistigkeiten raus.«

»Hat er Freunde im Amt?«

»Keine Ahnung, ich denke nicht, er ist mehr der Typ *Einsamer Wolf*. Arbeitet gern allein, kommt zu keiner Freizeitveranstaltung, meidet, wenn möglich, Fortbildungen, ist mit sich und seinem Job zufrieden.«

»Glauben Sie.«

»Wissen Sie, Frau Kommissarin, ich leite diese Abteilung, schaue, dass die Teams effizient arbeiten, die Zahlen müssen stimmen, die Zielvorgaben erreicht werden, aber ich bin nicht der Seelsorger meiner Truppe. Zum jeweiligen Stichtag müssen die Werte stimmen, das ist alles, worauf es ankommt.«

»Gibt es oft Ärger?«, wollte ich wissen.

»Sicher, reichlich. Wir verhängen Sanktionen, da sind wir ganz weit vorn. Echte Hardliner, meine Truppe. Da gibt es natürlich Gejammer ohne Ende. Leistungen gekürzt, Sperrzeiten, abgelehnte Sonderanträge, und trotzdem können wir nicht alle schwarzen Schafe erwischen.

Aber wir haben zwei Security-Leute unten in der Halle und weitere zwei, die regelmäßig in den Etagen patrouillieren.«

»Wie ist das gemeint?«

»Na, es gibt genug Männlein und Weiblein, die kapiert haben, wie das Spiel läuft, wenn ich das mal unter uns so leger ausdrücken darf. Die verarschen uns nach Strich und Faden, die schaffen es immer wieder elegant, um einen Job herumzukommen.«

»Warum sollten diese Menschen keine Arbeit wollen?«, fragte Sascha irritiert.

»Weil sie sich ihr Leben mit der Stütze prima eingerichtet haben. Hartz IV, Grundsicherung, Miete und Heizkosten sind durch uns abgedeckt, ein bisschen Schwarzarbeit und die Herrschaften haben mehr Kohle als ein Hilfsarbeiter, der vierzig Stunden malochen geht. Ich könnte Ihnen Beispiele nennen, da fallen Sie vom Stuhl. Fünfzig-Stunden-Woche und netto einen knappen Tausender auf dem Konto. Würden Sie sich dafür jeden Morgen aus dem Bett quälen?«

»Und Herr Hollerbach betreut ebenfalls solch einen Kundenkreis?«, vermutete ich.

»Na sicher, das tun alle hier in der Leistungsabteilung.«

»Und es besteht auch persönlicher Kontakt zu den Kunden?«

»Klar, was meinen Sie, was hier jeden Tag an Beschwerdefällen vorliegt. Die Ausreden müssten Sie sich mal anhören, darüber könnte man ein Buch schreiben.« Krüger lächelte säuerlich. »Die wollen alle nur das Eine: Geld. So einfach ist das.«

»Hat jeder der Sachbearbeiter einen festen Kundenstamm?«

»Ja, das ist neuerdings wieder nach Endziffern aufgeteilt, die Buchstabenlösung war dann doch zu ungerecht. Es gibt einfach zu viele Yildirims in Duisburg, wenn Sie verstehen, was ich damit meine.«

Der Kerl fing langsam an auch mir auf die Nerven zu gehen. »Können wir die Namen von Herrn Hollerbachs Kunden einsehen?«

»Das fällt unter alle möglichen Datenschutzklauseln.«

»Okay, kein Problem, kann ich mal eben von Ihrem Apparat den Herrn Innenminister anrufen?«

»Den Innenminister der Landesregierung?«

»Genau, den hätte ich mal eben gern.«

»Nun ja, ich denke wir können uns diesen Anruf ersparen, Herr Kommissar ...«

»Dawson, ohne Y.«

»Ja, eine Ausnahme scheint mir gerechtfertigt zu sein.« Sascha grinste mich spitzbübisch an. Sie genoss es sichtlich, dass ich Krüger an der kurzen Leine vorführte. »Einen Moment, bitte.« Ich sah auf meine Armbanduhr. Kurz vor fünf. Krüger telefonierte. Kurz darauf sprang sein Drucker an. »Da sehen Sie mal, wie überlastet meine Leute sind. Mehr als dreihundert Fälle im Stammdatensatz, plus die Vertretung für kranke Kolleginnen und Kollegen, und solche, die in Fortbildungen oder Erziehungsurlaub sind. Ein verdammter Teufelskreis.« Krüger gab mir die Ausdrucke.

»Eventuell Beweismittel.«

»Meinetwegen, ich hoffe diese Liste hilft Ihnen, wobei auch immer.«

»Ich hatte es dir ja bereits gesagt.« Jessica Wald warf mir den Autopsie-Bericht zu. »Wir konnten anhand des Erfrierungsgrades die Zeit ziemlich genau eingrenzen, die Ömer Toprak in dem Kühlhaus zugebracht hat. Ausgehend von elf Uhr heute Morgen, als er gefunden wurde, können wir gesichert von einer vierzigstündigen Verweilzeit ausgehen, plus minus zwei Stunden. Zurückgerechnet bedeutet das, Toprak wurde am Sonntagabend zwischen acht und zehn Uhr in das Kühlhaus verschleppt. Wie schon mehrfach geschehen, hat der Täter sein Opfer vorher betäubt, um es dann wie gewohnt drapieren zu können. Der Tod trat übrigens erst heute in den frühen Morgenstunden ein. Fast hätte sich der Mörder ein Eigentor geschossen. Dieser Toprak war ein verdammt zäher Bursche. Hat wohl bis zur letzten Sekunde um sein Leben gekämpft.«

»Er konnte es wohl nicht erwarten, uns lächerlich zu machen«, sagte ich leise. In Gedanken rechnete ich fieberhaft die Zeit zurück. Vierzig Stunden. Das hieß also, Toprak wurde am Sonntagabend etwa gegen neunzehn Uhr in das Kühlhaus gebracht. Zu dieser Zeit befand sich Jürgen Hollerbach im Kolumbarium, vertieft in ein Zwiegespräch mit seiner toten Mutter. »Er muss unbemerkt die Kirche verlassen haben«, murmelte ich verbissen. »Aber wie?«

»Führst du jetzt Selbstgespräche?«

»Hm?«

Sascha kam von der Toilette zurück und überflog das Gutachten.

»Ich muss mit den Beamten sprechen, die Hollerbach überwacht haben.«

»Was soll das bringen, du hast doch ihren Bericht gelesen. Gegen sechs rein, um kurz vor zehn raus, Ende der Durchsage.«

»Trotzdem.«

»Gott, was bist du doch für eine Nervensäge geworden.« Sascha runzelte, ob des rüden Tones der Forensikerin, die Stirn. »Frau Brinkmann, kann ich mal zwei Minuten unter vier Augen mit unserem Chefermittler reden?«

»Äh, na klar, warum nicht.« Achselzuckend verließ Sascha das Büro, nicht ohne mir einen fragenden Blick zuzuwerfen. Ich blinzelte nur beruhigend zurück. »Ich hol mir mal ‘nen Kaffee.« Die Tür schloss sich. Jessica setzte sich auf die Schreibtischkante und ließ ihre langen Beine baumeln.

»Ich werde mich von Barney trennen.«

»Aha.«

»Das scheint dich ja sehr zu interessieren.«

»Deine Entscheidung, Jess.«

»Das ist unabhängig davon, wie es mit uns weitergeht. Ich dachte wirklich, dass du dich noch einmal in mich verliebt hast.« Sie verzog kopfschüttelnd ihr Gesicht. »Wie konnte ich nur so danebenliegen?«

»Meine Schuld, ich habe sicher in der Euphorie unseres Wiedersehens falsche Signale ausgesendet. Es tut mir leid, Jess, sehr, sehr leid. Das war nicht fair, ich wollte die Zeit zurückdrehen, die wunderbaren Jahre, die wir zusammen hatten, wiederholen.«

»Aber das geht nicht, oder?« Plötzlich waren all der Ärger und die Enttäuschung verflogen. Da war nur noch Traurigkeit und Resignation.

»Nein, ich denke nicht.«

»Wäre auch ein ziemlich makabres Zusammenfinden. Wieder zusammen dank eines Serienkillers.«

»Du bist eine starke, großartige Frau, Jess. Du wirst einen neuen Weg finden, *deinen* ureigenen Pfad.«

Jessica nickte sanft.

»Ich wüsste wirklich nicht, wer dich aufhalten sollte. So gesehen, war ich vielleicht nur der Katalysator, die Windböe, die das Schiff zum Kentern gebracht hat oder einfach nur auf einen neuen Kurs.«

»Können wir trotzdem Freunde bleiben, Jonesy?«

»Das ist mein Herzenswunsch.«

»Wirst du gehen, wenn der Fall abgeschlossen ist?«

»Auf jeden Fall.«

»Schade. Wir hätten uns neu kennenlernen können und sehen, ob da noch etwas geblieben ist.« Ihr Blick war verboten verführerisch. »Keine Chance?«

»Nein.« Ich schüttelte den Kopf. »Wir haben eingesehen, dass wir uns etwas vorgemacht haben. Das würde nicht gut gehen, das sollten wir uns eingestehen.«

Jessica nickte sacht.

Sascha klopfte und öffnete die Tür einen Spaltbreit. Ich nickte ihr aufmunternd zu. Jessicas Blick ging von Sascha zu mir und dann wieder zurück. Sie umarmte mich fest und drückte mir Küsse auf beide Wangen.

»Ich …«

»Schon gut, Jonathan, wir sehen uns.«

»Das ist vielleicht ein Scheißwetter, zum Kotzen, ich habe schon wieder nasse Füße«, polterte Wolle Gärtner aufgebracht.

»Dem Grunde nach ist er ein liebenswerter Kerl«, neckte seine Partnerin. »Man muss ihn nur zu nehmen wissen. Wie kommt man eigentlich in so eine Soko?« Finya Jacobsen reichte uns Becher mit heißem Zitronentee. »Hat Angelika gemacht, große Klasse.«

»Wow, ist da etwa ...«

»Spezialrezept«, brummte Gärtner. »Wer viel fragt, bekommt auch viele Antworten.« Da war eindeutig ein ordentlicher Schuss Rum in dem Tee. »Was können wir für euch tun, ihr Geisterjäger?«

Ich musste unwillkürlich grinsen. Duisburg war eben nicht wie jede andere Stadt. Wenn man den ureigenen Charme einmal erkannt hatte, dann war es ein Ort, an dem es sich zu leben lohnte.

»Frage zur Soko: Ausschreibungen beobachten und bewerben, darüber hinaus wollten wir einmal persönlich mit Ihnen über Ihren Einsatz am Sonntag reden.«

»Die Überwachung von Hollerbach?« Gärtner schlürfte genüsslich seinen Tee. »Da gibt's nicht viel zu berichten. Wir haben uns die Hintern im Wagen platt gesessen. Wir standen direkt vor Hollerbachs Golf. Er verschwand um Viertel vor sechs in diesem Trauerkasten und kam um kurz nach halb zehn wieder raus. Hab ich was vergessen, Zaubermaus?«

»Nein, das war eine ausführliche Zusammenfassung unseres Einsatzes«, bekräftigte Finya Jacobsen trocken. »Wir sind Hollerbach dann bis zu seiner Behausung im Werthacker gefolgt und wurden um Mitternacht abgelöst. Keine weiteren Vorkommnisse während der Nacht. Am Morgen ist er pünktlich zur Arbeit. Wir haben dann ab Mittag wieder übernommen.«

»Frau Jacobsen ...«

»Puh, nein, vergessen wir mal die gute Frau Jacobsen, wenn's recht ist«, wehrte sie lächelnd ab. »Wolle und Finya reicht vollkommen, was sagst du? Wir sind hier in Duisburg, schon vergessen?«

Ich musste innerlich schmunzeln. So waren die Menschen hier. Hart aber herzlich.

»Fein, finde ich gut. Jonathan und Sascha.« Wir reichten einander feierlich die Hände. »Noch mal zu der Zeit, als Hollerbach im Kolumbarium weilte ... Ist Ihnen irgendwas aufgefallen? Bitte, denken Sie konzentriert nach, es ist unglaublich wichtig.«

»Scheiß der Hund drauf, denken Sie etwa, Hollerbach ist unser Täter?«, fragte Gärtner hellsichtig. »Das wär ja mal 'n Ding.«

Sascha und ich wechselten einen kurzen Blick. Meine Partnerin nickte nur und schloss die Bürotür. »Okay, ich werde Ihnen reinen Wein einschenken, aber was wir Ihnen jetzt mitteilen, muss unter uns bleiben.«

»Geht klar«, stimmte Gärtner zu.

»Sascha und ich sind der festen Überzeugung, dass Jürgen Hollerbach der Serienmörder ist. Sein einziges Alibi für alle Tatzeiten ist seine Anwesenheit in dem Kolumbarium.«

»Gibt es dort keine Überwachungskameras?«

»Doch, leider bestätigen die Aufnahmen zunächst einmal seine Aussagen.«

»Zunächst einmal?«, fragte Gärtner grummelnd. »Wie soll ich das denn verstehen?«

»Ich glaube, Hollerbach verarscht uns. Es muss einen Trick geben, um die Kameras zu manipulieren. Er begeht die Morde, während er offiziell vor dem Schrein seiner Mutter sitzt.« Ich leerte den Teebecher in einem Zug. Der in Ehren gealterte Streifenpolizist verzog anerkennend die Mundwinkel. »Wenn meine Annahme richtig ist, dann muss Hollerbach am Sonntagabend das Kolumbarium zwischenzeitlich verlassen haben. Er ist auf den ehemaligen Schlachthof gefahren und hat Toprak zum Sterben in die Kühlkammer gebracht. Deshalb ist es so wichtig, dass Sie versuchen, sich an jede Kleinigkeit zu erinnern, mag es Ihnen noch so banal und unwichtig vorkommen.«

»So großkotzig wie er uns angelächelt hat, als er endlich herauskam, würde ich Ihre These sofort unterstützen«, meinte die Beamtin nachdenklich. Finya hatte ihr langes blondes Haar zu einem dicken Zopf geflochten. Ihr rundliches Gesicht strahlte höchste Konzentration aus. »Er fühlt sich als Herr der Lage. Wolle … fällt dir was ein?«

»Nicht wirklich.«

»Kamen andere Besucher?«, fragte Sascha.

»Nicht eine Seele.«

Enttäuscht wanderte ich zum Fenster und sah hinaus in den Regen. Ratlosigkeit machte sich breit. Ich musste es mir selbst eingestehen: Ich wusste nicht mehr weiter. Zweifel keimten auf.

»Womöglich liegen wir doch falsch«, bekannte ich halblaut. »Morgen kommt Eddie zurück, vielleicht hat der eine Idee. Falls er nichts findet, müssen wir wohl oder übel umdenken.«

»Da war ein Wagen.«

Ich sah Gärtner aufmerksam an. »Ja?«

»Na ja, das hat wohl nichts zu bedeuten, aber Sie sagten ja, alles könnte wichtig sein.«

»Was für ein Wagen?« Sascha legte Gärtner eine Hand auf die Schulter. »Wolle, bitte versuchen Sie beide sich genau zu erinnern.«

»Na, so ein neumodischer Klotz halt.«

»Van, Wolle, diese Wagen nennt man Van.«

»Mir doch egal.«

»Finya, Sie können sich auch erinnern?«, fragte ich hoffnungsvoll.

»Ja, kann ich. Das Fahrzeug kam aus der kleinen Seitengasse neben dem Kolumbarium.«

»Die Farbe?«

»Auf jeden Fall dunkel, schwarz ... ja, es war ein schwarzer Van, glaube ich, zumindest ein Auto dieser Art. Komisch, dass ich mich erst jetzt erinnere«, wunderte sich die Beamtin. »Wahrscheinlich, weil es selbstverständlich ist, dass so ein Wagen durch die Gegend fährt.«

»Das war Hollerbach«, war ich mir sicher.

»Nein, ich denke nicht«, fiel mir Gärtner in die Parade. »Hollerbach ist kleiner. Der Mann, der da hinter dem Steuer saß, war größer.«

»Wie kommen Sie denn darauf, dass er größer war?«

»Man konnte ziemlich viel vom Oberkörper sehen. Hast du doch auch gesehen, Finya, oder?« Wolle Gärtner wirkte ganz zerknirscht. »Kann aber auch sein, dass der Kerl eine Mütze getragen hat, Herr im Himmel, es war ja auch schon mehr als dämmrig und das Licht der Straßenlaternen gibt auch nicht viel her.«

»Tja, ich habe ehrlich gesagt kaum darauf geachtet. Sah zumindest so aus, als ob da ein ziemlich großer Mensch dringesessen hätte, aber ... das wäre natürlich eine simple und doch perfekte Tarnung.«

»Scheiße hoch zehn, wir hätten mal aussteigen sollen und nachsehen, ob der Kerl wirklich drinsitzt«, machte sich Gärtner jetzt Vorwürfe. »Verdammt noch eins, ich werde alt, aber was sollten wir tun, wir hatten nicht einmal einen Schlüssel.«

»Wann ungefähr ist dieser Wagen aufgetaucht?« Ich sah Gärtner und Jacobsen abwechselnd an.

»Kurz bevor ich ein wenig Augenpflege betrieben habe«, sinnierte der Grauhaarige. »So gegen viertel nach sieben.« Seine Partnerin nickte zustimmend.

»Das passt«, bestätigte ich. »Zehn Minuten bis zum Hof, vielleicht eine gute halbe Stunde, bis er Toprak betäubt und präpariert hat. Hollerbach kann innerhalb einer knappen Stunde den Mord begangen haben. Wann ist das Auto zurückgekehrt?«

»Gar nicht«, antwortete Finya sofort. »Das Fahrzeug ist nicht wieder auf den Hof gefahren.«

»Er hat ihn woanders abgestellt«, überlegte ich stirnrunzelnd. »Das muss aber in der Nähe sein, schließlich blieb ihm dann noch der Fußweg zurück zum Kolumbarium.«

»Wir müssen den Wagen finden, Jonesy!« Sascha hatte Feuer gefangen.

»Da bleibt immer noch die Videoaufzeichnung ...«

»Eins nach dem anderen.«

»Hollerbach kann den Wagen nicht sehr weit weg abgestellt haben, wenn er so kurz wie möglich abwesend sein wollte, da haben Sie vollkommen recht, Jonathan.«

»Genau, Finya. Je länger sein Aufenthalt im Kolumbarium, desto größer die Wahrscheinlichkeit, dass einer nachsehen kommt. Er musste schnell sein. Langsam finden wir ein paar Puzzleteile. Das muss der Kastenwagen gewesen sein, den van de Lentjes von seinem Schiff aus gesehen hat. Er muss den Wagen irgendwo in Duissern abgestellt haben.«

»Wahrscheinlich nicht offen an einer Straße«, überlegte Sascha. »Das ist zu auffällig. Wir müssen alle Garagen und Hinterhöfe im Umkreis des Kolumbariums checken. Wir brauchen dringend Verstärkung, Jonathan.«

»Was hat der Irre denn diesmal für einen Hinweis hinterlassen?«, wollte Finya Jacobsen wissen.

»Gute Frage«, sagte Sascha. »Ich weiß es auch noch nicht. Jonathan?«

»Wartet, Jessica hat mir gerade eben ein Foto geschickt.« Ich brauchte wie üblich eine Weile, ehe ich mein Smartphone überredet hatte, die gewünschte Information freizugeben. »Ich lese mal vor.«

Ein alter Riese trug die selige Welt.
Fest unter Bergen lagen die Ursöhne der Mutter Erde ...
    Der Jüngling bist du, der seit langer Zeit
Auf unsern Gräbern steht in tiefen Sinnen.
Ein tröstlich Zeichen in der Dunkelheit,
Der höhern Menschheit freudiges Beginnen.
Was uns gesenkt in tiefe Traurigkeit,
Zieht uns mit süßer Sehnsucht nun von hinnen.
Im Tode ward das ewge Leben kund,
Du bist der Tod und machst uns erst gesund.

»Der will euch verarschen«, brummte Wolle Gärtner. »Wie soll der Kappes auf die nächste Art des Todes hinweisen?«

»*Der Jüngling bist du, der seit langer Zeit auf unsern Gräbern steht*«, zitierte Finya. »Tja, dazu würde mir was einfallen. Er wird sein nächstes Opfer lebendig begraben«, analysierte Finya kalt.

Sascha und ich wechselten einen schnellen Blick. »Oder er hat es schon längst getan«, flüsterte sie. »Ein weiterer Mord, für den er keinen Finger mehr krummmachen muss.«

»Oh, mein Gott«, rief Finya entsetzt. »Sie meinen .... Er hat vorsorglich gemordet, für den Fall, dass wir ihm auf die Schliche kommen?«

»Zuzutrauen ist es ihm.« Müde schaltete ich mein Handy aus. »Ich glaube, Sie liegen richtig, Finya. Das muss der versteckte Hinweis sein. Lebendig begraben, was für ein Albtraum.«

Kapitel 25

Hotel Wyndham, Eddies Computerraum

»Oh Mann, der Weihnachtsmarkt eröffnet, jede Menge Fressbuden und Krimskrams.« Sascha Brinkmann wandte sich verstört vom Fenster unseres provisorischen Computerraums ab. »Warum tragen die Leute blinkende Zipfelmützen und saufen so viel?«

»Gute Frage, liebe Kollegin.«

»Du musst es wissen, du bist Duisburger.«

»Was machen denn deine Landsleute an der Küste zur Weihnachtszeit?«

»Sich besinnen, dazu ist das Fest doch da.«

»Sehr coole Idee. Das wäre ja mal was ganz Neues. Besinnliche Weihnachten ...«

Jürgen Hollerbach wurde weiterhin rund um die Uhr beschattet. Die Überwachung schien ihm nichts auszumachen. Äußerlich unbeeindruckt blieb er bei seinem gewohnten Tagesablauf.

Wolle Gärtner und Finya Jacobsen waren den ganzen Tag in Walsum unterwegs. Gernot Bröker stimmte meinem Ansinnen zu und hatte die auf unbestimmte Zeit vom normalen Streifendienst freigestellt und meinem Mini-Team zugeteilt. Sie sprachen mit den übrig gebliebenen Nachbarn aus der Zeit, in der die Familie Hollerbach dort gewohnt hatte.

Sascha und ich klickten uns im Büro durch unsere Unterlagen, als die Tür aufging und Eddie hereintrat. Er war noch blasser als gewohnt, die Augen tief in den Höhlen zurückgezogen. Wortlos umarmte Sascha unseren Kollegen. Für einen Moment stand die Zeit still.

»Danke, dass du hier bist«, sagte ich leise. »Wenn ich irgendetwas tun kann, dann lass es mich wissen.«

Eddie löste sich von Sascha. Unsere Blicke trafen sich, wir nickten einander stumm zu. Manchmal sagen Blicke mehr als tausend Worte.

»Was liegt an?« Eddies Stimme klang erstaunlich gefasst. Ich berichtete von den Aufzeichnungen der Überwachungskamera. Er hörte aufmerksam zu. Ein Ruck ging durch seine schmale Statur. »Okay, dann mal los.«

»Dann fahren wir jetzt zum Kolumbarium«, entschied ich. Stillsitzen und einfach nur abwarten, war einfach nicht mein Ding, jedenfalls nicht, wenn es um einen Mordfall ging.

»Ja klar, was ist denn mit diesem Hollerbach? Er könnte einfach abhauen.« Eddie schien voll da zu sein.

»Was soll er schon machen? Er wird lückenlos bewacht, er kann keinen weiteren Mord ausführen, es sei denn ... die betreffenden Menschen sind bereits tot und er gibt uns nach und nach die Standorte preis.«

»Nee, das glaube ich inzwischen doch nicht mehr«, warf Sascha ein. Der Aufzug beförderte uns sanft in das Foyer. »Hollerbach will seinen Feldzug auskosten.«

»Dann war Ömer Toprak also sein einziges Reserveopfer?«

»Vermutlich.« Aus unsichtbaren Lautsprechern säuselte *Jingle Bells* in einer schrecklich modernen Version. Fehlte nur noch eine Rhythmusmaschine.

Kurz darauf parkten wir vor der Begräbnisstätte. Andreas Wohlgemuth, der Verwalter, hatte uns großzügig einen Schlüssel ausgehändigt, der auch die Tür zum Kontrollraum öffnen würde.

»Herr Wohlgemuth, vielen Dank für die Bereitschaft uns zu helfen. Das ist Eduard Klus, unser IT-Spezialist, er wird die Aufnahmen noch einmal überprüfen, meine Kollegin, Frau Brinkmann, kennen Sie ja schon.«

»Sie geben wohl nicht auf, aber bitte.« Wohlgemuth nahm seine graue Barettmütze ab und schloss den Raum auf.

»Aha, das ist also die Anlage mit den Überwachungskameras.« Eddie schürzte die Lippen. »Meine Güte, das ist ja finsteres EDV-Mittelalter. Du glaubst also, die Aufnahmen sind manipuliert worden.«

»So ist es.«

»Tja, dann wollen wir mal.« Eddie machte auf mich einen voll konzentrierten Eindruck. Ich atmete innerlich auf.

»Was meinst du, kann Hollerbach da was gedreht haben?«, fragte ich ungeduldig.

»Jonathan, wenn du Bill Gates oder Stephen Hawking erwartet hast, dann muss ich dich enttäuschen. Wer IT-mäßig richtig was draufhat, der arbeitet nicht im öffentlichen Dienst für einen Hungerlohn, das ist wohl schon mal klar.«

»Das war ein Scherz, oder?«

Eddies Augen funkelten belustigt hinter den Brillengläsern.

»Himmel, Eddie, du bist echt wieder am Start«, freute sich Sascha aufrichtig.

»Ich wollte mal einen Roboter konstruieren, in den man sein Gehirn einpflanzen kann.« Eddie nickte nachdenklich. »Von wegen der Unsterblichkeit. Ihr versteht schon. Scheiß auf das Einfrieren in so einem kryonischen Sarg. Ich wollte die ultimative Unsterblichkeit.«

»Was ist aus dem Projekt geworden?«, fragte ich.

Eddie klickte sich durch die gespeicherten Dateien. »Ich hab's ad acta gelegt, wisst ihr, so erstrebenswert finde ich die Unsterblichkeit gar nicht.«

»Können wir uns jetzt bitte auf diesen Computer hier konzentrieren? Es ist wirklich wichtig.«

»Ja, das ist es immer. Ach du große Kacke, die zeichnen ja permanent auf«, schimpfte Eddie nach einer ersten Begutachtung. »Wer soll denn den ganzen Kram sichten? Das ist ja 'ne Arbeit für Sträflinge oder Studenten.«

»Es geht ja nur um drei bestimmte Tage. Du musst nicht die kompletten Dateien checken.«

»Na immerhin.« Eddie sah uns auffordernd an. »Ja und? Wollt ihr jetzt ein paar Stunden hinter mir stehen und dumm aus der Wäsche gucken?«

»Äh, nein«, erwiderte ich lahm.

»Ich melde mich, wenn ich fertig bin, falls ich überhaupt was finde, was erwähnenswert daherkommt. Herr Wohlgemuth, kann ich die Dateien kopieren und mitnehmen? Hier ist es nicht gerade gemütlich, außerdem fehlt mir mein Equipment.«

»Das ist wohl in Ordnung«, stimmte der Verwalter zu. Wohlgemuth machte aber keinen glücklichen Eindruck.

»Na schön, dann lege ich mal los.« Eddie zauberte einen USB-Stick aus seiner Jackentasche hervor.

»He Leute, wartet mal kurz, da kommt einer.« Eddie deutete auf den Bildschirm. »Meine Güte, ist das ein vorsintflutliches Modell, grauenhaft, da bekommt man ja Augenkrebs.«

»Das ist Hollerbach!« Sascha sah mich fragend an. Ich sah auf meine Armbanduhr. Kurz nach halb zwölf.

»Vielleicht Mittagspause«, vermutete ich. »Das Jobcenter ist ja nicht weit.«

»Das ist also euer Hauptverdächtiger? Dieser mickrige Kerl da? Dieser schlappen Lappen, der sieht ja aus wie ein Schluck Wasser in der Kurve. Na, ich weiß nicht, aber gut, die meisten Serienmörder gehen auch als Biedermänner durch.«

»Unterschätze ihn nicht.«

Eddie Klus schob die Brille zurück auf den Nasenhügel. Manchmal erinnerte er mich an den liebenswerten Serienhelden Catweazle, der aus dem elften Jahrhundert ins Jahr 1969 gesprungen war, allerdings in einer jüngeren Version.

»Das ist gut, dass er jetzt da ist, da kann ich ein paar Abgleiche machen.«

»Warum gibt es eigentlich keinen Ton?«, fragte Sascha neugierig.

»Da die Kameras permanent abspeichern, würde eine Tonspur nur zusätzlichen Speicherplatz kosten. Darauf hat man wohl bewusst verzichtet. Abgesehen davon redet da doch sowieso keiner.« Eddie förderte eine Packung seiner Lieblingskaugummis zutage. »Wie gesagt, ihr seid entlassen.«

Wir verließen das Gebäude. Vor dem Kolumbarium parkten jetzt auch noch Hollerbachs roter Golf und einer unserer Streifenwagen. Noch ehe wir die beiden Kollegen begrüßen konnten, verließ Hollerbach strammen Schrittes die Gedenkstätte.

»Ah, der Herr Kommissar und sein ewiger Schatten.« Er verbeugte sich geziert. Wieder fragte ich mich, wie das überaus intelligente, fein konturierte Gesicht zu dem Rest des schwerfälligen und kraftlos wirkenden Körpers passte. »Sagen Sie, können Ihre Lakaien mich eigentlich nicht fahren? Das würde Benzin sparen und wir könnten uns ein wenig besser kennenlernen. Wissen Sie, im Grunde meines Herzens bin ich ein Umweltaktivist.«

»Sicher, und meine Oma fährt im Hühnerstall Motorrad«, gab Sascha böse zurück. »Verarschen können wir uns alleine.«

»Oh ja, da bin ich sicher. Na, dann nichts für ungut.« Hollerbach stieg in seinen Golf und fuhr Richtung Innenstadt.

»So ein verdammter Mistkerl. Was wird das für eine Freude werden, den hinter Gitter zu bringen.«

»Wenn wir nur schon so weit wären ...«

Kapitel 26

Stadtteil Duisburg-Walsum, im Brauhaus

Das Walsumer Brauhaus ist ein urgemütlich eingerichtetes Restaurant mit viel Atmosphäre. Nicht zu überladen, die Tische nicht zu eng beieinander, die leicht erhöhten Emporen angenehm aufgeteilt. An den Wänden Bilder und Stiche des alten Duisburg, der unvermeidbare Rhein, die ersten Schlote der Fabriken aus dem Zeitalter der industriellen Revolution. Polierte kupferne Kessel, vier verschiedene Biersorten im hauseigenen Angebot, deftige Küche: Dicke Bohnen mit Speck, Haxen, verboten große Schnitzel, Leberkäse und Blutwurst.

»Also, der Tag in Walsum hat sich echt gelohnt«, verkündete Gärtner zwischen zwei Bissen Schweinshaxe. »Wir konnten einen ehemaligen Schulkameraden von Hollerbach auftreiben und eine sehr redselige Ex-Nachbarin. Mach du mal weiter, Finya, ich kämpfe gerade mit dieser Schwarte.«

»Die solltest du lieber liegen lassen, die ist total fettig.«

»Quatsch, das ist doch das Beste.«

Resignierend schüttelte Finya Jacobsen den Kopf. »Na schön, alter Nimmersatt.« Die blonde Polizistin kramte ihr Notizbuch aus ihrer Handtasche. »Dominik Wippich, wie Hollerbach Jahrgang 1980, wohnte in der gleichen Straße wie die Hollerbachs. Gemeinsame Grundschulzeit, dann wechseln sie beide auf das Kopernikus Gymnasium in Fahrn. Er beschreibt seinen Kumpel Jürgen als schwierig und launisch, dennoch waren sie, nach eigener Aussage, beste Freunde. Ich vermute, weil

Wippich selbst ein Sonderling war. Lebt allein, arbeitet bei der Stadt als Friedhofsgärtner. Seine Zwei-Zimmer-Wohnung gleicht einer Totenhalle, nur dunkle Möbel, die Fenster mit dicken schwarzen Samtvorhängen verbarrikadiert, seltsame Bilder an den Wänden. Gequälte Gestalten, dazwischen Kruzifixe und verschiedene Bibelausgaben auf einer Anrichte.«

»Ach, du Heiliger«, entfuhr es Sascha, die fasziniert zuhörte.

»Aber kommen wir zum Wesentlichen. Hollerbach war, wann immer es ihm möglich war und erlaubt wurde, bei den Wippichs. Hat sich offensichtlich zu Hause nicht wohlgefühlt. Die Eltern haben sich permanent gestritten. Wippich beschreibt die Mutter als überaus dominant. Der Vater, Hartmut, war Angestellter der Duisburger Verkehrsbetriebe, Straßenbahnfahrer. Die Mutter hat ihn immer als Versager bezeichnet und drangsaliert, sowohl verbal, als auch physisch.«

»Sie hat ihren Ollen geschlagen«, ergänzte Wolle Gärtner. Das sorgfältig aufgespießte Sauerkraut schlich sich von der Gabel. »Und er hat es sich wohl gefallen lassen.«

»1990 endet die Grundschule. Jürgen ist laut Kumpel Dominik hoffnungslos in ein Mädchen verknallt, Bettina Irgendwas, Wippich weiß den Familiennamen nicht mehr. Die Angebetete weißt aber alle Avancen unseres flotten Freiers rigoros zurück. Als Hollerbach spitzkriegt, dass seine Bettina mit einem anderen Jungen ausgeht, dreht er durch. Jetzt wird's eklig«, warnte Finya Jacobsen vor. »Er schnappt sich Bettinas Rauhaardackel, quält das Tier mit angespitzten Stöcken bis aufs Blut und schmeißt den Hund letztendlich in den Rhein. Vorher schneidet er dem Tier ein Ohr ab. Selbiges deponiert er unter Bettinas Schulbank.«

»Das passt zu dem Psychopathen«, sagte Sascha mit angewiderter Miene.

»1992 stirbt Hartmut Hollerbach«, fuhr die Duisburger Wachtmeisterin fort. »Er fällt vom Balkon aus dem dritten Stock.« Ich bestellte noch eine Runde von dem vorzüglichen obergärigen dunklen Bier. »Dominik Wippich beschreibt Hollerbach nach diesem Unglück als aufgekratzten, total überdrehten Menschen. Wollte angeblich andauernd Alkohol trinken und Party machen.«

»Das ist doch irre! Sein Vater stirbt und Hollerbach ist aus dem Häuschen?« Sascha schüttelte ungläubig den Kopf. »Das ist doch krank.«

»Es sei denn der Gute hatte Grund zur Freude«, bemerkte ich düster.

»Wie meinst du das?«

»Warte mal«, bat ich. »Was sagt sein Kumpel noch?«

»Anscheinend ging es Mutter und Sohn danach wesentlich besser, wohl auch finanziell. Vater Hollerbach hatte eine ordentliche Lebensversicherung abgeschlossen, die jetzt zur Auszahlung gelangte. Jürgen bekam haufenweise neue Klamotten und ein opulentes Taschengeld, mit dem er herumprotzte, was ihn aber bei seinen Mitschülern nicht beliebter machte.«

»Wurde der Todesfall nicht untersucht?« Ich stocherte einigermaßen lustlos in meinem Gulasch herum.

»Doch, na klar.« Wolle Gärtner beendete sein Schlachtfest. »Keinerlei Anhaltspunkte für eine Straftat. Die Aktenlage ist allerdings kläglich dünn. Wollte wohl eine Markise auf dem Balkon anbohren, hat irgendwie das Gleichgewicht verloren und ab dafür.«

»Hm.«

»Gibt der Zeuge noch etwas her?«, hakte Sascha nach.

»Nicht viel. Hollerbachs neue, großkotzige Art ging Wippich auf die Nerven. Es kam zu einer Prügelei, weil Hollerbach auf dem Schulhof lautstark verkündete, Wippich sei schwul. Danach gingen sie getrennte Wege, sahen sich dann nur noch sporadisch, eine halbherzige Versöhnung, spätestens ein Jahr danach, als Hollerbach mit seiner Mutter wegzog, war endgültig Schicht im Schacht. Sie kauften das Haus im Werthacker und verließen das schöne Walsum.«

»Donnerwetter, muss ja 'ne verdammt gute Lebensversicherung gewesen sein.«

»Kommen wir zu der besagten Nachbarin, Olga Lutzow, sie wohnte im gleichen Vier-Familienhaus wie die Hollerbachs. Sie war, wie Elfriede Hollerbach, Hausfrau. Keine Kinder, hat aber trotzdem nicht gearbeitet. Der Männe im Pütt unter Tage. Sie beschreibt die Situation der Familie als abartig.«

»So?« Ich stellte fest, dass das Gulasch doch ganz hervorragend mundete.

»Muttern ist wohl gerne laut geworden und besonders in den Sommermonaten, wenn die Fenster und Balkontüren geöffnet waren, konnte die ganze Nachbarschaft das Drama live mitverfolgen. Laut Frau Lutzow hat Elfriede es wohl genossen, ihren Mann regelmäßig zur Schnecke zu machen. Sie sagt, Hartmut wäre regelrecht zu Kreuze gekrochen, hätte gejammert und geheult. Sie hat ihm immer wieder gesagt, dass sie ihn sofort verlassen würde, wenn sie nicht von seinem Geld abhängig wäre.«

»Womöglich hat sie eine andere Lösung gefunden«, überlegte ich.

»Wer weiß, das werden wir nicht mehr klären können«, sagte Sascha. »Was berichtet die Gute noch?«

»Frau Lutzow gesteht, dass ihr Jürgen Hollerbach unheimlich war.«

»Was soll das heißen?«, hakte ich nach. »Woran macht sie das fest?«

»Na ja, sie ist eine Schwatzbacke, das sagte ich ja bereits.« Gärtner und Jacobsen wechselten einen schnellen Blick. »Sie sagt, es seien ... die Augen.«

»Die Augen?«, echoten Sascha und ich im perfekten Gleichklang.

»Ja, da wäre etwas ... Verschlagenes, Unheimliches darin zu sehen.« Wolfgang Gärtner kniff, nach den richtigen Worten fahndend, seine Augen zusammen. »Eine irrer Funke, ja, das waren ihre Worte. Ein irrer Funke. Der Bursche wird mal gefährlich, haben alle immer gedacht.«

»Tja, die Weitsicht der Hausfrauen ...«, orakelte Sascha.

»Was werden wir jetzt unternehmen?« Alle Blicke richteten sich auf mich.

»Ich habe da so eine Idee«, erwiderte ich.

...

Plan B.

Ich ziehe das Endspiel vor. Ich wollte nicht, dass es so kommt, aber nun ist es nicht mehr zu verhindern. Es kann nur einen Sieger geben, das weißt du. Wenn ich jetzt noch einen Kandidaten von meiner Liste auswähle, dann werden sie mich schnappen. Schade, es sollte eine Steigerung sein.

Lebendig begraben ...

Es muss jetzt alles sehr schnell gehen. Warum auch müssen sie meine Kreise stören, diese gottverdammten Dummköpfe. Sie lassen mich mein Werk nicht vollenden, dafür muss jemand bezahlen.

Dieser Dawson hat alles kaputt gemacht. Er wird den Preis entrichten, wie alle anderen, die sich erdreistet haben, sich mir in den Weg zu stellen. An dem letzten Hinweis können sie meinetwegen verrecken. Die Chance jetzt noch dreimal sauber zu arbeiten ist einfach zu gering. Ich muss jetzt konzentriert bleiben, werde keinen Fehler machen. Nun ist es ein Duell zwischen Dawson und mir. Das war es von dem Augenblick an, da er zum ersten Mal vor meiner Tür stand.

Herausforderung angenommen!

Sie überwachen mich vierundzwanzig Stunden am Tag.

Und? Was wird ihnen das bringen? Nichts. Gar nichts!

Kapitel 27

Hotel Wyndham, Eddie Klus' Refugium

Der Frühstücksraum des Hotels war an diesem Morgen verwaist. Zu meiner großen Freude sah ich Eddie zielstrebig auf mich zusteuern.

»Einen fröhlichen guten Morgen wünsche ich.« Eddie sah mich aus rot unterlaufenen Augen an. Seine Brille ließ er gekonnt an einem Bügel kreisen. »Ich hab da was für dich. Wo ist denn Sascha?«

»Noch ein wenig unpässlich. Du weißt schon, das verdammte Schmuddelwetter.«

»Aha.«

»Hast du was gefunden?«, fragte ich hoffnungsvoll.

»Oh ja. Lass uns nach oben gehen.« Wir fuhren mit dem Aufzug in die dritte Etage und betraten Eddies Reich. »So, das ist richtig gute Hardware.« Eddie setzte sich an einen Rechner und schob einen Datenstick in den USB-Port. »Okay, ich hab da mal was zusammengestellt. Mal sehen, ob es dir auffällt. Setz dich, Jonathan. Bitte, nehmen Sie Platz, Herr Kommissar.«

»Das wird aber kein Ratespiel, oder?«

»Ach, komm schon, wo bleibt denn da der Spaß? Wir Nerds brauchen auch unsere Anerkennung.« Eddie schob seine ungekämmten braunen Strähnen hinter die erstaunlich großen Ohren. »Das ist jetzt ein Zusammenschnitt.«

»Aha.« Auf dem Bildschirm betrat Jürgen Hollerbach den Andachtsraum des Kolumbariums. Erst stand er eine geraume Weile vor dem Arrangement mit der Urne seiner Mutter im Mittelpunkt, dann setzte er sich und versank scheinbar in stiller Meditation. Irgendwann stand er wieder auf und legte beide Hände auf das schmale Brett, auf dem die Urne stand, dann nahm er wieder Platz. »Ja, aber das kenne ich zur Genüge.« Ich war enttäuscht.

»Nur die Ruhe, Sherlock«, meinte Eddie grinsend. »Achte bitte auch auf das Datum und die Zeitsignatur.« Der IT-Spezialist setzte sich auf eine Couch und schloss die Augen. Ich vertiefte mich erneut in die Bilder. Zwei Tage später. Hollerbach, die Wand mit den Urnen. *Was soll der Blödsinn?* Langsam packte mich der Unmut. Die nächste Sequenz. *Holla, was ist das denn?* Ich nahm mir die Zeit und ließ den gesamten Zusammenschnitt zweimal ablaufen.

»Sag mal Eddie, willst du mich veräppeln? Du hast dieselbe Szene dreimal kopiert«, beschwerte ich mich.

Das Bild zuckte kurz, dann begann der Ablauf von vorn. Ich starrte auf den Index. Schon wieder ein neues Datum, eine andere Uhrzeit. »Heiliger Kappes ...« Endlich fiel der Groschen, wenn auch nur pfennigweise. »Dieser verdammte Dreckskerl.«

»Na, das hat ja gedauert.« Eddie gähnte ausgiebig und setzte sich die Brille umständlich auf. »Der hat euch ganz schön verarscht.«

»Das sind immer wieder dieselben Aufnahmen.«

»Ja, sicher. Hollerbach muss irgendwie Zugriff auf das Überwachungssystem erlangt haben. Er hat an verschiedenen Tagen bereits vorhandene, fertig geschnittene Aufnahmen eingespeist.«

»An den meisten anderen Tagen war er tatsächlich da?«

»Oh ja, ich denke schon, da variieren die Abläufe, er trägt andere Klamotten, bewegt sich nicht stereotyp, das ist individuell. Man muss schon mächtig Zeit und Geduld investieren, um auf die Parallelen zu stoßen. Zum Glück hat er sich nicht die Mühe gemacht, auch noch verschiedene Aufnahmen einzuschmuggeln. Ich glaube, dann wäre er damit durchgekommen. Die winzigen Verzerrungen an den Schnittstellen fallen einem erst auf, wenn man weiß, wonach man suchen muss.«

»Wahnsinn.«

Die Tür ging auf und Sascha Brinkmann torkelte leichenblass ins Zimmer. »Moin, moin, Chef.«

Ich lächelte und deutete auf den Bildschirm. »Hollerbach hat vorgefertigte Bildsequenzen in die Aufzeichnungen der Überwachungskameras eingefügt«, erklärte ich. »Er muss Originalaufnahmen kopiert und sie zu den passenden Zeitindexen in das System kopiert haben.«

»So ein verdammter Drecksack.«

»Hammer. Gute Arbeit, Freak.« Sascha schenkte Eddie ein bezauberndes ostfriesisches Lächeln. »Dann können wir Hollerbach heute Hopps nehmen und sind rechtzeitig zum ersten Advent in Halbemond. Das hast du doch nicht vergessen oder?«

»Natürlich nicht, aber nicht so schnell, Doktor Watson. Das bringt uns einen enormen Schritt weiter, aber ...«

»Ich hab's schon gecheckt«, unterbrach Eddie. »Die Tage, an denen das System manipuliert wurde, und auch die Uhrzeiten stimmen mit den Daten der Morde überein.« Eddie zog die Brille wieder ab und hauchte seinen Atem auf die Gläser, die er anschließend mit dem Saum seines Pullovers polierte. »Ich bin gut, oder?«

»Der Beste!« Ich legte Eddie anerkennend beide Hände auf seine Schultern.

»Hier auf dem Stick ist mein Abschlussbericht, da ist alles drauf, was ihr braucht. Bei Nachfragen könnt ihr mich auf meinem Handy erreichen. Ich muss wieder nach Hause, die Beerdigung organisieren, mich um meine Mutter, den Betrieb und meine drei Schwestern kümmern.«

»Klar, nimm dir alle Zeit der Welt.« Verlegen trat er von einem Fuß auf den anderen. »Eddie ...?«

»Vielleicht komme ich nicht wieder.«

»Du solltest nichts übers Knie brechen«, versuchte ich zu beruhigen. »Melde dich einfach, wenn die Beerdigung vorbei ist, dann sehen wir weiter.«

»Okay.«

»Also, Boss. Warum verhaften wir Hollerbach nicht? Das muss doch jetzt reichen. Wir können die Manipulation der Überwachungssysteme nachweisen. Die Daten stimmen exakt mit den Tagen und Uhrzeiten der Morde überein. Wir haben den E-Mail-Verkehr über die Dating-Plattform, den Ring mit den Initialen seiner Mutter, zumindest Fotos, das Video aus dem Präsidium ...«

»Das alles ist mir immer noch zu wackelig, Sascha. Auf den Amtsbildern ist Hollerbach nicht eindeutig zu identifizieren, der Mailverkehr lässt sich nicht eindeutig auf Hollerbach zurückführen, den Ring hat er uns wieder abgenommen und das System des Kolumbariums kann sonst wer manipuliert haben. Ein richtig guter Anwalt macht uns vor Gericht immer noch fertig.«

»Aber er hat jetzt kein Alibi mehr, das ist doch ein Pfund. Ich würde es riskieren.«

»Wenn er freigesprochen wird, haben die die Sache vergeigt.«

»Okay, was schlägst du vor?«

»Die Uhr tickt nicht mehr gegen uns. Er kann faktisch nichts unternehmen. Lückenlose Observierung, Hollerbach sind die Hände gebunden. Er darf auf keinen Fall erfahren, dass wir den Trick mit der Überwachungskamera durchschaut haben. Er wird nervös werden, er kann auf Dauer nicht den braven Biedermann spielen. Wir werden ihm so gehörig auf die Eier gehen und provozieren, dass er einen entscheidenden Fehler machen wird. Ich schlage vor, wir nehmen jemand anderen fest, einen Eingeweihten natürlich.«

»Ha, du hast Nerven. Diese Idee jemand anderen festzunehmen und uns fett von der Presse feiern zu lassen, ist mehr als gewagt, Jonathan. Wenn das rauskommt, dann gute Nacht, Freunde.«

»Aber das wird ihn auf die Palme bringen. Hollerbach wird ausflippen. Jemand anderes heimst seinen Ruhm ein, das kann er nicht zulassen, dann war, aus seiner Sicht, seine ganze Arbeit umsonst. Er wird schäumen vor Wut. Er wird versuchen einen weiteren Menschen auf seiner Liste umzubringen, um aller Welt zu zeigen, wer der wahre Papiermörder ist.«

»Das ist ein Drahtseilakt«, bekannte Sascha leise. »Wenn das schiefgeht ... Wie wollen wir damit leben? Stell dir vor, wir kommen nicht rechtzeitig dazu, ihn zu stoppen. Wir erwischen ihn zwar auf frischer Tat, aber sein Opfer schafft es nicht. Ganz ehrlich ... das gefällt mir nicht.«

Polizeipräsidium Duisburg

»Tach auch, Chef.«

Finya Jacobsen kam mit leicht gerötetem Gesicht in unser provisorisches Büro gestürmt. In ihrer rechten Hand hielt sie ein Bündel Ausdrucke. »Die habe ich von Herrn Krüger per Mail bekommen. Er hat sie aktualisiert, behauptet er zumindest. Er meint, der Ausdruck, den du vor ein paar Tagen bekommen hast, wäre überholt und hätte nur die letzten zwei Wochen abgedeckt, weil es einen Systemabsturz gab und die Altdaten erst wieder eingepflegt werden mussten.«

»Äh ... Krüger?«

»Hollerbachs Chef beim Jobcenter.«

»Ah, na klar.«

»Das ist eine Auflistung von Hollerbachs zu betreuendem Kundenstamm, zurückreichend bis 2014. Ich habe mir den Wust heute Nacht vorgenommen und siehe da ...« Jacobsen lachte triumphierend. »Alle sieben Opfer Hollerbachs stehen drauf. Draxler und die Franticzek hat er übrigens von einer Kollegin übernommen, die hat Hollerbach nie zu Gesicht bekommen. Die Bewilligungen wurden einfach von Jahr zu Jahr verlängert. Zu wenig Personal, behauptet Krüger.«

»Endlich!« Ich ballte die Faust begeistert zusammen. »Wieder ein Schritt weiter. Das wird bei einem Indizienprozess mächtig punkten.«

»Und ich habe noch etwas tiefer gegraben. Alle sieben waren Langzeitarbeitslose und zwar mindestens seit fünf Jahren, die meisten noch länger. Offensichtlich Menschen, die sich mit ihrem Schicksal der Arbeitslosigkeit abgefunden hatten.«

»Oder bestens arrangiert.« Ich versuchte tief durchzuatmen, um mich zu beruhigen. »Das ist es, das ist sein Motiv, das ist tatsächlich die

Klammer, die alles zusammenfügt. Die Toten waren Hollerbachs Kunden, wahrscheinlich musste er mit ansehen, wie sie ihm auf der Nase herumgetanzt sind. Da muss sich ein regelrechter Hass entwickelt haben. Deshalb fühlt er sich auch als Diener des Staates, als ein rechtschaffener Mensch. Er zieht diejenigen zur Rechenschaft, die der Staat nicht belangen kann, weil sie zu gewieft sind und die Spielregeln genau kennen. Er wähnt sich auf einer rechtschaffenden Mission.« Ich nickte zufrieden. »Gute Arbeit, Finya, sehr gute Arbeit.«

»Es gibt einen kleinen Schönheitsfehler«, dämpfte Sascha meine Euphorie.

»Nämlich?«

»Martina Feykes, sein zweites Opfer, war nicht arbeitslos.«

»Ja, das ist wahr.«

»Aber auch dafür gibt es eine Erklärung«, trumpfte die blonde Wachtmeisterin auf. »Ich habe mir die einzelnen Einträge der Opfer im EDV-System des Jobcenters gründlich angesehen. Die Arbeitsaufnahme von Frau Feykes wurde, aus welchen Gründen auch immer, erst einen Tag nach dem Mord in das Programm des Jobcenters eingegeben. Hollerbach musste also zum Tatzeitpunkt noch davon ausgehen, dass Martina Feykes arbeitslos war.«

»Deshalb hat Eddie auch keine hundertprozentige Übereinstimmung erzielen können«, schlussfolgerte Sascha.

»Er hat, selbst aus seiner verqueren Sicht, eine Unschuldige umgebracht«, stellte ich nachdenklich fest.

»Reicht dir das jetzt endlich?«, fragte Sascha skeptisch. »Lass uns den Scheißkerl festnehmen und deinen Plan stoppen.« Unschlüssig kaute ich auf meiner Unterlippe. Waren das jetzt wirklich genug Beweise? »Jonathan, blasen wir die Aktion mit der fingierten Festnahme ab, bitte. Soll ich auf den Knien rumrutschen, oder reicht es an deinen Verstand zu appellieren?«

»Also, ich finde den Plan auch nicht gut«, steuerte Finya bei.

»Okay.«

»Okay?« Sascha war total perplex.

»Ja, okay, ihr habt recht.«

»Den Freibeutern der sieben Meere sei Dank.« Sascha rannte aus dem Büro, um die notwendigen Anweisungen zu geben.

»Werden wir Hollerbach jetzt verhaften?«

»Wir benötigen natürlich einen Haftbefehl. Ich werde sofort zur Staatsanwaltschaft fahren und sehen, ob wir das heute noch hinbekommen.«

»Wat is 'n hier los?« Angelika Haubrich betrat unser Büro. »Gibbet wat Neuet?«

»Wir sind ganz nah dran, Angie, ganz nah.«

»Gott sei Dank, dat muss aufhören, John. Hier sind ja alle langsam närrisch im Kopp und am Durchdrehen.« Angelika reichte mir eine dunkelblaue Kladde. »Dat is von Jessie, der Bericht von dem Eismann inne Halle.«

»Oh, danke dir.« Ich wunderte mich, dass sie die Untersuchungsergebnisse nicht persönlich überbrachte, immerhin lagen nur zwei Stockwerke zwischen dem Labor und unserer bescheidenen Hütte. Die Nachwirkungen unseres letzten Gespräches. »Hast du sie heute schon gesehen?«, fragte ich möglichst beiläufig.

»Klar, is oben. Geh mal rauf.«

»Nein, ich denke nicht, Angie.«

»Musse selbst wissen.«

Sascha stürzte ins Zimmer zurück. »Schwein gehabt, fast wäre das Boot abgesoffen. Hendricks und Kaczor waren gerade dabei die Presseinfo einzutüten.« Erwartungsfroh sahen mich die beiden Frauen an. »Und?«

»Hm?«

»Haftbefehl? Staatsanwalt?«

»Oh, klar.« Ich griff zum Telefon.

Das Gespräch verlief höchst unerquicklich. »Richter Cornelsen ist zu Tisch und dann im Skiurlaub.« Ich wartete genervt darauf, weiterverbunden zu werden. Wieder landete ich bei der Sekretärin. »Was soll das heißen, sein Vertreter ist erst morgen Früh greifbar?« Langsam wurde ich richtiggehend sauer. »Clemens Fischer, aha, acht Uhr dreißig, der erste Termin. Und das geht wirklich nicht schneller? Was ist mit Oberhausen oder Mülheim?« Die Dame hielt mir einen Vortrag über Dringlichkeit und Zuständigkeiten. »Nein, es ist keine Verdunklungsgefahr zu befürchten, trotzdem ...« Meine Stimme wurde lauter. »Nein, ich rege mich nicht auf, machen Sie mal ruhig langsam und Dienst nach Vorschrift, es geht ja nur um einen Serienkiller.« Ich schmetterte den Hörer in die Mulde der Basisstation. »Es lebe die Bürokratie.«

»Kein Haftbefehl?«, maulte Sascha betrübt.

»Nein, kein Haftbefehl, Richter Nummer eins muss jetzt in Ruhe dinieren und dann ab in den Urlaub, Richter Nummer zwei kommt erst Morgen aus Grenoble zurück.«

»Hühnerkacke«, kommentierte Sascha. Finya Jacobsen lachte. »Na ja, das einzig Gute ist, dass uns der Kerl nicht durch die Lappen gehen kann. Ich hoffe doch die Beamten, die Hollerbach beschatten, sind zuverlässig.«

»Absolut«, versprach die Duisburger Polizistin.

»Auf geht's.« Sascha sah mich fragend an. »Wir statten Hollerbach einen Besuch ab.«

»Im Jobcenter?«

»Warum nicht?«

»Du willst ihn vorab schon mal weichklopfen?« Ich schenkte ihr einen vielsagenden Blick. »Dann mal los.«

Kapitel 28

Jobcenter Duisburg, Friedrich-Wilhelm-Straße

Zwei unserer Kollegen vertraten sich auf dem Parkplatz vor dem Gebäude gerade die Beine. Wir nickten einander freundlich zu. Vierter Stock. Kahle Gänge, Drucke von Kandinsky und Paul Klee an den Wänden. Gut gemeinte Auflockerungen für Menschen, die bereits mindestens ein Jahr nach Arbeit suchten. Auf den Fluren schwarze Stuhlkonstruktionen aus Stahl in den Wartebereichen. Die Tür von Jürgen Hollerbachs Büro stand einen Spaltbreit auf. Im Hintergrund lief Radio Duisburg. Die besten aktuellen Hits und ihre Lieblingssongs im Stadtradio …

Ich klopfte an.

Hollerbachs Augen wurden größer, als er Sascha und mich im Türrahmen stehen sah.

»Sie erlauben doch.« Wir setzten uns ohne eine Antwort abzuwarten auf die beiden Besucherstühle.

»Ich erwarte Kundschaft.«

»Nein, tun Sie nicht, wir haben im Vorfeld mit Ihrem Chef telefoniert. Ihre beiden Nachmittagstermine wurden abgesagt, das wissen Sie doch ganz genau.« Ich blieb kühl bis unter die Haarspitzen.

»Schön, was wollen Sie von mir? Ich habe noch jede Menge Sachbearbeitung, die sich nicht von selbst erledigt. Also?«

»Wir möchten, dass Sie einen bestimmten Datensatz aufrufen«, verlangte Sascha ruhig. »Ich sage Ihnen auch sofort, um wen es geht: Martina Feykes.«

»Wer soll das ein?«

»Och, nun kommen Sie schon«, raunte ich gelangweilt. »Sie wissen ganz genau, wer das ist. Martina Feykes, das zweite Opfer des Papiermörders. Nur zu.« Ich wedelte auffordernd mit der Hand. »Tippen Sie den Namen mal ein.«

»Warum sollte ich das tun?«

»Weil wir Ihr Gesicht sehen möchten, wenn Sie erkennen, dass Sie eine unschuldige, schwer schuftende Frau vergiftet haben.«

»Das ist ja lächerlich«, sagte Hollerbach ungehalten.

»Na los, tun Sie uns allen den Gefallen.«

Hollerbach tippte auf die Buchstabentasten. Mit der Maus klickte er ein paar Mal. Dann schien er die entsprechenden Informationen gefunden zu haben. Für ein oder zwei Sekunden verlor er die Fassung. Hollerbach hielt den Atem an, dann sog er die Luft hektisch ein. Ein Augenlid zuckte unkontrolliert.

»Tja, Martina hatte eine Arbeitsstelle gefunden, ganz alleine übrigens, ohne jegliche Hilfe Ihrerseits oder Ihrer Behörde. Bei KiK hatte sie angefangen. Ihre Kolleginnen sagen aus, dass sie sehr glücklich darüber war, endlich wieder einen Job zu haben. Sie hat freiwillig Überstunden gemacht und beabsichtigte stellvertretende Filialleiterin zu werden.«

»Ach wirklich, es geschehen noch Zeichen und Wunder«, gab Hollerbach giftig zurück. Seine Finger trommelten unkontrolliert über die Tastatur und die Maus.

»Schon erstaunlich, dass auch die übrigen sechs ermordeten Menschen Ihre Kunden waren, Herr Hollerbach. Das ist wirklich ein irrer Zufall, finden Sie nicht auch?«

»Das ... ist mir neu.«

»Du meine Güte, das ist ja eine klägliche Verteidigung. Ist das alles, was Sie dazu zu sagen haben? Alle sieben Opfer waren in Ihrer ganz persönlichen Kartei registriert. Alle waren mindestens fünf Jahre arbeitslos. Sie fühlten sich mächtig verarscht, oder? Da haben Sie Vermittlungsvorschläge ohne Ende losgeschickt, sich womöglich den Arsch aufgerissen, und wie danken die Menschen Ihnen diesen Einsatz? Sie bleiben in ihrer behaglichen Komfortzone.«

»Sie haben ja keine Ahnung!«, brüllte Hollerbach.

»Kann schon sein.« Das lief nicht schlecht. Wir hatten ihn zum ersten Mal richtig aus der Fassung gebracht. »Wie war das, als Sie Jürgen Markwart aufgesucht haben? Wollten Sie ihm vielleicht persönlich ein Schreiben zustellen? Wie wir in der Legende des Falles nachlesen konnten, hat der Gute immer wieder behauptet, keine Post bekommen zu haben. Da haben Sie sich einfach mal aufgemacht, um es ihm direkt in die Hand zu drücken.«

»Unsinn.«

»Was geschah dann? Hat er Sie ausgelacht, der Markwart, beleidigt, verhöhnt, Sie als armen Wicht bezeichnet?«

Hollerbach starrte mich an.

Ich wandte mich Sascha zu, sprach nur zu ihr. »Da ist er ausgerastet, weißt du? Hat sich ein Messer geschnappt und es diesem Abzocker gezeigt. Tja, das ist nicht selten, dieses Verhalten.«

»Aber so viele Stiche ...«, bemerkte Sascha kopfschüttelnd.

»Ja, er war richtig sauer.« Ich drehte den Kopf zurück zu Hollerbach, der mich weiterhin anstarrte. »Aber das war nur der Anfang, der Blutrausch war wie eine Befreiung, nicht wahr?«

»Verhaften Sie mich oder verschwinden Sie endlich, Sie verdrehter Märchenerzähler«, stieß Hollerbach hervor.

»Warum also es bei dieser einen Hinrichtung belassen? Da waren doch noch so viel mehr Verbrecher auf der Liste.«

»Sie sind ja verrückt.«

»Oh nein, Herr Hollerbach, Sie sind hier der abgedrehte Psychopath. Fiel die Auswahl schwer? Bestimmt nicht, Sie hatten ja Ihre Lieblingskunden, diejenigen, von denen Sie wussten oder zumindest ahnten, dass sie das System austricksten. Sie entwickelten einen wahnwitzigen Plan. Vielleicht haben Sie auch zu viele schlechte Psychothriller gelesen, aber Sie beschlossen sich einen unangemeldeten Nebenjob zu-

zulegen. Serienmörder. Eine uralte Profession, mit dem besonderen Akzent, dass Sie sich einreden für eine gerechte Sache zu morden.«

»Aber das ist nicht wahr, Herr Hollerbach.« Sascha schlug einen versöhnlichen, mitfühlenden Ton an. »Nur, weil man sich womöglich Sozialleistungen erschwindelt oder nebenbei Schwarzarbeiten geht, hat man vielleicht Strafe verdient, aber sicher nicht den Tod.« Sascha beugte sich nach vorn und stützte sich auf der Schreibtischkante ab. »Sie sind krank, Herr Hollerbach.«

»Was ist das für eine Nummer? Guter Cop, böser Cop?« Hollerbach lachte verächtlich. Tatsächlich schien er sich wieder gefangen zu haben. »Sie würden diese ganze Show nicht abziehen, wenn Sie ausreichend stichhaltige Beweise hätten.« Provokativ streckte er die Arme aus. »Na, los doch, nehmen Sie mich fest.«

»Nicht doch ... Kater Karlo.« Ich lächelte liebenswürdig. Der nächste Schlag, unangekündigt aus der Hüfte. Hollerbachs Hände zuckten unkontrolliert. *Treffer!*

»Bettina Franticzek. Sie hatte sich extra hübsch gemacht für Sie. Sie trug ihr bestes Kleid, kam in der eisigen Kälte der Nacht nach Walsum, in der Hoffnung ein kleines Glück zu finden.« Hollerbach schloss die Augen. »Sie wollte nichts als ein bisschen Wärme und Liebe, aber das stand nicht zur Debatte, nicht wahr? Liebe ist ein Wort, das in Ihrem Vokabular fehlt. Wir haben den gesamten E-Mail-Verkehr, Herr Hollerbach.«

»Nicht, dass ich mich Ihnen erklären müsste, Herr Kommissar, aber Frau Franticzek habe ich erst vor vier Wochen übernommen. Ich kannte natürlich Ihre Historie, aber der Termin für ein Gespräch wäre erst nächste Woche gewesen.« Hollerbach atmete tief durch. »Wenn Sie keine schlagkräftigen Beweise haben, bitte ich Sie jetzt, umgehend mein Büro zu verlassen. Es gibt Menschen, die arbeiten müssen.«

»Sie hätten uns erschießen sollen, als Sie uns in Markwarts Wohnung völlig unbedarft als Zielscheiben vor Augen hatten. Vor ein paar Tagen hatten Sie Ihre Chance. Jetzt ist das Spiel vorbei. Wir sehen uns, Herr Hollerbach.«

»Da bin ich sicher.«

• • •

Ich hätte sie töten sollen! Damals, in Markwarts Wohnung. Dawson hatte recht.

Ich hätte ihm sein zynisches Maul wegschießen sollen. Am liebsten würde ich seine Eingeweide den Krokodilen im Zoo zum Fraß vorwerfen. Dieses miese Schwein. Woher sollte ich das mit der Feykes wissen? Wie konnte das nur passieren?

Dieser Dawson hat alles verdorben. Wenn er nicht so penetrant geforscht und ermittelt hätte, dann wäre alles nach Plan A verlaufen. Zehn Schmarotzer weniger, die unsere Gesellschaft ausbluten lassen.

Ja, oh ja.

Jonathan Dawson ist schuldig!

Er muss bezahlen, er muss den Preis bezahlen!

Kapitel 29

Polizeipräsidium Duisburg

»Und?«

»Keine Chance.«

»Ich habe ein ungutes Gefühl bei der Sache, Jonathan. Wir haben Hollerbach ganz schön zugesetzt. Er steht mit dem Rücken an der Wand. Waidwunde Tiere sind die gefährlichsten.«

»Ich weiß, aber was soll ich machen? Ich bekomme nirgendwo einen Entscheidungsträger, der mir diesen verdammten Haftbefehl unterschreibt. Ich will auf jeden Fall einen Formfehler vermeiden, den uns sein Anwalt dann um die Ohren haut.«

Sascha Brinkmann seufzte resigniert. »Nun ja, morgen Früh ist der Spuk vorbei. Hast du noch mal mit dem Observierungsteam gesprochen?«

»Na klar, die sind sensibilisiert. Wir haben vorsichtshalber die Wachen verdoppelt. Da sind jetzt vier Leute vor Ort, Hollerbach kann unmöglich türmen.«

»Du würdest dich am liebsten selbst auf die Lauer legen, stimmt's?« Sascha grinste wissend. Wie gut sie mich doch schon kannte. »Wir können heute nichts mehr ausrichten. Lass uns die Karre in die Tiefgarage fahren, dann lade ich dich auf einen Streifzug über den Weihnachtsmarkt ein.«

»Lieb von dir, aber ...«

»Widerstand ist zwecklos.«

»Okay, bist du jetzt eine Borg-Königin?«

»Ich weiß nicht mal, was das sein soll.«

»Das ist eine Figur aus dem Star Trek Universum, halb Mensch, halb Maschine, deren Lieblingsspruch du gerade zitiert hast. Widerstand ist zwecklos ... Sie ist eine große Anführerin und auf ihre ganz besondere Art faszinierend.«

»Okay, dann weißt du ja, woran du bist.«

»Aber keinen Glühwein bitte.«

»Oh, du bist ja noch anne Schippe?«, wunderte sich Angelika Haubrich, als Jessica Wald aus dem Treppenhaus in das Großraumbüro marschierte, ihren Mantel über den Arm gelegt.

»Ich habe den Autopsiebericht noch eben fertig getippt, und außerdem ...«, sie lächelte säuerlich, »... zieht mich momentan auch nichts nach Hause. Gute Nacht, Angie.« Damit verließ sie das Büro.

Das Wetter war noch einmal umgeschlagen, auf den Dauerregen folgte jetzt eine klirrende Kälte. Jessica sah hinauf in den klaren Winterhimmel. Seit drei Jahren waren Barney und sie nicht mehr in den Urlaub gefahren, weil sie sich nicht auf ein gemeinsames Ziel hatten einigen können. Sie lachte trocken. *Ich habe einfach die Zeichen nicht erkannt, womöglich wollte ich sie auch nicht sehen. Es wäre doch so einfach gewesen, sich zu einigen. Im Frühsommer in die Berge und im Herbst oder Spätsommer an die See, oder umgekehrt.* Aber nein, sie hatten sich bis aufs Messer gestritten und als Resultat blieb dann ein verlängertes Wochenende in München.

Jessica fingerte nach ihrem Wagenschlüssel, der sich irgendwo in ihrer Handtasche versteckte. Sie war am Morgen nicht auf den Hof des Präsidiums gefahren. Zu spät dran. Nach neun Uhr keine Chance mehr, also hatte sie einen Parkplatz an der Düsseldorfer Straße ergattert. Ein eisiger Windstoß fuhr ihr durch alle Glieder. Es war bereits deutlich unter null Grad. Zu Hause würde sie Barney sicher erwarten. Sie fragte sich, wie er wohl gerade drauf war. Es gab zwei Möglichkeiten. Entweder er ignorierte sie vollkommen und tat so als wäre sie Luft, oder er fiel in ein weinerliches Gezeter. Dann flehte er sie an, sich alles noch einmal zu überlegen und bei ihm zu bleiben. Er gelobte Besserung, ohne überhaupt zu wissen, was er eigentlich falsch machte.

Wo war denn nur der verdammte Schlüssel?

Sie wühlte in ihrer Tasche und bemerkte nicht die dick eingemummte Gestalt, die sich blitzschnell aus dem Schatten der Baumreihe schob. Plötzlich war da ein Tuch vor ihrem Gesicht. Sie atmete hektisch ein. Ein großer Fehler. Nach zwei weiteren Atemzügen wurde ihr schwarz vor Augen.

»Mensch, da ist ja ein Riesenrad.« Sascha Brinkmann zappelte herum wie ein kleines Kind. Am Ende der Königstraße, Duisburgs Flaniermeile in der Innenstadt, überragte das gewaltige, bunt illuminierte Riesenrad den ganzen Weihnachtsmarkt.

»Ich bin nicht schwindelfrei«, verkündete ich prophylaktisch.

»So?« Sascha taxierte mich lausbubenhaft schmunzelnd. »Drüben an dem Stand gibt's Bier und Whisky.«

»Aha, und das soll was bedeuten?«

»Du bekommst einen Doppelten nach deiner Wahl und dann drehen wir eine Runde.«

»Oh Mann, du bist wirklich anstrengend, Sascha Brinkmann aus Halbemond in Ostfriesland.«

»Ist das schlimm?«

Ich kniff die Augen zusammen und versuchte ein grimmiges Gesicht zu machen. »Ich ... weiß ... nicht ...«

»Ach, komm schon. Wir haben den Fall gelöst, wir haben den Serienkiller, den Papiermörder. Er hat sein letztes Gedicht zitiert, morgen wandert er für den Rest seiner Tage in den Knast oder in die Klapse, da können wir uns doch mal was gönnen.« Saschas gute Laune war wirklich überwältigend ansteckend.

Eine Viertelstunde später waren wir auf dem Scheitelpunkt des Riesenrades in luftiger Höhe angekommen. Von hier oben betrachtet war die Welt klein, geschrumpft, ein bunter Lichterteppich über dem wir, wie auf einer Zauberwolke, schwebten. Für Minuten war Jürgen Hollerbach nur noch ein unbedeutender Statist, eine Randfigur, ein Problem, das sich morgen Früh auflösen würde.

Der Wind war eisig und schaukelte unsere Gondel, die für den Moment angehalten hatte, um unten neue Gäste aufzunehmen.

»Alles okay, mein Held?«

Ich nickte tapfer. Der Whiskey hatte gutgetan.

Herrlich, das Leben konnte so einfach sein …

Kapitel 30

Duisburg Stadtteil Neudorf, Amtsgericht

»Endlich, es ist vollbracht!«

Ich wedelte triumphierend mit dem frisch ausgestellten Haftbefehl für Jürgen Hollerbach. »Ruf mal die Kollegen an, die Hollerbach observieren. Ich will hoffen, dass der Kerl Langschläfer ist und noch zu Hause abhängt.« Sascha griff sofort zu ihrem Handy. »Wenn nicht, sollen sie ihn zum Präsidium bringen.«

»Bingo!«, freute sie sich. »Der Herr Hollerbach hat seine Hütte noch nicht verlassen. War gestern Abend wohl richtig lange im Kolumbarium. Vielleicht hat er sich von seiner Mutter verabschiedet.«

»Hm.« Irgendwie wollte mir die Aussage nicht gefallen. »Haben die Kollegen auch den Hintereingang bewacht?«

»Tja, weiß ich nicht, aber ich denke schon. Jedenfalls ist er ganz sicher gegen zehn nach Hause gefahren.«

»Na, dann mal auf in den Werthacker.«

»Jonathan, da ist Bernhard Glock am Telefon.« Sascha sah mich fragend an. Wir standen an der Ampel an der Großbaustelle Innenstadt.

»Leg ihn auf den Lautsprecher.«

Es knackte, dann war Barneys Stimme laut und deutlich zu verstehen. »Jessica ist weg!« Er klang panisch. »Ich bin gerade im Präsidium.«

»Wann hast du Jess das letzte Mal gesehen?«

»Gestern Morgen, nur ganz kurz. Sie ist nicht nach Hause gekommen, Jonathan, ich dachte ... sie wäre bei dir.«

»Nein, ganz sicher nicht.« Verbissen kniff ich die Lippen zusammen. »Wer hat Jessica Wald gestern im Präsidium zuletzt gesehen?«, fragte ich alarmiert. Auf dem Ruhrschnellweg hatte sich vor der Ampelkreuzung eine beträchtliche Schlange gebildet.

»Dat war ich bestimmt.« Angelika Haubrich. Offensichtlich hatte auch Barney sein Handy laut gestellt und es an Angelika weitergereicht.

»Wann genau war das, Angie?«

»So gegen sieben Uhr.«

»Hat sie gesagt, wohin sie nach Feierabend gehen wollte?«

»Nee, hat dat Mäusken nicht. Nach Hause ... dachte ich.«

»Aber da ist sie nicht angekommen«, heulte Barney laut.

»Immer mit der Ruhe, eins nach dem anderen«, beschwichtigte Bröker, der nicht minder aufgeregt rüberkam. »Das alles muss überhaupt nichts Schlimmes zu bedeuten haben. Dawson, Sie nehmen jetzt endlich Hollerbach fest und Sie, Herr Glock, überlegen jetzt konzentriert, bei wem Jessica Wald womöglich Zuflucht gesucht haben könnte, wenn ich das so ausdrücken darf.«

»Da stimmt was nicht«, raunte ich Sascha zu.

»Wieso? Vielleicht ist Jessica einfach nur vor Barney geflüchtet.«

»Ich habe ein saumäßig beschissenes Gefühl, Sascha. Verdammt! Wann geht das hier endlich weiter?« Wir standen jetzt bereits die dritte Ampelphase. Lediglich zwei oder drei Wagen schafften die viel befahrene Kreuzung.

»Herr Bröker, bitte informieren Sie uns, wenn es etwas Neues gibt. Wir nehmen jetzt Hollerbach fest.«

»Machen Sie schnell, Frau Brinkmann.«

Im Werthacker, vor Hollerbachs Haus

»Morgen, liebe Kollegen.« Zwei übermüdete, noch recht junge Beamte quälten sich aus ihrem BMW. »Irgendetwas Auffälliges?« Ein weiteres Fahrzeug observierte die andere Seite des Gebäudes und den Garten.

»Nein, Herr Kommissar, gar nichts. Eine komplett ruhige Nacht.«

»Gut, dann wollen wir jetzt zur Tat schreiten, wir werden Jürgen Hollerbach verhaften.«

»Ist er es wirklich, ich meine ... der Papiermörder?«

»Oh ja. Kommen Sie bitte mit, wer weiß, wie Hollerbach reagieren wird.«

Zu viert standen wir vor Hollerbachs Tür. Ich drückte den Klingelknopf. Einmal, zweimal, dann klopfte ich. »Aufmachen, Polizei!«

»Haben Sie auch die Tür zum Garten im Auge gehabt?«, fragte Sascha nervös.

»Aber ja, da sind noch zwei Kollegen aus der zweiten Hundertschaft auf der anderen Seite des Hauses. Der Typ kann uns unmöglich durch die Lappen gegangen sein.«

»Herr Hollerbach, machen Sie auf, wir wissen, dass Sie da sind!«, rief Sascha mit fester Stimme. Unwillkürlich griff ich zur Waffe. »Vielleicht hat er sich umgebracht.«

»Wäre möglich, glaube ich aber nicht.«

»Aufmachen, hier ist die Polizei!«

Auf der gegenüberliegenden Straßenseite bildete sich ein kleines Grüppchen Schaulustiger vor der *Siedlerklause*. Aus den Augenwinkeln erspähte ich Julia Pulina, noch in einem rosafarbenen Jogginganzug gekleidet. Ich lugte durch das geschlossene Küchenfenster. Nichts Auffälliges, eine Schüssel mit grünen Äpfeln auf dem Tisch.

»Okay, wir gehen rein«, beschloss ich. »Wir brechen die Tür auf.«

»Nicht nötig.« Sascha sah mich überrascht an. »Es ist offen.«

»Vorsichtig, dem Kerl traue ich alles zu.« Ich zog meine Walther PK. Vorschriftsmäßig sicherten wir Raum für Raum. Die beiden Kollegen auf der rückwärtigen Seite des Hauses hatten auf der Terrasse Stellung bezogen. Die Tür zum Garten war geschlossen, genauso wie alle Fenster.

Küche, das kombinierte Wohn-/Esszimmer, eine lang gezogene Diele, eine Abstellkammer, ein Gäste-WC …

»Er muss oben sein.«

Unwillkürlich flüsterte Sascha. Die gezogene Waffe im Anschlag gingen wir über die Treppe in den ersten Stock. Die Bodendielen knarrten. Eine altmodische, geblümte Tapete, eine Art Bügelzimmer. Das Bad. Eine elektrische Zahnbürste, Eau de Toilette von Calvin Klein, ein billiger Reiseföhn, die Handtücher akkurat über eine Heizstange gelegt, die Fußmatten in plüschigem Hellblau.

Nur noch zwei Zimmer.

Ich schob die angelehnte Tür rechts mit dem Fuß auf. Ein gewaltiges Bett mit einer dicken Decke darüber. An der Wand ein massiver Kleiderschrank. Bilder von Mutter und Sohn in allen nur denkbaren Varianten.

»Liebe Güte, das müffelt ja wie in Omas Bettkasten«, stellte Sascha trocken fest. »Hier hat doch seit Jahrhunderten keiner mehr genächtigt und auch nicht gelüftet.«

»Ich vermute, dass dies das Schlafzimmer von Hollerbachs Mutter war.« Wir gingen in den letzten Raum, ein weiteres Schlafzimmer, moderner, jedoch ziemlich spartanisch eingerichtet. Offensichtlich Hollerbachs Schlafstätte. Einziger Blickfang war ein Bücherregal, dessen Einlegebögen sich ordentlich durchbogen.

»Das kann nicht sein«, hörte ich einen der beiden Einsatzkräfte sagen. »Ganz ehrlich, wir haben nur abwechselnd gedöst, vorne kann er nicht raus sein.«

»Ein Dachboden hat das Haus nicht, aber einen Keller. Das ist die letzte Option, wenn der Kerl kein Zauberer ist. Alle Fenster sind von innen verschlossen, ja, sogar verriegelt. Er muss noch im Haus sein.«

Die Treppe hinab in den Keller, dreizehn Stufen. Ein kleinerer Raum mit IKEA-Regalen. Dosen mit Erbsen, Mais, Suppen, Fertiggerichte, Gurkengläser, Schattenmorellen, eine halbvolle Kiste Bier, König Pilsener, was sonst in Duisburg?

Ein Durchgang zu einem größeren Raum. Gartenstühle, ein verrosteter Grill, zwei Fahrräder, ein alter voluminöser Röhrenfernseher, eine Wäschespinne, Frostschutzmittel, Granulat, Streusalz.

»Ich fasse es einfach nicht.« Sascha sprach aus, was wir alle dachten. »Er ist weg, Hollerbach ist weg.«

»Das kann nicht sein, Herr Kommissar, bitte, Sie müssen uns glauben. Niemand hat dieses Haus verlassen. Hollerbach ist gestern Abend um kurz vor zehn Uhr hier eingetroffen. Vorher war er die ganze Zeit im Kolumbarium. Der rote Golf steht noch direkt vor dem Haus. Gegen Mitternacht ging das Licht im Wohnzimmer aus, da muss er ja noch da gewesen sein, dann war Ruhe, die ganze Nacht.«

Ich versank in verzweifeltes Grübeln.

Er hat Jess!, schoss es mir siedend heiß durch den Sinn. *Er ahnte sicher, dass wir ihn heute festnehmen würden. Gott, ich habe ihn gestern extrem provoziert ...*

»Jedenfalls ist er nicht mehr hier«, stellte Sascha pragmatisch fest. »Ich gebe Hollerbach sofort zur Fahndung raus.« Fast panisch sah ich mich um. Wie hatte der Dreckskerl es fertiggebracht, uns zu täuschen? Wenn überhaupt, dann musste er durch die Eingangstür ins Freie gelangt sein, alle anderen potentiellen Fluchtwege des Hauses waren von innen verschlossen. Hatten die Kollegen eine schwache Viertelstunde gehabt, hatte Hollerbach einfach dreist darauf gepokert, dass er hinausspazieren konnte, ohne aufgehalten zu werden?

Nein!

»Wurde der rückwärtige Ausgang des Kolumbariums bewacht?«, fragte ich. Die beiden Beamten sahen sich fragend an. »Das ist wichtig, liebe Kollegen, denn ohne Bewachung kann er unbemerkt entwischt sein und Frau Wald in seine Gewalt gebracht haben!«

»Da gibt es einen zweiten Ausgang?«

»Scheiße.« Ich schloss geschockt die Augen.

»Von einem zweiten Ausgang war nicht die Rede«, verteidigte sich der ältere der beiden Streifenpolizisten. »Hauptkommissar Bröker hat nur angeordnet Hollerbach nicht aus den Augen zu lassen. Wir wussten nichts von einer Hintertür.«

Ich schüttelte verkniffen den Kopf. Sascha sah mich nicht minder verbittert an.

»Schon gut, Jonathan, Sie haben ihn ja gestern Abend bis zu seinem Haus verfolgt, das heißt, die Nachlässigkeit mit dem zweiten Ausgang können wir abhaken.« Wir verließen den Keller.

»Nicht in Bezug auf Jessicas Verschwinden, nur in Hinsicht auf sein eigenes Verschwinden.«

»Stellen Sie das Haus auf den Kopf, die Spurensicherung soll anrücken.«

»Natürlich, Frau Brinkmann.« Froh, etwas tun zu können, trollten sich die beiden Beamten, die sich sichtbar Vorwürfe machten, aber anscheinend keine Erklärung für das Verschwinden von Hollerbach finden konnten. Ich glaubte ihnen. Sie hatten nicht geschlafen. Es musste eine andere Erklärung geben.

»Jonathan.«

»Hm?«

»Wir kriegen ihn.«

»Er hat Jess, Sascha.«

»Quatsch, wie kommst du denn auf den lecken Kutter?«

»Ich weiß es einfach. Er ist noch einmal aus dem Kolumbarium entwischt. Wahrscheinlich konnte er kaum glauben, dass die Rückseite nicht bewacht wurde.«

Sascha schüttelte verkniffen den Kopf. »Das haben wir verbockt, Jonathan, wir haben bei dem ersten Treffen mit Wohlgemuth gesehen, welche Bereiche die Kameras abdecken. Womöglich haben wir nicht alle Infos weitergegeben.«

»Ja, du hast recht, das müssen wir auf unsere Kappe nehmen.« Ungeduldig trommelte ich mit den Fingern aufs Lenkrad. »Ich habe ihn gestern bis aufs Blut gereizt. Ich traue ihm zu, dass er von Jessica und meiner Vergangenheit mit ihr Wind bekommen hat.«

»Alles wilde Spekulation.«

»He, Leute.« Julia Pulina winkte zu uns herüber. Vielleicht wusste sie ja etwas. Wir überquerten die Straße. Die Anwohner hielten respektvoll

Abstand zu uns. Lediglich ein älterer Herr, der sich auf einen bunt angemalten Rollator stützte, blieb in ihrer Nähe. »Das ist Gottfried Opitz, einer meiner liebsten Stammgäste.« Die buschigen Augenbrauen des Rentners bildeten eine geschlossene Linie. Das hagere, faltige Gesicht vermittelte den Eindruck eines gemütlichen, in sich ruhenden Menschen. »Ihr solltet euch mal unterhalten. Kommt am besten rein.«

»Tach auch.« Wir schüttelten seine knochige Hand und stellten uns vor. Julia sperrte die *Siedlerklause* auf. Seufzend ließ sich Herr Opitz auf einem Stuhl nieder. »Ich hörte von der kleinen Maus hier, dass Sie den Hollerbach suchen.«

»Oh ja, sehr dringend«, beeilte sich Sascha.

»Ah, vielleicht kann ich helfen, ich war früher unter Tage, wissen Sie?«

»Okay, wie kann uns das helfen?« Ich überließ Sascha die Gesprächsführung. In Gedanken war ich bei Jessica. Ich machte mir Vorwürfe. Ich hatte Hollerbach womöglich gnadenlos unterschätzt.

»War 'ne echte Knochenarbeit, das können Sie mir glauben, Fräulein. Ich hab jeden Tag die Hosen voll gehabt, wenn wir angefahren sind. So tief im Bauch der Erde. Meine Fresse, da konnte man schon Schiss bekommen. Die ersten Male musste ich im Förderkorb immer ganz außen stehen, vor allen Dingen mit dem Gesicht am Gitter, damit ich nach draußen kotzen konnte. Irgendwann hatte sich mein Magen dann daran gewöhnt.«

»Großer Butt, das war ein hartes Brot, das glaube ich Ihnen gern und ich würde mich echt genauso gern mit Ihnen über die alten Zeiten unterhalten, Herr Opitz, aber wir suchen sehr dringend Herrn Hollerbach.«

»Sie haben ihn immer bewacht, oder?«

»Ja, aber jetzt ist er weg und das können wir uns nicht erklären. Vier Beamte haben das Haus die ganze Nacht über im Auge gehabt. Sie schwören hoch und heilig, dass Hollerbach sein Haus nicht verlassen hat und wir glauben ihnen.«

»Ja.« Opitz lächelte versonnen. »Da muss ich Ihnen, junges Fräulein, noch was aus den schlimmen Tagen vom Adolf erzählen.«

»Adolf? Herr Opitz ...«

»Der Hitler. Zweiundvierzig ging das langsam los mit dem Bombardieren.«

»Entschuldigung, aber ...«

»Nun, Geduld scheint nicht Ihre ganz große Stärke zu sein. Wie heißen Sie denn eigentlich?«

»Sascha ... Sascha Brinkmann.«

»Also gut, Sascha. Wenn Sie mir für ein oder zwei Minuten Ihr Ohr leihen, dann soll sich das wohl gelohnt haben.«

»Okay.« Sascha seufzte ergeben. »Aber bitte ...«

»Jaja, Sie wollen den Hollerbach schnappen, ich hab's schon verstanden. Julia, Liebes, bringst du uns einen Kräuter?«

»Tee oder Schnaps?«

»Beides.« Opitz lächelte spitzbübisch. Der alte Haudegen hatte es wirklich drauf, einen in den Wahnsinn zu treiben. »Wie gesagt, es fielen zahlreiche Bomben, aber die Scheiß-Nazis hatten das wohl kommen sehen. Es wurden Bunker gebaut, ganz in der Nähe steht einer, kann man fast von hier aus sehen, und auch drüben in Duissern, da ist unten drin jetzt 'ne Trinkhalle, und unterirdische Tunnel haben die angelegt. Alles zum Schutz der Bevölkerung und trotzdem haben Tausende ihr Leben gelassen. Natürlich haben sie auf diesem Weg auch die Munition transportiert.«

Julia brachte drei dampfende, durchsichtige Teetassen und drei Gläschen mit einer undefinierbaren dunkelbraunen Tinktur.

»Stolperknabe heißt das Zeug, kommt aus dem Münsterland, sechsundfünfzig Prozent, der haut was weg.«

»Oh bitte, bitte, Herr Opitz, wenn Sie uns was zu sagen haben, das uns helfen kann Hollerbach zu finden, dann bitte jetzt, wir stehen mächtig unter Druck.«

»Wohl sein.«

Noch ehe Sascha erneut intervenieren konnte, sprach der alte Bergmann weiter. »In den Tunneln hat die Wehrmacht die Granaten für die Flugabwehrgeschütze transportiert. Von hier aus haben sie die gottverdammten Bombenleger beschossen, erst die Tommys, dann auch Amis und Kanadier. Die schwebten vom Westen rein und nahmen dann Kurs auf die Stahlwerke. Thyssen und Krupp, das stählerne Herz des Reiches. Aber es ging ihnen auch um Terror gegen die Zivilbevölkerung. Die wollten die Moral der Ruhrpötter kaputt bomben, aber da haben die sich geirrt. Jedes brennende Haus hat uns noch mehr zusammengeschweißt. Verdammt, das waren harte Zeiten, aber uns haben die nicht kleingekriegt.«

»Herr Opitz ...« Saschas Stimme klang wie ein Flehen.

»Ist gut, Mädchen. Alte Leute kommen manchmal ins Schwafeln. Will sagen, hier auf dem Gelände des Werthackers stand unsere Flak und bis zu diesem Grund verliefen auch die Tunnel. Da war ja noch keine Siedlung.«

»Okay?«

»Der Werthacker ist dem Grunde nach ein Neubaugebiet. Die ganze Fläche wurde nach dem Krieg plattgemacht und die Siedlung wurde aus dem Boden gestampft. Viele Duisburger, die es in der Währungsreform gut angestellt oder auf dem Schwarzmarkt was beiseitegeschafft hatten, kauften sich hier Grund und Boden.«

Langsam erwachte ich aus meinem Albtraum. Gespannt hörte ich den Ausführungen des Alten zu.

»Herr Opitz, wie hilft uns dieser überaus interessante Geschichtsunterricht bei der Suche nach Jürgen Hollerbach?« Sascha breitete hilflos ihre Arme aus.

»Aber das ist doch ganz einfach, Mädchen. Die Siedlung wurde über dem alten Tunnelsystem aufgebaut. Nicht unmöglich, dass ein Teil der unterirdischen Gänge noch begehbar ist.«

Sascha und ich sahen uns elektrisiert an.

»Danke, vielen Dank, Herr Opitz. Julia, alles was dieser aufmerksame Mann heute zu sich nimmt, geht auf unsere Rechnung.« Ich schüttelte dem glücklich lächelnden alten Bergmann die Hand. Wie von der Tarantel gestochen rannten wir zurück zu Hollerbachs Haus.

»Herr Kommissar ...?«

»Alle Mann mitkommen, ab in den Keller, da muss irgendwo ein verborgener Zugang zu einem Tunnel sein!«

So hat er uns also ausgetrickst! Jetzt war ich erst recht davon überzeugt, dass Hollerbach Jessica in seine Gewalt gebracht hatte. Entweder war er aus dem Kolumbarium unbemerkt verschwunden, was mit der Uhrzeit, in der Jessica das Präsidium verlassen hatte, gut übereinstimmte, oder er hatte erst später zugeschlagen, eher unwahrscheinlich.

»Hier, hinter dem Regal mit dem Winterzeug«, rief Sascha aufgeregt. Wenn man weiß, wonach man suchen muss, kommt man erstaunlich schnell zum Ziel. Zu dritt schoben wir das Hindernis beiseite. Vor uns lag ein knapp mannshoher, schmaler Schlund.

»Ein schwarzes Loch«, stellte ich ernüchtert fest. Neben meiner Höhenangst, pflegte ich mich auch in engen Räumen mehr als unwohl zu fühlen.

»Da müssen wir durch!«, entschied Sascha tatendurstig.

»Wir brauchen starke Taschenlampen.«

»Ich hab 'ne Lampe an meinem Handy.«

»Das ist jetzt nicht dein Ernst«, japste ich erschrocken. »Wir können Pläne besorgen und Atemmasken und was man so braucht.«

»Jonathan, es geht um jede Minute, denk an Jessica.«

»Scheiße.« Glücklicherweise hatten die Kollegen Taschenlampen in den Einsatzwagen.

Sascha sah mich obduzierend an. »Ist nicht dein Ding, oder?«

»Nein, aber was soll's. Du hast mich sicher durch das Abenteuer Riesenrad gebracht, also wird das jetzt auch gehen.«

»Okay, dann los.«

Der Gang führte uns noch weiter unter die Erde. Logisch, das ergab Sinn, schließlich musste man mit einem Bombenhagel rechnen, obwohl die Flak-Stellungen selbst nicht die Angriffsziele der Alliierten darstellten. Die Luft war stickig, modrig und feucht. Mein Herz hämmerte wild. Wir konnten zunächst nur hintereinander gehen.

»Alles gut mit dir?«

»Nicht wirklich.«

Bernd Böhmer, einer der Beamten des Observierungsteams, ging voran, dann Sascha, am Ende ich. Ich versuchte ruhiger zu atmen. Der Gang wurde breiter und höher, schließlich mündete er in einem runden Raum.

»Drei Ausgänge.« Die Lichtkegel unserer Taschenlampen zuckten nervös hin und her. Es war nicht mehr ganz so eng. »Hier sind Fußabdrücke.« Sascha beleuchtete den Boden vor dem mittleren Gang. Hatte Hollerbach gehofft, dass sein Geheimnis unentdeckt bleiben würde? Aber er hatte einen enormen Vorsprung. Bis Mitternacht sei das Licht im Wohnzimmer noch zu sehen gewesen, hatten die Kollegen berichtet. Wir gingen weiter, kamen jetzt schneller voran. Der Tunnel verbreiterte sich, Gleise auf dem Boden, eine alte Lore, verrostete und gesplitterte Deckenlampen, dicke Kabelstränge, die längst keine Elektrizität mehr transportierten. Grüner Belag an den feuchten Wänden, vereinzelte Fetzen von Plakaten mit Nazi-Durchhalteparolen. Unglaublich, dass dieses ganze System ungenutzt brachlag, anderseits, wozu hätte man es nutzen sollen?

Schritt für Schritt, nicht zu viel Nachdenken, die Gedanken auf etwas Schönes fokussieren. *Was hat er mit Jessica vor?* Jürgen Hollerbach entpuppte sich als erschreckend gefährlicher Gegner. Ich hatte ihn wirklich unterschätzt. Der schlimmste Fehler, der einem Ermittler unterlaufen kann. Aber was war sein finaler Plan? Er ging sicher nicht davon aus, ungeschoren davonzukommen. Wahrscheinlich stand das nicht auf seiner aktualisierten Agenda.

Ein noch größerer Raum, diffuser Lichteinfall, eine Treppe.

Tageslicht!

Ich dankte allen Göttern des bekannten Universums.

»Na, siehst du.« Sascha lachte mich mitfühlend an. »Überlebt.«

»Nur knapp.«

Bernd Böhmer lugte schon mal nach oben. »Wir kommen am alten Bunker aus.«

»Das liegt nahe.« Ich schnaufte durch.

»Wir sind kurz hinter dem TÜV und dem Straßenverkehrsamt. In fünf Minuten ist man zu Fuß an der Schweizer Straße und damit in Duissern. Somit hat Hollerbach alle Optionen. Er ist uns durch die Lappen gegangen.«

»Warum weiß denn niemand von diesen Gängen?«, wunderte sich Sascha. »Das wäre ziemlich wichtig gewesen.«

»Keine Ahnung«, musste ich gestehen. »Leider haben wir noch immer nicht den ominösen schwarzen Zafira gefunden, den muss er irgendwo in der Nähe verborgen haben.«

»Ich rufe mal die Kollegen im Werthacker an, die sollen ihnen auch ihr Auto gleich mitbringen.« Bernd Böhmer zückte sein Diensthandy. »Ach, Mist, nur ein Balken.«

»Draußen wird besserer Empfang sein«, vermutete ich.

»Okay.«

Wir machten uns auf den Weg, den ungastlichen Tunnel zu verlassen. Ich schnaufte erleichtert durch. War es denkbar, dass Hollerbach Jessica irgendwo hier unten in dem Tunnelverlies gefangen hielt? Ich glaubte es nicht. *Diese Ratte hat ein anderes Nest!* Dennoch war der Gedanke nicht ganz von der Hand zu weisen.

»Halt! Vorsicht!«, schrie Sascha plötzlich.

»Was …«

Böhmer betrat die dritte Treppenstufe. Jetzt bemerkte auch ich den winzigen roten Lichtpunkt. Aufgewirbelter Staub enthüllte schlaglichtartig eine Lichtschranke. *Eine Falle! Hollerbach hat das alles vorausgeplant!* Böhmers rechter Fuß unterbrach den Laserstrahl. Für den Bruchteil einer Sekunde erstarrte die Welt, ich hoffte einfach verzweifelt, dass nichts geschehen würde …

… dann erschütterte eine gewaltige Explosion den Raum und den Tunnelaufgang. Instinktiv riss ich Sascha zu Boden und warf mich auf sie. Ich konnte nichts mehr hören, kein Schrei Böhmers, dessen Körper einfach zerfetzt wurde. Wie in Zeitlupe sah ich durch den Rauch einen kantigen Ziegel auf mich herabregnen.

Feierabend!, dachte ich vollkommen ruhig und gelassen. Es schien zu stimmen, was Menschen mit Nahtoderfahrungen berichteten. Wenn der Moment gekommen war, dann legt sich jedwede Panik und eine überirdische Ruhe macht sich breit. Ich presste Sascha Brinkmann ganz fest an mich. *Hoffentlich überlebst du, Sascha ... ich wünschte wir hätten mehr Zeit miteinander gehabt ...*

Was für ein merkwürdiger Gedanke am Ende meiner Reise.

Kapitel 31

Stadtteil Duisburg-Wedau, Städtische Kliniken

Wo bin ich?

Okay, ich war nicht tot, zumindest noch nicht.

Da war ein Fenster, durch das Sonnenlicht ins Zimmer strömte. Konnte ich mich bewegen? Ich beschloss einen internen Check-up zu starten. Kopf? Okay. Arme? Auch gut. Beine? Ich atmete erleichtert auf. Ich konnte mit den Zehen wackeln, das fand ich ausgesprochen beruhigend.

Warum war es denn so still?

Ich konnte keinerlei Geräusche wahrnehmen. In meinem rechten Arm steckte eine Kanüle. Neben meinem Bett hingen durchsichtige Beutel, gefüllt mit einer ebenfalls farblosen Flüssigkeit.

Schlagartig kehrte die Erinnerung zurück.

Die Tunnel, der rote Laser, die Explosion ...

»Sascha!«

Die Tür ging auf. Eine Krankenschwester, ein Arzt und Finya Jacobsen stürmten ins Zimmer. Dr. Heibach stand auf dem Namensschild.

»Wo ist Sascha?« Ich brüllte vermutlich. So ist das, wenn man sich selbst nicht hören kann. Ich sah Finya durchdringend an. »Was ist mit dem Kollegen?«

Hollerbach.

Jessica ...

Sascha ...

Die Schwester kam mit einer Kunststofftafel zurück, die sie mir vor die Nase hielt. Hastig überflog ich die Zeilen.

Beide Trommelfelle mussten gelasert werden, überdies haben Sie einen Hörsturz erlitten. Sie haben unglaubliches Schwein gehabt! Ein Smiley. *Sie brauchen ein paar Tage Ruhe.*

»Nein, nein, nein, ich kann nicht ein paar Tage hier herumliegen«, brüllte ich. »Was ist mit Sascha und dem Kollegen Böhmer?«

Finya Jacobsen nahm die Tafel, wischte den Text weg und schrieb mit einem Filzstift: *Bernd Böhmer ist leider tot. Die Wucht der Explosion hat ihn zerrrissen.*

»Oh, mein Gott.«

»Sascha, Jessica ...?«

Finya griff wieder zu dem Brett.

Leider noch keine Spur von Frau Wald und Hollerbach.

»Spreche ich Chinesisch, oder was? Was ist mit Sascha Brinkmann?« Ich sah es schon an Jacobsens Gesichtsausdruck, dass mir nicht gefallen würde, was sie gerade niederschrieb.

Kommissarin Brinkmann ist spurlos verschwunden.

»Scheiße!« Mir wurde schwarz vor Augen. *Er hat sie! Jetzt hat er beide, Jessica und Sascha!* »Ich muss hier raus!«

Dr. Heibach schob mich bestimmt zurück in die Kissen.

»Er hat sie, Finya, Hollerbach hat beide Frauen in seiner Gewalt!«. »Hören Sie, Herr Doktor, ich muss hier raus. Geben Sie mir irgendeinen Fitmacher. Entlassen Sie mich, auf eigenes Risiko«, verlangte ich.

In einer Zelle ...

Sascha Brinkmann wachte mit dröhnendem Schädel auf. Ihr war schlecht, es war unglaublich heiß und sie verspürte brennenden Durst. Dieser schreckliche Knall, alles ging so furchtbar schnell. Jonathan, der sie zu Boden riss und sich auf sie geworfen hatte, um sie zu schützen.

»Willkommen unter den Lebenden.«

Eine weibliche Stimme. Sascha lag auf einer Art Pritsche. Nur mühsam gelang es ihr, die Nebel vor ihren Augen zu beseitigen.

»Frau Wald ...«

»Jessica reicht«, gab die Forensikerin müde zurück. »Ich denke nicht, dass wir ein besonderes Augenmerk auf die Etikette legen müssen.«

»Wo sind wir hier? Was ist das für ein ... Ding, in dem wir uns befinden?«

»Keine Ahnung. Ich weiß nicht, wo wir sind und ich weiß nicht, was für eine Art von Käfig das hier sein soll. War womöglich mal ein Hundezwinger. Die Gitterstäbe sind dick. Es gibt nur eine Tür zu dieser Zelle, die ist natürlich verschlossen. Wir sind in irgendeinem Keller, würde ich vermuten. Das war's in Kurzform.«

»Hollerbach?«

»Klar, wer sonst? Wie hat er Sie erwischt?«

»Ich weiß nicht. Wir waren ihm auf der Spur. Es gibt in Duisburg Tunnel aus der Nazizeit. Einer davon endete unter seinem Haus im Werthacker. So konnte er unseren Kollegen entkommen, die sich in den Wagen vor seiner Tür den Arsch abgefroren haben. Wir haben den Zugang in seinem Keller entdeckt, sind unterirdisch seiner Spur gefolgt, letztendlich gelangten wir an den Ausstieg. Der Kollege Böhmer erzählte was von einem Bunker und dem TÜV.«

»So ein gerissener Drecksack, ich fasse es nicht.«

»Dann war gab es eine furchtbare Explosion. Ich weiß noch, dass sich Jonathan auf mich geworfen hat, um mich zu schützen, dann ist da ein schwarzes Loch.«

»Tja, Hollerbach hat wahrscheinlich in der Nähe gelauert, er hat es vorausgesehen, dass Sie den Gang finden würden. Er hat abgewartet und Sie dann bewusstlos entführt.«

»Elendige Springflut, der Kerl ist also auch noch ein verdammter Bombenleger«, fluchte Sascha. »Und Sie, wie hat er Sie erwischt?«

»Total bescheuert, direkt vor meinem Auto. Ich hatte nicht auf dem Hof des Präsidiums geparkt. Es war stockdunkel, habe ihn nicht kommen hören. Muss ein heftig wirkendes Betäubungsmittel sein, mit dem er arbeitet. Zwei Atemzüge haben gereicht. Genau wie Sie bin ich dann hier wach geworden.«

Sascha sah angestrengt durch die Gitterstäbe. »Das könnte alles Mögliche sein, ein Keller, eine Lagerhalle, eine Gruft ...«

»Eine Gruft?« Jessicas Stimme färbte sich leicht panisch.

»Ja, keine Ahnung. Was hat der Arsch mit uns vor?«

»Gestern noch haben wir dem Kerl so richtig eingeheizt.« Sascha ließ sich auf die Bettstatt zurückfallen. »Und warum das ganze Malheur? Weil der Herr Richter Soundso in den Skiurlaub fahren musste und sein Vertreter noch nicht zurück war. Wir haben verzweifelt, aber erfolglos versucht einen Haftbefehl zu bekommen.«

»Scheiß Bürokratie.«

Sascha verzog lächelnd das Gesicht. »Wir müssen uns befreien. Wie oft kommt er hierher?«

»Eigentlich gar nicht. Ich habe ihn vor drei Stunden das erste Mal nach meiner Entführung wiedergesehen, als er Sie hier abgeliefert hat. Er hat eine Waffe, eine Pistole. Ich musste mich mit Handschellen an die hinteren Gitterstäbe ketten, dann hat er Sie hier abgeladen. Da in der Ecke ist abgepacktes Brot, Wurst in Dosen und Mineralwasser.«

»Wasser wäre gut.«

Jessica warf ihr eine kleine Plastikflasche zu.

»Gibt es eine Tür?«

»Ja, am gegenüberliegenden Ende des Raumes.«

»Verdammt, wie konnte das passieren, der Scheißkerl sieht so harmlos und unbeholfen aus.«

»Perfekte Tarnung«, erklärte Jessica. »Wir haben Hollerbach kollektiv unterschätzt, inklusive unseres Meisterdetektives.«

»Hoffentlich ist Jonathan nicht schwer verletzt worden, oder gar ...« Sie sprach es nicht aus. Sascha setzte sich auf und vergrub ihr Gesicht in beiden Händen. »Entschuldigung.«

»Ich wüsste nicht, warum Sie sich entschuldigen müssten. Sie mögen ihn offensichtlich und Sie machen sich Sorgen. Das ist normal. Was soll daran falsch sein?«

»Das klingt verbittert.«

»Nein, nur enttäuscht, aber auch das trifft es nicht richtig. Ich habe mir ein Luftschloss gebaut, das sollte man tunlichst unterlassen. Diese Gebilde überdauern nicht allzu lange. Ein blöder Gedanke einfach da weiterzumachen, wo man vor zwanzig Jahren aufgehört hat. Das war naiv und dämlich. Gucken Sie mal weg, ich muss mal.«

»Oh, natürlich.«

»Wir haben ein Chemoklo, wie in einem Caravan.«

»Na, super.«

»Warten Sie mal ab, wir werden noch dicke Freundinnen«, spottete Jessica.

»Was denken Sie, wie spät es ist?«

»Kurz nach zwölf Uhr, Sie haben eine Weile geschlafen.«

Sascha massierte stirnrunzelnd ihre Schläfen. »Wir müssen auf jeden Fall ganz in der Nähe sein. In Duissern, im Werthacker, höchstens in Neudorf. Es wird doch überall nach Hollerbach gefahndet, da kann er nicht einfach mit uns Spazierfahrten quer durch Duisburg und darüber hinaus machen.«

»Klingt logisch.«

»Womöglich befinden wir uns in einer entlegenen Ecke des Tunnelsystems«, hoffte Sascha. »Dann werden sie uns bald finden. In bin sicher, dass Jonathan alles daransetzen wird, dieses beschissene Labyrinth zu erkunden. Er wird eins und eins zusammenzählen, er weiß sicher, dass Hollerbach jetzt uns beide in seiner Gewalt hat.«

»Wenn er dazu in der Lage ist, wird er uns sicher suchen.«

»He, Blondie, Schwarzsehen kann ich auch allein.«

Jessica lachte verhalten. »Sie sind nicht auf den Mund gefallen, Frau Kommissarin.«

»Und kämpfen kann ich auch. Ich habe als jahrgangsbeste Einzelkämpferin die Akademie abgeschlossen. Wenn ich das Schwein in die

Finger bekomme, dann hilft ihm nichts mehr. Dem breche ich alle Knochen und zwar einzeln und sehr langsam.«

»Ich würde stehend applaudieren.«

• • •

Jetzt geht es dem Ende zu, das muss ich mir eingestehen. Ich weiß, es ist nicht so gekommen, wie ich mir das gewünscht habe. Dieser fiese Kerl Dawson ist mir tatsächlich auf die Schliche gekommen.

Nein, da gibt es keinen Ausweg mehr.

Sie haben jetzt wohl genug Beweise. Es wundert mich, dass sie mich gestern im Büro nicht festgenommen haben. Dann wäre alles aus gewesen.

Aus und vorbei.

Kein Endspiel.

Aber so ...

Ich werde der Welt ein Finale bieten, an das man sich noch lange erinnern wird.

Ich habe alles sorgfältig geplant, Mutter. Wenn sie mich schnappen, dann werden wir uns eine Weile nicht sehen, aber auch diese Zeit wird vorübergehen.

Vielleicht hätte ich es doch einfach bei Markwart belassen sollen. Warum provoziert mich der Kerl auch dermaßen? Der hatte es wirklich nicht anders verdient, dieser elende Abzocker. Mich auch noch auslachen ...

Dummer Tropf!

Ha, du hättest sein ungläubiges Gesicht sehen sollen, als ich ihm sein eigenes Küchenmesser in den feisten Balg gerammt habe. Das war so gut, so ... befreiend, so ... gerecht!

Genau das war es: gerecht!

Wie er geglotzt und gegrunzt hat. Wusste gar nicht mehr, welches seiner blutenden Löcher er stopfen sollte. Wie ein Schwein ausgeblutet, aber genau das war er ja auch. Ein Dreckschwein!

Und jetzt muss ich mir überlegen, was ich mit den beiden Frauen machen werde ...

Kapitel 32

Stadtteil Duisburg-Wedau, Parkplatz Krankenhaus

Ich hatte mich auf eigene Verantwortung aus dem Krankhaus entlassen, Blutverdünner und Schmerzmittel mussten jetzt reichen.

»Was machen wir jetzt? Die Fahndung läuft, unsere Sondereinheit untersucht die unterirdischen Gänge, wir haben unsere Hundestaffel hinzugezogen, bislang allerdings ohne Erfolg. Es sieht fast so aus, als hätte Hollerbach auch diesen Zug vorhergesehen. Er wollte, dass wir den Gang finden, er wusste, dass wir nach Frau Wald suchen würden und zwar ohne weitere Vorbereitung.«

»Sie haben recht, er ist viel gefährlicher als ich gedacht habe«, gab ich zu. »Ich könnte mir selbst permanent in den Hintern treten, aber das hilft uns jetzt auch nicht weiter.«

»Wohin wollen Sie gefahren werden, ins Präsidium?«

»Nein, das wird nichts bringen.«

Wolle Gärtner räusperte sich und fuhr nachdenklich durch seine grauen, lockigen Haare. »Was vermuten Sie, Jonathan, wie wird es weitergehen? Was wird Hollerbachs nächster Zug sein?«

»Er will mich.«

»Aber ...«

»Ich hoffe, dass die Frauen nur sein Druckmittel sein werden, um mich gefügig zu machen.«

»Sie meinen ... er will Sie umbringen? Das ist sein Ziel? Er will erreichen, dass Sie sich ausliefern?«

Ich lachte säuerlich. »Das ist zu einfach, Wolle. Er ist der Papiermörder, er hält sich für einen genialen Puppenspieler. Er weiß, dass er jetzt am Ende seines Weges angekommen ist, und er wird einen Abgang zelebrieren wollen, der die Medien noch einmal von seiner Einzigartigkeit überzeugen soll. Er will ein letztes Mal seine Macht genießen.«

»Oh Gott, Jonathan, was wird er mit Jessica und Sascha tun?« Finya Jacobsen war den Tränen nahe, das war nicht zu übersehen.

»Wenn ich mit meiner Vermutung richtigliege, dass es ihm primär um mich geht, dann wird er ihnen zunächst nicht antun ... hoffe ich. Bringen Sie mich bitte zum Hotel. Ich vermute, dass Hollerbach mit mir Kontakt aufnehmen wird.«

»Okay, was wird unsere Aufgabe sein?«

»Sie richten sich in Eddie Klus' Zimmer ein, halten den Kontakt mit unseren Leuten draußen und mich immer auf dem Laufenden. Im Zweifelsfalle müssen Sie mir den Rücken freihalten, vielleicht für mich lügen.« Ich sah die beiden durchdringend an. »Können Sie das?«

»Wird gehen, Chef.« Finya lächelte mir aufmunternd zu. »Vergessen Sie bloß nicht Ihre Pillen.«

»Kugelsichere Weste?«

»Nein danke, die wird mich nicht retten, wie gesagt, so simpel ist Hollerbach nicht gestrickt.«

»Fangschaltung für die Telefone im Wyndham?«

»Gute Idee, aber auch da bin ich mir absolut sicher, dass wir uns den Aufwand sparen können. Wenn er sich überhaupt telefonisch meldet, dann wird er ein Wegwerfhandy benutzen.«

Um kurz nach halb elf betraten wir die Lobby des Hotels.

»Ah, gut, dass ich Sie sehe, Herr Kommissar.« Die Dame am Empfang winkte mir freundlich zu. »Da ist ein Päckchen für Sie abgegeben worden.«

»Als hätte ich das Drehbuch selbst geschrieben«, murmelte ich resignierend.

Im Käfig ...

»Wie war das zu Ihrer Schulzeit?«

»Was meinen Sie?«

»Na, Sie und Jonathan, war es Liebe auf den ersten Blick?«

Jessica lachte verhalten. »Nein, das kann man nun wirklich nicht sagen, zumindest nicht aus meiner Sicht. Jonathan eilte ein gewisser Ruf voraus. Er war ein guter Handballer, Mannschaftskapitän, witzig, spontan, hatte ein niedliches Lächeln, war aber eben auch ... ein ziemlicher Draufgänger, der feste Beziehungen scheute. Also war ich zunächst sehr reserviert, als er sich mit mir verabreden wollte.«

»Sie haben ihm einen Korb gegeben?«

»Einige, glauben Sie mir, es hat schon eine Weile gedauert, bis ich erkannt habe, dass er es tatsächlich ernst meint. Der Gute war regelrecht verzweifelt, aber er hat niemals aufgegeben. Steter Tropfen und so, irgendwie fand ich es natürlich auch cool, dass Jonathan so hartnäckig war.« Die Erinnerungen zauberten ein verträumtes Lächeln auf Jessica Walds Gesicht. »Ich glaube, es hat fast ein halbes Jahr gedauert, bis ich ihn endlich erhört habe.«

»Wow, hört sich echt romantisch an.«

»Tja, nichts ist für immer. Wir hatten eine grandiose Zeit, aber ich hab's letztendlich verbockt, ich wollte zu schnell zu viel. Das hätte ich wissen müssen. Gott ist das heiß hier drin.« Jessica hielt einen Moment inne. »Hört sich blöd an, aber ich bin froh, dass Sie hier sind. Allein wird man hier verrückt.«

»Gar nicht blöd. Kann ich gut verstehen.« Sie schwiegen einen Moment. Die stickige Luft und die schummrige Beleuchtung machten müde.

»Empfinden Sie etwas für Jonathan?«

»Ich weiß nicht. Es ist ... einfach sehr entspannt mit ihm zusammen zu sein. Es gibt keine unerfüllten Erwartungen, keine Verpflichtungen. Ich mag das. Ich hasse es eingebunden zu sein oder verplant zu werden. Wir waren einmal aus, das war echt schön. Irgendwie haben wir Respekt voreinander, immerhin arbeiten wir seit fast drei Jahren miteinander.

Ich verstehe es selbst nicht, aber irgendwie ist unser Verhältnis enger geworden, vertrauter.

»Man muss nicht alles verstehen, Sascha. Genießen Sie einfach wie es ist. Ich hoffe nur, ich komme hier raus. Ich werde nicht zu Barney zurückgehen, aber er hat ein ehrliches, offenes Wort verdient. Er war immer für mich da …«

»Aber Sie lieben ihn nicht mehr.«

»Ich weiß nicht, ob ich ihn überhaupt jemals geliebt habe, aber das muss ich ihm nicht auf die Nase binden. Wir haben keine Kinder, ich habe 'ne Menge Kohle gespart, ich könnte mir vorstellen, ein ganzes Jahr eine Auszeit zu nehmen und kreuz und quer durch diese schöne Welt zu reisen.«

»Ich habe genau vierhundertsechsundneunzig Euro auf einem Sparbuch, das ist alles. Hab mir letztes Jahr ein nagelneues Mazda-Cabrio gekauft. Das steht in der Scheune in Halbemond. Schwupp, weg war die Kohle. Egal. Dat is'n Scheet up'n Schüppke.«

»Auf Hochdeutsch?«

»Das ist so gut wie nix. Geld ist nicht alles. So in etwa kann man das sinngemäß übersetzen.«

»Sie sind unglaublich gradlinig, straight, bei Ihnen weiß man wahrscheinlich immer, wo man dran ist.«

»Könnte man so sagen. Was ist falsch daran?«

»Gar nichts, wirklich absolut gar nichts, aber so sind die meisten Menschen nicht.« Jessica schnaufte selbstkritisch durch. »Auch ich nicht. Ich habe meine Arbeitsmaske, meine Freundesmaske und meine Barney-Maske und noch viele mehr, für jede Gelegenheit eine andere.«

»Das wäre nichts für mich.«

»Ja, ich verstehe.« Jessica erhob sich ächzend von der Liege. Sie trug nur noch ihren verschwitzten blauen Body und eine Jeans. Zum wiederholten Male fuhr sie mit den Fingerkuppen an der verschlossenen Zellentür entlang. »Ich werde noch verrückt hier drin.« Wütend warf sie sich gegen die Stäbe ihres Gefängnisses. Das Metall gab nicht einen

Millimeter nach. »Na los doch, helfen Sie mir mal. Vielleicht, wenn wir beide gleichzeitig ...«

»Das hat keinen Sinn, wir vergeuden nur unnötige Kräfte.«

»Wie können Sie diese Scheiße so stoisch hinnehmen?«, brach es aus Jessica. »Wollen Sie etwa brav wie ein Lamm warten, bis Sie zur Schlachtbank geführt werden?«

»Nein, aber solche Aktionen werden uns nicht helfen. Dieser verdammte Käfig ist sicher, das ist guter Stahl. Da geht nichts. Ich habe mal in einer Simulation auf der Akademie was Interessantes gesehen. Es ging um Überlebenstechniken. Was kann man tun, wenn eine geschlossene Kammer langsam mit Wasser gefüllt wird?«

»Was für ein kranker Scheiß. Und? Gab es einen Ausweg?«

»Nee. Nur Methoden das Unvermeidliche ein bisschen herauszuzögern.«

»Ist ja toll.«

»Lassen Sie uns lieber über eine Gesprächsstrategie nachdenken. Wir sollten überlegen, wie wir Hollerbach zu einer Unvorsichtigkeit verleiten können. Vielleicht steht er auf Blonde oder Rothaarige.«

»Wollen Sie ihm einen Fick für Ihr Leben anbieten?« Jessica schüttelte ihre blonde Mähne. »Wissen Sie was, Sascha, das ist Schwachsinn, wenn er darauf aus wäre, dann könnte er uns sicher dazu zwingen.«

»Dann müssen wir eben einen anderen Ansatzpunkt finden. Seine Mutter ist ein wunder Punkt in seinem Leben. Wir glauben, dass er auf Wunsch seiner Mutter seinerzeit seinen Vater von der Leiter gestoßen hat. Wir könnten seine Mutter als moralische Instanz heraufbeschwören.«

»Dazu müsste er erst mal hier sein, außerdem könnte der Schuss auch nach hinten losgehen. Womöglich verärgern wir ihn damit nur noch mehr und er denkt sich irgendwelche kranke Strafen für uns aus.«

»Irgendwann muss der Albtraum enden.«

»Wann, Sascha ... wann?«

»Wenn er Jonathan hat.«

»Ja, das befürchte ich auch.«

»Eigentlich sind wir nie seine Gegner gewesen. Er wollte sich auf soziale Abzocker konzentrieren, aber wir haben ihn daran gehindert, seine Mission zu erfüllen, allen voran Jonathan. Nun will er den Kreis damit schließen, dass die Verursacher seines Scheiterns bestraft werden.«

»Oh Gott, wie ich das alles hasse.« Jessica Wald drehte sich mit dem Rücken zu den Gittern und rutschte langsam auf den Boden. Schweiß hatte den größten Teil ihres Bodys dunkel eingefärbt. »Wir werden hier sterben, oder? In einem überhitzten feuchten Keller, bei Mineralwasser und Dosenwurst.«

Sascha Brinkmann erhob sich ebenfalls von ihrer Pritsche und setzte sich neben die Leiterin der Forensik. »Nein, werden wir nicht. Ich muss noch siebenhundert plus X Star-Trek-Folgen schauen, das habe ich Jonathan versprochen.«

Jessica musste unwillkürlich kichern.

In dem Moment wurde ein Schlüssel laut ins Schloss geschoben. Das Geräusch war überdeutlich zu hören. Die beiden Frauen standen auf und drehten sich um.

Jürgen Hollerbach trat in den Raum. Er schaltete weitere Lampen an der Decke an. Zum großen Entsetzen von Jessica Wald und Sascha Brinkmann schien ihr Entführer bester Laune zu sein.

Kapitel 33

Hotel Wyndham, Eddie Klus Zimmer

Mit fliegenden Fingern öffnete ich das flache Päckchen. Zwei Haarsträhnen fielen mir entgegen. Blond und rot.

»Ich wusste es, es konnte gar nicht anders sein. Es geht Hollerbach jetzt nur noch darum, mich in die Finger zu bekommen.«

»Besser 'ne Locke als abgeschnittene Finger oder Nasen. Das hab ich mal …«

»Sei still, Wolle«, wies Finya Gärtner resolut zurecht. »Es ist auch ohne deine Kommentare schlimm genug. Was ist noch drin?«

»Eine CD und ein … Handy.« Ich startete Eddies Stand-Alone-Computer. Ungeduldig wartete ich auf den Aufbau des Desktops und der Icons. Finya reichte mir ein Glas Wasser und eine hellgrüne Pille von der Größe eines Lutschbonbons – der verordnete Blutverdünner. *Bloß nicht verschlucken, das fehlt jetzt noch.* Endlich war das Gerät komplett hochgefahren. Ich öffnete das CD-ROM-Laufwerk und schob den Datenträger in das Fach.

Jürgen Hollerbachs lächelndes Gesicht erschien auf dem Bildschirm. Das Bild ruckelte ein wenig, blieb dann in der Totalen. Erneut war ich beeindruckt von Hollerbachs ausdrucksstarker Mimik. Jetzt spiegelte sie eine überlegene, spöttische Verachtung wider. Hastig schaltete ich die Lautsprecher ein, aber es blieb still. Hollerbach schien Freude daran zu haben, uns zappeln zu lassen. Er blinzelte nicht ein einziges Mal. Plötzlich drehte er mit einer Hand eine alberne lange Nase, lachte hämisch, und verschwand. Die Kamera schwenkte durch einen grell erleuchteten Raum, ich vermutete einen Keller. Die Fahrt endete vor einem fast quadratischen Käfig.

»Sagt mal Hallo.«

Jessica und Sascha hinter Gittern. Ein Gefängnis, das vielleicht vier Meter im Quadrat maß. Zwei niedrige Schlafstätten, viel mehr konnte ich nicht erkennen. Die Kamera näherte sich. Die beiden Frauen sahen verschwitzt und müde aus, aber nicht verletzt.

»Ich hoffe, Sie hatten ein wenig Spaß mit meinem Knallbonbon, Herr Kommissar.« Hollerbach kicherte albern. »Ich konnte mich ja selbst davon überzeugen, dass Sie es lebend überstanden haben.« Ich drehte den Ton auf volle Lautstärke. Noch immer hörte ich alles wie durch eine dicke Watteschicht. »Man muss schon mal ein bisschen Fußvolk opfern, nicht wahr? So ist das, wie beim Schach, dort nennt man es Bauernopfer.«

Hollerbach zoomte auf Saschas Gesicht. Ich atmete ein wenig auf. Da waren keine Anzeichen von Panik oder Resignation.

»Tradideldum, der Kommissar geht um«, trällerte Hollerbach vergnügt. »Ich mochte Falco immer ganz gern, seinen egozentrischen Wiener Schmäh, das hatte was. Leider weilt er ja nicht mehr unter uns, der rockige Amadeus.«

»Dieses verdammte kranke Schwein«, flüsterte Finya Jacobsen neben mir.

Jessica machte einen gefassten, aber doch deutlich angeschlageneren Eindruck. Ihre Hände umfingen verkrampft zwei Gitterstäbe. Verzweifelt suchte ich nach einem Anhaltspunkt, irgendein Merkmal, das uns Aufschluss über den Standort von Hollerbachs Verlies geben konnte.

»Nun fehlen Sie noch, verehrter Herr Dawson, aber ... na ja ... das wird schon noch. Ups.« Die Kamera wackelte gehörig. Kurz war der Boden zu sehen, dann war alles schwarz, bis Hollerbachs Gesicht erneut bildschirmfüllend auftauchte. »Sie konnten sich vergewissern, dass die

Damen in meiner Obhut verweilen, Herr Kommissar. Wir kommen jetzt langsam zum Ende unseres Weges.«

»Kein Zweifel, der Kerl ist irre«, beschied Gärtner.

»Sie haben mich gestoppt, das ist falsch und deshalb muss ich Sie zum Abschluss meiner Mission bestrafen. Sie werden sich fragen: Was betreibt der Mann für einen Aufwand, aber he, das haben wir uns verdient, oder nicht?«

»Ich werde ihn umbringen, der kommt nicht in eine psychiatrische Klinik, in der man ihm noch den Arsch abwischt.« Ich konnte förmlich die skeptischen Blicke von Gärtner und Jacobsen spüren. »Wenn er darauf pokert, dann hat er verloren.«

»Nun wollen wir keine Zeit mehr verlieren, Chefermittler Dawson. Sie folgen meinen Anweisungen oder es gibt Abzüge. Die Minuspunkte berechne ich übrigens in Form von Körperteilen, wenn Sie nichts dagegen haben. Wir werden mit einem Finger beginnen, ich weiß noch nicht genau, mit welchem. Was meinen Sie? Oder lieber eine Zehe? Ja, das erscheint mir fairer, das sieht man nicht sofort, nur im Sommer wird es schwierig. Die Damen tragen doch so gerne offenes Schuhwerk, Sandalen und Flipflops.«

»Wenn Sie es nicht tun, Jonathan, dann bin ich gerne bereit.« Wolle Gärtners Stimme besaß einen furchterregend entschlossenen Klang. »Ich bin sowieso durch mit meiner Karriere, da kann ich ruhig einen unbedachten Schuss abgeben, das wird meine Pension kaum schmälern.«

»Ein Handy liegt für Sie bereit. Es ist eine einzige Nummer im Speicher vorbelegt. Rufen Sie mich morgen Mittag an und zwar um Punkt zwölf Uhr. Keine Verzögerung! *High Noon*. Ich hoffe, Sie kennen den berühmten Western mit James Stewart. Einer gegen ganz viele.«

»Der hört sich gern selbst reden«, stellte Finya fest. »Vielleicht können wir ihn überlisten, wenn Sie ihn lange genug in ein Gespräch verwickeln.«

»Das wird nichts. Hollerbach ist nicht dumm.«

»Höre ich bis zum von mir festgesetzten Termin nichts von Ihnen, Dawson, dann können Sie täglich kleine Präsentpäckchen erwarten.

Puzzeln Sie gern?« Hollerbach kicherte diabolisch. »Sie können ja wie Dr. Frankenstein versuchen, die Einzelteile wieder zu einem neuen Ganzen zusammenzuflicken. Eine ganz neue Schöpfung, eine Mischung aus Jessica und Sascha. Viel Spaß dabei.« Die Kamera schwenkte wieder zurück auf die beiden Frauen. »Ich gönne Ihnen einen letzten Blick ...«

Die beiden antworteten mit grimmigen Gesichtern. Sascha zeigte Hollerbach den Stinkefinger. Abrupt wurde der Ton ausgeblendet. Ich versuchte, von ihren Lippen zu lesen. Das Video endete.

»Er muss in der Nähe sein.« Wolle Gärtner raufte sich das Haar. »Aber wo? Unser Suchtrupp hat in den Gängen nichts gefunden. Keine geheime Kammer oder bislang unentdeckte Gänge. Hollerbach ist definitiv nicht mehr in diesem unterirdischen System.«

»Wie viele Ausgänge gibt es?«, wollte ich wissen.

»Nicht viele, die meisten sind verschüttet, beziehungsweise zugebaut worden, warten Sie ...« Gärtner blätterte in seinem nostalgischen Notizblock. »Hollerbachs Kellereinstieg nicht mitgerechnet genau drei. Der uns bekannte Ausgang am Bunker, einer endet unterhalb des Soldatenfriedhofes oben am Kaiserberg und der dritte führt praktisch nur unter dem Ruhrschnellweg hindurch. Da gibt es einen Einstieg, der vollkommen zugewachsen ist. Wahrscheinlich diente dieser Zugang zum Labyrinth dazu, die Waffen und Munition, die über den Fluss herangeschafft wurden, zu den Flakgeschützen zu transportieren.«

Wir postierten uns vor der Flipchart mit der Karte des Duisburger Stadtgebietes. Ich kreiste die drei Ausstiegspunkt ein. Am Bunkerausstieg hatte Hollerbach Sascha eingesammelt, so viel stand fest. Aber hatte er auch dort das Tunnelsystem verlassen oder wollte er uns dies nur Glauben machen?

»Kann man mit einem Wagen rauf auf den Kaiserberg?«, fragte ich nachdenklich. »Wie war das noch?«

»Nein, das ist nur möglich, wenn man Schlüssel für die Schranken besitzt«, erklärte Finya Jacobsen. »Das wäre von der Explosionsstätte auch ein ziemlich langer Weg, teilweise bergauf. Oben angekommen, hätte er Frau Brinkmann auch noch den Hügel herabtragen müssen, zumindest bis zu einem Wagen, den er dort deponiert haben müsste.« Sie zuckte resignierend mit den Schultern. »Es ist nicht auszuschließen, aber doch eher unwahrscheinlich, dass er diesen Weg gewählt hat, schließlich musste Hollerbach damit rechnen, dass recht bald Rettungskräfte und Polizei auftauchen.«

»Ja, sehe ich auch so«, stimmte ich zu. »Obwohl man diesem kranken Hirn alles zutrauen muss. Wie sieht es mit dem Ausstieg in der Flussaue aus? Der Weg ist deutlich kürzer.«

»Na ja, dort könnte Hollerbach problemlos einen Wagen auf dem Seitenstreifen geparkt haben. Allerdings sind dort häufig Hundebesitzer unterwegs. Die Gefahr einer Entdeckung ist bei dem Scheißwetter sicher nicht so riesig, aber immerhin müsste er eine Strecke von knapp hundert Metern mit einer bewusstlosen Person im Schlepptau überwinden. Keinerlei Sichtschutz.«

»Okay, wir kommen ergo einhellig zu dem Schluss, dass Hollerbach wahrscheinlich nicht mehr in die Tunnel zurückgekehrt ist, sondern Sascha auf dem kürzesten Weg, das sind im besten Falle für ihn nur wenige Meter, in sein Auto getragen hat und von dort direkt sein Verlies angesteuert hat«, fasste ich nüchtern zusammen. »Verdammt, uns läuft einfach die Zeit davon.«

»Wir haben jetzt Montag, fast vierzehn Uhr.« Finya versuchte aufmunternd zu lächeln. »Das sind knapp vierundzwanzig Stunden bis Dienstag zwölf Uhr. Wenn Hollerbach hier in Duissern geblieben ist, dann werden wir sein Versteck finden. So groß ist der Stadtteil nicht. Es müsste schon mit dem Teufel zugehen ...«

»Wer sagt denn, dass wir es nicht genau mit dem zu tun haben?«, gab ich pessimistisch zurück. »Was, wenn er doch weiter weggefahren ist?«

»Dann sind wir im Arsch.« Wolle Gärtner brachte die Situation auf den Punkt. »Ganz ehrlich, Chef, wenn Hollerbach die Stadtgrenzen passiert hat, dann kann er sonst wo sein. Wenn er keinen Fehler macht und brav in Deckung bleibt, dann haben wir keine Chance.«

»Wenn er dann noch einen dritten Wagen benutzt hat, konnte er relativ gefahrlos Duisburg verlassen. Unsere Streifen haben nach einem schwarzen Kastenwagen Ausschau gehalten.«

»Herrgott, Wolle, so weit kann doch kein Mensch vorausplanen«, warf Finya zweifelnd ein.

Wir sahen einander an. Schweigend studierten wir die Karte. Meine Gedanken waren bei Jess und Sascha. Sie mussten Höllenqualen leiden. Sicher hatten sie Hollerbachs Ankündigung mitbekommen. Sie mussten um ihr Leben fürchten, denn dass dieser Mensch seine Drohungen wahr machen würde, davon konnten sie mit Sicherheit ausgehen.

Aber sie werden auch wissen, dass ich sie nicht im Stich lasse. Ich werde nicht pokern und das Leben der beiden Frauen riskieren. Wenn wir das Versteck bis Mittwochmittag nicht gefunden haben, dann muss ich seinen Anweisungen folgen, koste es, was es wolle.

»Chef?«

Ich erwachte aus einer düsteren Trance. Gärtner und Jacobsen erwarteten eine Entscheidung. Ich nickte entschlossen.

»Okay, wir haben ohnehin keine andere Chance, wir werden alles auf die Karte Königreich Duissern setzen. Wir fordern eine Hundertschaft an. Das nehme ich auf meine Kappe.«

»Sie meinen Hollerbach sitzt direkt vor unserer Nase, irgendwo in einem Keller?« Finya spielte nervös mit einer Haarsträhne, die sich aus ihrem Zopf gelöst hatte. »So wie bei diesem Brettspiel, Scotland Yard, kennen Sie das?«

»Ja, kenne ich, das haben wir zu Oberstufenzeiten bis zum Exzess gespielt. Ein Mister X versucht auf dem Stadtplan von London den Jägern zu entkommen. Er kann zu Fuß gehen, die U-Bahn benutzen oder über die Themse fahren. Leider muss sich Hollerbach nicht wie in dem Spiel alle drei oder fünf Züge zeigen.«

»Tja, das ist sicher ein Nachteil, aber dafür kann er in diesem Spiel seinen Unterschlupf nicht mehr ohne Gefahr verlassen. Er ist faktisch unbeweglich«, hielt die blonde Polizistin dagegen. »Wenn wir sein Versteck finden, hat er gleichzeitig verloren. Game over.«

»Das würde ich so nicht unterschreiben.«

»Nein?«

»Er kann Jessica Wald und Sascha Brinkmann immer noch umbringen.«

»Die Hundertschaft aus Düsseldorf ist angerückt.« Wolle Gärtner klopfte mir aufmunternd auf die Schulter. »Jetzt geht's richtig los. Wir finden das Schwein.«

Ich nickte brav. Warum nur glaubte ich, dass die Aktion im Sande verlaufen würde?

Aus den Augenwinkeln sah ich Bröker aus seinem Büro kommen. Unsere Blicke trafen sich.

»Viel Glück, Dawson. Das ist ehrlich gemeint.«

»Danke. Ich weiß das zu schätzen. Beten Sie dafür, dass unsere Leute ihn nicht zu einer Kurzschlusshandlung veranlassen.«

»Würde das denn zu seinem Profil passen, wenn er gestellt wird?«, fragte Bröker.

»Wahrscheinlich nicht.«

»Sehen Sie. Außerdem kann ich nicht einfach nichts tun. Das müssen Sie verstehen, Dawson. Presse, Politik, alle sitzen mir im Nacken. Wir müssen agieren und nicht nur reagieren.«

»Ich kann Sie ohnehin nicht umstimmen«, lenkte ich ein.

»Nein. Jetzt gehen Sie raus und holen unsere Kolleginnen da heraus ... lebend.«

»Soll ich fahren, Chef?«

»Sie sind seit mehr als vierundzwanzig Stunden auf den Beinen, Finya. Sie sollten sich eine Pause gönnen.«

»Kommt nicht infrage. Wir sind doch ein Team, oder? Zwei von uns werden gefangen gehalten, da werde ich wohl mal auf ein bisschen Schlaf verzichten können.«

»Dasselbe gilt für mich«, stimmte Gärtner überzeugend mit ein. Die Ränder unter seinen Augen entwickelten sich langsam zu schwammigen Seen. »Schlaf wird heutzutage gnadenlos überbewertet. Wo wollen wir anfangen?«

»Machen Sie einen Vorschlag«, forderte ich auf.

»Wir fahren bis zum Ausgang am Bunker«, schlug Finya Jacobsen vor. »Dann versuchen wir uns in die Lage Hollerbachs zu versetzen. Wir haben nichts zu verlieren, gehen wir einfach intuitiv vor.«

»Hört sich gut an, so machen wir's.«

Wir verließen das Präsidium. Draußen empfing uns eine gediegene Winteratmosphäre. Der Himmel sternenklar. Es ging auf Vollmond zu. In den letzten beiden Tagen hatte es nicht kräftig, aber kontinuierlich geschneit. Unter unseren Füßen knarrten Schnee und Eis. Bisher war es uns gelungen die Entführung der beiden Frauen vor der Presse geheim zu halten.

»Das ist komisch, oder?« Finya schloss den Streifenwagen auf. »Alles ist so ekelhaft normal.«

»Die Welt dreht sich weiter, egal ob zwei Frauen irgendwo gefangen gehalten werden, ob in Syrien Assad seine eigenen Landsleute mit Giftgas bombardiert, ob auf dem Mittelmeer tausende Flüchtlinge absaufen oder die amerikanische Waffenlobby immer mehr Kriegswerkzeug unters eigene Volk bringt.«

»Das klingt reichlich fatalistisch.«

»Leider nur realistisch. Ich bin inzwischen redlich abgestumpft. Wenn ich in den Nachrichten von einem weiteren Terroranschlag höre, dann löst das bei mir kaum noch Mitgefühl aus, insbesondere wenn es auf fremdem Territorium geschieht. Mag sein, dass diese Welt am Abgrund steht, aber ganz ehrlich, darauf scheiße ich heute Nacht. Ich will nichts weiter als Sascha und Jessica aus den Fängen dieses Wahnsinnigen befreien. Sie sollen die Chance haben ihr Leben zu leben!«

»Dann mal los.« Finya ließ den Motor an und fuhr los. Wolle Gärtner war auf dem Rücksitz eingenickt. Er schnarchte leise, die Hände über dem Bauch gefaltet.

»Ich bin froh, dass Sie beide mir zur Seite stehen, Finya. Das ist auch für mich eine absolut einmalige Situation. Im Regelfall haben wir überhaupt keinen Kontakt mit den Serienmördern. Wir helfen einfach nur, sie zu fangen. Unsere Aufgaben sind eher logistischer Natur. Ein Profil erstellen, Zusammenhänge erkennen, Muster aufzeigen, die nächsten Schachzüge vorauszusehen. Das hier sprengt jeden Rahmen.« Ich schloss kurz die brennenden Augen.

»Ich habe mir die CD von Hollerbach noch mal angesehen und ich bin mir ziemlich sicher, dass es sich um einen Keller handeln muss. Es sind keinerlei Lichtreflexe zu sehen. Wenn das oben erdig ist, dann müsste Hollerbach sämtliche Fenster extrem dichtgemacht haben.«

»Denke ich auch.«

Wir fuhren am TÜV vorbei und parkten in der Nähe des Bunkers. Wolfgang Gärtner schien in einen komatösen Tiefschlaf gefallen zu sein. Finya legte seine Jacke über den Oberkörper und schloss möglichst leise die Türen.

»Wird er nicht böse sein, wenn wir ihn einfach hier schnarchen lassen?«

»Nee, das ist schon in Ordnung.« Gärtners Kollegin lächelte mild. »Ich werde den alten Knochen vermissen, wenn er im Sommer in Pension geht.«

Wir erreichten den dunklen Schlund, den Eingang zu den Tunneln, die die Nazis gegraben hatten. »Okay, hier sind wir. Ich bin jetzt Hollerbach und habe ein Problem. Ich will eine bewusstlose junge Frau möglichst schnell und unbemerkt zu meinem Wagen transportieren.«

»Hollerbach könnte Sascha getragen haben, ich schätze, sie wiegt nicht mehr als knapp sechzig Kilo.«

»Möglich.«

»Es ist hell, er muss sich beeilen, die Detonation wird sehr schnell Rettungskräfte und Schaulustige herbeilocken. Ergo wird er so nah wie möglich am Bunker geparkt haben, etwa so wie wir jetzt, viel näher kommt man nicht ran.« Finya Jacobsen war ganz in ihrem Element. »Jetzt kommt es auf jede Sekunde an, der Wagen wird offiziell gesucht. Entweder ist er mit dem schwarzen Zafira hier oder seinem roten Golf. Er muss schnell verschwinden, schnell an den Ort gelangen, an dem er Jessica Wald bereits gefangen hält. Streifenwagen sind womöglich schon im Anmarsch.«

»Er muss zügig von der Schweizer Straße runter. Der Golf steht noch vor seiner Haustür, den kann er nicht benutzt haben. Die Polizeiwache ist nicht weit. Wenn er Richtung Innenstadt fährt, ist die Gefahr entdeckt zu werden am größten. Auf der anderen Seite ist die Feuerwache, die kann er allerdings so eben noch passiert haben, ehe der Alarm richtig losgeht.«

»Bliebe noch die Straße über die Aakerfährbrücke Richtung Duisburger Norden und der Ruhrschnellweg Richtung Mülheim«, überlegte Finya. »Aber das glaube ich einfach nicht. Er hat immer auf Duisburger Stadtgebiet agiert.«

»Wenn er diesen Weg eingeschlagen hat und sein Versteck irgendwo in Mülheim-Speldorf oder gar noch weiter weg hat, dann können wir uns den Aufwand ersparen.«

»Die Kollegen prüfen gerade, ob Hollerbach etwas gekauft oder gemietet hat, vielleicht einen dritten Wagen, checken sein Bankkonto, soweit das möglich ist. Bisher haben sie allerdings keinen Hinweis gefunden, keine Abbuchungen, keine Darlehen, die auf den Erwerb eines geeigneten Objektes hinweisen könnten. Die meiste Kohle zahlt Hollerbach tatsächlich für seinen Mutterschrein im Kolumbarium. Neun Fächer für dreißig Jahre, das kostet. Er stottert die Horrorsumme mit zweihundert Euro im Monat ab.«

»Ich weiß, wir haben mit dem Verwalter gesprochen, er hält Hollerbach auch für einen Spinner, kassiert aber natürlich sehr gern die Kohle.«

»Meinen Sie, dieser Wohlgemuth hat Hollerbach den Zugang zum Überwachungssystem gestattet?«

»Schon möglich, für Geld kann man fast alles kaufen, aber selbst wenn es so sein sollte, hilft uns das jetzt nicht weiter. Diesem losen Ende können wir nachgehen, wenn wir Sascha und Jess befreit haben.«

Wir schritten den Weg ab, an unserem Fahrzeug vorbei, bis zur Hauptstraße. Auf der anderen Straßenseite konnte man in hundert Metern Entfernung die hell beleuchtete *Kartoffelkiste* sehen, ein uriges Lokal mit entsprechenden Spezialitäten vom Niederrhein. Wir befanden uns in der Saison der Weihnachtsfeiern. Advent, Zeit der Besinnung, Zeit der Stille und der inneren Einkehr. *Wir sollten jetzt gemütlich vor meinem Kamin in Moselkern sitzen, Rotwein trinken und uns gegenseitig Käsehäppchen in den Mund schieben.* Eine kalte Böe ließ uns frösteln.

»Wohin ist er von hier aus gefahren?«, murmelte ich. »Rechts oder links.«

»Links wäre verrückt, von dort mussten jede Sekunde Streifenwagen anrücken.«

»Also rechts.« Wir gingen ein Stück die Straße hinunter, die Hände tief in unseren Manteltaschen verborgen, die Kragen hochgestellt. Bis zum nächsten Abzweig war es nicht weit. »Links in die Wintgensstraße oder geradeaus Richtung Norden?«

»Ich hätte die zweite Option gewählt, aber ...« Finya sah mich mit gerunzelter Stirn an.

Wir marschierten an der Feuerwache vorbei. Jetzt bestand die Möglichkeit über die Kettenstraße in das Gewirr der Straßen und Gassen in Duisburg Duissern einzutauchen und vom Präsentierteller zu verschwinden. Ich war mir fast sicher, dass Hollerbach diesen Weg eingeschlagen hatte.

»Wo steckst du?«, flüsterte ich verbissen. »Wo hast du dich verkrochen?«

Das Funkgerät knackte, aber die ersehnte Meldung kam nicht. Dafür erreichte uns eine andere Botschaft. Auf einem der unzähligen Hinterhöfe fanden die Kollegen einen ausgebrannten schwarzen Opel Zafira.

Wir gingen die kurze Strecke und betrachteten den Fund. Ich nickte verkniffen. »Sehen Sie die Kerze auf dem Heckteil, Finya? Die hat der Binnenschiffer tatsächlich erkannt, als er an der Rheinau den Mord an Bettina Franticzek beobachtet hat.«

»Das ist also der ominöse schwarze Kastenwagen?«

»Davon gehe ich aus. Gehört womöglich dem Kolumbarium.«

»Ergibt Sinn.«

»Wir sind nah dran, Finya, ganz nah. Uns fehlt nur noch ein letzter Schritt. Zu Fuß kann er nicht weit gekommen sein ...«

•••

Es ist doch viel schwieriger mit dem alten Leben abzuschließen, als ich es mir vorgestellt habe.

Womöglich überlege ich mir doch eine Alternative. Mir kommt da eine ganz witzige Idee. Vielleicht sollte ich die beiden Frauen töten und dann einfach abhauen? Das würde Dawson sicher bis ins Mark treffen.

Aber das werde ich nicht tun, so sieht der Plan nicht aus.

Dawson wird kommen, er muss kommen und dann wird er seine Strafe erhalten. Damit ist meine Mission beendet. So wird es enden.

Es ist doch immer das Gleiche, nicht wahr? Es kann nur einen Sieger geben. Platz zwei ist für den ersten Verlierer. Das ist ein ungeschriebenes Gesetz, das ist in der Tierwelt so und bei Menschen allemal. Hätten Sie mich doch nur gewähren lassen.

Manchmal spaziere ich durch den Wald, die Wege, die wir früher zusammen gegangen sind. Sonntags. Mutter, Vater und ich. Dann denke ich immer: Wir hätten eine glückliche Familie sein können, wir drei. Papa und ich haben im Bach versucht kleine Fische zu fangen. Weißt du noch? Das war lustig, obwohl wir keinen gefangen haben. Wir haben gelacht. Weißt du noch? Richtig laut und herzhaft gelacht. Für Minuten waren wir frei.

Nein, ich bin kein Wolkenträumer, noch nie gewesen.

Ich habe natürlich auch für mich einen Ausweg eingeplant. Sie werden mich nicht einsperren.

Kapitel 34

Hotel Wyndham, Eddie Klus' Refugium

»Die Suche verläuft nach wie vor ergebnislos. Wir haben den Radius jetzt auf Neudorf und Kasslerfeld ausgedehnt.«

»Ja, das ist gut.«

»Das klingt komplett resigniert«, stellte Bröker ruhig fest. »So kenne ich Sie gar nicht, Dawson.«

»Ich weiß nicht wie ... aber er hat uns überlistet.«

»Wir müssen einfach davon ausgehen, dass Hollerbach nicht mehr in Duissern ist.«

»Ja, ich weiß.«

»Und trotzdem hängen Sie weiter dieser unsäglichen, durch nichts zu untermauernden Ahnung nach, dass sich Hollerbach mit unseren beiden Kolleginnen noch in der Nähe befinden muss.« Brökers Gesicht wurde auf dem Bildschirm unangenehm groß. Seine wässrigen grauen Augen hatten längst jede Strahlkraft verloren. Ich nickte sacht. Wir hatten den Hauptkommissar inzwischen von Hollerbachs Botschaft berichtet, allerdings sein Ultimatum auf Mittwoch datiert. Ich wollte den Rücken frei haben und kein weiteres Risiko eingehen. Die Hundertschaft war mir schon viel zu gefährlich gewesen, allerdings hatte ich geahnt, dass nichts geschehen würde.

»Was werden Sie tun, wenn wir ihn bis morgen nicht aufgespürt haben?«

»Seinen Anweisungen folgen.«

»Wir werden Sie verkabeln.«

»Nein!«

»Einen Peilsender verstecken.«

»Kommt nicht infrage.«

»Ich werde Luftüberwachung anfordern.«

»Nichts dergleichen werden Sie tun, Gernot.« Ich musste überzeugend klingen, Bröker durfte nicht ahnen, dass die Frist in gut drei Stunden auslief. »Ich bitte Sie. Denken Sie etwa, Hollerbach würde nicht die üblichen Methoden der Polizei durchschauen? Das ist zu gefährlich. Er wird Sascha und Jessica töten, wenn ich nicht zu einhundert Prozent kooperiere, davon bin ich fest überzeugt.«

»Sie wollen das im Alleingang regeln?«

»Ich will nur, dass die beiden Frauen leben.«

»Und wenn es Ihr Leben kostet, Dawson, was dann?«

»Wenn es keinen anderen Ausweg gibt, dann wird das so sein.«

»Wir reden morgen weiter. Bauen Sie keinen Scheiß.« Die Bildverbindung fiel in sich zusammen. Ich war hundemüde. Wie die Spurensicherung inzwischen festgestellt hatte, handelte es sich bei dem ausgebrannten Fahrzeug tatsächlich um einen Opel Zafira.

»Ist das wirklich Ihr Ernst?« Ich schreckte aus meinen Gedanken auf. Von mir unbemerkt hatten Jacobsen und Gärtner das Zimmer betreten. »Sie wollen das ganz allein durchziehen?« Die junge Polizistin sah mich zweifelnd an. Mit Gewitter umwölktem Gesicht reichte sie mir die verschriebenen Blutverdünner. Inzwischen konnte ich fast wieder ganz normal hören.

»Im Zweifelsfall zwei Leben gegen eines. Eine einfache Rechnung, oder?«

»Ganz sicher nicht.«

»Was tun wir jetzt?«, fragte Wolle Gärtner pragmatisch. Er hatte es uns richtig übel genommen, dass wir ihn in der letzten Nacht nicht geweckt hatten. »Dass Hollerbachs Karre gefunden wurde, bringt uns auch nicht wirklich weiter. Warum hat er sie wohl aufgegeben?«

»Weil er nicht mehr fliehen wird«, erkannte Finya hellsichtig. »Das Auto ist überflüssig. Er ist am Ende seiner Reise angekommen.«

»Noch nicht ganz«, ergänzte ich düster. »Das Grande Finale steht noch bevor.«

Im Käfig …

»Ich vermute, dass Hollerbach Jonathan irgendein Ultimatum gestellt hat«, murmelte Jessica Wald.

»Warum, zum Henker, finden die uns nicht?«, fluchte Sascha genervt. »Das kann doch nicht so schwer sein.«

»Wer weiß, wohin der Sack uns verschleppt hat. Wir waren eine ganze Weile bewusstlos, wir könnten sonst wo sein. Erzählen Sie mir von Ihrer Heimat. Irgendwas Lustiges.«

»Ostfriesenwitze sind bescheuert.« Sascha trat wütend gegen die Gitterstäbe. »Was ist ein Skelett unter der Kellertreppe? Ein Ostfriese, der beim Verstecken spielen gewonnen hat!«

Jessica verzog milde lächelnd ihr Gesicht.

»Und? War das jetzt lustig?«

»Eigentlich schon.«

»Was ist heute überhaupt für ein Tag?«

»Dienstag, fast zwölf Uhr Mittag.«

»Liebe Güte, habe ich solange gepennt? Ist ja ätzend. Ist da irgendwo eine Kamera?«

»Ich sehe keine.«

»He, Arschloch! Bist du zu feige, dich mal sehen zu lassen?«, brüllte Sascha. »Komm schon raus aus deinem Loch, du stinkende Kröte.«

»Vielleicht sollten wir Hollerbach nicht provozieren.«

»Ach nein, warum denn nicht?«

»Noch leben wir.«

»Ich nenne das Dahinvegetieren. Er wird uns nichts tun, bis er Jonathan hat. Denke ich zumindest.« Sascha Brinkmann bewegte sich wie ein gefangener Tiger in dem Käfig. »Es tut mir echt leid, dass Sie in diesen Scheiß mit reingezogen wurden.«

»Tja, das ist wohl Schicksal. Was muss ich mich auch meiner alten Jugendliebe an den Hals werfen. Bescheuert genug.«

In diesem Moment öffnete sich knarzend die Tür zum Keller. Die Distanz zwischen der Eingangstür und dem Käfig betrug drei Schritte. Überlegen lächelnd zog Hollerbach sich einen Stuhl heran, drehte ihn um und stützte die Ellbogen auf die Lehne.

»Ah, wie ich sehe, haben die Damen sich angefreundet. Nun ja, warum auch nicht, wie sagt man so treffend: Wir sitzen alle in einem Boot.«

»Warum das alles, Herr Hollerbach?«, fragte Jessica ausgesucht höflich. »Ich kann schon nicht nachvollziehen, warum Sie all diese Menschen umgebracht haben, aber warum sind wir zwei hier? Wir sind doch im selben Team, auf der Seite der Guten.«

»Nicht mehr, Frau Wald, leider nicht mehr. Meine Absicht war es, unsere Gemeinschaft von einigen der schlimmsten Schmarotzer zu befreien, was mir ja auch in immerhin sieben Fällen gelungen ist, aber dann meinte ein gewisser Herr Dawson, er müsse mir Einhalt gebieten. Das hätte er besser gelassen.«

»Aber das ist doch Schwachsinn«, fuhr Sascha dazwischen. »Jonathan macht nur seinen Job, wie wir alle.«

»Was meine Kollegin sagen will, ist nur, dass wir, wie Sie selber betonten, eigentlich im gleichen Team sind. Wir könnten gemeinsam eine Lösung erarbeiten.«

»Nun, Frau Wald, dazu wird es nicht kommen. Sie haben das Team verlassen. Ich möchte, dass Sie das verstehen. Es geht nicht primär um Sie. Sie beide ...« Er lächelte beinahe sympathisch. »... sind tatsächlich nur Mittel zum Zweck. Ich entschuldige mich für die Unannehmlichkeiten.«

»Soll das etwa heißen, Sie werden Jonathan umbringen und uns dann freilassen?«, fragte Sascha aufgebracht. »Das glauben Sie doch selber nicht.«

»Ach, Frau Brinkmann, so einfach ist das alles tatsächlich nicht. Zunächst einmal müssen wir hoffen, dass sich Jonathan an meine Spielregeln hält, dann sehen wir weiter.«

»Na los, dann kommen Sie mal in meine Reichweite, Sie kleiner perverser Saftsack.« Sascha stellte sich angriffslustig in Positur.

»Sie haben wirklich Temperament, Frau Brinkmann, aber so blöd kann niemand sein, sich ernsthaft auf einen Zweikampf mit Ihnen einzulassen.«

»Feigling.«

»Was für ein böses Wort.« Hollerbach langte in die Hosentasche. »Hier, das ist ein ganz normales Standartkartenspiel. Zweiunddreißig Blatt, französisches Bild. Siebener bis hinauf zu den Assen.« Er schleuderte das in Zellophan eingeschweißte Päckchen durch die Gitterstäbe. »Spielen Sie irgendwas damit. Mau-Mau, Bauernskat, Black Jack, was auch immer. Wenn ich morgen wiederkomme, will ich wissen, wer gewonnen hat.«

»Was soll der Scheiß?«, fragte Sascha rotzfrech.

»Oh, das ist nur eine kleine Vorankündigung. Sollte Jonathan patzen und irgendeinen Trick versuchen, dann muss ich die Verliererin leider um einen Zeh bitten.«

»Sie sind ja total durchgeknallt«, schrie Sascha wütend.

»Schönen Abend noch.«

Kapitel 35

Hotel Wyndham, im Zimmer von Jonathan Dawson

»Finya, Wolle ... Sie müssen mir helfen.« Gedankenverloren rührte ich in meiner Teetasse. Der braune Kandis hatte sich noch nicht ganz aufgelöst.

»Alles, was Sie wollen, Chef«, brummte Gärtner.

»Sie müssen dafür sorgen, dass mir niemand folgt, dass keinerlei Überwachungsmaßnahmen eingerichtet werden. Halten Sie Bröker im Zaum. Er wird misstrauisch werden, wenn er mich jetzt bald nicht mehr erreichen kann.«

»Allein werden Sie es nicht schaffen, Jonathan.« Finya sah mich mitfühlend an. »Ich weiß, Sie wollen nur das Beste für unsere Kolleginnen, aber bedenken Sie, wir sind auch Polizisten und ich glaube nicht, dass Frau Brinkmann und Frau Wald damit einverstanden wären, wenn Sie sich dem Verbrecher sozusagen ausliefern.«

»Wir müssen erst mal herausfinden, was Hollerbach überhaupt von mir verlangt.«

»Okay, aber ...«

»Sie haben recht. Aber ich weiß, dass wir keine Chance bekommen, wenn ich nicht mitspiele.«

»Klar«, sprang Finya in die Bresche. »Ich kann Sie verstehen. Wir werden tun, was wir können, um Bröker von irgendwelchen unbedachten Aktionen abzuhalten.«

»Danke. Ich werde mit dem Anruf nicht bis zur letzten Minute warten«, verriet ich ruhig. Ich konnte wieder klarer denken. »Es ist jetzt gleich zehn Uhr. Ich möchte, dass Sie beide Wohlgemuth auf den Zahn fühlen. Das hätten wir längst tun sollen.«

»Okay.« Finya nahm noch ein halbes Brötchen aus dem Korb und beschmierte es nachdenklich mit Butter und Marmelade. »Machen wir sofort.«

»Wenn er Hollerbach wirklich Zugang zu dem PC verschafft hat, dann wird er nichts zugeben«, befürchtete Jacobsen.

»Wer weiß, wenn Sie ihn ordentlich in die Mangel nehmen, knickt er vielleicht ein. Hollerbach muss ihn geschmiert haben.«

»Nun gut, selbst wenn das passieren sollte, was versprechen Sie sich davon? Ich kann mir nicht vorstellen, dass er weiß, wo Hollerbach steckt.«

»Vielleicht hat Wohlgemuth etwas aufgeschnappt, was Ihnen helfen kann, Hollerbach zu finden. Irgendein Detail, das ihm selber unwichtig erscheinen mag. Es ist eine Minichance.« Ich trank meinen Tee aus, wandte mich dann an Gärtner. »Könnten Sie bitte das Ableben von Elfriede Hollerbach durchleuchten, Wolle? Das haben wir bislang versäumt. Vielleicht findet sich dort noch etwas Bemerkenswertes.«

»Mache ich.«

»Schön, dann wollen wir uns allen Glück wünschen.«

»Wir sind vor zwölf wieder hier«, versprach Wolle Gärtner. »Jonathan …«

»Schon gut, machen Sie sich auf den Weg.«

Gärtner und Jacobsen erreichten mich tatsächlich noch vor zwölf Uhr. »Wohlgemuth wohnt in Mülheim-Speldorf, direkt an der Hauptstraße«, referierte Finya. »Wir sind am Zoo vorbeigefahren, dann am *Ball der Einsamen Herzen*, rechts und links nach der großen Kreuzung ist jeweils ein Studentenwohnheim. Wie angegeben wohnt er Hausnummer 493. Direkt neben einem PENNY-Markt, praktisch.«

»Okay, bitte machen Sie schnell weiter.« Mein Blick ging immer wieder zur Uhr.

»Wir stiegen aus und klingelten. Ein Acht-Familienhaus. Niemand reagierte. Dann öffnete sich doch die Tür. Eine gestylte Mitfünfzigerin erschien. Ich zeigte der Dame meine Marke. Wir fragten nach Wohlgemuth, aber den hatte sie seit zwei Tagen nicht mehr gesehen.«

»Wir haben dann gefragt, ob ihr etwas Besonderes aufgefallen ist«, übernahm jetzt Gärtner. »Sie sollte eine Einschätzung ihres Nachbarn abgeben. Hat sie dann auch bereitwillig getan.« Der Polizist zückte einen Notizblock. »Ich lese mal vor, was Frau Malinowski ausgesagt hat:

Wohlgemuth hatte einen Koffer und eine Reisetasche dabei. Wird wohl in den Urlaub gefahren sein, Skilaufen vielleicht, oder auch nicht, der ist ja so was von unsportlich und immer mies gelaunt. Wenn Sie mich fragen, dann ist der nicht ganz koscher, der Wohlgemuth. Na ja, vielleicht ist er einfach nur vom andern Ufer, Sie wissen schon, einer, der sich nicht traut es offen zu zeigen.«

»Dann haben wir nachgefragt, ob Wohlgemuth einen Wagen besitzt.« Finya Jacobsen schien genauso nervös zu sein wie ich. »Hat er, so einen silbernen, farblosen Honda. Kann auch ein Toyota sein, auf jeden Fall was aus Japan oder Korea.«

»Wo ist das Auto?«, wollte ich wissen.

»Weg, obwohl er angeblich immer in der Nebenstraße parkt.«

»Also ist er mit seinem Wagen los?«

»Laut Frau Malinowski nicht. Als er ging, hatte er ja die Koffer noch in der Hand.«

»Ist er mit einem Taxi weggefahren?«

»Sie hat keins gesehen.«

»Und der Koffer, das Gepäck? Wie sah das aus?«

»Das eine Ding war laut Beschreibung so ein Trolley zum Hinterherziehen, der andere eine große Reisetasche. Wir vermuten, dass er bis zur Straßenbahnhaltestelle gelaufen ist und dann weiter nach Duisburg zum Hauptbahnhof.«

»Wann er wiederkommt, wusste sie nicht«, ergänzte Finya Jacobsen.

»Gute Arbeit, ich danke Ihnen.«

Möglicherweise hatte Hollerbach Wohlgemuth gewarnt, vielleicht war er aber auch einfach nur in den Urlaub gefahren …

»Soll ich ihn zur Fahndung ausschreiben?« Ich sah Finya kopfschüttelnd an. »Bringt jetzt nichts, oder? Der wird schon irgendwann zurückkommen, schließlich hat er einen Job und eine Wohnung.«

»Ja, sehe ich auch so. Wir haben eigentlich nichts gegen ihn in der Hand. Ich befürchte allerdings, dass Hollerbach Wohlgemuths Auto benutzt hat, aber auch das ist nur reine Spekulation«

»Der ominöse dritte Wagen.«

»Allerdings.«

»Wenn Sie recht haben, dann steckt der Kerl aber verdammt tief mit drin«, resümierte die blonde Polizistin. »Den kriegen wir wegen Beihilfe zum Mord dran.«

Ich nickte zustimmend. Nichts, aber auch wirklich gar nichts wollte funktionieren.

Kapitel 36

Hotel Wyndham, im Zimmer von Jonathan Dawson

»Das LKA hat seine Leute zurückgepfiffen, ein weiterer Großeinsatz für die Katz.« Finya Jacobsen sprach jetzt hektisch aber hoch konzentriert. »Unsere Leute haben

alle Infos über Elfriede Hollerbachs Tod zusammengetragen, nun, zumindest das, was aktenkundig ist. Ich habe gerade die Infos per Mail bekommen. Wollen Sie das noch hören, Jonathan?«

»Kann nicht schaden, aber in Kurzform bitte.« Mein Herz schlug unangenehm schnell und laut.

»Okay, 1991 haben die Hollerbachs die Hütte im Werthacker gekauft. Bar bezahlt übrigens, dank der opulenten Lebensversicherung des verschiedenen Mannes. Jürgen war zwölf Jahre alt, als sein Vater von der Leiter gefallen ist. Elfriede war zu dem Zeitpunkt des Umzuges vierunddreißig Jahre. Jetzt kommt der Hammer, Leute, spitzt die Ohren. Knapp sieben Jahre später, sprich im Januar 1998, stirbt die Hollerbach im zarten Alter von einundvierzig.«

»Wow, was hatte sie denn?«, fragte ich. »Das Übliche, Krebs oder Herzinfarkt?«

»Oh nein!« Gärtner schüttelte den Kopf. »Elfriede Hollerbach ist die Treppe runtergefallen und hat sich das Genick gebrochen.«

»Gibt's doch nicht.« Ich runzelte die Stirn.

»Im Polizeibericht steht, dass die Gute wohl ausgerutscht ist und ganz einfach den Halt verloren hat.«

»Was steht noch in dem Bericht?«, wollte ich wissen. »Gab es keine Verdachtsmomente? Das muss doch eingehend untersucht worden sein. Die Frau war schließlich keine Greisin.«

»Es gab, laut Aussage von Jürgen Hollerbach, einen Lover. Giorgio Renzi, ein damals arbeitsloser Kellner, der vorher in der *Trattoria Da Bruno* gearbeitet hat, dort aber wegen Unterschlagung von Geldern fristlos entlassen wurde. Das ist lustig, weil das Ristorante eine Mafia-Geldwäsche-Institution war.« Finya sah immer wieder nervös auf die Uhr. Gleich würde ich mit Hollerbach reden.

»Arbeitslos ...? Vielleicht rührt Hollerbachs Hass auf diese Klientel daher. Er gibt dem Kellner die Schuld am Tod seiner Mutter ...«, überlegte ich. »Dazu komm sein Job, der ihm täglich vor Augen führt, wie leicht man unser Sozialsystem austricksen kann.«

»Tja, man konnte dem guten Renzi allerdings nichts nachweisen. Er hatte zwar kein Alibi, aber es gab keinerlei Spuren im Hause der Hollerbachs, die auf den Kellner hinwiesen und überhaupt ein Fremdeinwirken nahelegten. Jürgen Hollerbach war allerdings fest von der Schuld Renzis überzeugt. Er ist unzählige Male auf dem Revier vorstellig geworden und hat behauptet, dass seine Mutter von besagtem Italiener gnadenlos ausgenommen wurde.«

»Was ist mit Jürgen Hollerbach?«, überlegte ich. »Sein Alibi wurde doch sicher auch überprüft.«

»Jürgen Hollerbach hatte ein hieb- und stichfestes Alibi aufzuweisen. Er war zu der fraglichen Zeit mit einem Freund zusammen und zwar in dessen Wohnung. Jonathan, Sie müssen jetzt anrufen.«

»Wir haben noch fünf Minuten.«

»Mein Gott, wie können Sie nur so ruhig und gelassen sein?«

Ich lächelte müde. »Das bin ich nicht, das dürfen Sie mir glauben. Also, was ist mit Hollerbachs Alibi?«

»Der Name seines Freundes lautet, ein Tusch wäre jetzt angebracht: Andreas Wohlgemuth!«

»Das darf nicht wahr sein«, entfuhr es mir überrascht. »Die beiden kannten sich also. Kein Wunder, dass Hollerbach Zugang zum Überwachungsraum bekam. Womöglich musste er seinen alten Kumpel nicht mal schmieren.« Ich schloss kurz die Augen.

»Verdammt, warum haben wir das Ableben von Frau Hollerbach nicht eher unter die Lupe genommen?« Wir sahen uns betreten an. »Was bringt uns jetzt diese Erkenntnis noch?«

»Wir sollten Wohlgemuth doch zur Fahndung ausschreiben«, schlug Gärtner vor.

»Ja, das können Sie sofort veranlassen.« Ich massierte gedankenversunken meine Nasenflügel.

Punkt zwölf Uhr.

»Okay, es ist so weit.«

»Sollen wir gehen?« Finyas Stimme bebte. Ich schüttelte verneinend den Kopf und wählte die einzige gespeicherte Nummer.

• • •

Das Handy klingelt!

Ich lasse ihn einen Moment zappeln, diesen überheblichen, eingebildeten Jäger. Soll er doch denken, dass alles zu spät ist.

Das alles ist ganz allein Dawsons Schuld. Was muss er auch so tief graben und mich enttarnen. Das war dumm von ihm. Jetzt muss er dafür büßen.

Die Zeit, in der ich Angst hatte, ist längst vorbei. Du, Mutter, hast mich gelehrt hart zu sein, unnachgiebig. Ich bin stolz darauf, sieben von diesen Schädlingen vom Antlitz der Erde getilgt zu haben. Ich hätte noch so viel mehr tun können. Vielleicht in einer anderen Stadt oder wieder hier in Duisburg, nach einer gewissen Pause.

Das Klingeln hört auf.

Nun, er wird gleich den zweiten Versuch starten und dann werde ich das Gespräch annehmen.

Hotel Wyndham, Jonathan Dawsons Suite

»Er nimmt nicht ab.« Ich konnte ein leichtes Zittern meiner rechten Hand nicht verbergen. »Na, mach schon.«

»Er will Sie nur verunsichern, Jonathan. Hollerbach will seine Macht auskosten.« Finya Jacobsen sah mich bekümmert an. Jegliche Farbe war aus ihrem Gesicht verschwunden. Ich drückte den roten Knopf. Aufgelegt. Die Ohnmacht, in der ich mich befand, zerrte an meinen Kräften. Ich versuchte gleichmäßig zu atmen.

»Finya hat recht, Jonathan. Das Aas will Sie nur mürbe machen«, raunte Gärtner mürrisch. »Ich weiß, das klingt abgedroschen, aber bleiben Sie ruhig.«

»Ich versuche es noch mal.« Ich war die Warterei so satt. Mit jeder Minute, die verging, musste die Lage für Sascha und Jessica unerträglicher werden. Ich wählte die vorbelegte Nummer. Nach dem vierten Rufton war es so weit.

»Holla, schlecht geschlafen, Herr Kommissar?«

»Ich rufe pünktlich an, Hollerbach, und ich habe dafür gesorgt, dass mir niemand folgt.«

»Wie überaus umsichtig. Das finde ich gut.«

»Ich will mit Frau Brinkmann sprechen.«

»Jetzt nicht, Sie werden nachher noch die Gelegenheit haben sich zu verabschieden.« Hollerbachs Stimme troff vor Sarkasmus.

»Ich will ein Lebenszeichen«, beharrte ich.

»Okay, ich lege auf, Ihre Entscheidung.«

»Sie werden Ihre Rache nicht bekommen.«

»Und Sie werden die beiden hübschen Täubchen niemals wiedersehen. Irgendwie blöd, oder?«

Er wird sich nicht erweichen lassen!

»Die beiden sind wohlauf, darauf können Sie sich verlassen, Dawson. Sie wissen doch, das ist eine Sache zwischen uns beiden. Sie sind der Chef der Truppe und nun müssen Sie die Verantwortung tragen. Das sehe ich doch richtig, oder?«

Ich atmete tief ein und aus. »Was soll ich tun?«

»Na bitte, geht doch.«

»Ich höre.«

»Liebe Güte, Sie können es ja nicht erwarten, mich zu sehen.«

»Sparen Sie sich Ihre beschissene Ironie, Hollerbach.«

»Vorsicht, Dawson, es gibt viele Arten der Bestrafung, es kann schnell und sauber vonstattengehen oder unendlich langsam.«

»Wollen Sie mich zu Tode quatschen?«

Er lachte vergnügt. »Fahren Sie zum MSV-Stadion und gehen Sie in den Zebra-Shop. Der öffnet Donnerstag um neun Uhr. Dort fragen Sie nach einem Päckchen, das Sie abholen sollen. Der Verkäufer, ein bis unter die Haarspitzen tätowierter grauhaariger Riese, wird nach einem Namen fragen. Sie antworten dann: Das Paket ist für Hein Blöd. Daraufhin wird er Ihnen meine Hinterlassenschaft aushändigen.«

»Sie sind ja ein ausgemachter Spaßvogel.«

»Nun ja, ich muss nicht betonen, dass sämtliche Körperteile der beiden Damen zur Amputation freigegeben werden, falls Sie nicht allein dort auftauchen. In diesem Sinne ...«

Klack.

Aufgelegt.

Für einen langen Moment hatte es uns dreien die Sprache verschlagen.

»Verdammt, er muss einen Komplizen haben, einen Handlanger, der all diese Sachen für ihn erledigt hat. Während wir nur Hollerbach im Visier hatten, hat ein anderer seine Anweisungen befolgt und die Drecksarbeit übernommen.« Wolle Gärtner trat wütend gegen ein Tischbein.

»Wohlgemuth«, vermutete Finya Jacobsen.

»Höchstwahrscheinlich.« Ich nickte betreten. »Noch ein Fehler, verflucht, noch ein unverzeihlicher Fehler! Ich hätte den Kerl eingehender verhören müssen, seinen Hintergrund beleuchten.« Ich war extrem wütend auf mich selbst. »Also gut, Freunde, die Karre ist in den Dreck gefahren, wir müssen damit leben und das Beste daraus machen. Hier trennen sich unsere Wege.«

»Sollen wir nicht doch ...?«

»Nein, Finya, nein. Es ist gut möglich, dass Wohlgemuth vor Ort ist, mich beobachtet und Kontakt mit Hollerbach hält. Wenn das so ist, haben wir, beziehungsweise die Frauen, ganz schnell verloren. Ich will kein Risiko eingehen. Die Fahndung nach Wohlgemuth leiten Sie bitte umgehend ein.«

»Natürlich.«

»Gut.«

»Jonathan ...«

»Ich hasse Bahnhöfe, Flughäfen und gepackte Autos, in denen ich nicht mitfahren kann.«

»Okay, wir haben verstanden. Unsere Handynummern?«

»Eingespeichert. Ich melde mich, falls das möglich sein sollte. Halten Sie mir Bröker vom Leib. Nicht, dass der Kerl auf die Idee kommt, mich auf die Fahndungsliste zu setzen.«

»Ist gut.«

Kapitel 37

Schauinsland-Arena, Heimstätte des MSV Duisburg 1902 e. V.

»Tach, wat darf et denn sein? Die Käppis sind im Angebot und dat grüne Auswärtstrikot vonne letzte Seisong.« Bert, so hieß der Hüne laut Namensschild, sah mich erwartungsfroh an. »Für dich oder für dein Ulligen?«

»Leider keines von beidem. Ich soll hier ein Paket abholen.«

»'N Paket, dat ist doch hier kein Shop von DHL oder Ups.«

»Das Paket ist für Hein Blöd.«

Bert kniff die Augen zusammen und taxierte mich ausgiebig. »Is mehr 'n Päcksken.« Bert schlurfte hinter seinen Tresen. »So, dat isset.« Er reichte mir einen braunen DIN A5 Umschlag, der von innen ausgepolstert war.

»Wann wurde das Paket denn abgegeben?«

»Och, warten Se ... dat war letzten Donnerstach, ja genau.«

»Okay, ich danke Ihnen.«

»Immer gern.«

»Und? Wie sieht's aus, wird der MSV irgendwann wieder in der ersten Liga spielen?«

»Aber nur wenn der Rhein rückwärts fließen tut.«

»Tja, man darf den Glauben nicht verlieren.«

In meinem Astra angekommen, riss ich die Klebestreifen von der Pappe ab. Zum Vorschein kam ein weiteres Handy. Hollerbach ging kein Risiko ein. Ich sah mich um. Der Parkplatz war fast leer. Vor dem Chinalokal am anderen Ende stand ein blauer SUV. Die Marke konnte ich aus der Entfernung nicht erkennen. Hatte Hollerbach hier irgendwo zur Überwachung herbeordert?

Sollte ich Finya und Wolle Gärtner anrufen? Das ganze Terrain großflächig durchkämmen? Wohlgemuth schnappen, in der Hoffnung, dass er Hollerbachs Versteck kannte? Wenn das schiefging, waren Sascha und Jessica verloren. Ich drückte den Ein-Schalter des Handys. Ein Foto von Hollerbach, im Garten sitzend, offensichtlich bei Sonnenschein, in kurzen Hosen, ein Glas Bier in der Hand. Seine stechenden Augen taten weh. Ich tippte auf Kontakte.

Eine Nummer.

Natürlich.

Noch mal tippen.

Ein leises Tuten.

»Sehr schön, das ging ja zügig.«

»Was jetzt?«

»Ganz schön kalt draußen, finden Sie nicht auch?«

»Was soll ich tun?«

»Sie steigen jetzt ins Auto und fahren nach Kaiserswerth.«

»Was soll der Scheiß?«

»Finden Sie es nicht hübsch dort?«

Ich versuchte mich zu beherrschen.

»Ich muss mich doch vergewissern, dass Sie sich an die Spielregeln halten. Schauen Sie, es gibt eine kleine Belohnung.« Das Handy machte Pling. »Rufen Sie doch mal die Bildergalerie auf.«

Da war ein Foto von Jessica und Sascha. Die eine noch schlafend auf einer Pritsche, die andere, Sascha, aufrecht sitzend auf ihrem Bett, den Rücken an Gitterstäbe gelehnt.

»Das Bild ist von heute Morgen, ganz früh. Sie sehen die Damen unversehrt und im Besitz aller Extremitäten. So, nun aber genug geplaudert, machen Sie sich auf den Weg. Melden Sie sich, wenn Sie an der Fähre angekommen sind.«

Klack. Aufgelegt.

Ich kam mir vor wie bei einer Auto-Schnitzeljagd. Immer dem nächsten Hinweis hinterherhechelnd. Hollerbach stellte mich auf die Probe. An irgendeinem Punkt meiner Odyssee würde wahrscheinlich Wohlgemuth hinter einer Hecke lauern und beobachten, ob ich wirklich vollkommen solo unterwegs war. Das Ganze war ein einziger Albtraum. Mein Haus im Tal an der Mosel schien mir unwirklich zu sein, Lichtjahre entfernt, ein Hirngespinst.

Ich fuhr durch nasskalten Nieselregen. Der Schnee war weg, bis auf einzelne Klumpen am Wegesrand, die sich standhaft weigerten zu schmelzen. Ohne nachzudenken schaltete ich meinen CD-Player an.

Nightwish ... Storyteller.

Gothic Rock vom Feinsten. Ich drehte voll auf. Der Astra rockte die Straße.

Was bleibt. Was bleibt übrig von so einem Leben?

Gute Frage. Ich lachte lautlos.

Was ist das denn jetzt für ein Mist? Fange ich etwa an mich von dieser Welt zu verabschieden? Ich tastete nach meiner Waffe. Konnte ich diesen Scheißkerl wirklich nicht überlisten?

Polizeipräsidium Duisburg

»Was soll das heißen, Dawson ist weg?«, polterte Bröker ungehalten. »Wo steckt der Kerl? Wolle?«

»Keine Ahnung, Gernot, wirklich.«

»Du willst mich verarschen, oder?«

»Er wollte es so.«

»*Er wollte es so?*«, brüllte Bröker. »Ist das hier ein Selbstbedienungsladen? Was glaubt Dawson eigentlich, wer er ist? Wenn uns Hollerbach seinetwegen durch die Lappen geht, dann ist er so gut wie tot.«

»Das wird er dann wahrscheinlich sowieso sein«, gab Gärtner lapidar zurück.

»Was denn?«

»Na … tot.«

»Sach doch so wat nicht«, schaltete sich Angelika Haubrich in den Disput ein. »Der John is schon in Ordnung, der will doch nur die Mädels retten, dat ist doch wohl mal klar wie Kloßbrühe.«

»Gott, Angie, manchmal gehst du mir gehörig auf die Nerven«, schimpfte Bröker halb besänftigt. »Wo steckt denn eigentlich Frau Jacobsen?«

»Im Stadtarchiv.«

»Und was tut sie dort?« Die Zornesader des Hauptkommissars schwoll erneut an. »Ohne meine Zustimmung?«

»Äh, ich darf dich daran erinnern, Gernot, dass wir im Moment dem Team von Kommissar Dawson zugeteilt sind. Wir sind Teil der Sonderkommission, ergo bist du nicht weisungsbefugt. So sehe ich das.« Die beiden Männer kannten sich jetzt seit vier Jahrzehnten, entsprechend locker ging Gärtner mit seinem Chef um. »Finya wollte sich die alten Pläne der Tunnel noch einmal genau ansehen. Du weißt ja, dass wir immer davon ausgegangen sind, dass Hollerbach sein Versteck ganz in der Nähe haben muss.«

»Was sich als Irrtum herausgestellt hat, Wolle, das weißt du doch ganz genau. Es ist nicht mehr in Duissern! Warum also Hirngespinsten nachjagen?«

»Is aber besser als nix tun«, warf Angelika beleidigt ein.

»Ihr seid ja beide bescheuert. Sobald ihr auch nur einen Pieps von Dawson hört, will ich informiert werden. Ist das klar?«

Rheinfähre Kaiserswerth

»Ich bin hier.«

»An der Fähre?«

»Ja, die fährt noch.«

»Gut. Setzen Sie über, stellen Sie Ihren Wagen dort auf dem Parkplatz des Restaurants ab, dann fahren Sie mit der Fähre zurück und gehen zu Fuß wieder in den Ort. Nehmen Sie den Weg an der Uferpromenade entlang, nicht durch die Stadt. Melden Sie sich, wenn Sie auf Höhe der Burgruine sind.«

Es ergab keinen Sinn, in irgendeiner Form aufzubegehren, also befolgte ich Hollerbachs Anweisungen. Hatte er hier irgendwo Wohlgemuth platziert? Schwer vorstellbar. Es war erstaunlich, dass die Fähre überhaupt noch in Betrieb war, aber das Wetter war umgeschlagen, es war nicht mehr frostig, kein Hochwasser auf dem Rhein. Der Fahrkartenverkäufer wunderte sich ein wenig, als ich die erste Tour mit Auto und den Rückweg als Fußgänger buchte.

»Macht dann fünf achtzig«, brummte er durch einen dicken Schal. Gegen halb zwölf erreichte ich die Pfalzruine, deren Gründung auf das Jahr 700 zurückgeht. Im Laufe der Jahrhunderte entwickelte sich die Burg zu einer ertragreichen Zollfeste am Rhein. Heute war sie, nebst den umliegenden Lokalitäten, ein beliebtes Naherholungsziel.

Ich wählte erneut Hollerbachs Nummer.

»Ich stehe jetzt unterhalb der Mauern.«

»Okay, direkt neben dem Aufgang zum Burghof befindet sich ein gelber Abfalleimer.«

»Sehe ich.«

»Dort werfen Sie jetzt Ihre Dienstwaffe hinein. Achten Sie darauf, dass Sie nicht beobachtet werden und platzieren Sie die Waffe so in der Tonne, dass man sie nicht zufällig sehen kann. Notfalls decken Sie die Pistole mit Papiertüchern oder anderem Müll ab.«

»Okay.«

»Versuchen Sie erst gar nicht, mich zu verarschen, Dawson, das würde den beiden Damen nicht bekommen. Sollten Sie ein zweites Handy oder irgendwelche anderen Waffen dabeihaben und ich entdecke es, wenn wir uns bald sehen, dann ist eine der Frauen tot. Das Gleiche gilt für Verkabelungen, Peilsender oder Ähnliches. Glauben Sie mir, bevor Sie meine heiligen Hallen betreten, entdecke ich jedwede technischen Spielereien. Haben wir uns verstanden?«

»Ich habe verstanden.«

»Gut, dann machen Sie voran. Wenn Sie diese Aufgabe erledigt haben, gehen Sie zur Haltestelle an der Hauptstraße, kaufen Sie sich ein Ticket und fahren mit der U 79 zurück Richtung Duisburg und zwar bis zur Haltestelle Duisburg-Duissern.«

Das Schwein ist immer noch vor Ort, ich wusste es doch! Mir wurde abwechselnd heiß und kalt. *Ober wo? Wie ist das möglich? Der gesamte Stadtteil wurde akribisch abgesucht.*

»Wenn Sie hoffen, dass ich mich noch immer in der Nähe meiner Behausung oder in Duissern aufhalte, dann sind Sie dümmer als Sie aussehen.« Konnte Hollerbach etwa Gedanken lesen? »Melden Sie sich, wenn Sie aus der U-Bahn aussteigen.« Ich musste mich beherrschen, um ihn nicht anzuschreien. Aber was hätte das eingebracht?

Gar nichts.

Ich versenkte meine geliebte Walther PK in dem gelben Bottich. Die U 79, die zwischen Duisburg und Düsseldorf verkehrte, fuhr in der Woche fast alle fünf Minuten. Keine halbe Stunde später saß ich in der Bahn. Zurück nach Duisburg, dem Nabel der Welt ...

Kapitel 38

Im Duisburger Stadtarchiv

»Ich benötige die Baupläne der Evangelischen Kirche und des Gemeindezentrums in der Wintgensstraße.« Finya Jacobsen sah den jungen Archivar, wenn er denn überhaupt schon einer war, entnervt an. Bis sie überhaupt jemanden sprechen konnte, waren satte dreißig Minuten vergangen.

»Da gibt es keine Kirche.«

Sie schätzte den Mann auf Mitte zwanzig, Malte Krüger stand auf seinem Namensschild. »Nicht mehr, das weiß ich, es ist jetzt ein Kolumbarium.«

»Da werden jetzt Echsen und Schlangen gehalten?«

Himmel, er ist nicht nur unfasslich lahmarschig, sondern auch noch dumm wie ein Stück Brot.

»Dort werden Urnen aufbewahrt. Sie verstehen? Feuerbestattung ... Asche kommt in Urne ... Urne kommt ins Kolumbarium ... Angehörige können Urne gucken?«

»Hören Sie, Sie müssen nicht wie mit einem Schwachsinnigen mit mir reden.«

»Tatsächlich?«

»Jedenfalls ist das keine Kirche mehr, also hatte ich recht.« Er grinste frech. Krüger trug eine graue Hose, ein weißes Hemd und darüber einen bunt karierten Pullunder. Ein Outfit wie aus den Sechzigerjahren.

»Oh, lieber Gott, lass bitte Intelligenz regnen ... Und zwar hier und jetzt in geschlossenen Räumen.« Die Polizistin tippte dem Archivar mit ausgestrecktem Finger auf sein Brustbein. »Sie wissen doch, um welches Objekt es sich handelt, also ... beschaffen Sie mir die Baupläne und zwar pronto!« Finya Jacobsen war mit jedem Wort lauter geworden.

Krüger zuckte regelrecht zusammen. »Warten Sie hier, ich werde sehen, was ich für Sie tun kann.« Schwer beleidigt verschwand Malte Krüger hinter mannshohen Stahlregalen. Nach gut fünfzehn Minuten erschien Krüger, einen großen Karton unter den Arm geklemmt. »Das sind die Baugenehmigungen für das Jahr 1971, die sind nicht geordnet.«

»Warum das nicht?«

»Weil die Pläne demnächst eingescannt werden sollen und da wäre es sinnlos, sie vorab noch zeitlich zu ordnen. Das macht dann das Programm von allein.«

»Pass mal auf, Freundchen.« Sie knallte vehement ihre Dienstmarke auf den Tisch. »Sie werden mir jetzt helfen, so schnell wie möglich das gewünschte Dokument zu finden oder ich buchte Sie wegen Behinderung von laufenden Ermittlungen für achtundvierzig Stunden ein.«

»Das ... können Sie gar nicht.«

»Und ob. Los jetzt, an die Arbeit.«

»Ich mag Sie nicht«, brummte Krüger verstört, kam aber hinter seinem Tresen hervor und schüttete den Inhalt auf einen Besuchertisch.

»Das beruht auf Gegenseitigkeit. So, ab jetzt wird nicht geredet, sondern gesucht.«

Um kurz vor zwölf Uhr fand Finya Jacobsen die gesuchten Grundrisse.

Haltestelle Duisburg-Duissern

Ich nahm die Stufen statt der Rolltreppe. Eine fahle Wintersonne schien mir ins Gesicht, nichts Halbes und nichts Ganzes. Aus dem Eingang des Berufsinformationszentrums der Arbeitsagentur strömte eine laut schwatzende Schulklasse. Ich aktivierte das Handy. Hollerbach war sofort dran. Seine Stimme vibrierte jetzt spürbar. Er stand nicht minder unter Strom als ich.

»Ich bin da.«

»Gehen Sie auf die andere Straßenseite bis zum Kolumbarium.«

»Was soll ich dort?«

»Fragen verboten!«, bestimmte Hollerbach laut. »Unter dem zweiten Blumenkübel auf der rechten Seite des Weges der zum Eingang führt, finden Sie einen elektronischen Türöffner.« Hollerbach lachte. »Wenn Sie glauben, Sie hätten mich jetzt gefunden, dann liegen Sie allerdings voll daneben.«

»Und was soll ich dann im Kolumbarium? Für Ihre Mutter beten oder besser für Ihre schwarze Seele?«

»Obacht, Scherge, die Zeit der Spitzfindigkeiten und verbalen Duelle ist vorbei. Mit diesem Schlüssel können Sie auch die Tür zum Überwachungsraum öffnen. Sie gehen dort hinein und schalten den Computer an. Es wird ein Passwort verlangt werden. Sie tippen *Verlierer007* ein, und zwar am Beginn des Wortes mit großem V und die Zahlen über den Ziffernblock, keinesfalls die Tastaturzahlen.«

»Sehr kreativ, weiter«, drängte ich.

»Auf dem Bildschirm erhalten Sie dann die finalen Anweisungen, die Sie zu mir bringen werden, und natürlich zu den zwei Angebeteten, die Ihrer schmachtend harren.« Er lachte schon wieder.

Er hat die Macht, er ist der Herr des Spieles, er diktiert das Geschehen. Vielleicht macht ihn das unvorsichtig. Ich muss geduldig auf meine Chance warten.

»Bis bald, Jonathan, ich freue mich schon.«

Im Kerker …

»Irgendwas wird heute passieren.« Sascha Brinkmann umfasste die Eisenstäbe so fest, dass ihre Knöchel ganz weiß wurden. Die Ermittlerin zerknüllte einen der Plastikbecker und warf ihn aus dem Käfig. »Können wir aus dem Blech der Dosen nicht irgendeine Waffe basteln? Die Deckel haben doch ekelhaft scharfe Kanten.«

»Können wir versuchen, aber ich glaube nicht, dass wir nahe genug an Hollerbach herankommen.« Jessica versuchte aufmunternd zu lächeln. »Aber Sie haben recht, her damit, mal sehen, ob wir den Drecksack zumindest ablenken können.«

Saschas Blick fiel auf das Kartenspiel. »Was er wohl damit vorhat? Sollen wir vielleicht um unsere Leben spielen?«

»Oder um Jonathans«, vermutete Jessica. »Hollerbach ist jede kranke Fantasie zuzutrauen.« Stolz präsentierte sie den abgelösten Deckel einer Ananasdose.

»Nicht gerade ein Ninja-Schwert.«

»Aber sicher scharf genug, um Hollerbach damit die Kehle aufzuschlitzen.«

Im Duisburger Stadtarchiv

»Sind Sie jetzt endlich zufrieden?«, maulte Malte Krüger. »Das sind die Baupläne der evangelischen Kirche in Duissern, die jetzt keine mehr ist.«

»Diese Kästchen, die in dem Grundriss eingezeichnet sind ... Was sollen die darstellen?«

»Na, Räume wahrscheinlich. Aber das weiß ich doch nicht, bin ich vielleicht Bauzeichner oder Architekt?«

»Nein, aber ein unwahrscheinlich aufgeblasener Wichtigtuer.«

»Also ...«

»Wer kann mir da helfen?« Finya Jacobsen war am Ende ihrer Geduld angelangt. »Es geht hier um das Leben von drei Kollegen. Also ... wer kann mir sagen, was diese Zeichnungen zu bedeuten haben?«

Malte Krüger schwankte zwischen Aufbegehren und Nachgeben. Der Hinweis auf die Dringlichkeit obsiegte letztendlich. »Ich schaue mal, ob der Kollege Peters da ist, der hat früher im Katasteramt gearbeitet, er könnte wohl erklären ...«

»Dann labern Sie nicht dumm rum, Herr Krüger, schaffen Sie den Mann ran.«

Er zog eine beleidigte Schnute, trollte sich dann aber.

»Beeilung!«, rief ihm Finya Jacobsen hinterher.

Duisburg-Duissern, vor dem Kolumbarium

Der Schlüssel befand sich an dem beschrieben Ort. Ich steckte den Stift in eine Stele aus Aluminium und die Haupteingangstür öffnete sich automatisch. Die Tür zum Überwachungsraum lag rechts neben einem Bord, auf dem in einer Vase frische Tulpen standen. Gelb, die Köpfe leicht geöffnet. Den holländischen Gewächshäusern sei Dank. Auch dieser Zugang ließ sich problemlos öffnen. Es klickte laut, das Schloss war entsperrt. Wie üblich war niemand im eigentlichen Andachtsraum, das sah ich mit einem Blick auf die Bildschirme. Die Tür fiel hinter mir wieder ins Schloss.

Der PC summte leise im Energiesparmodus. Ich wackelte kurz an der Maus, der Bildschirm erhellte sich. Eine Fotografie der ehemaligen Kirche von außen. Ein Fenster öffnete sich.

Bitte loggen Sie sich ein.

Passwort:

Ich tippte weisungsgemäß *Verlierer007* ein. Das Eingabefenster verschwand, das Display wurde kurz dunkel, dann erschien Jürgen Hollerbachs Konterfei. Es musste sich um eine Aufzeichnung handeln.

»Hallo, Jonathan.« Im Hintergrund glaubte ich die Schrankwand aus seinem Wohnzimmer im Werthacker zu erkennen. »Schön, dass Sie bis hierher brav gewesen sind. Ich wollte Sie nur kurz begrüßen.« Er lächelte gewinnend. Wenn man jetzt nur dieses Gesicht sah, markant, freundlich, mit wachen, intelligenten Augen, dann mochte man nicht glauben, welch kranker Geist sich hinter dieser Stirn eingenistet hatte. »Wenn dieses Video zu Ende ist, sehen Sie rechts oben in der Ecke einen Ordner mit dem Titel *Götterdämmerung*. Öffnen Sie den Dateiordner und klicken Sie auf die Datei *run.exe*. Dann erhalten Sie Ihre letzten Anweisungen.« Hollerbach trat zwei Schritte zurück, sodass die Kamera ihn jetzt ganz einfing. Er verbeugte sich ironisch lächelnd und vollzog einen Kratzfuß.

»Wir sehen uns in Kürze, Herr Kommissar.«

»Ich kann es kaum erwarten, Arschloch.«

Das Videofenster fiel in sich zusammen. Ich öffnete den besagten Ordner. *Na, dann mal los, wo hast du dich versteckt, du verdammter Hurensohn?* Ich fuhr mit dem Cursor auf die besagte Datei und öffnete sie.

Auf dem Bildschirm erschien ein große dreißig, dann eine neunundzwanzig.

»Ein Countdown, wie theatralisch.« Ergeben sah ich zu, wie die Zahlen herunterliefen. »Fehlt nur noch ein Tusch oder eine Fanfare.«

Irgendwo zischte es, eigentlich schon die ganze Zeit, aber ich war so auf das Video von Hollerbach fixiert gewesen, dass ich das leise Geräusch nicht bewusst wahrgenommen hatte. Meine Knie wurden weich. Ich taumelte Richtung Tür.

Zu spät!

Ich fiel auf meine Knie, alles um mich herum verschwamm. Ich atmete hektisch. Ein schwarzer Schleier senkte sich herab.

Wieder überlistet!, schrie es in meinem Kopf. *Häng den Job an den Nagel, du taugst nicht mehr zum Bullen.*

Alles um mich herum wurde schwarz.

• • •

Perfekt!

Dawson sitzt in der Falle.

Das hat ja ganz wunderbar funktioniert.

Ich gehe ihn jetzt holen ...

Kapitel 39

Noch immer im Duisburger Stadtarchiv

»Entschuldigung, es hat etwas gedauert, aber mein Chef hat mich unendlich genervt. Arne Peters, wie kann ich Ihnen helfen?« Finya schätzte den hemdsärmeligen schlanken Mann, der ihr auf Anhieb sympathisch daherkam, auf etwa dreißig Jahre. Sie stellte sich vor und deutete auf die Skizzen der Evangelischen Kirche Duisburg-Duissern.

»Ich habe leider nicht die Zeit, um Ihnen die ganze Tragweite des Sachverhaltes darzustellen.«

»Was wollen Sie denn mit den Plänen vom Kolumbarium, beziehungsweise der ehemaligen Kirche?«

Finya mochte seine offene, anteilnehmende Art, schob aber jegliche Gefühlsregung beiseite. »Es muss einen Unterschlupf geben, den wir übersehen haben. Ich war im Herbst in Rom, in den Katakomben ...«

»Die ewige Stadt. Ah, ich verstehe.« Peters glättete die Zeichnung. »Kirchen haben oft unterirdische Zugänge, vornehmlich aber alte Kirchen, manchmal ist es nur ein Lagerraum, aber es kann auch eine Krypta sein, in der Reliquien aufbewahrt werden, ein Raum, der nur ausgewählten Personen zugänglich ist. Diese Kirche ist allerdings aus den Siebzigern, da kann ich mir das kaum vorstellen, höchstens einen Keller, außerdem ist das ein evangelisches Bauwerk, die haben es ja nicht so mit Reliquien und verborgenen Mysterien.«

»Also, einen Keller haben wir gefunden, aber da lagern nur die Urnen, bis sie endgültig entsorgt werden.«

»Das kann gut sein.«

»Aber hier auf dem Grundriss … Das Hauptschiff mit den Fächern für die Urnen, die Bänke, der kleine Altar, dann hier in der Ecke, das ist wohl die Treppe zum Keller, oder?«

»Ja, ganz recht.«

»Aber wenn dieses Rechteck der Keller ist …«

»Hm, ich sehe, was Sie meinen. Da ist ein kleineres Kästchen in diesem Rechteck, das wohl den Keller symbolisiert, eingezeichnet, eigenartig …«

»Könnte das ein weiterer Raum sein, angrenzend an den Keller?«

»Nein, dann würde man den Raum daneben einzeichnen.«

»Was hat das dann zu bedeuten?«

»Ich würde Ihnen ja gerne helfen, aber so eine bescheuerte Zeichnung habe ich noch nie gesehen. Vielleicht ist das nur ein Versehen …« Peters beugte sich über den Tisch. »Es sei denn …«

»Ja, was denn?«, sprudelte es aus der Streifenpolizistin heraus.

»Es sei denn, es gäbe tatsächlich noch einen tiefer gelegenen Raum«, grübelte Arne Peters. »Ein Refugium direkt unter dem Keller, der jetzt als Urnenendlager genutzt wird. Aus Platzgründen hat der Zeichner keine weitere Treppe eingefügt. Durchaus möglich, wenn auch ungewöhnlich. Womöglich ein ehemaliger Lagerraum oder etwas in der Art.«

»Das ist es! Verdammt, das ist es!«, jubelte Finya Jacobsen. Spontan umarmte sie den Archivangestellten. »Jonathan hat die ganze Zeit recht gehabt. Der Irre sitzt wie eine Spinne fett und unerkannt in seinem Netz.«

»Äh, das ist nur eine Vermutung, Frau Kommissarin. Vielleicht hat der Bauzeichner nur einen Fehler gemacht und vergessen, das zweite Rechteck auszuradieren.«

»Ach, das bin ich gar nicht, eine Kommissarin, zumindest noch nicht, egal, tut jetzt nichts zur Sache. Ich muss sofort los.« Sie hielt kurz inne und kritzelte ihre Handynummer auf den Bauplan. »Rufen Sie mich an, wenn Sie mögen.«

»Mache ich ganz bestimmt!«

Finya Jacobsen spurtete aus dem Archiv.

»Wolle, nein ... halt die Klappe und lass dir nichts anmerken. Ich weiß, wo Hollerbach steckt. Verpiesle dich stillschweigend aus dem Präsidium, wir treffen uns am Parkplatz vor der Arbeitsagentur. Nein, kein Wort zu Bröker. Wenn wir da mit großem Tamtam auftauchen, dann sind alle drei tot. Das bekommt Hollerbach sofort mit. Er muss eine Verbindung zur Außenwelt haben, Wahrscheinlich nutzt er die Überwachungskameras des Kolumbariums. Das müssen wir allein regeln. Ich bete nur dafür, dass wir nicht zu spät kommen.«

»Meinst du er hat Jonathan bereits?«, flüsterte Gärtner.

»Ich befürchte ja.«

»Okay, bin unterwegs.«

Finya Jacobsen sah auf die Borduhr ihres Dienstfahrzeuges.

»Vergiss deine Waffe nicht!«

Lieber Gott, wenn es dich gibt, hilf uns ...

Im Kerker ...

Die Tür zum Verlies öffnete sich quietschend.

»Oh Gott, das ist Jonathan! Was haben Sie mit ihm gemacht, Sie Schwein?«, schrie Sascha Brinkmann entsetzt. Jürgen Hollerbach schob einen Rollstuhl bis zwei Meter vor den Käfig und arretierte die Rollen.

»Aber meine Damen, etwas mehr Contenance darf ich doch wohl erwarten.«

»Ich bringe dich um, du Scheißkerl.«

»Ach, das ist ja jämmerlich, ich dachte Sie wären Profis. Nun nehmen Sie sich mal ein Beispiel an Frau Wald.« Jessica beobachtete mit brennenden Augen die Szenerie. »Wirklich, Fräulein Brinkmann, Sie enttäuschen mich. Ich dachte immer die Menschen aus dem Norden wären so unterkühlt ... Der Gute hält nur ein Schläfchen.« Hollerbach zückte eine Spritze.

»He, was machen Sie da?«, kreischte Sascha.

»Ihr Liebchen aufwecken, damit wir diese Angelegenheit zu einem Ende bringen können. Ich wollte nie, dass meine Mission so endet.«

»Ich glaube nicht, dass Ihre Mutter Ihr Verhalten gutheißen würde«, sagte Jessica ruhig. Sie erinnerte sich an die Pflichtstunden zum Thema *Gesprächsführung in Krisensituationen* während ihrer Ausbildung. *Verwickeln Sie den Täter in ein Gespräch, versuchen Sie ein Thema zu finden, mit dem Sie ihn emotional einbinden können. Im Idealfall können Sie eine moralische Schwelle ansprechen, die es ihm unmöglich macht, seine Tat auszuführen.*

Hollerbach sah Jessica Wald mit undurchschaubarer Miene.

»Sie beschämen das Andenken an Ihre geliebte Mutter.«

»Geliebte Mutter ...«, echote Hollerbach, produzierte eine zutiefst betroffene Miene, dann fiel er urplötzlich in ein haltloses Gelächter. Er lachte laut, hielt sich eine Hand vor den Bauch, krümmte sich vor Vergnügen. Jessica und Sascha beobachteten ihren Entführer irritiert.

»Geliebte Mama ...« Wieder prustete er los. »Gott, das ist ja köstlich.« Er musste sich an Jonathans Schulter abstützen. Nur langsam beruhigte er sich. Tränen liefen über sein Gesicht. Jessica nahm unbewusst Sascha Hand. Eine solche Reaktion kam unerwartet. Die Frauen hielten sich aneinander fest.

»Soll ich Ihnen mal was über meine geliebte Mutter verraten, Frau Wald? Über Elfriede Hollerbach? Sie war eine bösartige, gemeine, abartige Frau, eine abgrundtief schwarze Seele. Sie war neidisch, missgünstig, voller Hass auf jeden Menschen, dem es augenscheinlich besser ging als ihr. Sie war nie zufrieden, mit nichts und niemandem. Sie hat meinen Vater gehasst, weil er niemals ihren kranken Ansprüchen genügen konnte, sie hat ihn erniedrigt, ja sogar geschlagen, aber das war nicht das Schlimmste. Worte können so viel tiefer schneiden als das schärfste Messer.« Hollerbach lachte bitter. »Meine *geliebte* Mutter war der furchtbarste Mensch auf Erden.« Hollerbach sah sich verstohlen um. »Aber das werden Sie nicht petzen, oder? Das sollte unter uns bleiben. Mutter kann furchtbar nachtragend sein.«

»Sie sind krank, Herr Hollerbach«, flüsterte Jessica entsetzt.

Jürgen Hollerbach atmete schwer. Die Sprache auf seine Mutter zu bringen hatte zwar nicht den geplanten Effekt erzielt, ihn aber dennoch zu einem Redeschwall genötigt.

»Wissen Sie, wozu Sie mich getrieben hat? Aber nein, wie sollten Sie ...« Er umrundete den Rollstuhl, in dem Jonathan Dawson noch immer bewusstlos gefesselt saß. »*Wir müssen ihn loswerden, mein Kleiner, mein Liebster*, säuselte sie mir ins Ohr und in mein Gehirn, in meinen kindlichen Verstand, immer und immer wieder, bis ich selbst glaubte, dass wir ohne meinen Vater besser dran wären.«

»Sie ... haben Ihren eigenen Vater ermordet?«, fragte Sascha halblaut. »Weil Ihre Mutter es so wollte?«

»Sie hat mich dazu getrieben!«, schrie Hollerbach verletzt. »Sie können sich nicht vorstellen, wie stark sie war, wie einnehmend, bestimmend, manipulierend. Ich hatte keine Chance. Ich musste es tun.«

»Man hat immer eine Chance«, hielt Jessica hart dagegen. »Nur waren Sie augenscheinlich zu schwach.«

»Nein, nicht gegen sie, niemals!«

»Sie sind ein Vatermörder«, stellte Sascha ruhig fest. Verachtung schwang unüberhörbar in ihrer Stimme mit. »Sie sind ein krankes, perverses Schwein ohne Rückgrat. Ich verachte Sie.«

»Nicht, Sascha«, zischte Jessica.

»Ich war noch ein Kind, gerade mal knapp zwölf Jahre alt.« Hollerbachs Augen glühten. »Sie überredete meinen Vater diese Versicherung abzuschließen. *Wir wollen wenigsten finanziell abgesichert sein, wenn du Versager den Löffel abgibst.* Das waren ihre Worte, kalt, schneidend, keinen Widerspruch duldend. Und mein Vater hat es getan, er tat alles, was sie ihm befahl, er war ihr hörig, diesem Unmenschen, diesem Drachen. Vater schloss die Versicherung ab und unterschrieb damit sein eigenes Todesurteil. Mutter hat den Vertrag genau studiert. Es gab eine Wartezeit, bevor die Summe im Todesfall ausgezahlt werden durfte. Sie hatte alles minuziös geplant. *Bald ist es so weit, mein Liebster, bald sind wir frei*, versprach sie mir. *Dann kannst du dir all die schönen Dinge leisten, die du schon immer haben wolltest.* Sie war so lieb zu mir, wie noch nie zuvor in meinem

Leben. *Du musst deiner Mutter nur diesen kleinen Liebesdienst erweisen, dann wird alles ganz wunderbar werden. Du und ich, mein kleiner Jürgen, mein Engel.*« Hollerbach lachte tonlos, sein Körper straffte sich. »Sehen Sie, wie hätte ich da nein sagen können?« Sein Blick wurde augenblicklich stahlhart. Hollerbach lächelte, seine rechte Hand fuhr durch das schüttere Haar.

»Alle unsere Vermutungen bewahrheiten sich«, stammelte Sascha Brinkmann.

Langsam erwachte ich aus meinem Tiefschlaf. Ich hörte Hollerbach laut reden. Was schwafelte er denn nur? Ich versuchte mich zu konzentrieren. Es ging um seinen Vater, den er anscheinend auch umgebracht hatte. Ich blinzelte Sascha und Jessica kurz zu. Ich saß offensichtlich in einem Rollstuhl. Hände, Beine und Oberkörper waren mit einem Panzerband fixiert. Ich kannte dieses verdammte Zeug. Keine Chance mich selbst zu befreien. Ich konnte nicht einmal mein Körpergewicht verlagern. Hollerbach hatte anscheinend an alles gedacht.

»Sie hat mir beigebracht, wie man Tiere tötet, aber nicht nur das, auch wie man sie möglichst lange leiden lässt. Sie hat mir dabei zugesehen und mich gelobt, wenn ich es ganz langsam gemacht habe.« Hollerbach atmete hektisch. »Katzen zu töten gefiel ihr besonders gut. Haben Sie Katzen mal schreien hören? Das klingt, als würde ein kleines Kind jammern. Sie hat dann immer gelacht und bekam rote Wangen.«

Seine Mutter war krank und er ist es auch!

»Dann wurde es Frühling. Sie bestand darauf, dass eine neue Markise auf unserem Balkon angebracht werden müsse. Natürlich kaufte Vater so ein Teil. Orange und braun. Am Samstag sollte der Sonnenschutz angebracht werden. Die ganze Woche vorher bearbeitete mich meine Mutter. Sie war so lieb zu mir, sie hat mich in ihren Armen gewiegt, mir Süßigkeiten gekauft, ich durfte länger fernsehen, sie versprach mir einen eigenen Apparat, ein neues, viel besseres Leben.« Hollerbach sah Sascha und Jessica herausfordernd an. »Ich habe es getan, nicht an dem Samstag, denn da war schlechtes Wetter, aber an dem Sonntag. Vater kletterte auf die Leiter, die Bohrmaschine in der Hand,

Mutter lehnte im Türrahmen. Sie nickte mir aufmunternd zu, ich zögerte und schon wurde ihr Blick zornig und strafend. Ich musste es einfach tun. Ich sehe noch Vaters Blick. Er war mir nicht mal böse. Ich habe ihn aus seiner ganz eigenen Hölle erlöst. Ja, genau so war es. Er war mir nicht böse.«

»Das glauben Sie doch selbst nicht.« Sascha schüttelte den Kopf.

»Trotzdem habe ich Vater gerächt.« Sein Gesicht verhärtete sich, sein Körper straffte sich erneut. Er nickte wissend. »Ich habe getan, was getan werden musste.«

»Ich fasse es nicht.« Jessica Wald schüttelte ungläubig den Kopf. Sascha sah sie fragend an. »Sie haben Ihre Mutter ... auch umgebracht?«

»Sollte ich dieses Monster etwa am Leben lassen? Sie, die mich erst zum Mörder erzogen hat? Oh nein, das beschloss ich schon in der Sekunde, als Vater mit zerschmettertem Kopf auf dem Gehweg lag. Es war ein verstörend schönes Bild, der Kopf rot umrahmt, Vaters Augen weit aufgerissen. Bei Mama war es schon etwas anders ... Sieh an, der Herr Dawson ist jetzt auch mit von der Partie.«

»Jonesy, geht es dir gut?«, fragte Jessica, Saschas Gesichtsausdruck sprach Bände.

»Ging mir nie besser.« Meine Stimme war mehr ein Krächzen, der Mund glich einer staubigen Wüste. »Wie haben Sie es gemacht, Hollerbach? Wie haben Sie Ihre Mutter um die Ecke gebracht?«

»Ach, das war einfach. Unsere Kellertreppe ist steil und lang. Ein kleiner, unerwarteter Stoß reichte schon aus. Sie war noch nicht tot, als sie unten ankam. Ich sehe noch ihre hässliche Fratze. Ich musste warten, bis ich achtzehn Jahre alt war, ich wollte schließlich nicht in ein Heim oder zu irgendeiner entfernten Tante. Ich hatte gelernt zu warten und einen Plan zu entwickeln.«

»Da haben Sie noch ein bisschen nachgeholfen, weil sie ja noch nicht tot war?«

»Ich habe es langsam gemacht, sehr langsam, den Kopf gedreht, immer weiter, den Mund zugehalten, so wie Mutter es mir mit den Tieren beigebracht hat. Ich finde, sie hätte wenigstens ein bisschen Stolz auf ihren Sohn sein können.« Hollerbach lachte kurz. »Sie hat gelallt und gesabbert. Ja, es mag Sie verwundern, aber auch Dämonen leiden.«

Er ist verrückt, vollkommen wahnsinnig! Es wird mit jeder Minute schlimmer.

»Es hat ganz hässlich geknackt … am Ende der Prozedur. Dann war sie still, endlich still. Ihr dreckiges Schandmaul für immer gestopft, die Welt von einer teuflischen Hexe befreit, denn genau das war es, eine Befreiung, das gnadenlose Joch fiel von mir ab. Ich hätte tanzen können, tanzen und singen, so glücklich war ich. Dann bin ich schnell zu Andreas gefahren.«

»Andreas Wohlgemuth. Woher kannten Sie ihn?«

»Wir haben zusammen die Ausbildung gemacht, beim Arbeitsamt, damals hieß das noch so. Andreas hat's dann irgendwann im zweiten Jahr geschmissen, aber wir sind Freunde geblieben, Freunde für's Leben. Er kannte meine grauenhafte Mutter, er wusste, was ich getan hatte, und er fand es in Ordnung. Wir sind irgendwie Seelenverwandte.«

»Noch ein Irrer«, sagte Sascha.

»Die einen sagen so, die anderen so.« Hollerbach lächelte versonnen. »Andreas war mein lupenreines Alibi. Es war ein Unfall, so wie damals mit meinem Vater.« Hollerbach warf die Spritze achtlos in eine dunkle Ecke des Raumes. »Jetzt habe ich ein viel besseres Verhältnis zu meiner Mutter. Das sollten Sie wissen. Der schlimme, zerstörerische Teil ihrer Persönlichkeit ist verschwunden, nun ja, zumindest zu einem großen Teil. Jetzt sind wir oft ein Herz und eine Seele, aber das ist ja auch kein Wunder, nachdem ich ihr einen so wunderbaren Ort eingerichtet habe, an dem sie sich wohlfühlt. Ihre Seele ist gereinigt, nun, wie gesagt, wenigstens weitgehend. Das hat sie nur mir zu verdanken.«

»Sie sind wirklich krank«, stellte ich nüchtern fest.

»Warum haben Sie die anderen Menschen umgebracht??«, lenkte Jessica geschickt ab.

»Jeder muss einen Beitrag leisten, wenn eine Gesellschaft funktionieren soll. Ist es nicht so? Tagein, tagaus muss ich mit ansehen, wie diese verkommenen Subjekte, diese Blutsauger vor dem Herrn, Geld abzocken und auf der faulen Haut liegen, sich ein schönes Leben machen. Das kann doch nicht richtig sein.«

»Wie sind Sie auf die perfide Nummer mit den Texten von Novalis gekommen?«, fragte ich nach. Hauptsächlich wollte ich verhindern, dass Sascha weiter Hollerbachs Zorn auf sich zog.

»Ach, das.« Er wedelte mit den Händen. »Ein kleines i-Tüpfelchen, um die ganze Sache spannender und bunter zu machen. Es sollte ja auch etwas Besonderes sein. Die Presse steht doch auf so was. Ich erinnerte mich an meinen Deutsch-Leistungskurs. Die *Hymnen an die Nacht* haben mir schon damals ausgesprochen gut gefallen, sie sind so düster, so voller Todessehnsucht und Verzweiflung. Ich hoffe doch, dass Ihnen die ausgewählten Passagen gefallen haben.«

»Und Sie wollten die Aufmerksamkeit der Medien«, sagte Jessica. »Warum eigentlich? Sie hätten versuchen können im Schatten zu bleiben.«

»Ja, das war ursprünglich auch so angedacht, aber ich kann es nicht leugnen, als mir die *Hymnen an die Nacht* in den Sinn kamen, da verspürte ich einen ausgesprochen wohligen Nervenkitzel. Ich konnte nicht widerstehen. Es war so erhebend, die entsprechenden Textstellen auszuwählen.«

»Warum sind Sie zu Markwart nach Hause gegangen?«, hakte ich nach. Offensichtlich gefiel sich Hollerbach in der Rolle des gefragten Alleinherrschers.

»Weil der Penner immer wieder behauptet hatte, keine Post von uns bekommen zu haben und sich niemand die Mühe machen wollte, dem Kerl mal richtig auf die Füße zu treten. Da bin ich höchstpersönlich hin.« Hollerbach lächelte maliziös. »Dann ist die Situation ... sagen wir mal ... eskaliert, ein wenig aus dem Ruder gelaufen.«

»Sie haben ihn abgeschlachtet.«

Hollerbach wirkte plötzlich abgelenkt, zog einen Kamm aus der Hosentasche und fuhr damit mehrfach durch sein Haar. »Mutter fand es richtig.«

»Natürlich«, entfuhr es Sascha.

Hollerbach überhörte zum Glück Saschas Einwurf. Ich sah sie flehentlich an und schüttelte den Kopf. Sie musste aufhören, ihn zu provozieren.

»So entstand der Plan, etwas zum Gemeinwohl beizutragen.« Hollerbach verschränkte die Arme vor der Brust. Ich sah förmlich, wie es in Sascha brodelte.

»In der Wohnung«, sprach ich Hollerbach hastig an. »In Markwarts Wohnung, als Sie zum dritten Mal dort waren ...«

»Ja?«

»Was haben Sie dort gemacht?«

»Nun, ich erinnerte mich an diverse amtliche Bescheide, die ich unterschrieben hatte. Und siehe da, tatsächlich hatte der Schmierlappen einige Schriftstücke aufbewahrt. Dankenswerterweise haben Sie ja den Zeitungsständer umgeworfen, sodass mir eine langwierige Suche erspart blieb. Sie waren damals schon sehr nahe daran, Ihr Leben zu verlieren, Kommissar Dawson, aber das wissen Sie wahrscheinlich inzwischen.« Er baute sich vor mir auf. »Aber zu diesem Zeitpunkt dachte ich noch, wir wären auf derselben Seite, sozusagen Verbündete. Die Schriftstücke mit meiner Unterschrift mussten verschwinden, so einfach ist das. Sie haben nie akzeptiert, dass wir eigentlich dasselbe Ziel verfolgen, die ehrlichen Menschen zu schützen, die Ausbeuter, die Kriminellen zu bekämpfen, und selbst jetzt sind Sie uneinsichtig oder sehe ich das falsch?«

»Gewiss nicht«, gab ich fest zurück.

»Tja, das dachte ich mir.« Hollerbach umrundete mich einmal, dann nahm er den Faden wieder auf. »Die amtlichen Schreiben mussten verschwinden.«

»Sie wollten auf Nummer sicher gehen.«

»Aber da lag ich wohl falsch und jetzt sind wir hier. Sie haben mich aufgespürt, dafür gebührt Ihnen jede Anerkennung. Ganz ehrlich. Aber Sie haben verhindert, dass ich mein Werk vollenden kann, und das kann ich Ihnen nicht durchgehen lassen. Warum konnten Sie nicht einfach aufhören? Noch drei weitere Abzocker weniger und alles wäre vorbei gewesen. Wir wären alle unserer Wege gegangen und Sie hätten abwechselnd diese beiden entzückenden Damen beglücken können.«

»Ich bin Ermittler, Herr Hollerbach.« Ich mühte mich möglichst sachlich zu bleiben. »Und was immer diese Menschen, die sie umgebracht haben, auch getan haben, keiner von ihnen hatte den Tod verdient.«

»Das ist eine Frage der Perspektive.«

»Ich denke nicht.«

»Nun, wie immer dem auch sein mag ... der Zeitpunkt ist gekommen, da das letzte Kapitel des Buches aufgeschlagen vor uns liegt. Sie haben mir bei Ihrem Besuch im Amt sehr wehgetan, Jonathan Dawson. Sie haben mich provoziert, in der Hoffnung, dass ich einen Fehler mache. Sie dachten, Sie sitzen auf einem hohen Ross, nun ist es umgekehrt, Sie alle sind in meiner Gewalt und ich verlange Satisfaktion. Sie werden hier und heute bezahlen.«

»Lassen Sie die beiden Frauen frei, Hollerbach. Sie haben doch ihren Zweck erfüllt, Sie wollten mich und das ist Ihnen gelungen. Ich habe mich an Ihre Regeln gehalten, jetzt lassen Sie die beiden gehen.«

»Rede nicht so einen Unsinn, Jonesy, du wirst dich nicht für uns opfern«, warf Jessica erstaunlich ruhig ein.

»Kommt nicht infrage, ich gehe nicht ohne dich!«, ergänzte Sascha laut.

»Ja, da hören Sie es, Herr Kommissar, da haben wir das Dilemma. Ganz so einfach ist das alles nicht. So Holterdiepolter habe ich mir das Finale nicht vorgestellt. Die werten Damen hegen anscheinend Gefühle für Sie, alle beide.«

»Wir sind Profis, es gibt keine privaten Beziehungen, das ist nicht gut in unserem Job.«

»So? Sie sind ein schlechter Lügner, Dawson. Mir können Sie aber nichts vormachen. Das ist schön, nicht wahr, wenn man geliebt wird?«

»Eine Erfahrung, die Sie wohl kaum nachvollziehen können«, murmelte Sascha böse.

Ich schloss für einen Moment die Augen. Sascha war einfach nicht zu bremsen, sie provozierte Hollerbach pausenlos weiter. Das konnte nicht gut gehen.

Kapitel 40

Vor dem Haupteingang der Agentur für Arbeit Duisburg in Duissern

»Herr im Himmel, wo bleibst du denn?« Es hatte erneut angefangen zu schneien und so wie der Himmel aussah, würde noch jede Menge der weißen Pracht niederfallen.

»Ich musste mich rausschleichen. Kann sein, dass Bröker was gerochen hat. Der guckte so komisch, als ich plötzlich aufbrechen wollte. Angelika ahnt auf jeden Fall, dass was im Busch ist.« Wolfgang Gärtner sah seine Streifenkollegin aufmerksam an. »Was tun wir hier, Finya?«

Da es ein Donnerstag war, herrschte bei der Agentur, die bis achtzehn Uhr geöffnet hatte, Hochbetrieb. Aus einem Nebeneingang verließen zwei Security-Wachleute das Gebäude. Wahrscheinlich genossen sie gerade ihre Mittagspause. Auf der Wintgensstraße heulte ein Rettungswagen vorbei, gefolgt von der Feuerwehr in Richtung Innenstadt. Es war den ganzen Tag noch nicht richtig hell geworden.

»Ich vermute, dass Jonathan die ganze Zeit recht hatte, damit, dass Hollerbach noch in der Nähe ist. Ich habe mir die Baupläne mit einem Experten zusammen angesehen. Die Wahrscheinlichkeit ist groß, dass unter dem Gewölbe mit den Urnen ein weiterer Raum ist.«

»Das ist ja der Hammer ...«

»Wenn ich richtigliege, dann hat Hollerbach dort unten jetzt alle drei in seiner Gewalt.«

»Dann lass uns den Laden auseinandernehmen. Wir holen Verstärkung und stürmen die Bude.«

»Dann wird er alle drei umbringen, Wolle. Denk an die Kameras des Kolumbariums. Er kann die Umgebung prächtig einsehen. Da kommen wir mit unserer Sturmtruppe keinesfalls ungesehen rein. Bis wir dann in den Kellergewölben sind, muss Hollerbach nur drei Schüsse abgeben.« Jacobsen presste die Lippen energisch zusammen. »Wir müssen das allein regeln, Wolle, das sind wir den dreien schuldig.«

»Aber Finya, das ist 'ne Nummer zu groß für uns ...«

»Wie gesagt, ich vermute, dass Hollerbach die Kameras des Kolumbariums nutzt. Im Eingangsbereich hängt eine, am Hintereingang und im Innenraum«, fuhr Jacobsen unbeirrt fort. »Ich setze darauf, dass er nicht permanent die Bildschirme im Auge hat, vielleicht muss er sogar immer mal wieder hinauf in den Computerraum. Wenn wir Pech haben, dann hat er einen Bildschirm da unten.«

»Wir haben nicht mal einen Schlüssel und wir können wohl kaum warten, bis endlich einer kommt, der seinen Verstorbenen besuchen will.« Gärtner schüttelte sein graues Haar. »Mensch Finya, hast du vergessen, was der Wahnsinnige in den Tunneln veranstaltet hat, die Sprengladungen?«

»Da drin warten drei Menschen auf unsere Hilfe, Wolle. Willst du einfach nichts tun?«

»Natürlich nicht. Wir verständigen das LKA. Die sollen eine Spezialtruppe schicken. So ein SWAT-Team oder wie das neuerdings heißt.«

»Das dauert zu lange und ist zu gefährlich!«

»Oh, Mann ...«

»Okay, hör zu.« Finya legte beide Hände auf die Schultern ihres Kollegen. »Ich werde vorgehen, du hältst mir den Rücken frei und wartest, bis es sicher ist.«

»Scheiße, nein.«

»Du hast nur noch ein paar Monate.«

»Das kannst du vergessen, Kleine.« Ein Ruck ging durch Wolfgang Gärtner. »Gehen wir vorne oder hinten rein?«

»Hinten. Die Kamera müssen wir ausschalten.«

»Wird ihn das nicht misstrauisch machen?«, befürchtete Gärtner.

»Wir haben keine andere Wahl. Wir müssen ein bisschen darauf pokern, dass er sich sicher fühlt und die Bildschirme nicht permanent überwacht. Wenn wir Glück haben, dann hat er nur einen Bildschirm da unten und muss zwischen den Kameras hin- und herschalten. Ich hoffe auch darauf, dass die drei ihn irgendwie beschäftigen. Wahrscheinlich fühlt er sich relativ sicher. Er hat Jonathan hierhergelockt und danach sicher die Umgebung ausgiebig beobachtet. Er muss davon ausgehen, dass Jonathan Wort gehalten hat.«

»Hat er ja auch, wenn du nicht so eine schlaue Polizistin wärest, dann würden wir weiterhin im Dunkeln tappen.«

»Okay, genug der Blumen. Gehen wir es an.«

»Na gut. Dann mal los.« Gärtner kontrollierte im Laufen seine Waffe. Während seiner gesamten vierzigjährigen Dienstzeit hatte er nicht einen einzigen Schuss abgefeuert.

Unter der Urnenhalle

»Wir sind immer noch in Duissern, nicht wahr?«

»Sie verfügen tatsächlich über einen guten Instinkt, Herr Kommissar. Aber wo genau sind wir?« Hollerbach schien Spaß an seinem Auftreten gefunden zu haben. Er bewegte sich wie ein Entertainer. »Nun? Die Damen?«

»In irgendeinem beschissenen Keller.«

»Das kann ich nicht gelten lassen, Frau Brinkmann, das ist viel zu ungenau. Frau Wald?«

»In den Tunneln?«

»Nein, wieder daneben.« Hollerbach kam mir vor wie ein Kobold, ein ausgeflippter Derwisch. »Alle drei falsch.« Er verschränkte die Arme vor der Brust. »Die Erbauer der Kirche müssen damals irgendein scheinheiliges Geschäft betrieben haben. Haben Sie übrigens das Wortspiel bemerkt? Scheinheilig.« Er kicherte albern. »Wie passend für eine Kirche.«

Lieber Gott, bitte, das kann doch nur ein Albtraum sein.

»Wir sind nur eine Etage tiefer herabgestiegen. Na, klingelt es endlich?«

»Wir sind immer noch im ... Kolumbarium?«, folgerte Jessica.

»Aber ja, direkt unterhalb des Urnenkellers. Ich war selbst total überrascht, als Andreas mir dieses Verlies zeigte. Wer weiß, welche perversen Schweinereien hier stattgefunden haben? Sogar der Käfig war schon da. Perfekt nicht wahr? Der Zugang ist gut getarnt, hinter einer Wand mit Urnen. Das Schöne an diesem Raum ist, dass kein Ton nach außen dringt, herrlich schallisoliert.« Hollerbachs Miene verdunkelte sich. »Und da sind wir nun, der finale Countdown.« Hollerbach sah einen Moment konzentriert auf sein Smartphone. Lächelnd wandte er sich uns wieder zu. »Alles ruhig draußen. Sie sind wahrhaftig ein Ehrenmann, Dawson.«

»Lassen Sie die Frauen frei, Hollerbach«, erneuerte ich meine Bitte.

»Tja, nun ja, so habe ich mir das aber nicht vorgestellt.« Er kratzte sich nachdenklich die Stirn. »Ich denke, es ist an der Zeit, die letzte Spielrunde zu erklären. Schließlich müssen Sie alle die Regeln kennen.«

Ich versuchte mich innerlich zu wappnen. Welche Art der Bestrafung hatte Hollerbach für mich vorgesehen? Vor allen Dingen wollte ich nicht, dass Sascha und Jessica mit ansehen mussten, wie ich gefoltert wurde. Jessica suchte Blickkontakt mit mir. In ihren Augen lag eine unerschütterliche Zuneigung, eine Wärme, die guttat, die Hoffnung versprühte. Sascha hingegen drohte an ihrer Ohnmacht zu ersticken. Wenn sich die Gelegenheit ergeben sollte, würde sie Hollerbach gnadenlos zerfetzen, aber dazu würde es nicht kommen. Der Käfig sah erschreckend stabil aus.

Hollerbach tänzelte einmal um mich herum. »Zunächst einmal kann ich Ihnen, meine Damen, versichern, dass ich nicht die Absicht habe, Herrn Dawson auch nur ein Haar zu krümmen.«

»Nicht?«, keuchte Sascha erleichtert. Diese Aussage Hollerbachs wollte mir keinesfalls gefallen. Was hatte der Irre nur vor? Lag ich schon wieder falsch? Gespannt wartete ich auf Hollerbachs nächste Worte.

»Oh nein, es gibt Strafen, die weitaus effektiver und nachhaltiger sind, als eine körperliche Züchtigung.« Mein Herz begann zu rasen. *Es wird umgekehrt ablaufen, er wird Jess und Sascha vor meinen Augen umbringen.* Ich erinnerte mich an die Katzen, die er langsam zu Tode gequält hatte. Mir wurde schlecht. »Aber auch Ihnen, mein ungeliebter Kommissar, kann ich zumindest zur Hälfte entgegenkommen.« Sein Lächeln war angsteinflößend. Seine stählernen Augen drohten mich zu durchbohren. Diese grausame Intelligenz war einschüchternd. »Frau Brinkmann und Frau Wald, zwei Menschen, die Ihnen viel bedeuten. Lassen wir mal das große L-Wort beiseite, was Sie wirklich für die beiden Frauen empfinden, müssen Sie mit sich selbst ausmachen.« Hollerbach flippte wie ein Kleinkind mit dem rechten Zeigefinger über seine Unterlippe. »Hier kommt das großzügige finale Angebot: Eine Ihrer Herzensdamen kann mit Ihnen zusammen fröhlich pfeifend dieses Gewölbe verlassen, unversehrt, darauf gebe ich Ihnen mein Wort.«

»Ich verstehe nicht, was soll das bedeuten?«

»Das heißt aber auch, Herr Dawson, dass eine der beiden Frauen sterben muss. So lauten die Regeln. Es ist eine fifty-fifty Chance.« Er lächelte jetzt in Richtung Käfig. »Ich finde, dass ich sehr großzügig bin, das ist wirklich sehr viel mehr, als Sie verdient haben.«

»Sie sind echt total aus der Spur«, sagte Jessica kopfschüttelnd.

»Ach, nun ja, wie auch immer. Jedenfalls bin ich froh, dass nicht ich diese Entscheidung treffen muss.« Jetzt war ich wieder im Fokus. »Das wird nämlich Ihr Chef übernehmen.« Hollerbach trug jetzt die Fratze des Teufels. »Sie, Jonathan ... Sie werden entscheiden, wer von den beiden leben darf und wer sterben muss.«

»Das werde ich niemals tun!«

»Oh, das werden Sie und nicht nur das.« Er tippte auf meine Nasenspitze. Ich drehte den Kopf zur Seite. Hollerbach griff fest in mein Haar und riss meinen Kopf zurück. »Sie werden nicht nur die Entscheidung treffen, Jonathan ... Sie werden auch der Vollstrecker sein. Sie werden entweder Jessica Wald oder Sascha Brinkmann töten, Sie werden einer der beiden Damen den Becher mit Gift reichen und sie bitten ihn zu trinken, damit die andere überleben kann.«

»Niemals!«

»Aber ganz sicher werden Sie es tun, Jonathan, gar keine Frage.«

»Sie können mich nicht zwingen, Sie verdammtes, perverses Stück Scheiße!«

»Ach, aber sicher kann ich«, flötete Hollerbach selbstsicher. »Bedenken Sie die Alternative, Jonathan.« Er sprach jetzt wie ein nerviger Oberlehrer. »Halten Sie sich nicht an die Vorgaben ... müssen beide sterben. Okay, dann zwar nicht von Ihrer Hand ...« Er deutete hämisch grinsend auf eine Handfeuerwaffe, die auf einem kleinen Tisch neben der Eingangstür lag. »Dann werde ich der Vollstrecker sein, aber dennoch bleibt die Bürde auf Ihren Schultern. Wollen Sie für zwei tote Frauen verantwortlich sein?«

»Dreckskerl.«

»Bedenken Sie, Jonathan, Sie können ein Leben retten. Die Betonung liegt allerdings auf der Zahl eins.«

»Hör nicht auf ihn«, rief Jessica dazwischen. »Er bringt uns sowieso alle drei um, da müssen wir seine kranken Spielchen nicht noch mitmachen.«

»Sie haben aber wenig Vertrauen in die Menschen, Frau Wald. Man kann mir vieles vorwerfen, aber nicht, dass ich nicht zu meinem Wort stehen würde. Sie müssen und dürfen darauf vertrauen. Heute muss nur eine von Ihnen beiden sterben und zwar durch die Hand Ihres Geliebten.« Hollerbach hob theatralisch die Arme. »Mein Gott, das ist wirklich großes Kino. Es bleibt bei meinem Angebot, für ganz genau fünfzehn Minuten ... ab jetzt. Nun ist es an Ihnen, Inspektor.«

»Hör nicht auf ihn!«, verlangte Jessica gefasst. »Das musst du nicht tun.«

»Wer darf leben, wer muss sterben?« Hollerbach lächelte mitleidig. »Egal welche Entscheidung Sie treffen ... Sie werden den Rest Ihrer Tage, und ich hoffe bei Gott, dass es sehr viele sein werden, damit leben müssen, dass Sie einen geliebten Menschen in den Tod geschickt haben. Das ist eine harte Strafe, das gebe ich zu, aber Sie haben mein Werk zerstört.« Hollerbach verschränkte die Arme vor der Brust. »Die Frage ist nur, werden Sie für zwei tote Frauen verantwortlich sein oder nur für eine? Wählen Sie mit Bedacht.« Hollerbach ging in Richtung Tür.

»Und Sie?«, rief Sascha schrill. »Was geschieht denn nachdem Sie Ihren Willen bekommen haben?«

»Oh, ich werde diesen Keller zusperren und eine längere Reise antreten. Wissen Sie ... ich bin mit einem guten Freund verabredet.«

»Was wird aus ... den Überlebenden?«, fragte ich.

»Sobald ich in Sicherheit bin, werde ich anonym im Revier anrufen und Ihren Standort verraten.«

»Das sollen wir glauben?«

Hollerbach lachte, fast gutmütig. »Tun Sie es oder nicht, ist mir egal. Wenn ich wiederkomme, höre ich eine Antwort ... so oder so. Unsere Zusammenkunft endet in genau fünfzehn Minuten. Meine Damen ... nutzen Sie die Zeit, um sich auf das Unvermeidliche vorzubereiten. Ich schaue derweil auf mein Display, um zu sehen, ob draußen alles in Ordnung ist.«

Kapitel 41

In der Todeszelle …

»Hollerbach ist wahnsinnig!« Ich zerrte erfolglos an meinen Fesseln. Mein Blick ging an die Decke. Ein Haken. Hier also hatte er auch Bernd Kohler, das vierte Opfer, stranguliert, um ihn dann unter der Autobahnbrücke abzulegen. Kein weiter Weg. Ein perfektes Versteck.

»Wir haben ihm seine *Mission* versaut, Jonathan. Du bist der Boss. Er hat sich ein neues Feindbild aufgebaut: Jonathan Dawson.« Jessica sah mich ernst an. Ihre Augen schimmerten feucht, vielleicht resignierend, aber nicht gebrochen. »Auch wenn die Chance noch so klein ist … du musst es tun.«

»Nein!«

»Dann wird er uns beide umbringen, Jonathan! Darauf kannst du dich verlassen. Hollerbach blufft nicht!«

»Ich kann das unmöglich tun.«

»Ich melde mich freiwillig.«

»He, was soll der Scheiß?«, fuhr Sascha dazwischen.

»Ich bin fünfundvierzig und Sie sind achtundzwanzig Jahre alt. Da müssen wir nicht lange diskutieren.«

»Deswegen haben Sie keinen geringeren Anspruch darauf, weiterleben zu dürfen«, erwiderte Sascha trotzig. »Ich melde mich auch freiwillig.«

»Und schon hat uns Hollerbach genau da, wo er uns haben will«, sagte ich. »Er treibt uns in ein psychisches Dilemma.«

»Er wird es tun.« Müde setzte sich Jessica zurück auf die Pritsche. »Er wird zumindest eine von uns beiden am Leben lassen.«

»Meinen Sie wirklich?«

»Ja, Sascha, das ist seine Strafe. Womöglich lässt er sogar Jonathan am Leben, damit er sich für den Rest seines Lebens vorwerfen muss, eine von beiden in den Tod geschickt zu haben. Das ist mehr als grausam. Genauso sicher bin ich, dass er uns beide umbringen wird, wenn du keine Entscheidung triffst.«

»So siehst du das?«

»Wie denn sonst, Jonesy? Er hat gewonnen, er hat uns alle komplett ausgetrickst. Das ist die unverschleierte Wahrheit, ob sie uns gefällt oder nicht. Dieses kranke Spiel haben wir verloren.«

»Aber er wird nicht davonkommen«, argumentierte Sascha vehement.

»Oh, das will er vielleicht gar nicht, zumindest wird Hollerbach nicht ernsthaft damit rechnen. Irgendwann wird er den Kollegen, genauso wie sein Kumpan Wohlgemuth, in die Fänge gehen. Perfekter Fluchtplan hin oder her. Alles wird aufgedeckt, aber darum geht es jetzt nicht mehr. Er will Jonathan psychisch vernichten, indem er ihn dazu zwingt, eine Entscheidung zu treffen. Eine Wahl zwischen Leben und Tod.«

»Meinst du, wenn unsere Leute ihn erwischen ... er wird auch sich selbst richten?« Ich sah Jessica hilflos an.

»Durchaus möglich, aber keine Ahnung. Ich traue ihm alles zu. Vergessen wir nicht, sein Freund Wohlgemuth ist ebenfalls noch auf freiem Fuß. Du hast ja gerade gehört, was er machen wird. Er lässt uns hier drin schmoren, bis er sich in Sicherheit wähnt, dann kann er die Polizei anonym informieren.«

Hektisch sah ich mich um, soweit das die Drehung meines Kopfes und der Schultern zuließ. Gleichzeitig versuchte ich den Stuhl irgendwie zu bewegen, aber das Panzerklebeband war so straff gespannt, dass mir keine noch so kleine Bewegungsfreiheit blieb.

»Was machen wir jetzt?«, fragte Sascha Brinkmann niedergeschlagen.

Jessica lächelte gefasst. »Sag meinen Namen, wenn er wiederkommt. Sag meinen Namen und bleib bei mir, sieh nicht weg, sei mein Fels.«

»Ich will ihn umbringen, dieses Monster muss sterben!«, stammelte Sascha. »Wo ist, verflucht noch mal, der liebe Gott, wenn man ihn braucht?«

»Okay, Jonesy? Haben wir uns verstanden?«

»Ja.« Ich wusste nicht, ob man meine Stimme hören konnte.

»Dann ist alles gut. Wir werden nicht jammern oder heulen. Hören Sie, Sascha, reißen Sie sich zusammen. Diesen Triumph werden wir ihm nicht gönnen. Das ist unser Sieg. Er wird uns nicht brechen.«

»Zu spät, Jess, zu spät.«

»Halt den Mund. Du kannst das, wir drei zusammen sind stark.«

Ich nickte.

Hintereingang des Kolumbariums

Finya Jacobsen presste sich an die Hauswand. Die Überwachungskamera konnten sie aus diesem Winkel nicht erfassen. In den Händen hielt sie einen Besen, der verwaist auf dem Hof neben einer Mülltonne lehnte. Vorsichtig schob sie die Kamera mit dem Stiel voran ein Stück höher. Der Eingang war jetzt nicht mehr im Erfassungsbereich.

»Okay!«

Sie winkte Gärtner heran, der schnaufend an der Wand entlangschlängelte. Konzentriert arbeitete der ergraute Polizist an dem Schloss. Ein leises Knacken, die Tür gab nach.

»Gelernt ist gelernt.«

Sie schlossen die Tür hinter sich. Eine Treppe führte vom hinteren Eingang direkt in den Urnenkeller.

»Vorsicht, da kommt jemand!« Finya Jacobsen zerrte ihren Partner in eine weniger beleuchtete Ecke. Wenn Hollerbach jetzt seinen Bildschirm checkte, musste er nicht unbedingt den neuen Bildausschnitt erkennen. Wenn doch, war er gewarnt. Die Streifenpolizisten zogen ihre Waffen. Ein Bewegungsmelder aktivierte zusätzliche Beleuchtung.

»Hilfe, Hilfe, Polizei«, kreischte eine ältere Dame mit lila grauen Haaren.

»Seien Sie doch still!«

»Überfall!«

»Ruhe! Verdammt noch mal.« Wolfgang Gärtner packte die Frau bei den Händen und schüttelte sie leicht. »Wollen Sie wohl still sein. Hätten wir mal die Uniformen nicht gegen Zivilkleidung getauscht. Finya, zeig ihr deine Marke.«

»Tun Sie mir nichts, ich habe fünfzig Euro dabei, die können Sie haben.«

»Herr im Himmel ...« Ungläubig starrte die Frau auf Finya Jacobsens Dienstausweis. »So, und jetzt verschwinden Sie ganz ruhig und gelassen. Erregen Sie kein Aufsehen. Erzählen Sie niemandem, dass wir hier sind. Das ist eine geheime, verdeckte Ermittlung. Kein hysterischer Anfall, es geht um Leben und Tod. Haben Sie das verstanden, gute Frau?«

»Ich geh schon, ich bin schon weg.« Gärtner entließ die zitternde Frau aus seinem Griff. Ohne zu zögern, flog sie förmlich die Treppe in das Kirchenschiff hinauf.

»Was für ein Pech«, sagte die blonde Polizistin. »Ausgerechnet heute muss Publikum hier auftauchen. Hoffentlich macht sie keinen Terror. Wir müssen uns beeilen, jede Sekunde zählt, ich spüre das, Wolle.«

»Schön und gut, aber wo, bitteschön, soll jetzt noch ein Abgang sein?« Gärtner sah sich achselzuckend um. Jetzt, da das Licht gleißende Helligkeit verbreitete, fiel die Orientierung leichter. Glücklicherweise gab es hier keine Kamera.

»Muss hinter einem der Regale sein. Na los, suchen wir einfach. So groß ist der Keller ja nicht.«

...

Ich glaube nicht, dass Dawson mich betrogen hat. Da ist niemand, weder in der Kirche, noch vorn oder hinten. Das Bild auf dem Handy ist klein, aber man kann alles erkennen.

Aber Moment – die Aschentonne konnte man vorher nicht sehen. Das Bild ist verschoben. Was hat das zu bedeuten?

Jetzt muss es schnell vonstattengehen. Ich gehe besser direkt zurück.

Kapitel 42

Im Trakt des Todes …

»So, da wären wir also wieder, die Viertelstunde ist rum.« Hollerbachs Stimme hatte ein wenig an Selbstsicherheit eingebüßt. Er verbreitete eine gewisse Hektik. Ich hörte, wie sich ein Schlüssel knarzend drehte. *Er verriegelt die innere Tür!* Endlich erschien er auch in meinem Sichtfeld. *Etwas stimmt nicht!*, erkannte ich sofort. Hollerbach schien Mühe zu haben sich zu konzentrieren. In seinem Gürtel steckte jetzt die Waffe. In der rechten Hand trug er eine kleine blaue Phiole, die er vorsichtig auf dem winzigen Tischchen abstellte.

»Ich hoffe, Jonathan, Sie haben Abschied genommen.« Theatralisch streckte er die Hände wie ein Prediger zur Decke. »Ach, Abschied ist so ein schwerwiegendes Wort, so endgültig. Ich mag es nicht, ich mochte es nie.« Hollerbach nahm die Pistole in die Hand. »Ein schlimmes Wort, welches so viel Endgültigkeit in sich trägt.«

»Sie können immer noch einen neuen Weg einschlagen, Herr Hollerbach«, sagte Jessica ruhig. »Sie sind krank, das steht außer Frage. Warum lassen Sie sich nicht helfen?«

»Oh, jetzt kommt die Nummer mit dem Einschleimen. Geben Sie sich keine Mühe, Frau Wald, das funktioniert bei mir nicht. Sollte ich tatsächlich jemals verhaftet werden, dann bin ich ja so was von krank.« Hollerbach grinste verschlagen. »Und genau deshalb werde ich auch kein Gefängnis von innen sehen.«

»Damit kommen Sie nicht durch«, warnte ich. Die straff gezogenen Klebebänder schnitten bei jeder Bewegung tiefer ins Fleisch.

»Aber ich rede mit meiner toten Mutter, Herr Kommissar, ich ermorde nicht ganz koschere, aber doch eher harmlose Tunichtgute der Gesellschaft, ich verbringe Stunden um Stunden in einem Kolumbarium. Ich benutze einen alten lyrischen Text, um meinen nächsten Mord anzukündigen. Dann wollen wir meine Kindheit nicht vergessen, wie meine grässliche, alles beherrschende Mutter mich prägte und dazu brachte, meinen lieben Vater vom Balkon zu stoßen. Das hat mich total aus der Bahn geworfen, nicht wahr? Irgendwie ist es kein Wunder, dass ich so geworden bin, oder nicht?«

Er hat alles geplant! Er wird die Psychologen hinters Licht führen, er hat recht: Er wird nicht in den Knast kommen, die Story kauft ihm jeder Richter ab und mit den entsprechenden Gutachten und einem cleveren Anwalt …

»Zu guter Letzt muss ich dann noch den Mord an Mama eingestehen. Oh Gott, ich werde zusammenbrechen.« Hollerbach lachte schallend. »Das wird meine größte Rolle werden, das wird legendär, reif für einen Oscar.«

Ein hochintelligenter Psychopath …

»Aber dann werde ich ein vorbildlicher Patient sein, jede Therapie annehmen, jeden noch so behämmerten Gesprächskreis. Ich werde an Leib und Seele gesunden. Ich habe all die Tests und Gesprächsleitfäden eingehend studiert. Ich weiß ganz genau, wie ich mich verhalten muss, damit meine Therapeuten sich auf die Schultern klopfen können. Ich habe genug Geld gespart, wissen Sie, ich werde mir den besten Anwalt leisten, den man für Kohle bekommen kann. Wenn es gut läuft, bin ich in fünf Jahren draußen. Ein neuer Mensch, vollständig genesen. Wissen Sie, was ich dann machen werde, Mister Dawson? Ich werde auf dem Grab der Dahingeschiedenen tanzen und Ihnen ein Foto davon schicken, um Sie an Ihre Wahl zu erinnern.«

Fassungslos folgten wir Hollerbachs Ausführungen. Das Schlimme an seinem Sermon war, dass sein Plan durchaus Realität werden konnte. Er würde seine Gutachten bekommen.

»So, genug geredet ... ich bin schon ganz gespannt, ob ich mit meiner Einschätzung richtigliege. Wer wird sterben, wer wird leben?«

Im Urnenlager ...

»Hier, dieses Regal lässt sich ganz leicht wegschieben. Hilf mir mal, Wolle.« Gemeinsam schoben Finya Jacobsen und Wolfgang Gärtner ein Metallregal mit zwölf Urnen beiseite. »Das Ding hat sogar Rollen. Dahinter muss die Treppe sein.«

»Ob er uns schon entdeckt hat?«

»Das ist jetzt scheißegal.«

»Was machst du denn da?« Jacobsen zog ihre Dienstwaffe.

»Das ist ein einfaches Schloss, das können wir aufschießen, dann müssen wir ganz schnell sein. Okay?«

Wolle Gärtner machte ein zweifelndes Gesicht. »Die werden uns rausschmeißen, wenn das in die Hose geht, Finya. Mir ist das egal, aber du ...«

»Jetzt geht es nur um die drei da unten, die dringend unsere Hilfe benötigen. Scheiß auf die Karriere.«

»Du bist ein tolles Mädchen ... und eine irre gute Polizistin.«

Im Todestrakt ...

»Wir werden Ihr perfides Spiel nicht mitmachen«, sagte Jessica entschlossen. »Also müssen Sie uns alle drei umbringen.«

»Oh, aber das werde ich nicht, das sagte ich doch. Herr Dawson ist, was das vorzeitige Ableben angeht, raus aus der Nummer. Er ist und bleibt auf der Reservebank und wird nicht eingewechselt.« Unbeeindruckt wandte sich Hollerbach mir zu. »Aber es ist Ihre Entscheidung, Jonathan, nicht die der Damen.« Er zuckte lässig mit den Schultern. »Mir egal. Entweder Sie sagen mir jetzt den Namen der Frau, die sterben soll, oder ...« Er zog die Waffe aus seinem Gürtel und entsicherte sie. »Oder sie sterben beide und zwar innerhalb der nächsten sechzig Sekunden.«

Er wird es tun!

Ich muss einen Namen sagen!

»Wer darf leben, Jonathan Dawson? Wen verurteilen Sie zum Tode?« Hollerbach grinste wölfisch. Die Luft knisterte vor Spannung. Das hektische Atmen zerschnitt die Stille des Todes.

»Binden Sie mich los, ich soll doch das Gift überreichen.«

»Oh bitte, das glauben Sie doch selber nicht. Ich habe gerade ein bisschen geflunkert, das werden Sie mir sicher nachsehen. Ich soll Sie losbinden, damit Sie mich überwältigen können und alles wird gut? Wie plump. Sie sagen mir den Namen der Glücklichen und ich erschieße die Delinquentin. Sie verzeihen mir hoffentlich den kleinen Kunstgriff mit dem Gift, aber das ist mir dann doch zu unsicher. Sie sind sicher ein fieser Kerl, der richtig zuschlagen kann. Ich hasse Schlägereien.«

»Bastard!«, spie Sascha ihm entgegen.

»Rot oder blond, Jonathan ... wer soll sterben?«

Wie versteinert saß ich stocksteif auf dem Rollstuhl. *Ich kann es nicht, ich kann das nicht!* Ich kommunizierte lautlos mit Jessica. Ihre Lippen bewegten sich. Ich versuchte mich zu konzentrieren. Was wollte sie mir mitteilen?

Nimm mich! Nimm mich! Nimm mich!

»Tick tack, tick tack, die Uhr läuft ab.«

»Sag es, Jonesy, na los, sag meinen Namen!«, verlangte Jessica erneut.

Saschas Lippen formten ein stummes Gebet.

»Nein, tu es nicht, er blufft nur«, meinte Sascha.

»Glauben Sie nicht, dass ich aufhöre, wenn ich die Erste hingerichtet habe, dann ist es zu spät, Ihren Namen zu schreien, dann wird auch die Zweite sterben. Sie schweigen? Nun denn, Sie haben es so gewollt, Jonathan. Wie gehen wir vor? Machen wir es einfach, nach dem Alphabet. Also, Brinkmann kommt vor Wald, aber wenn wir die Vornamen zugrunde legen, dann hieße das Jessica vor Sascha.«

»Aufhören, hören Sie auf, Hollerbach, wie kann man nur so grausam sein?«

»Aber, aber Herr Kommissar.« Er weidete sich an meinen seelischen Qualen. Jetzt bekam Hollerbach seine Genugtuung.

Ich hörte zwei, nein drei dumpfe Geräusche. Kam da etwa Hilfe? Aber nein, das war nur ein Wunschgedanke.

»Ich fange mit der frechen Göre an.«

»Nein!«

»Nein? Jonathan? Also doch das Blondchen?«

»Erschießen Sie mich doch, Sie verfluchter Hurensohn. Mich wollen Sie doch treffen. Was haben die Frauen Ihnen denn schon getan? Sie haben nur meine Befehle befolgt, das ist alles. Dafür dürfen Sie sie nicht bestrafen.«

»Oh, aber Sie sollen lange leiden, mein Freund, ein Leben lang. Ein schneller Tod ist viel zu gnädig für Sie. Sie werden immer und immer wieder an diesen Tag denken müssen, an den Tag, an dem Sie einen oder zwei Menschen zum Tode verurteilt haben. Das ist eine gerechte Strafe nach meinem Geschmack.«

Jessica sprach lautlos mit mir, ich konnte die Worte von ihren Lippen ablesen.

»Allerletzte Chance, Dawson!« Hollerbach entsicherte die Waffe.

Resignierend schüttelte ich den Kopf. »Ich kann nicht ...«

»Mach schon, du Arsch!«, schrie Jessica wütend.

»Ja, mach schon«, fiel jetzt auch Sascha ein. »Sag einen Namen, ist doch scheißegal, gib ihm, was er will!«

Hollerbach lachte triumphierend.

Und dann tat ich es wahrhaftig.

Ich sprach einen Namen aus ...

Wolle Gärtner gelang es endlich das Schloss auszuhebeln. Die beiden Streifenpolizisten betraten den kurzen Gang, die Treppe, die nur aus acht Stufen bestand ...

... und vor einer weiteren Tür endete.

»Scheiße, das gibt's doch nicht!«, fluchte Jacobsen. Eine Neonröhre an der Decke spendete grelles Licht. Wütend trat sie gegen die Tür. Gärtner untersuchte hastig das Schloss.

»Massiv, aber das Schloss ist alt. Geh beiseite.«

»Das gibt Querschläger«, warnte Finya.

Noch bevor Wolle Gärtner den ersten Schuss auf das Schloss abgeben konnte, hörten sie einen dumpfen Knall aus dem Verlies.

»Gehen Sie da weg, Frau Brinkmann!«, rief Hollerbach wütend. »Der Henker hat sich entschieden. Frau Wald muss sterben!« Der Schuss dröhnte laut durch den Keller. »Sie dürfen leben, schlagen Sie dieses Geschenk nicht unachtsam aus! Schmeißen Sie Ihr Leben nicht auf den Müllhaufen.« Das Projektil traf eine Mineralwasserflasche.

Nur ein Warnschuss!, dachte ich erleichtert. *Lieber Gott, er hat absichtlich danebengeschossen.*

Jessica und Sascha hatten sich in den hintersten Winkel des Käfigs zurückgezogen. Meine Partnerin schützte Jessica mit ihrem ganzen Körper.

»Verschwinden Sie oder Sie sind beide tot!«, brüllte Hollerbach aufgebracht. Sein irrlichternder Blick hetzte durch das Verließ.

»Dann geht aber Ihr Plan nicht auf.«

»Halten Sie die Fresse, Dawson!« Hollerbach verlor die Übersicht. Schäumend vor Wut schmetterte er mir den Kolben der Waffe gegen meine Schläfe. Ich verlor kurzzeitig das Bewusstsein. Jetzt wandte er sich wieder den beiden Frauen zu. Die Verzweiflung setzte letzte Kräfte frei. Ich versuchte den Stuhl zu schaukeln. Warmes Blut rann in Bächen aus einer Platzwunde oberhalb der rechten Augenbraue.

Hollerbach legte erneut an. Der Lauf der Pistole in seiner Hand visierte Jessicas Kopf an.

Sascha riss Jessica von den Beinen und warf sich über sie. Hollerbachs Schuss ging fehl, pfiff über ihre Köpfe hinweg, aber jetzt war ihm Sascha schutzlos ausgeliefert.

»Adieu, Frau Brinkmann.«

Er krümmte den Finger erneut!

Weitere Schüsse ertönten, aber nicht innerhalb des Kellers. Hollerbach war einen Moment lang irritiert. Laut scheppernd brach die Tür nach innen auf. Er wandte sich mit vor Wut verzerrtem Gesicht herum. Alles geschah jetzt in Bruchteilen von Sekunden. Der Schmerz vernebelte meine Sinne. Konnte das wirklich Hilfe bedeuten?

»Waffe runter!«

Bei allen Göttern, das ist Finya Jacobsen!

»Denk gar nicht dran, Freundchen. Eine falsche Bewegung und ich blase dir dein Gehirn weg, du verdammtes Schwein.« Erstaunlich, wie ruhig und umsichtig Wolfgang Gärtner vorging. Beide Streifenpolizisten hatten den Wahnsinnigen im Visier. Mein Kopf pulsierte wie heiße Lava. Hollerbachs Augen glitzerten gefährlich. Um seinen Mund herum bildeten sich kleine Fältchen. Für Sekunden fror das Bild ein. Aus den Augenwinkeln sah ich Sascha und Jessica, die atemlos auf den Knien das Geschehen verfolgten.

Plötzlich warf Hollerbach die Waffe achtlos beiseite.

»Kümmere dich um unseren Chef«, brummte Wolle. »Ich behalte Hollerbach im Auge.«

Jessica und Sascha hielten sich wie zwei Ertrinkende aneinander fest. Tränen der Erleichterung rannen über ihre Wangen. Finya Jacobsen zerschnitt mit einem Taschenmesser die Klebestreifen. Hastig zerriss sie den Stoff meines Hosenbeines und nutzte den Stoff als notdürftigen Verband.

»Ist nicht so schlimm, Boss, nur eine üble Platzwunde, das wird wieder. Wir müssen Sie nur schnell ins Krankenhaus schaffen.«

»Sie sind der absolute Hammer ... alle beide«, quetschte ich zwischen zusammengebissenen Zähnen hervor.

»Der Schlüssel, her damit, sofort!«, kommandierte Gärtner. »Auf den Tisch ablegen.«

»Oh bitte, tun Sie mir nichts«, jammerte Hollerbach. »Ich weiß gar nicht, was ich hier mache, es ist wie in einem Traum.«

Jekyll and Hyde.

Hollerbach war innerhalb kürzester Zeit in eine neue Rolle geschlüpft.

»Die Schlüssel, Arschloch«, erwiderte Gärtner kalt. Mit zitternden Fingern legte Hollerbach einen Bund mit verschieden großen Schlüsseln ab. Gärtner warf das Knäuel, ohne Hollerbach aus den Augen zu lassen, in den Käfig. Endlich waren Sascha Brinkmann und Jessica Wald wieder frei. Jessica löste Finya bei der Versorgung meiner Wunde ab. Die Blutung war gestoppt. Ich fühlte mich allerdings wie ein verdroschener Boxer in der zwölften Runde.

»Dir gebührt die Ehre, Kollegin.« Wolle Gärtner grinste vergnügt.

»Hände auf den Rücken, Herr Hollerbach.« Finya legte dem Papierkiller Handschellen an. »Ich verhafte Sie wegen siebenfachen Mordes und dreifachen Mordversuches.«

»Ach Gott, was bin ich froh, dass Sie mich endlich gefunden haben. Nun kann das Töten aufhören.«

Ich war kurz vor einem Blutrausch. Hollerbach begann bereits seine neue Rolle perfekt zu spielen!

»Oh bitte, nicht so fest, junges Fräulein, ich bin empfindlich an den Handgelenken. Mutter sagte immer, ich hätte die Hände eines Pianisten.«

»Halten sie einfach Ihr krankes Schandmaul«, schlug Wolle Gärtner vor.

»Ja, ich würde dann gern alsbald mit meinem Anwalt sprechen wollen. Das ist übrigens Dr. Bernhard Weingarten, die Telefonnummer befindet sich in meiner Gesäßtasche.«

Sascha Brinkmann ging langsam auf Hollerbach zu. Jeder Muskel ihres durchtrainierten Körpers war angespannt. In ihren Augen spiegelte sich ungezügelte Mordlust.

Sie wird ihn umbringen!

»Sascha!«, rief ich scharf. »Komm her.« Ich sah den Hass in ihren Augen, die Bereitschaft zu töten. »Nicht, bitte nicht!«

Hollerbach bekam große Augen.

»Sascha …!«

Ich drang nicht zu ihr durch. Gärtner und Jacobsen sahen versteinert zu, wie meine Partnerin Hollerbachs Waffe vom Boden aufhob.

»Nicht! Sascha, nicht!«

Wie in Trance streckte sie ihren Arm aus, die entsicherte Waffe in ihrer Rechten. Hollerbachs Augen weiteten sich.

»Hilf mir hoch, Jess.«

In Sascha Brinkmanns Augen loderte ein unbändiges Feuer.

»Sascha, sieh mich an!«

Keine Reaktion.

»Sieh mich an, bitte!«

Langsam spannte sich der Abzug, der Druckpunkt der Waffe war fast erreicht.

»Du bedeutest mir unendlich viel, Sascha, hörst du! Mach das nicht kaputt!«

»Was?« Ein tonloses Flüstern.

Ihre Hand zitterte, ihre Augen flackerten. Es war, als würde sie aus einem tiefen Traum aufwachen.

»Bitte, zerstöre nicht dein Leben. Diese Rache wäre billig, Sascha. Schalte deinen Verstand nicht aus, lass dich nicht übermannen. Opfere nicht deine Zukunft für eine kurze Genugtuung.«

Ihre Lippen formulierten stille Flüche. Endlich sah sie mich kurz an. Die Pistole in ihrer Hand zitterte. Ihr rationales Denkvermögen gewann langsam wieder die Oberhand.

»Jonathan ...«

»Ich will dich nicht im Knast besuchen müssen. Überlege, was du tun willst, wirf dein Leben nicht weg.«

Ihr Kopf drehte sich zu mir. In Saschas Augen loderte ein stummer Schmerz. Sie atmete schwer. Ihre Gesichtsmuskeln zuckten unkontrolliert. Die blauen Augen verwandelten sich in tiefe Seen.

»Komm her, na los doch, komm schon! Komm her zu mir.«

Die Waffe polterte erneut zu Boden. Sekunden später weinte sie haltlos in meinen Armen.

»Na, wenn das nicht eine rührende Abschlussszene ist«, spottete Hollerbach zynisch. »Rosamunde Pilcher ist ja ein Dreck dagegen.«

»Lassen Sie das«, fuhr Gärtner ihn an.

Fünf Jahre formten Hollerbachs Lippen lautlos. Er lachte vergnügt. Er wusste genau, dass ich es gesehen hatte. Hollerbach lächelte fein, drehte sich halb um, hob die rechte Hand und ließ einen Finger nach dem anderen aus der geballten Faust erscheinen. Er begann leise aus den *Hymnen an die Nacht* zu zitieren.

»*Wie ich da nach Hülfe umherschaute, vorwärts nicht konnte und rückwärts nicht, und am fliehenden, verlöschenden Leben mit unendlicher Sehnsucht hing, da kam aus blauen Fernen, von den Höhlen meiner alten Seligkeit ein Dämmerungsschauer, und mit einemmale riss das Band der Geburt, des Lichtes Fessel.*«

Jürgen Hollerbach schien einen Teil der Texte verinnerlicht zu haben. Er lächelte selig mit halb geschlossenen Augen.

»Und so werde ich wiederkehren, aller Fesseln ledig und mein Werk vollenden ...«

Kapitel 43

Kolumbarium in Duisburg-Duissern, im Keller unterhalb des Urnenraumes

Für einen langen Augenblick herrschte verstörendes Schweigen.

»Es wird nicht aufhören«, flüsterte Jessica leise. »Dieses Monstrum wird nicht aufhören.«

»Der Albtraum wird niemals enden«, ergänzte Sascha kaum hörbar. »Er hat alles durchdacht, vorausgesehen und geplant.«

Wir standen ganz eng beieinander. Sascha zu meiner Linken, Jessica an meiner rechten Seite. Ich stützte mich leicht auf Sascha, die einen Arm um meine Hüfte gelegt hatte. Wolfgang Gärtner befand sich schon auf der nach innen gefallenen Tür, bereit den Aufstieg in Angriff zu nehmen, Finya Jacobsen neben Hollerbach, ihre Waffe im Rücken des Serienmörders.

»Gehen wir.« Finyas Worte wie ein Peitschenschlag.

»Aber sehr gern, ich brauche dringend therapeutische Hilfe und meinen Anwalt.«

Sascha und ich humpelten zwei Schritte nach vorn. »Sie und Wolle ... Sie haben unser aller Leben gerettet. Dafür werden wir Ihnen immer und ewig dankbar sein, aber ab jetzt ... übernehmen wir.«

»Was soll denn das heißen?«, fragte die Streifenpolizistin verwirrt.

»Das wüsste ich auch gern.« Hollerbach musterte mich misstrauisch.

»Gehen Sie und erstatten Sie Hauptkommissar Bröker Bericht«, bat ich.

»Aber, was sollen wir denn sagen, wenn er fragt, warum wir den Täter nicht mitgebracht und verhaftet haben?«

»Sagen Sie ihm, wir wollen Hollerbach hier vor Ort verhören, um den Aufenthaltsort von seinem Kumpanen Wohlgemuth aus ihm herauszuquetschen. Das wird Bröker zwar nicht gutheißen, aber verstehen.«

»Aber, aber«, protestierte Hollerbach. »Weiß der Henker, wohin der sich abgesetzt hat. Ich kann jedenfalls nichts zu seinem derzeitigen Aufenthaltsort sagen. Also, gehen wir jetzt?«

»Chef ...?«

»Komm!« Wolle Gärtner nahm Finyas Arm und zog sie in Richtung Tür. »Jonathan weiß, was zu tun ist.« Wortlos reichte er mir Hollerbachs Waffe, nickte nur.

»He, ich will sofort meinen Anwalt sprechen!«, verlangte Hollerbach. Angst und Panik dominierten jetzt seine Stimme.

»Ich würde gern ein paar Zeilen aus dem sechsten Abschnitt der Hymnen zitieren, wenn Sie nichts dagegen haben, Herr Hollerbach«, sagte ich sanft. Für einen Moment gelang es mir die Schmerzen und den Schwindel zu verdrängen.

»Wozu, was soll der Unsinn?«

»Das Gedicht heißt *Sehnsucht nach dem Tode.* Ich fand es wirklich beeindruckend.

»Ich will das nicht hören!«

Unbeirrt fuhr ich fort.

Hinunter in der Erde Schooß,
Weg aus des Lichtes Reichen,
Der Schmerzen Wuth und wilder Stoß,
Ist froher Abfahrt Zeichen.
Wir kommen in dem engen Kahn,
Geschwind am Himmelsufer an.

»Schön, nicht wahr?«

Das Lächeln verschwand aus seinem Gesicht.

Epilog

Auf den Stufen vor dem Duisburger Polizeipräsidium

»Hier ist Mandy Meier, von Channel 69, live von der Pressekonferenz des Duisburger Polizeipräsidiums. Endlich ist es vollbracht! Duisburg atmet auf! Der gefürchtete Serienmörder, auch bekannt unter seinem Pseudonym, oder sollte ich besser Künstlername sagen, der Papierkiller, wurde identifiziert und festgesetzt. Wir blenden jetzt den O-Ton des Duisburger Polizeichefs Gernot Bröker ein.«

»... letztendlich ist es dem Team des Sonderkommandos gelungen, den Serienmörder zu identifizieren. Ich möchte nicht unerwähnt lassen, dass unsere hiesigen Beamten einen großen Anteil an dem Fahndungserfolg für sich reklamieren dürfen, allen voran Wachtmeisterin Finya Jacobsen und Hauptwachtmeister Wolfgang Gärtner. Leider werden uns beide verlassen, Wolfgang Gärtner, den seine Kollegen liebevoll Wolle nennen, geht in den wohlverdienten Ruhestand und Frau Jacobsen wechselt auf die Akademie in Bonn.«

»Markus Behrend von der WAZ.«

»Ja, bitte.«

»Es kursieren Gerüchte, dass der Verdächtige sich der Strafverfolgung durch Suizid entzogen hat. Entspricht das der Wahrheit?«

»Ich wäre noch darauf zu sprechen gekommen, aber tatsächlich kann und muss ich dieses Gerücht bestätigen. Als das Ermittlerteam ihn in seinem Unterschlupf gestellt hatte, richtete er sich selbst.«

»Paula Terode vom Kölner Kurier. Was können Sie uns über die Hintergründe sagen?«

»Es wird einen ausführlichen Bericht geben, der die Motive des Täters aufdeckt. Bitte haben Sie Verständnis dafür, dass ich an dieser Stelle nicht ins Detail gehen will, das würde den Rahmen sprengen.«

»Joop Lasser von N-TV. Wo sind unsere Helden? Warum sind sie nicht hier?«

»Kommissar Dawson und seine Crew haben die letzten zwei Wochen so gut wie nicht geschlafen. Sie sind physisch und psychisch weit über ihre Grenzen hinausgegangen. Sie bitten um Ihr Verständnis dafür, dass sie jetzt vor allen Dingen eines benötigen: Ruhe und Abstand nach dieser Tortur. Ich denke, das haben sie sich mehr als verdient.«

»Ist das Kapitel Papierkiller damit endgültig abgeschlossen, Herr Bröker?«

»Es wird einen Gedenkgottesdienst für die Angehörigen aller sieben Opfer geben. Das soll für uns, aber auch für unsere schöne Stadt, die wochenlang nicht zur Ruhe kommen konnte, ein Schlussstrich sein.«

Mosel, nähe Cochem

Der zweite Weihnachtsfeiertag, auf dem Weg in meine Einsiedelei in Moselkern. Die Aussagen vor der Untersuchungskommission hatten sich über drei Tage hingezogen.

Bevor wir endlich nach Halbemond aufbrechen konnten, vergingen satte fünf Tage. Dort angekommen, waren wir die Sensation des Jahres. Dank der bundesweiten Berichterstattung der Ereignisse in Duisburg, waren auch die Bauern in Ostfriesland auf dem Laufenden.

Jessica verabschiedete sich per Skype. Sie hatte ihre beste Freundin zu einem vierwöchigen Australienurlaub überredet. Niemals würde ich ihre selbstlose Art in der Todeszelle vergessen können. Ich wünschte ihr alles Glück dieser Erde und einen gelungenen Neuanfang.

Jetzt stand uns der Sinn nur noch nach gelassener Ruhe. Wir fuhren in Cochem von der Autobahn und die letzten zehn Kilometer entlang der Mosel. Die letzten zwei Kilometer glichen einem holprigen Waldweg. Mein Häuschen schälte sich aus Dunst und Schnee.

»Winter Wonderland«, flüsterte Sascha verzückt. »Baust du mit mir einen Schneemann? Ja, das musst du, oh bitte, lass uns einen Schneemann bauen ...«

»Aber erst wird der Kamin angefeuert, junge Lady«, erwiderte ich streng. »Außerdem bin ich noch Rekonvaleszent.«

»Ja, Masabuana, natürlich, oh mein Gebieter.« Sie zog mir ihre rote Pudelmütze tief in die Stirn. »So wirkst du weniger bedrohlich.«

Das kleine Häuschen besaß im Parterre eine kombinierte Wohnfläche von knapp fünfzig Quadratmetern. Küche, Durchreiche, Essecke, ein großer Kamin, eine gemütliche Couch und zwei Sitzsäcke, eine Toilette.

»Boah, die Idee mit dem Kamin ist nicht so schlecht«, musste Sascha zugeben. »Ich friere mir grade die Nase ab.«

»Das wollen wir nicht, die ist nämlich echt süß.« Ich errichtete routiniert einen Holzstoß und legte zwei Anzünder darunter. Planmäßig war unser nächster Arbeitstag der zehnte Februar des nächsten Jahres. Eine schier endlos anmutende Zeit. Das Feuer loderte hell auf.

Sascha reichte mir ein wirklich großzügig gefülltes Glas mit einem herrlich duftenden irischen *Kilbeggan*.

»Das ist schön hier bei dir.«

»Sascha ... was ist das mit uns zwei?«

»Ich weiß nicht.« Ihr Blick richtete sich verlegen auf die Flammen im Kamin.

»Alles ist anders.«

»Liegt vielleicht nur an dem Wahnsinn der vergangenen Tage.«

»Schnack mal keen malle Gedoo.«

»Krass, das war ja, bis auf die Aussprache, echt gut, aber wieso rede ich Blödsinn?«

»Ich würde niemanden hierher mitnehmen, weil ich mich irgendwie dazu verpflichtet fühle, dazu ist mir dieser Ort zu heilig.«

»Okay.«

Sascha beäugte mich neugierig. »Wir sollten irgendwann mit Wolle, Jessica und Finya ein Fass aufmachen. Ein richtig großes Fest mit allem, was dazu gehört. Gute Musik, richtig feines Essen, Schampus ...«

»Das werden wir, aber lenk nicht ab.«

Die Sonne ging unter, dicke Schneeflocken zerflossen auf den großen Scheiben, verwandelten sich in Tropfen und machten sich auf den Weg in den Bach. Ich atmete Saschas Duft ein, der Geruch frischer Zitrusfrüchte, ein Hauch von Kokos. Hier wurden die verstörenden Bilder blasser, die Gruft, der Käfig, die Leichen, die Schüsse, Hollerbach ...

»Als wir aus dem Käfig rauskamen ...«

»Wolltest du Hollerbach umbringen.«

»Was du verhindert hast.«

»Nein, ich habe dir nur einen Anstoß gegeben.«

»Was du gesagt hast ...«

»Ich erinnere mich nicht.«

»Du Scheusal.«

»War ganz genau so gemeint«, bekannte ich ernst.

»Damit scherzt man nicht.«

»Ich weiß.«

»Du hast es nicht einfach so dahingesagt, nur um mich von meinem Vorhaben abzuhalten?«

»Nein.«

»Nein?«

»Aber nein, du bedeutest mir wirklich unendlich viel. Das ist das wirklich Großartige, was ich in den letzten Wochen gelernt habe, jeden Tag ein bisschen mehr. Wir arbeiten schon fast drei Jahre zusammen, Sascha, aber ich würde dich gern wirklich kennenlernen. Dich mit Haut und Haaren und nicht die Kollegin Brinkmann. Ohne Eile, ohne Verpflichtungen, einfach schauen, wohin das mit uns beiden führen kann. Hier und heute bei null anfangen. Was hältst du von der Idee?«

Ihre Hand strich sanft über meine Bartstoppel. »Ich soll was mit einem Einsiedler anfangen, der auf oldschool steht und mit mir siebenhundert und soundso viele, weiß der Klabautermann, Folgen Star Trek schauen will.«

»Das ist das Angebot …«

»Okay, wie heißt die erste Folge?«

»*Der Käfig*.«

»Du machst Witze!«

»Nee, ich kann nix dafür, die allererste Star-Trek-Folge heißt nun mal so.«

»Ist ja 'n Hammer.« Um ihre Mundwinkel spielte ein feines Lächeln. Sascha Brinkmann produzierte ihr verschmitztes *Game of Thrones*-Lächeln, spitzbübisch, versonnen, hintergründig. »Also schön, Jonathan Dawson, dann lass mal sehen, was du so draufhast. Halt mich fest und hilf mir zurück ins Leben.«

»Wir werden uns gegenseitig helfen müssen.« Ich atmete tief durch und nahm Sascha fest in meine Arme.

»Für den Anfang nicht schlecht …«, flüstere sie.